Faruq Mirahmadi
Schabo und Suhrab

Schabo und Suhrab. Ein Dorf im Westen Afghanistans: Im Hof eines Großgrundbesitzers, eines Khans, spielen das Mädchen Schabo und der Junge Suhrab. Beide Kinder ahnen noch nicht, dass sie zwei Familien mit unterschiedlicher Herkunft und ungleichem sozialem Status angehören: Hier die noblen Khancheel und dort die einfachen Wulas.

Suhrab ist ein begabter, aber schüchterner Junge und hat außer Schabo keine Freunde. In der Moschee erlernt Suhrab bei dem strenggläubigen Mullah die Grundlagen des Glaubens. Später besucht er die einzige, weitentfernte Schule in der Gegend.

Unter dem Einfluss seiner offenherzigen Mutter, und all der Bücher, die seine Brüder Khaled und Salim ihm aus der Hauptstadt Kabul mitbringen, nimmt Suhrabs Weltanschauung Gestalt an. Er findet die alten Traditionen, Sitten und Gebräuche rückständig und jegliche Diskriminierung aufgrund von Herkunft und Reichtum ungerecht und beschämend. Ihn fasziniert die moderne Welt samt den Werten wie Freiheit, Demokratie und Gleichheit der Menschen.

Schabo muss bereits als Kind das Dorf verlassen und wird Hausmädchen in der Ferne. Ihr Aufenthalt in einer gebildeten Familie in der Großstadt ändert ihre Denk- und Verhaltensweisen. Als sie nach Jahren zurück in die Heimat kommt, ist sie für Wulas und Khancheel des Ortes gleichermaßen „fremd" geworden.

Nun aber entflammt die Beziehung von Schabo, die beim Khan als Dienstmädchen Arbeit findet, und Suhrab, dem Sohn des Khans, zu einer großen Liebe. Nach den herrschenden Sitten und Gebräuchen im Dorf sind solche Gefühle jedoch vollkommen inakzeptabel, und so muss ihre Liebe geheim bleiben.

Die alte Burgruine *Bala Chana*, ein mysteriöser, gespenstiger Ort, wird zu ihrem geheimen Palast der Liebe. – Dann aber soll Suhrab auf einmal die Heimat für einige Jahre verlassen, um in Kabul ausgebildet zu werden. Was wird nun aus der Liebe? Was aus seiner Schabo? Wie reagiert man im Dorf auf das große Geheimnis der beiden, wenn es auf einmal bekannt wird?

Schabo und Suhrab ist ein berührender, spannender Roman über die großen und reinen Gefühle von zwei jungen Menschen, die es wagen, mit den alten Traditionen zu brechen. Wir erleben die ganze Vielfalt einer widersprüchlichen und sich wandelnden afghanischen Gesellschaft der 50er, 60er und 70er Jahre. *Schabo und Suhrab* ist nicht nur eine Liebesgeschichte, sondern zugleich auch eine Anklage. Der in Hamburg lebende afghanische Autor Faruq Mirahmadi hat die Geschichte einzigartig wundervoll auf Deutsch niedergeschrieben. Dadurch gewinnt die Schilderung dieser Liebe eine zusätzliche und besondere Note.

Faruq Mirahmadi wurde 1959 in Afghanistan geboren, hat in der Ukraine studiert und dort als Ingenieur für Wärme-und Gasversorgung sowie Belüftung zum Doktor promoviert. In seiner Kindheit entwickelte sich das politische Leben in der Heimat sprunghaft. Mirahmadi erlebte den Sturz des Königtums und den Ausruf der Republik, militärische Aufstände und Revolutionen, den Einmarsch der sowjetischen Armee sowie die Zeit der Mudschaheddin und der Taliban. 2015 erschien in Kabul von ihm ein Fachbuch zur Thematik »Heating Engineering«. Außerdem schreibt er Gedichte auf Paschto. Zurzeit lebt er mit seiner Frau und den Kindern in Hamburg.

Faruq Mirahmadi

SCHABO UND SUHRAB

Ein Liebesroman
aus Afghanistan

K|U|U|U|K
VERLAG
MIT 3 U

Bibliografische Information der Deutschen Nationalbibliothek: Die Deutsche Nationalbibliothek erfasst diesen Buchtitel in der Deutschen Nationalbibliografie. Die bibliografischen Daten können im Internet unter http://dnb.dnb.de abgerufen werden.

Alle Rechte vorbehalten. Insbesondere das der Übersetzung, des öffentlichen Vortrags sowie der Übertragung durch Rundfunk, Fernsehen und Medien – auch einzelner Teile. Kein Teil des Werkes darf in irgendeiner Form (durch Fotografie, Mikrofilm oder andere neuartige Verfahren) ohne schriftliche Genehmigung des Verlages reproduziert oder unter Verwendung elektronischer Systeme verarbeitet, vervielfältigt oder verbreitet werden.

> HINWEIS: Deutsch ist überaus vielschichtig und komplex. Der Verlag versucht, nach bestem Wissen und Gewissen alle Bücher zu lektorieren und zu korrigieren. Oft gibt es allerdings mehrere erlaubte Schreibweisen parallel. Da will entschieden werden. Zudem ergeben sich immer wieder Zweifelsfälle, wozu es oft auch keine eindeutigen Antworten gibt. Schlussendlich haben auch die Autorinnen und Autoren ureigene Sprachpräferenzen, die sich dann bis in die Kommasetzung, Wortwahl und manche Schreibung wiederfinden lassen können. Besonderheit bei diesem Buch: Es wurde wundervoll von einem Nichtmuttersprachler auf Deutsch geschrieben. Der Roman soll folglich den anderen, also durchaus fremdländischen und dadurch anziehend interessanten Sprachton behalten, aber dennoch auch den Regeln und dem Ausdruck im Deutschen gerecht werden.

Bild (Kunstwerk) auf dem Buchcover: © Lema Mirahmadi
Hauptschrift des Buches: Book Antiqua
Lektorat: KUUUK

ISBN 978-3-939832-91-1

Erste Auflage Dezember 2016
KUUUK Verlag und Medien Klaus Jans
Königswinter bei Bonn
Printed in Germany (EU)

K|U|U|U|K – Der Verlag mit 3 U
www.kuuuk.com

Alle Rechte [Copyright]
© Faruq Mirahmadi | faruq.mirahmadi@gmail.com
© KUUUK Verlag | info@kuuuk.com

Für meine liebste Frau
und meine liebsten Kinder,
meine unermüdlichen Kritiker,
Berater und Verbesserer.
Ohne sie hätte ich nie gewagt,
auf Deutsch zu schreiben.

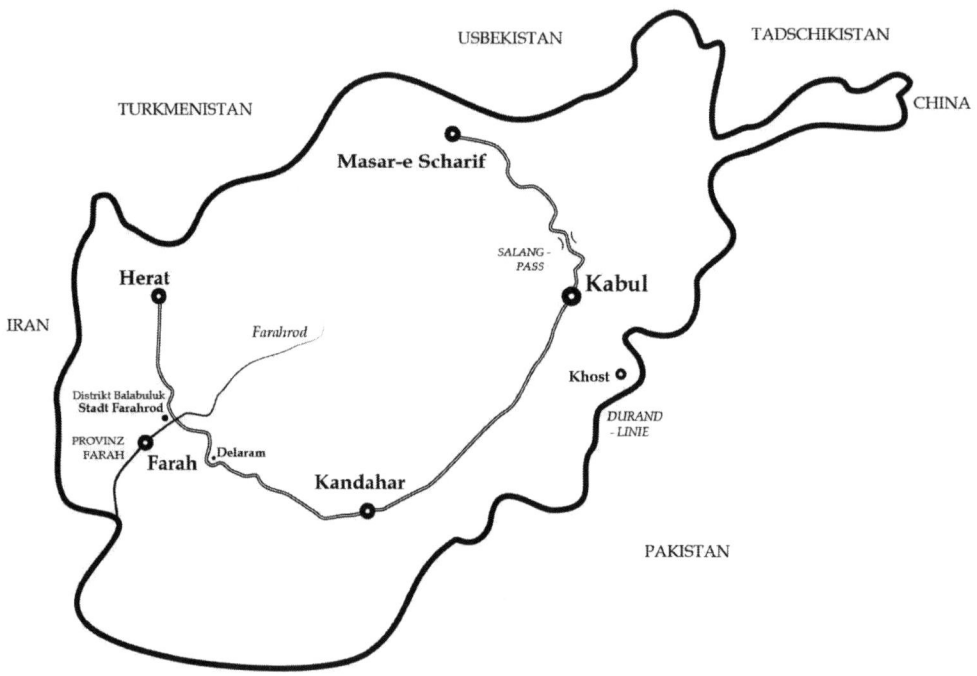

INHALTSVERZEICHNIS

Das Weiße Dorf	9
Baschar der Erzähler	13
Nawas Khan	21
Tahmina	25
Schabo und Suhrab	29
Die Trennung	38
Der Rote Mullah	46
Die Straße	49
Khaled und Salim	50
Die Schule	57
Der Sommer	72
Akbar	85
Die Stadt	87
Amina	108
Der Strudel	115
Das Wanderkino	120
Die Hochzeit	123
Ein vertrautes Lächeln	131
Fatima	153
Das Zuckerfest	157
Unter dem Mondschein	178
Das Neujahrsfest Nowros	189
Im Garten	207
Das Unheil	212
Trauer und Freude	228
Fremd unter den Eigenen	243

Jugendliche Frische	247
Palast der Liebe	262
Der Streik	274
Khaleds Hochzeit	305
Das Geständnis	319
Die Enthüllung	332
Die Flut	357
Kabul	379
Die Ghazi High School	394
Das andere Gesicht des Lebens	403
Der Wandel	442
Glossar der afghanischen Wörter, Namen und Ausdrücke	453

Das Weiße Dorf

Vor vielen Jahren, als noch niemand ein Auto oder ein Flugzeug kannte, die Leute einfach und ehrlich zueinander waren und es für alle etwas zum Essen gab, lebte in einem Dorf namens »Weiß«, am Ufer des Flusses Farahrod im Westen Afghanistans, ein großer Khan. Er war Großgrundbesitzer und Stammesführer. Sein Stamm gehörte zu den angesehensten im Land und sein Grundbesitz erstreckte sich viele Stunden Fußmarsch entlang des Flusses. Mehr als hundert Bauern und genauso viele Stierpaare waren nötig, um seine Felder zu pflügen und Getreide anzubauen. Er hieß Abdullah, war tapfer, gerecht, barmherzig und in der ganzen Provinz berühmt.

Der Khan hatte eine schöne weiße Burg, die von hohen Mauern geschützt war. In ihren vier Ecken standen mächtige Türme und in der Mitte der Burg floss ein großer Bach mit klarem Flusswasser. Die weiße Burg war auch der Namensgeber für das Dorf, das sich mit den Jahren um sie entwickelt hatte.

Nach dem Tod des großen Khans ging auch die Blütezeit der weißen Burg zu Ende. Einerseits wurde sie für die Kinder und Enkelkinder des Khans zu eng, anderseits erschienen aus ungeklärten Gründen einige Risse im Keller des Herrenhauses. Sie wurden immer größer und größer und es drohte der Einsturz des Gebäudes.

Die Kinder des Khans teilten sein Erbe unter sich auf und bauten für ihre Familien neue, geschützte Häuser in der

Umgebung. Sie waren aber bescheiden, verglichen mit der weißen Burg.

Die Jahre vergingen und führten ihre zerstörerische Arbeit an der verlassenen weißen Burg rücksichtslos fort. Mit der Zeit verschwanden ihre Mauern, Türme und inneren Gebäude, und Mitte der Fünfzigerjahre des 20. Jahrhunderts war von der einmal prächtigen Burg nur noch eine Ruine zu sehen.

Von dem Einsturz blieb lediglich eine Ecke des Herrenhauses verschont. Sie bestand aus zwei übereinanderliegenden Zimmern, die trotz großer Risse im Keller und in den Wänden immer noch standhielten. Regen und Wind schafften es zwar, im Laufe der Jahre ihre glanzweiße Farbe zu trüben, was ihre Schönheit aber nur wenig minderte. Die kleinen Gipsfiguren und malerischen Tier- und Blumenszenen auf den Wänden der Burg brachten den Besucher zum Staunen und ließen ihn über ihre einstige Größe, Prunk und Pracht nachdenklich werden.

Die Reste der eingestürzten Nachbarzimmer bildeten allmählich einen Hügel um diese letzte Ecke des Herrenhauses. Der Haufen von Erde verbarg unter sich die Kelleretage und einen Großteil des Erdgeschosses. Das verbliebene Zimmer oben war jetzt nur noch durch sein Fenster auf dem Hügel erreichbar. Die Leute nannten es *Bala Chana*, was wörtlich das obere Zimmer bedeutet.

Wenn die Menschen ihre Häuser für lange Zeit verließen, dann siedelten dort die Dschinnen, bösartige Geisterwesen, die von einem Besitz ergreifen und schreckliche Dinge anrichten konnten – so war der Glaube der Leute im Dorf. Man nahm deswegen Abstand von Ruinen und leer stehenden Häusern. So war es auch mit der Ruine der weißen Burg. Im Dorf zirkulierten schaurige Geschichten über die Dschinnen von *Bala Chana* und von Zeit zu Zeit kamen neue Augenzeugen dazu, die schworen, etwas Unheimliches gesehen oder gehört zu haben. Auch wenn die eine oder andere Geschichte den Eindruck machte, gefälscht und ausgedacht zu sein, hörten die Leute sie trotzdem gern.

Auf einer kleinen, bogenartigen Fensterbank unter dem Dach von *Bala Chana* saß ständig eine Eule. Die Ältesten behaupteten, dass, als sie noch Kinder waren, da oben dieselbe Eule auf demselben Platz saß. Viele im Weißen Dorf glaubten, die Eule sei ein Dschinn, er sitzt dort oben und bewacht mit seinen großen gelben Augen den Weg zur *Bala Chana*. Das machte die *Bala Chana* in den Augen von vielen, insbesondere Kindern, noch gruseliger und geheimnisvoller. Sie vermieden es sogar, sich tagsüber der *Bala Chana* zu nähern.

Der Winter galt als Ruhezeit für die Dorfbewohner. Im Frühling und Sommer mussten sie jeden Tag auf den Feldern und in den Gärten schuften – und im Herbst ihre Felder für die neue Saison vorbereiten und sie mit Weizen bepflanzen. Erst mit dem Kälteeinbruch war nichts mehr Bedeutendes im Dorf los und die Leute konnten endlich ruhig ausatmen.

Der Winter war auch die Ferienzeit für die Schüler und Studenten in den kälteren Provinzen. Dazu zählte ebenfalls die Hauptstadt Kabul. Dort besuchte ein Dutzend Schüler aus dem Weißen Dorf die Militärschule oder andere Internate.

Schon Mitte Dezember warteten die Familien und Verwandten der Schüler ungeduldig auf ihre Jungs, immerhin waren sie lange neun Monate von zu Hause weg. Die Schüler gehörten zwar reichen und noblen Familien an, trotzdem versetzte ihre Ankunft das ganze Dorf in eine feierliche Stimmung. Das Dorf änderte sein Gesicht, auf den Straßen waren strahlende Gesichter unterwegs und überall war fröhliche Laune zu spüren. Nahe und ferne Verwandte luden einer nach dem anderen die Jungs ein und verwöhnten sie mit allerlei Zuneigung und Aufmerksamkeit.

Die Gäste wurden meistens zum Abendessen eingeladen. Einerseits kochte man traditionsgemäß das Beste für den Abend, anderseits waren die Winternächte lang und niemand musste frühmorgens aufstehen. Die Gästezimmer waren mit großen Petroleumlampen hell beleuchtet. Im Kamin brannte Holz und sorgte für eine gemütliche Atmosphäre, von Zeit zu Zeit wurden frischer schwarzer und grüner Tee und dazu gezuckerte Mandeln, getrocknete Feigen, Maulbeeren und Rosinen serviert.

Zum Essen wurde neben den anderen Leckereien unbedingt duftender Reis mit getrocknetem Lammfleisch vorbereitet. Diese Delikatesse vermissten die Jungs am meisten in Kabul. Dafür fütterten ihre Familien das ganze Jahr ein paar Fettsteißschafe. Im Herbst, als die Schafe so dick waren, dass sie nicht mehr laufen konnten, schlachteten die Leute sie und trockneten ihr Fleisch.

Nach dem Essen waren Märchen- und Geschichtenerzähler

an der Reihe. Die sorglosen Winternächte waren die bestgeeigneten Zeiten dafür. Um Mitternacht gingen die Eltern schlafen und ließen die Jungs allein. Sie spielten dann weiter Karten und andere traditionelle Spiele bis zum Morgengrauen.

Auch bei den armen Familien wie den Bauern, Arbeitern oder Handwerkern gab es die feste Tradition, an den langweiligen Winterabenden Märchen und Geschichten zu erzählen. Ihre Häuser verfügten über keinen Kamin, sondern hatten eine einfache Feuerstelle mitten im Zimmer. Die Frauen kochten darauf und heizten damit auch das Zimmer im Winter. Eine vom Regen geschützte Öffnung oben im Dach führte dann den Rauch nach draußen. Nach dem Abendessen versammelten sich Kinder und Erwachsene um diese Feuerstelle und hörten im Halbdunkeln den Eltern und Großeltern zu, wie sie Märchen über schöne Feen, böse Dämonen, Dschinnen und Hexen erzählten.

Baschar der Erzähler

Im Weißen Dorf beherrschte zwar fast jeder die Kunst, Märchen und Geschichten zu erzählen, Baschar dem Erzähler kam aber niemand gleich. Er war für seine faszinierenden Geschichten und für die Art und Weise, wie er sie erzählte, in der ganzen Gegend berühmt. Manchmal luden sogar Khanfamilien ihn ein und hörten seine Märchen. Das war eine große Ehre für Baschar, denn er bekam die Möglichkeit, den Reichen und Stammesführern im Dorf Gesellschaft zu leisten, mit ihnen auf einem Dastarchan, der traditionellen Essdecke, sitzen zu dürfen und sie mit seinen Geschichten zu amüsieren. Seinesgleichen, die Leute niedriger Herkunft, konnten sich so etwas normalerweise selbst im Traum nicht vorstellen.

Baschar und Familie dienten dem Dorf seit Generationen als Tischler. Er und sein jüngerer Bruder Hunar lebten mit ihren Familien am südlichen Rand des Dorfes am Ufer der Loo-Wala, jenes großen Baches. Dort lagen dicht nebeneinander auch hunderte einfache Lehmhäuser und Hütten von Bauern, Maurern, Malern, Schmieden, Hirten und Leuten anderen Gewerbes. Man nannte sie alle abwertend *Wulas*, was wörtlich Volk bedeutete. Diese Bezeichnung galt auch für den Teil des Dorfes, wo sie wohnten. Die meisten von ihnen besaßen sogar Mitte des 20. Jahrhunderts keinen Pass, sie durften nicht zur Armee, auch keinen Wehrdienst ablegen, und Streitereien unter ihnen wurden nicht durch Gerichte, sondern durch die Khans beigelegt. Im Gegensatz zu ihnen bezeichnete man alle Nachkommen des großen Khans als *Khancheel* – von Khan abstammend. Zu den mehr als ein Dutzend Khancheel-Familien, die zu jener Zeit im Dorf lebten, gehörte auch ein großer Teil des Landes um das Dorf herum.

Baschar war ein hochgewachsener Mann mit weizenhellem Gesicht, freundlichen, großen Augen und langem grauem Bart. Er war immer ruhig und freundlich. Niemand konnte im Dorf behaupten, ihn jemals verärgert gesehen zu haben.

Sein Bruder Hunar war aber das Gegenteil von ihm. Er war klein und rund, immer gereizt und missgestimmt, zankte sich mit den Leuten um jede Kleinigkeit. Die Leute, sagten Hunar kaufe Streit für Geld. Manchmal zersägte er ein Holzstück mit so einer Wucht oder schlug mit der Axt auf dieses so heftig ein, als wäre das sein Erzfeind und er müsse Rache an ihm nehmen.

Ihre Tischlerei war außer in den Wintermonaten immer voll, zu ihnen kamen Leute mit verschiedenen Wünschen und Forderungen. Der eine wollte sofort einen neuen Griff für seine Sichel oder Säge, der andere brauchte eilig einen Fensterrahmen oder eine Tür und der dritte benötigte dringend eine Wiege für sein Kind.

Auch wenn jemand nicht Hunar, sondern nur Baschar ansprach, und sagte: »Ich bitte dich, Baschar! Der Pflug muss bis zum Freitag fertig sein, sonst kann ich mein Feld gar nicht pflügen«, ergriff Hunar sofort das Wort, bevor Baschar seinen Mund öffnen konnte: »Oh großer Gott! Keiner denkt, dass Baschar und Hunar nur zwei Hände haben! Selbst wenn unser Vater aus dem Grab aufsteht, könnten wir es bis Freitag nicht fertigstellen. Du bist doch nicht allein, Bruder!«, erwiderte er herausfordernd.

Derjenige, der keine Lust auf einen Streit mit Hunar hatte, ignorierte ihn einfach und sprach weiter mit Baschar: »Hunar ist wieder auf dem linken Bein aufgestanden. Der Tag hat gerade angefangen und schon kann man mit ihm nicht reden.«

Ein Anderer, der sich nicht beherrschen konnte, ließ sich mit Hunar auf eine unangenehme Diskussion ein.

»Du wirst deine Worte noch bereuen, Hunar! Es bleibt nicht viel Zeit, bis du wieder mit deinem langen Seil auf dem Feld erscheinst, nicht wahr?«, drohte er ihm endlich.

Damit die Lage nicht weiter eskalierte, ging Baschar dazwischen und versuchte den Besucher zu besänftigen: »Wozu eine solche Aufregung, Bruder! In Eile wird heißer Brei nicht kalt! Eile ist Schaitans Sache! Komm in ein paar Tagen wieder. Wenn Gott es will, dann schaffen wir es auch, keine Sorge!«, sagte er beruhigend.

Einmal, nachdem Hunar mit einem Bauer heftig gestritten hatte, wandte Baschar sich zu seinem Bruder und sagte mit einer traurigen und unzufriedenen Miene: »Warum bist du dein ganzes Leben so hitzköpfig? Was bringen deine Streitereien mit den Leuten? Du weißt doch genau, dass unser verwundeter Finger unter ihrem Fuß steckt? Was, wenn sie tatsächlich ihre Drohung wahr machen und dich mit leeren Händen von ihren Feldern nach Hause schicken?«

Der Zorn ließ schon bald im Hunars Gesicht nach, seine kleinen grünen Augen zeigten nun mehr Müdigkeit als Wut. Er legte die Säge beiseite und sagte mit einem enttäuschten und in die Ferne gerichteten Blick: »Ey, Bruder! Ruhige Nerven können diejenigen haben, die satt und anständig gekleidet sind. Wir schuften unser ganzes Leben mit leeren Mägen und nichts am Leib für die Anderen. Was ist nun das für ein Leben?«

Danach stand Hunar auf und ging nach draußen. Auf dem Weg zur Tür murmelte er noch vor sich hin: »Nein Bruder! Wir leben nicht, wir existieren bloß!«

Die Grundbesitzer bezahlten den Schmied und den Tischler nicht in bar. Sie bekamen pauschal einen Teil der Weizenernte für die in einem Jahr geleistete Arbeit. Diese Art von

Bezahlung war seit Generationen für Schmiede und Tischler üblich. Nachdem die Weizenhalme abgemäht worden waren, kamen der Schmied und der Tischler zu einem vom Bauern vorbestimmten Tag zu dem Feld, sammelten Weizenhalme, bündelten sie und stapelten sie auf einem Seil, und zwar so viele, wie ein Mann es allein aufheben und auf seinem Rücken tragen konnte. Das war aber keine leichte Aufgabe, nur ein erfahrener Bauer war in der Lage, die Weizenhalme richtig zu bündeln und zu stapeln. Aber auch ein solcher nahm seinen Hut vor Hunar ab, als er sah, wie geschickt Hunar damit umging.

Hunar kam wie immer schlecht gelaunt zum Feld. Von vornherein war er davon überzeugt, dass der Bauer ihn getäuscht und ihn zu dem Teil des Feldes eingeladen hatte, wo die Weizenhalme klein und ihre Ähren mager waren.

Verärgert und gestresst sammelte er die Weizenhalme und stapelte sie übereinander. Der Bauer meckerte schon und sagte: »Es reicht, Hunar! Du brichst dir noch deinen Rücken für ein paar Weizenbündel!«

Hunar war aber nicht zu stoppen, er stapelte sie eifrig weiter und weiter. Erst als die gestapelten Weizenhalme die von ihm gewünschte Höhe erreichten, band er sie quer und lang mit dem Seil fest und breitete obendrauf eine weiche Decke aus, um seinen Rücken zu schützen. Danach legte er sich mit dem Rücken auf die gebundenen Weizenhalme, zog beide Enden des Seiles unter die Arme und knotete sie auf seiner Brust zusammen.

Als alles schon fertig war, versuchte er, mit aller Kraft zuerst auf die Knie zu kommen. Wenn ihm das gelang, dann wartete er ein paar Sekunden, bereitete sich gut vor, schrie laut: »Oh Heiliger, hilf!«, und versuchte auf einmal aufzustehen.

Nicht immer gelang es ihm, schon mit dem ersten Versuch auf die Beine zu kommen, oft fiel er mit den Weizenhalmen zurück auf den Boden. Die Bauern lachten ihn aus und der eine oder andere schrie laut: »Der Heilige kennt deine Habgier, deswegen hört er deine Rufe nicht.«

Hunar antwortete ihm gar nicht, wutentbrannt unternahm er einen neuen Versuch – und das solange, bis alles klappte.

Unter dem Weizenbündel sah Hunar wie ein Igel aus. Von hinten sah man nur noch seine Füße, die sich schwer nach vorne bewegten. Sein schweißgebadetes Gesicht war rot wie ein Granatapfel, sein ganzer Körper schmerzte unter der schweren Last, trotzdem war er nicht mit sich selbst zufrieden, denn er hätte noch mehr Weizenhalme einbinden können, davon war er fest überzeugt. Zudem fühlte er sich weiterhin von Khans und Bauern ausgenutzt und fand seine Arbeit nicht gerecht entlohnt.

Baschar ging nicht zu den Feldern, er war über fünfzig und für so eine schwere Last nicht geeignet. Wenn er auch nur eine kurze Atempause von der Arbeit in der Tischlerei bekam, schnitzte er gern lustige Figuren und Spielzeuge aus Holz für die Kinder. Sie stellten oft die Helden und Hauptpersonen seiner Märchen dar: großmäulige Dämonen und gruselige Dschinnen, schöne Prinzessinnen und elegante Prinzen, reich verzierte Kutschen und geschmückte Pferde.

Hunar gefiel diese Vorliebe seines älteren Bruders gar nicht. Manchmal hielt er es nicht aus und fing an, ihm Vorwürfe zu machen.

»Lala, ich verstehe dich überhaupt nicht! Womit bist du um Himmelswillen beschäftigt? Siehst du nicht, wir stecken bis zum Hals in Schulden! Du bist aber so ruhig, als würde dich das gar nicht angehen. Dein ganzes Leben hast du die Khancheel und ihre Gäste amüsiert, Spielzeuge für ihre Kinder geschnitzt, und was haben wir davon? Ist jemals jemand zu uns gekommen und hat gesagt, danke Baschar, im Gegenzug gebe ich deinen Kindern in diesem Jahr eine Reihe von Weinreben aus meinem Garten? Ach, Bruder! Sie werden die Reste ihrer Schorwa lieber ihren Hunden ausschütten statt es unseren Kindern gönnen!«

Baschar ließ die giftigen Bemerkungen seines Bruders an seinen Ohren vorbeigehen, Ähnliches hatte er schon oft gehört. Wenn ein Khan ihn zum Abend einlud, damit er diesem ein Märchen erzähle, dann freute Baschar sich schon den ganzen Tag darauf. Der Grund dafür lag aber nicht in der fetten Lammschorwa oder dem duftigen Reis, die er beide dort zu essen bekam, nein, dafür schämte er sich eher, deswegen hatte er sogar Schuldgefühle. An so einem Tag musste Baschar nämlich immer an seine und Hunars Kinder denken, die mit einem dünnen Weizenbrei als Abendessen ins Bett zu gehen hatten. Der wahre Anlass für seine Freude bestand darin, dass seine Geschichten seinem Leben glichen, sie gaben ihm Farbe und Bedeutung. Wenn Baschar anfing, sie zu erzählen, dann wanderte er in einer anderen

Welt und vergaß alle Sorgen des Alltags.

Im Weißen Dorf wusste niemand, woher Baschar so viele Geschichten und Märchen kannte. Jedes Mal kam Baschar mit einer neuen Geschichte zu den Gastgebern. Unwillig erzählte er alte Märchen, obwohl manche von denen wie »Die Dastanbol-Stadt« oder »Die vierzig Ringe« schon berühmt waren und seine Zuhörer ihn oft baten, sie noch einmal zu erzählen.

Baschar fing ruhig und mit sanfter Stimme an. Im Gastzimmer kehrte Stille ein, immer wieder rief jemand unter den Zuhörern zwischendurch »Scha«. Das bedeutete: »Gut, erzähl weiter!« So war das Erzählritual, damit zeigte die Zuhörerseite, dass sie ganz Ohr war und mit Interesse dem Erzähler zuhörte.

Allmählich führte Baschar die Zuhörer mitten in die Schauplätze hinein und machte sie auch zu Zeugen des Geschehens.

Baschar erzählte unterschiedliche Geschichten und Märchen. Man traf in ihnen mächtige Könige, berühmte Feldherren, furchterregende Dschinnen, einfältige Dämonen, böse Zauberer und andere reale und fantastische Kreaturen.

Eines hatten aber alle seine Geschichten gemein, sie drehten sich immer um die Liebe. Außerdem waren sie emotionsvoll und spannend, mit vielen Höhen und Tiefen. Den Verliebten im Weg standen in jeder Geschichte unüberwindbare Hindernisse. Manchmal schien es schon am Anfang so, dass die Liebe eine hoffnungslose Angelegenheit war, manchmal ging anfänglich alles gut, aber ausgerechnet, als das Glück schon nah war, passierte ein Unheil, vom Himmel fielen Steine und versperrten den Weg zur Einigung zweier junger Herzen.

Baschar hatte einen besonderen, nicht nachzuahmenden Stil für seine Art zu erzählen. Um die Schönheit einer Prinzessin zu beschreiben, verwendete er ein Dutzend gereimter Wörter. Ihre dunklen Augen verglich er mit den schönen Augen einer Gazelle, ihre Lippen mit taubedeckten Rosenblüten, ihre Zähne mit weißen Perlen, ihren Hals mit einer silbernen Weinkaraffe und so weiter. Genauso schilderte er eine gerissene Vermittlerin zwischen den Verliebten oder eine hinterhältige Petzerin, den treuen Freund oder einen heimtückischen Verräter mit feingewählten und gereimten Wörtern.

Nawas Khan

Wenn die anderen Khancheel Baschar bloß als einen Tischler aus der Schicht der Wulas und seine Geschichten lediglich als ein Mittel für ihren Spaß sahen, gab es unter den Khancheel einen, der ihn als einen begabten Mann und einmaligen Erzähler schätzte. Sein Name war Nawas Khan.

Er verbarg seine Sympathie für Baschar nicht und lobte ihn unter seinesgleichen demonstrativ. Manche Khancheel machten ihm Vorwürfe, er müsse Baschar gemäß seinem Status und seiner Herkunft behandeln. Nawas Khan ging aber gelassen mit solchen Bemerkungen um. Er mochte Geschichten, Märchen und Gedichte und war selbst ein guter Kenner auf diesem Gebiet.

Eine Schule hatte er zwar nicht besucht, dennoch konnte er fließend lesen. Jedes Mal, wenn sein jüngerer Bruder Sultan

Khan und seine zwei Söhne aus Kabul für die Winterferien nach Hause kamen, brachten sie ihm als Geschenk ein paar Bücher wie »Leila und Madschnun«, »Amir Arsalan-e Namdar«, »Scherin und Farhad« oder Gedichtsammlungen von alten Dichtern wie Rahman Baba, Hafis und Saadi. Viele dieser Gedichte kannte er schon auswendig. Er las zu jedem Anlass ein paar passende Verse und war stolz darauf.

Nawas Khan zählte zu den mittelreichen Khancheel. Sein großes, einstöckiges Haus mit hohen Mauern, geräumigem Hof und zwölf Zimmern befand sich auf der nördlichen Seite des Weißen Dorfes nicht weit vom Fluss Farahrod. Er war hochgewachsen, hatte ein rötliches Gesicht, große braune Augen und einen gepflegten dattelfarbigen Bart. Seine glanzweiße Kleidung, der große nilfarbige Turban und ein etwas hervorstehender Bauch waren Zeichen für Wohlstand, Ansehen und Autorität.

Anders als seine Verwandten interessierte er sich für die gesellschaftlichen Pflichten und Rechte eines Khans wenig. Er mischte sich nicht in die Konflikte im Dorf ein und suchte keine enge Beziehung zu der Distriktverwaltung, um daraus Vorteile für sich zu ziehen. Einen großen Teil seiner freien Zeit verbrachte er mit dem Anbau von Obst und Gemüse in seinem Garten. Das war seine Lieblingsbeschäftigung. Er brachte neue Gemüsesorten aus der Stadt, baute sie an und verbreitete sie dann im Dorf. Außerdem war er ein Feinschmecker, interessierte sich für allerlei Gewürze, trocknete selbst Gemüse und Früchte und stellte aus denen dann verschiedene Mischungen zusammen. Besonders stolz war er auf seine Tomatengewürze, sie passten zu jedem Gericht, ohne diese Mischung ging nichts in seiner Küche.

Seine Freunde und Bekannten, die ihn besuchten, staunten über den ungewöhnlichen Geschmack und Duft seiner Gerichte.

Einer fragte einmal neugierig: »Verrate, Khan! Welche Zauberei hat diese Schorwa so lecker gemacht?«

Ein Anderer, überrascht von einem unbekannten Duft des Reises, fragte: »Hm! Welche Gewürze müssen nun hier drin sein? Der Pilaw riecht erstaunlich gut!«

Nawas Khan lächelte stolz und fing an, lange und ausführlich über seine Tomatengewürze zu erzählen. Er warb überall für seine Lieblingsgewürze, was manchmal auch zu unangenehmen Situationen und peinlichen Vorfällen bei den Leuten führte. Ein solcher Vorfall geschah Matin Babu, dem alten Nomadenhäuptling vom gegenüberliegenden Ufer des Flusses.

Das war vor ein paar Jahren. Matin Babu musste das Weiße Dorf besuchen, um seine Geschäfte zu erledigen. Es war Spätherbst, die Regenzeit hatte zwar begonnen aber der Fluss war immer noch leicht passierbar. Plötzlich brach am Nachmittag ein heftiges Unwetter aus, es regnete stundenlang und der Fluss wurde auf einmal stürmisch. Als Folge musste Matin Babu bei Nawas Khan übernachten. Er kannte ihn zwar seit Langem, aber als Gast war er zum ersten Mal bei ihm gewesen. Matin Babu war ein Halbnomade, Ende Frühling, als die Sonne das Gras der nahliegenden Weiden verbrannte, zog er mit seinem Stamm und seinen Schafen in die Berge der Zentralprovinzen und erst im Herbst, vor dem Schneeeinbruch, kehrte er zurück in sein Dorf. Für seine Verhältnisse war er nicht arm, hatte immer genug Brot, Milch und Käse, stand auf eigenen Beinen und war von niemandem abhängig. Dennoch führte er eine bescheidene Lebensweise im Vergleich zu den Khancheel im Weißen Dorf. Er war ein guter Esser, auch mit seinen mehr als 65 Jahren konnte ihm in dieser Angelegenheit niemand Konkurrenz machen. Wenn er auf dem Dastarchan saß, dann war sein Appetit nicht leicht zu befriedigen. Sein Motto war: Je fettiger, desto besser. Von feiner Khanküche hatte er keine Ahnung.

Als Matin Babu am Abend alle Leckereien auf dem Dastarchan von Nawas Khan probierte, konnte er sein Staunen nicht verbergen. Viele Gerichte waren ihm unbekannt und ungewöhnlich lecker. Seine Neugier ließ ihm keine Ruhe und irgendwann, als er schon genug gegessen hatte, fragte er Nawas Khan:

»Du wirst mich auslachen, Khan! Trotzdem frage ich dich. Hast du einen Dschinn in der Küche, oder kennt deine verehrte Frau einen Zauberspruch? Woher hast du in dieser Jahreszeit so viel Gemüse und warum schmeckt deine Korma so lecker?«

»Alles ist einfach und ohne Zauberei, Matin Babu! Das Gemüse habe ich schon in der Sommerzeit getrocknet und das Geheimnis von Lammkorma steckt in meinen besonderen Tomatengewürzen. Ich kann dir etwas mitgeben, probiere es zu Hause.«

»Oh gern, Khan! Das wird auch eine Überraschung für meine Alte sein«, sagte Matin Babu mit fröhlicher Stimme.

Es vergingen keine zwei Wochen, bis Nawas Khan die Nachricht erreichte, dass es angeblich Matin Babu wegen eben diesen Gewürzen schlecht wurde. Nachher hatte er jedem, den er auf seinem Weg begegnete, zugeschrien: »Wei, Bruder! Iss Nawas Khans Gewürze nicht! Sie machen krank! Ich bin die ganze Nacht mit einem Fuß in meinem Zimmer und mit dem anderen in der Toilette gewesen!«

Nawas Khan lachte und sagte, der Grund läge nicht in seinen Gewürzen, sondern in dem fettigen Lammkorma, das er bestimmt in Übermaß gegessen hatte.

Tahmina

Während die Männer der Wulas hauptsächlich auf den Feldern arbeiteten, suchten ihre Frauen eine Beschäftigung auf den Höfen und Häusern der Khancheel. Sie backten, wuschen, putzten und passten auf deren Kinder auf. Für ihre Arbeit bekamen sie ein, zwei Mahlzeiten am Tag und ein paar Laibe Brot zum Mitnehmen nach Hause. Außerdem gaben die Hausfrauen und Herren ihnen ab und zu eine kleine Geldsumme, ihre alten Kleider oder mal Tee, mal Zucker und Ähnliches dieser Art.

Seeba, die älteste Tochter von Baschar, war eine von denen gewesen, die Glück gehabt hatten, eine solche Beschäftigung zu bekommen. Tahmina, Nawas Khans Frau, hatte sie als Dienerin im Haushalt angenommen.

Seeba war eine ruhige und bescheidene junge Frau, ihr Vater hatte sie schon als Kind mit dem Sohn des Tischlers aus dem

Dorf Tarnak verlobt. Sie war schon längst über 20 Jahre alt, lebte aber immer noch bei ihren Eltern. Ihr Verlobter hatte das ganze Brautgeld noch nicht bezahlen können.

Als Seeba zum ersten Mal bei Tahmina erschien, merkte sie sofort, dass die Atmosphäre im Haus ganz anders war, als sie es befürchtet hatte. Tahmina war nicht streng mit ihr, schaute nicht von oben auf sie herab und erklärte nett, was zu tun war. Rasch entwickelte Seeba eine echte Zuneigung und großen Respekt für Tahmina, sie war anders als die meisten Khancheelfrauen, behandelte Seeba nicht wie eine Dienerin, arbeitete gemeinsam mit ihr in der Küche oder im Haus – und wenn sie einen Fehler machte, beschimpfte Tahmina sie nicht und schrie sie nicht an.

Seeba bewunderte Tahmina, lernte von ihr, war gehorsam und strebte danach, immer Tahminas Gunst und Aufmerksamkeit zu gewinnen. Auch Tahmina gewöhnte sich langsam an Seeba, sie mochte diese unschuldige, junge Frau und schätzte ihre Treue und Ehrlichkeit.

Eines Tages nach dem Mittagessen, als Seeba für Tahmina einen Tee zubereitete und das Tablett mit einer Kanne schwarzen Tees und Süßigkeiten vor sie stellte, sagte Tahmina lächelnd: »Ach Seeba, Seeba! Eines Tages wird dein Verlobter kommen, dich heiraten und in das ferne Tarnak mitnehmen. Was werde ich dann ohne dich tun? Du bist doch meine rechte Hand geworden!«

Seeba schüttelte den Kopf heftig: »Kein Mann, keine Hochzeit, Dada! Ich will mein ganzes Leben nur dir dienen«, sagte sie und lief mit gerötetem Gesicht aus dem Zimmer.

Außer Seeba hatte von den Bewohnern der Wulas noch der alte Darwisch einen freien Zugang zu Tahminas Haus. Darwisch war ganz allein im Leben, keine Frau, keine Kinder, keine Verwandten oder Freunde! In seinem Alter fiel es ihm sehr schwer, zu arbeiten und sich zu ernähren. Tahmina war die einzige Person im Dorf, die nett zu ihm war, sie behandelte ihn menschlich, hörte ihm zu und unterstützte ihn. Darwisch kam ein, zwei Mal in der Woche, immer nachmittags, als alles bei Tahmina schon ruhig war, und blieb ein paar Stunden. Tahmina sagte zu ihm, er sei wie ein älterer Bruder für sie.

Darwisch war ein seltsamer Mensch, etwa zwei Meter groß und ganz mager, als würde er nur aus Haut und Knochen bestehen. Wenn er auf der Straße ging, dann hätte man denken können, er stünde auf zwei Holzstöcken. Sein Gesicht war dem eines alten Löwen ähnlich, die Wangenknochen waren so hervorstehend, dass darunter zwei tiefe Gruben entstanden waren. An seiner rechten Hand fehlten der Mittel- und Ringfinger.

Tahmina genoss nicht nur bei Darwisch oder Seeba große Zuneigung und Achtung, sondern war im ganzen Dorf beliebt. Sie behandelte alle im Dorf freundlich, egal ob sie arm oder reich, Bauer oder Grundbesitzer waren, und das war ziemlich ungewöhnlich für eine Khanfrau. Da sie aber auch gute Beziehungen mit anderen Khancheelfrauen hatte und viele von denen zu ihren Freundinnen zählten, verschlossen die Khancheelfrauen die Augen vor ihrer, aus deren Sicht, übertriebenen Nettigkeit gegenüber den Leuten mit niedrigerer Herkunft.

Tahmina selbst war in einer mittelreichen Familie im Nachbardorf Peikala geboren. Ihr Vater war einer der Älteren ihres Stammes gewesen. Nach dem Tod ihrer Eltern wuchs Tahmina unter der Obhut ihres älteren Bruders auf. Sie war mittelgroß, etwas dunkel, mit schönen mandelförmigen Augen, breiten Augenbrauen und langen Wimpern. Ständig hatte sie ein ansteckendes Lächeln im Gesicht und verhielt sich immer ruhig und selbstbewusst.

Nach ihrer Hochzeit mit Nawas Khan gewöhnte sich Tahmina schnell an die Umgebung im Weißen Dorf, gewann bald mit ihrer ungezwungenen Offenheit, Ehrlichkeit und Hilfsbereitschaft die Herzen von vielen Khancheelfrauen.

»Tahmina Jan hat mich ihre Schwester genannt!«, verkündete die eine stolz.

»Nicht jeder hat Gott mit so einem Glück gesegnet! Tahmina schenkte er zauberhafte Finger. Alles, was sie berührt, wird zu Gold!«, sagte die Andere seufzend.

»Nawas Khan ist wegen Tahmina so erfolgreich! Er sollte sich tausendmal am Tag bei Gott bedanken, dass er so eine Gattin hat!«, bemerkte eine Dritte.

Das Eheleben und die Familienverhältnisse im Haus von Tahmina und Nawas Khan waren vorbildlich. Manche neidische Khancheelfrauen machten ihren Männern Vorwürfe und sagten bissig: »Ihr solltet ein bisschen von Nawas Khan lernen! Seht mal, wie er Tahmina verwöhnt. Ach, wenn Gott eine Frau glücklich macht, dann achtet er nicht darauf, ob sie eines Sultans oder Goorwans Tochter ist!«

Es gab aber auch Männer, die ihren Frauen Tahmina zum

Vorbild hielten: »Nawas Khan ist ein Glückspilz, dass er Tahmina an seiner Seite hat! Er ist von allen Sorgen im Haus befreit! Sein Haus ist aufgeräumt und seine Gäste sind versorgt! Und wie sie kocht! Da möchte man sich alle zehn Finger ablecken!«

Die Dorfbewohner bewunderten die Harmonie, die im Haus von Tahmina und Nawas Khan herrschte. Niemand hörte auch nur eine laute Diskussion zwischen den beiden. Die Leute sagten, sie verstehen einander auch ohne Worte.

Schabo und Suhrab

Eines Tages vor dem Sonnenuntergang, als schon alles getan war und Seeba sich auf dem Weg nach Hause machen musste, zögerte sie ein bisschen mit der Verabschiedung.
Tahmina bemerkte es und fragte: »Was für ein Problem hast du, Mädchen? Ich sehe, du willst mir etwas sagen.«

»Wirst du mir nicht böse sein, Dada?«, fragte Seeba ihrerseits unsicher.

»Warum sollte ich dir böse sein, du kannst doch mir alles sagen!«

Seeba richtete den Blick zu Boden und murmelte vor sich hin: »Ich weiß nicht, wie ich es sagen soll, Dada. Meine kleine Schwester ...«

»Was ist mit deiner Schwester, ist sie krank?«

»Nein, Dada! Sie ist gesund, aber meine Mutter ist seit Tagen krank. Mein Vater will sie morgen zu Scheich Babas Schrein bringen. Allein zu Hause wird meine Schwester aber dann den ganzen Tag weinen, meine Cousinen werden sie hauen, sie vertragen sich nicht. Ich wollte, ich meine, wenn Onkel Khan nichts dagegen hat ...«

»Ach Seeba! Mach nicht aus jeder Kleinigkeit einen Elefanten, bring sie einfach morgen mit, Suhrab ist auch allein zu Hause, und überlass Onkel Khan mir, ich spreche mit ihm.«

Seeba lächelte verlegen: »Gott gebe dir ein langes Leben, Dada! Ich werde deine Güte nie vergessen!«, sagte sie dankend und drehte sich schnell zu Tür um.

Am nächsten Morgen, als Seeba zusammen mit ihrer kleinen Schwester Schabo erschienen war, strich Tahmina mit ihrer Hand sanft auf dem Kopf des Kindes, zeigte mit dem Finger auf ihren Sohn Suhrab, der ein paar Meter weiter stand und neugierig zuschaute, und sagte lächelnd: »Das ist Suhrab! Er ist ein anständiger Junge, er wird dich nicht ärgern, du darfst mit ihm spielen.«

Schabo stand schweigend da, den Kopf zum Boden gerichtet und guckte ab und zu verwirrt aus den Augenwinkeln. Sie war sechs Jahre alt und sah dünn und für ihr Alter etwas klein aus. Sie hatte ein rundes Gesicht, schwarze Augen und kohlschwarze Haare. Ihre Wangen und Hände waren mit schmutzigen Schorfen übersseht und ihre zerzausten Haare sahen ölig und ungewaschen aus. Ihr langes und übergroßes Hemd hatte so viele bunte Flicken, dass man den eigentlichen Stoff kaum mehr erkennen konnte.

Tahmina bat Suhrab mehrmals, näherzukommen und Schabo kennenzulernen, aber er stand unbewegt da und schaute Schabo die ganze Zeit befremdlich an.

Suhrab war etwa zwei Monate älter als Schabo. Er war das einzige Kind im Haus, seine zwei älteren Brüder Khaled und Salim kamen nur für drei Monate im Winter nach Hause, den Rest des Jahres war Suhrab allein zu Hause und genoss alle Liebe und Aufmerksamkeit seiner Eltern. Besonders verwöhnte ihn seine Mutter. Überall, wohin Tahmina ging, ob das ein geselliges Frauentreffen oder ein Besuch des heiligen Schreins war, nahm sie ihn mit.

Ihren Freundinnen sagte Tahmina stolz: »Ich bin Gott sehr dankbar, dass ich Suhrab habe. Er ist mein Schatz, ohne ihn wäre die Trennung von meinen zwei Jungs in Kabul unerträglich.«

Suhrab war ein ruhiger Junge, genauso dünn wie Schabo, aber größer als viele seiner Gleichaltrigen. Als kleines Kind war er sehr anfällig für Krankheiten.

Sein Vater scherzte: »Der Wind hat die Nase meines Sohnes noch nicht gestreift und er hat schon Schnupfen!«

Suhrab war ein zurückhaltendes Kind, ging selten zur Straße raus. Statt mit den Kindern auf der Straße zu spielen, spielte er lieber allein zu Hause, amüsierte sich mit Spinkai, dem Hund seines Bruders Salim, begleitete seine Mutter irgendwohin oder verbrachte Zeit mit seinem Vater im Garten.

Nach ein paar gescheiterten Versuchen, Schabo und Suhrab zusammenzubringen, ließen Tahmina und Seeba sie allein und kehrten zu ihrer Alltagsarbeit zurück.

»Sie werden schon irgendwie miteinander auskommen müssen!«, meinte Tahmina lächelnd.

Im Laufe der weiteren paar Stunden sahen Tahmina und

Seeba die Kinder noch mal hier und mal da, immer noch getrennt voneinander. Danach aber verschwanden die beiden aus ihrem Blick und erst am Mittag bat Tahmina Seeba, sie zu suchen.

Kurz nachdem Seeba nach draußen gegangen war, hörte Tahmina ihre Stimme aus dem Hof: »Dada, kannst du bitte für einen Moment hierherkommen?«

Als Tahmina zum Hof rauskam, war auch sie überrascht, sie sah Schabo und Suhrab zusammen spielend in einer Ecke des Hofes. Die beiden waren so mit einander beschäftigt, dass sie die danebenstehende Seeba gar nicht bemerkten.

Während des Mittagessens erkundigte sich Tahmina bei Schabo und Suhrab gar nicht, wie alles so gelaufen war oder wie es weitergehen soll, sie überließ die Kinder einfach sich selbst.

Nach dem Essen setzten Schabo und Suhrab ihre Spiele schon wie alte Freunde fort. Sie spielten Verstecken oder zogen hinter sich die Schnüre von Suhrabs Autos, Kamelen, Elefanten und anderen Spielzeugen und rannten durch die Gegend oder liefen mit einem Holzstock zwischen den Beinen und ahmten Pferde nach. Dabei agierte Suhrab als Anführer, er bestimmte, was und wie sie spielen und wo lang sie laufen sollten – und so waren sie bis zum Sonnenuntergang in allen Ecken des Hofes und Hauses gewesen.

Vor dem Abend, als Seeba ihrer Schwester zurief, es sei Zeit nach Hause zu gehen, lief Suhrab zu seiner Mutter und flehte sie an: »Lass Schabo heute Nacht bei uns bleiben, bitte!«

Tahmina lachte, zog ihn zu sich in die Arme und sagte:

»Söhnchen! Jedes Kind muss am Abend in sein eigenes Haus zurückkehren! Ihr habt doch heute genug gespielt!«

Suhrab ließ aber nicht locker, er schüttelte die Hand seiner Mutter und sagte: »Oh Mutter! Ich will auch am Abend mit Schabo spielen!«

Tahmina blickte Seeba kurz an, erwiderte dann: »Liebling! Tagsüber spielt man, aber nachts muss man schlafen. Ich hätte an deiner Stelle Seeba gefragt, vielleicht kann sie Schabo auch morgen mitbringen.«

Seeba stand, Schabos Hand in ihrer Hand, auf der Türschwelle und wusste nicht, was sie erwidern sollte. In diesem Moment lief Suhrab zu ihr, schüttelte kräftig mit beiden Händen Seebas Hand und sagte: »Wenn du morgen Schabo nicht mitbringst, dann werde ich nie wieder mit dir reden!«

»Mal sehen Suhrab Jan! Ich weiß noch nicht, ob so was möglich ist«, erwiderte Seeba. Gleichzeitig sah sie Tahmina fragend an, sie war sich nicht sicher, ob Tahmina es mit Schabo ernsthaft meinte oder ob sie das nur sagte, um Suhrab abzulenken.

»Komm bitte her, Seeba!«, bat Tahmina sie plötzlich.

Seeba näherte sich ihr unentschlossen. Tahmina zeigte mit dem Finger auf einen eingebauten Wandschrank und sagte: »Kannst du mir bitte von da die Cremedose reichen?«

Seeba händigte Tahmina die Creme aus, verstand aber noch nicht, worum es ging.

»Nimm die Creme mit, reibe damit jede Nacht Schabos Gesicht und Hände ein und wasch sie frühmorgens mit warmem Wasser ab. Ach ja, vergiss nicht, morgen Schabo mitzubringen! Hast du gehört, was Suhrab gesagt hat, er meint es ernst!«, mahnte Tahmina sie mit einem leichten Lächeln im Gesicht.

Seeba schaute kurz auf die Hände und das Gesicht ihrer Schwester. Ihre Haut war aufgeschürft und rau. Für sie war das nichts Neues, alle ihre Cousins und Cousinen liefen so ungepflegt und mit blutigen Kratzern herum.

»Dada, sie ist deiner Barmherzigkeit nicht wert!«, widersprach ihr Seeba.

»Sprich nicht so viel und mach, was ich dir sage!«, betonte Tahmina spielerisch ernst.

Am Tag danach kam Seeba wieder mit Schabo. Tahmina überließ die Kinder ihren Spielen und nahm Seeba in ein Zimmer mit.

»Kennst du deine neue Aufgabe für die nächsten paar Tage?«

Seeba schüttelte den Kopf. Tahmina zeigte auf eine Nähmaschine in der Ecke und sagte: »Bring sie bitte her!«

Seeba brachte verwundert die Maschine und stellte sie in Mitte des Raumes auf den Teppich. Tahmina zeigte dieses Mal auf einen Haufen Kleidung auf dem Teppich und sagte: »Aus diesem Material machst du ein paar Kleiderstücke für Schabo fertig.«

Seeba schaute verwirrt auf das Kleiderstück, das Tahmina in die Hand nahm und Seeba hinhielt.

»Dada, das ist doch dein Hemd! Es ist noch ganz neu!«

Seeba nahm das Hemd und schaute es von allen Seiten an und fügte hinzu: »Aber Dada, ich habe nie etwas für Kinder genäht, ich kann es nicht.«

»Ach du naives Mädchen! Die Zeit wird kommen und hinter dir werden fünf, sechs Kinder laufen, was wirst du bitte schön dann machen? Setz dich sofort hinter die Maschine, ich zeige es dir!«

»Ich will nicht heiraten, Dada! Jede Nacht, wenn ich ins Bett gehe, bete ich: Oh großer Gott! Mach, dass ich im Dienst meiner Dada alt werde«, sagte Seeba ganz ernst.

Tahmina lachte und sagte im Scherz: »Ich habe aber den Verdacht, dass dein Mund eine Sprache und dein Herz eine andere spricht! Im Geheimen zählst du vielleicht die Tage, bis dein Verlobter kommt und deinen Hochzeitstag ankündigt!«

Seebas Gesicht wurde rot, sie senkte den Kopf und sagte mit einem beschämenden Lächeln: »Dada, ich schwöre es. Ich will nicht von hier weg!«

Danach kamen Seeba und Schabo jeden Tag zusammen. Suhrab wartete schon auf sie, lachend liefen die beiden herum und spielten bis zum Sonnenuntergang.

Nawas Khan sah zunächst die Spielereien seines Sohnes mit Schabo als harmlos an, irgendwann aber begann er, sich Sorgen zu machen. Etwas stimmte mit Suhrab nicht. In diesem Alter sind Jungs zu Hause nicht zu halten, die Straße zieht sie an, sie spielen mit Murmeln, kämpfen, laufen und streiten. Die Jungs mögen Mädchen in diesem Alter nicht, dachte er.

Eines Tages teilte er seine Besorgnisse Tahmina mit.

»Suhrab ist die ganze Zeit mit diesem Mädchen beschäftigt,

er geht so gut wie gar nicht auf die Straße. Ich befürchte, er wird einen mädchenhaften Charakter entwickeln, findest du nicht?«, fragte er sie.

»Ach, Khaleds Vater! Gib jeder Kleinigkeit nicht so eine große Bedeutung, sie sind noch kleine Kinder!«, antwortete Tahmina lächelnd. Sie nannte, so wie alle anderen Frauen im Dorf, ihren Mann aus Respekt nicht bei seinem Namen, sondern als Vater ihres ältesten Kindes. Das Gleiche taten auch die Männer. Sie sprachen ihre Ehefrauen als Mutter ihres ältesten Sohnes an.

»Mir gefallen Männer mit Frauenbenehmen überhaupt nicht, jetzt sehe ich meinem Sohn zu und weiß nicht, was ich denken soll!«, sprach Nawas Khan weiter unzufrieden.

»Mach dir keine Sorgen! Ich behalte die beiden im Auge. So wie ich es sehe, spielen sie immer Jungsspiele, Schabo läuft immer hinter Suhrab her. Es ist eher zu befürchten, dass Schabo den Charakter eines Jungen annimmt!«

Nawas Khan wurde nachdenklich, sagte aber nichts. Nach ein paar Sekunden Schweigens fuhr Tahmina fort: »Diese Schabo hat etwas! Ich weiß nicht warum, aber sie ist so süß und mir irgendwie ans Herz gewachsen!«

Nawas Khan lachte und sagte mit einem sarkastischen Unterton: »Sag mal, wer ist dir nicht ans Herz gewachsen? Wegen deiner Großzügigkeit ist schon die Hälfte des Dorfes deine Brüder und Schwestern. Die Leute sagen, Nawas Khans Frau ist so barmherzig und hilfsbereit wie Hatim Tai.«

»Wenn ich jemandem helfe, dann mache ich das, weil ich es nicht anders kann. Und warum ist es schlecht, wenn man wie Hatim Tai großzügig ist?«, fragte Tahmina etwas verletzt.

Nawas Khan schlang seinen Arm um sie und sagte lächelnd: »Ich bin froh, dass Gott dir so ein großes Herz gegeben hat. Aber du darfst auch das Sprichwort nicht vergessen: Sei nicht so scharf, dass jemand dich wegwirft, sei nicht so süß, dass jemand dich aufisst!«

»Richtig! Ich bin genauso! Du wirfst mich nicht weg und du isst mich auch nicht!«, sagte Tahmina lachend.

Nawas Khan zog sie zu sich und sagte seufzend: »Ach, du meine Süße!«

Suhrab und Schabo spielten weiter typische Jungsspiele: Khussei, Kabbadi und andere dorfübliche Geschicklichkeits- und Kampfspiele. Sie lernte von ihm. Und irgendwann wurde Schabo so gut, dass sie ab und zu ein Spiel gegen Suhrab gewinnen konnte. Suhrab gab aber seine Niederlage nicht zu und wollte auf jeden Fall eine Revanche. Er fand eine Ausrede und bestritt Schabos Sieg: »Einmal zählt nicht! Wenn man zweimal von drei gewinnt, dann ist man der Sieger«, betonte Suhrab.

»Wenn du gewinnst, dann ist auch einmal genug, das ist nicht fair!«, erwiderte Schabo, und sie fingen wieder von Neuem an.

Manchmal ließ aber Schabo ihn zappeln, lachend sagte sie: »Du hast verloren, ich will nicht mehr dieses Spiel spielen!«

Gekränkt versuchte dann Suhrab auch sie zu ärgern, er lief von ihr weg und schrie laut: »Angsthase! Du hast Angst vor mir!«

Schabo lief auf dem Hof hinter ihm her und versuchte ihn zu kriegen.

Die Trennung

Nach langer Zeit besuchte Nawas Khans jüngerer Bruder Sultan Khan sein Heimatdorf. Er hatte vor zwei Jahren sein Studium an der Militäruniversität in Kabul absolviert und seitdem auf dem Luftwaffenstützpunkt in Masar-e Scharif gearbeitet. Seine Frau Palwascha hatte vor einem Monat einen Sohn geboren. Sie war allein und brauchte ein Dienstmädchen, das auf ihr Kind aufpasste und Kleinigkeiten aus dem Laden brachte. Sie wünschte sich aber unbedingt jemanden aus der Heimat.

»Das Mädchen wird ein Stück des Weißen Dorfes zu mir bringen«, sagte sie ihrem Mann.

Schon am ersten Tag seiner Ankunft beriet sich Sultan Khan mit seinem Bruder.

»Was meinst du, Lala? Wen kann ich von hier mitnehmen?«, fragte er.

Nawas Khan dachte nicht lange nach, in seinem Gesicht erschien ein geheimnisvolles Lächeln und er antwortete sofort.

»Ich glaube, ich kenne da jemanden, den du gebrauchen könntest. Ja, Schabo! Die Tochter des Erzählers! Sie ist sechs oder sieben, denke ich, aber wachsam und klug genug, um Palwascha im Haushalt behilflich zu sein.«

»Dann ist mein Problem gelöst.«

»Es gibt aber einen Haken!«, mahnte Nawas Khan.

Sultan Khan sah ihn fragend an.

»Das Problem ist, sie spielt jeden Tag mit deinem Neffen Suhrab. Du musst mit Tahmina reden und ihre Zustimmung holen. Lass Baschar meine Sorge sein, ich kann ihn schnell überzeugen, er ist ein armer Mann, ein Esser weniger ist auch eine Hilfe für ihn. Außerdem verspreche ich ihm, jährlich etwas zu zahlen«, erklärte Nawas Khan.

Baschar zu überreden war auch tatsächlich eine leichte Aufgabe für Nawas Khan. Wer wünschte seinem Kind nicht gutes Essen, saubere Kleidung und ein Leben in der Stadt?

Nach dem Gespräch mit Nawas Khan ging Baschar zunächst zu seinem Bruder Hunar und versuchte, ihm alles zu erklären. Hunar hörte ihm aber nicht bis zum Ende zu, er explodierte beinahe.

»Wie konntest du so einem Unsinn zustimmen, Lala? Was passiert dann, wenn deine Tochter zu uns zurückkehrt? Werden ihr unsere gottverdammte Lebensumstände reichen? Wird ihr dann unser hartes Roggenbrot die Kehle runtergehen? Ich sage dir eins, Lala, wenn dein Kind, weit weg von zu Hause, in einer wohlhabenden Familie aufwächst, dann wird sie später als Erstes uns, unsere Armut verabscheuen! Warum tust du ihr und uns allen das an? Es reicht nicht, dass wir hier unser ganzes Leben lang für sie schuften, jetzt gibst du ihnen auch ein Stück deines Herzens in die Fremde.«

Baschar hörte ihm ruhig zu, sein trauriger Blick war in die Ferne gerichtet und, als Hunar mit seinen Einreden fertig war, seufzte er: »Uns ist vielleicht so ein Schicksal auf die Stirn geschrieben. Lass wenigstens eines von unseren Kindern ein paar bessere Tage im Leben haben! Außerdem ist Sultan Khan ein guter Mensch, er verspricht, unser Kind wie sein eigenes zu behandeln!«

»Was sagst du, Lala! Sie sehen uns niedriger als ihre Hunde an! Sie nutzen uns nur aus – und wenn wir ihnen nicht von Nutzen sind, werfen sie uns wie ein schmutziges Handtuch weg!«, sagte Hunar aufgebracht.

»Warum quälst du mich, Bruder? Komm einmal vom Himmel zur Erde runter und sieh dich im Spiegel an! Wer bist du? Woher hast du solchen Stolz und solche Ansprüche! Wir stecken bis zum Hals im Schuldensumpf, alles, was uns von den Feldern zusteht, geht gleich an die Gläubiger. Denkst du, ich trenne mich gern von meiner Tochter und gebe sie einfach so in die Fremde?«

Baschar zeigte mit dem Finger zum Himmel und fügte hinzu: »Allein Gott weiß, was in meinem Herzen vorgeht!«

Hunar nahm aus der Hemdtasche die Naswar-Dose, legte sich ein bisschen hinter der Unterlippe, lehnte sich gegen die Wand und sagte schon etwas beruhigt: »Okay Bruder! Deine Tochter ist deine Sache. Mach, was du willst! Ich habe dich gewarnt!«

Schabos Mutter, Nurija, war eine winzige, bescheidene Frau. Sie litt unter Kopfschmerzen und band ständig ihren Kopf mit einem Tuch fest. Als Baschar ihr seine Absicht mitgeteilt hatte, griff sie mit beiden Händen an ihren Kopf und sagte mit weinender Stimme: »Was hast du vor, Seebas Vater? Willst du mir mit einem stumpfen Messer die Kehle durchschneiden?

Wie kannst du unsere Tochter in fremde Hände ans Ende der Welt geben? Sie ist noch ein Kind, ohne Mutter wird sie vor Kummer sterben!« Sie brach in bittere Wehklagen aus.

Baschar wusste, dass es nicht leicht sein würde, seine Frau zu überzeugen, trotzdem hatte er sich so eine Szene nicht vorgestellt.

»Warum schreist du so wild, Seebas Mutter! Ich gebe doch meine Tochter nicht für immer weg. Sie wird nur für ein paar Monate dort bleiben und jederzeit, wenn wir es wollen, schickt Sultan Khan unsere Tochter zu uns zurück!«, versuchte er, sie zu beruhigen.

Nurija liefen Tränen über das Gesicht, sie schluchzte und sagte mit Mühe: »Wenn einmal meine Tochter von mir weg ist, dann werde ich sie nie wieder in diesem Leben sehen!«

Nurija begann wieder, laut zu weinen. Sie wiegte sich vor und zurück und murmelte etwas Unverständliches vor sich hin.

Baschar trat näher, setzte sich neben sie und sagte leise: »Um Himmelswillen, warum quälst du dich so? Es ist doch nichts passiert! Hör mir einen Moment zu. Ich wünsche nur das Wohl unseres Kindes. Schau mal, in welchem Dreck wir beide unser ganzes Leben verbracht haben! Willst du nicht, dass unser Kind etwas Gutes vom Leben bekommt?«

Baschar legte seine Hand vorsichtig auf Nurijas Schulter und sagte besänftigend: »Bitte versteh endlich! Sie geht doch nicht ins Gefängnis! Sultan Khan und seine Frau sind anständige Menschen, sie werden unsere Tochter gut behandeln.«

Baschar redete noch lange auf seine Frau ein. Sie weinte,

er argumentierte, bis irgendwann Nurijas Tränen trockneten. Sie seufzte und sagte: »Vielleicht ist es Gottes Willen, ich muss mich beugen, was bleibt mir sonst übrig?«

Baschar war der Einzige aus seiner Familie, der Schabo zur Straße begleitete, sie auf die Stirn küsste und ihre Hand in die Hand von Sultan Khan legte.

Schabos Weggang machte nicht alle traurig. Ihre Cousins und Cousinen waren froh, dass sie aus dem Haus verschwunden war. Sie beschimpften und hauten sich gegenseitig den ganzen Tag und unter ihnen bekam auch Schabo ihren Anteil. Häufig war Schabo zu Seeba gelaufen und hatte bei ihr Schutz gesucht. Für sie war Seeba ihr ein und alles. Ihr Vater war tagsüber in der Tischlerei beschäftigt und am Abend war er müde und hatte keine Lust, mit seiner Tochter zu schwatzen. Ihre Mutter war wegen ständiger Kopfschmerzen nicht in der Lage, sich genug für ihre Tochter einzusetzen, ihr die Liebe und Aufmerksamkeit zu schenken, die ihr als Kind zustand.

Tief im Herzen freute sich auch Seeba für ihre Schwester. Sie ging in eine neue Umgebung, wo städtische Leute lebten, wo man gut aß und schick angezogen war. Seeba betete, dass auch Sultan Khans Frau Palwascha so nett zu Schabo sein würde, wie Tahmina zu ihr war.

Am nächsten Tag kam Seeba allein zu Tahmina, beide Frauen wussten nicht, wie sie Suhrab erklären sollten, warum Schabo heute nicht da war, und wie sie ihm die ganze Wahrheit sagen sollten, dass Schabo überhaupt nicht mehr kommen würde. Tahmina und Seeba überlegten sich noch, wie sie sich verhalten sollten, als Suhrab fröhlich aus seinem Zimmer in die Eingangshalle lief.

Aber als er Seeba unerwartet allein sah, hielt er inne, aus seinem Gesicht verschwand sofort das Lächeln, und sein Blick suchte verwirrt nach Schabo.

Tahmina ging zu Suhrab, nahm seine Hand und sagte: »Söhnchen! Schabo ist zum Haus deines Onkels gegangen. Du weißt doch, deine Tante hat einen Sohn geboren, sie ist allein und braucht Hilfe. Schabo muss auf ihr Kind aufpassen.«

»Kommt sie morgen wieder?«

»Nein, Liebling, morgen kann sie nicht!«

»Und übermorgen?«

Tahmina zog Suhrab zu sich, küsste ihn und sagte lächelnd: »Ach Söhnchen! Schabo ist weit weg von hier. Auch morgen, übermorgen und einige Tage danach kann sie nicht zu uns kommen. Eines Tages kommt sie aber bestimmt, versprochen!«

Suhrab Gesicht wurde etwas blass, fast weinend sagte er: »Du sagst das nur so. Sie kommt nie wieder!«

Tahmina umarmte ihn und meinte liebevoll: »Nein, mein Sohn! Du wirst es sehen, sie wird kommen und dich überraschen. Du musst nur Geduld haben, du bist doch nicht mehr ein kleines Kind!«

Plötzlich riss sich Suhrab aus ihren Armen los, lief zum Hof hinaus und schrie weinend: »Sie hat mir nicht mal Tschüss gesagt, ich werde nie mehr mit ihr spielen!«

Seeba stand mit Augen voller Tränen da, verwirrt sah sie

Tahmina an und fragte: »Was wird jetzt, Dada?«

»Das wird schon! Ich spreche noch mit ihm, es vergehen ein paar Tage und er gewöhnt sich daran.«

Suhrab fand aber keine Ruhe, traurig ging er den ganzen Tag hin und her im Hof, als hätte er etwas verloren. Die Lust, allein zu spielen, hatte er nicht mehr.

Es vergingen Tage, trotzdem konnte Suhrab sich mit der Trennung von Schabo nicht abfinden. Jeden Morgen wartete er im Hof auf Seeba, sein Blick war ständig auf die Tür gerichtet, sein Herz klopfte, noch war ein Schimmer Hoffnung da, dass Schabo vielleicht doch noch zusammen mit Seeba ihr Haus betritt.

Zu seiner Enttäuschung kam Seeba aber jedes Mal allein, Suhrab ging dann enttäuscht zur Seite und beschäftigte sich mit Spinkai.

Suhrabs Zustand blieb vor Tahminas Augen nicht verborgen, sie machte sich schon Sorgen um ihren Sohn. Eines Abends, als Suhrab ins Bett ging, sagte sie zu Nawas Khan: »Suhrab ist traurig, er isst schlecht und ist noch dünner geworden. Ich dachte nicht, dass er sich die Trennung von Schabo so zu Herzen nimmt! Ach, ich habe Angst, unser Kind wird krank!«

Nawas Khan lächelte und äußerte sarkastisch: »Von wem hat er so ein weiches Herz? Von mir bestimmt nicht!«

Tahmina lehnte ihren Kopf an seine Schulter und sprach seufzend: »Ja, natürlich! Seine Stärke hat er von dir und seine Schwäche von mir!«

»Das war nicht so gemeint! Ich wollte sagen, er nimmt

alles ernst, ist barmherzig und mitfühlend, genauso wie seine Mutter«, versuchte er, sich zu rechtfertigen.

»Im Ernst, ich mache mir aber auch Sorgen um ihn. Unser Sohn ist sehr ruhig und weich für einen Jungen. Die Welt da draußen mag keine Schwäche. Wenn jemand übertrieben lieb ist, dann tanzen die Leute auf seinem Kopf!«, drückte er seine Besorgnis aus.

»Ich sehe aber das alles ganz anders. Wenn Suhrab kein Schläger-Typ ist, bedeutet das noch lange nicht, dass er ein Schwächling ist. Und dass er für seine Spiele ein Mädchen gegenüber den Jungs von der Straße bevorzugt, das hat er sicher von seinem Vater. Der mochte immer schöne Mädchen«, sagte Tahmina lachend.

»Das stimmt doch gar nicht! Ich habe nur ein Mädchen gemocht und das sitzt neben mir!«

»Ja, ja. Du hast es gesagt und ich habe es dir geglaubt!«, erwiderte Tahmina wieder lachend.

»Okay, okay! Lass uns zu unserem Sohn zurückkehren! Ich glaube, es ist an der Zeit, dass Suhrab zur Moschee geht und bei Mullah Saheb etwas lernt. Er ist fast sieben Jahre alt. Im kommenden Herbst geht er sowieso zur Schule! So wird er sich auch nicht den ganzen Tag hier im Haus langweilen.«

Tahmina gefiel diese Idee sehr, sie richtete sich auf und sagte mit fröhlicher Stimme: »Das finde ich toll! Suhrab wird Freunde unter seinen Gleichaltrigen finden. Das wird eine gute Ablenkung für ihn sein!«

»Ich nehme ihn schon morgen zur Moschee mit«, bestimmte Nawas Khan entschlossen.

Der Rote Mullah

Am nächsten Morgen nahm Nawas Khan tatsächlich Suhrab mit und machte ihn offiziell, sowie es die Sitten und Gebräuche verlangten, zum Lehrling bei Mullah Saheb. Er stellte ein paar Tabletts voller Süßigkeiten und getrockneten Früchten vor den Mullah, der las einige lange Gebete, und am Ende wurden mit Butter beschmierte Fladenbrote unter den Anwesenden verteilt.

Mullah Saheb, Imam der Moschee, der eigentlich Schafaq hieß, war in der Gegend als Roter Mullah bekannt. Er hatte nicht nur ein rotes Gesicht, sondern einen langen, mit Henna gefärbten roten Bart. Er war klein, trug weiße Kleidung, einen kleinen weißen Turban auf dem Kopf und ging mit einem schönen Gehstock in der Hand. Seine kleinen braunen Augen waren immer mit Kajal schwarz bemalt.

Der Rote Mullah genoss großes Ansehen bei den Dorfbewohnern, aber auch darüberhinaus. Er war bei allen wichtigen Ereignissen im Dorf, ob es eine Hochzeit oder Beerdigung war, dabei. Er besuchte Kranke und las für sie Heilgebete. Auch aus entfernten Dörfern kamen zu ihm Leute mit seelischen oder physischen Beschwerden. Er schrieb für sie heilige Schutzsprüche, sie machten aus ihnen einen Talisman und trugen ihn auf dem Oberarm oder am Hals. Zum Mullah kamen auch die Kinder und Jugendlichen des Weißen Dorfes, um die Grundsätze des Islams zu lernen.

Der Rote Mullah verteufelte eine richtige Schule. Sie war sein Feind und seine Konkurrenz, denn seit eine solche in der

Gegend eröffnet worden war, kamen immer weniger Kinder zur Moschee. Den Grund für jedes Unheil, jede Naturkatastrophe und Epidemie sah er in der Schule.

»Das alles passiert uns wegen dieser ungläubigen Bildung in der Schule. Seht mal, wie sie unsere Kinder vom Gottes Weg abbringen! Die Gebildeten sind frech, gehen unwillig ins Gotteshaus, laufen ohne Kopfbedeckung, ohne Turban. Gott ist deswegen zornig auf uns, ich würde mich nicht wundern, wenn uns noch Schlimmeres widerfährt!«, versuchte er den Leuten weiszumachen.

Am Tag danach schon ging Suhrab allein zur Moschee. Erstaunt sah er noch Dutzende Kinder, die im Schneidersitz in Reihen nebeneinandersaßen. Suhrab nahm schnell Platz in der letzten Reihe. Der Mullah verteilte ein paar dünne Bücher und fing an mit dem arabischen Alphabet. Er las, genau gesagt: sang, jeden Buchstaben laut. Die Kinder wiegten sich rhythmisch nach vorn und zurück und wiederholten alles wie Papageien. Nach etlichen Malen der Wiederholung legte der Mullah auf den Nacken eines jeden Kindes ein, zwei kleine Kieselsteine und sagte, er gehe und, bis er zurückkomme, müssten sie alle Buchstaben wiederholen – und, Gott bewahre, wenn jemand seinen Kopf vom Buch hochhebe und ein Steinchen runterfalle!

Suhrab fing an, eifrig die Buchstaben auswendig zu lernen, er bemerkte auch nicht, für wie lange der Mullah weg war. Irgendwann erschien der aber plötzlich hinter Suhrab und forderte ihn auf, aufzustehen. Er zog einen kurzen Holzstock aus seiner langen Hemdtasche und sagte mit einem bösen

Lächeln: »Streck deine Hände nach vorn, Khans Sohn! Du hast mit deinen Fingern gespielt und nicht gelernt.«

Suhrab stand auf, zögerte aber mit dem Ausstrecken der Hand, er fand die Anschuldigung nicht gerecht.

Der Mullah schrie: »Mach schon, sonst verdopple ich deine Strafe.«

Unwillig streckte Suhrab ihm seine Hände entgegen. Der Mullah schlug mit Vergnügen je zwei Mal auf dessen Handflächen und ging wieder weg. Suhrab setzte sich mit rotem Gesicht zurück an seinen Platz. Er versuchte mit aller Kraft, seine Tränen zu unterdrücken, denn er wollte nicht, dass die Anderen ihn als Schwächling ansahen.

Suhrab erzählte auch nicht zu Hause, dass er an seinem ersten Tag in der Moschee vom Mullah ungerecht bestraft worden war.

An den folgenden Tagen erwies sich aber Suhrab als guter Schüler. Er verstand zwar die Bedeutung des Textes, den er auswendig lernte, nicht, denn alles war auf Arabisch geschrieben, und der Mullah übersetzte es nicht, trotzdem hatte er keine Schwierigkeiten mit dem Unterricht. Ein einziges Mal reichte, und Suhrab konnte schon den Text auswendig.

Nach etwa einem Monat nahm der Mullah Suhrab schon als Vorbild für die Anderen.

»Seht euch Suhrab an! Nehmt euch an ihm ein Beispiel! Wenn ihr nicht hier im Gottes Haus etwas von eurer Religion, eurem Glauben lernt, wo denn sonst? Diese verdammte Schule wird aus euch nur sündige und verlorene Menschen machen«, betonte er.

Die Straße

Suhrab gewöhnte sich langsam an seine Kameraden in der Moschee. Nachdem der Rote Mullah die Kinder entlassen hatte, liefen sie alle mit fröhlichem Schreien zur Straße und spielten dort lange zusammen mit den anderen kleinen und großen Jungs.

Auf der Straße hatte jede Art von Spielen schon bekannte Kenner und erfahrene Spieler. Samad, Tareq und Rauf waren in den Bejel-Basi, den beliebten Knochenspielen im Dorf, unumstrittene Führer. Alle drei besaßen mehr als hunderte Bejele, Schafs- und Ziegenknöcheln, und das war ein ganzes Vermögen unter den Jungs.

Kader und Rahim waren im traditionellen Kampf unbesiegbar, es gab auch in Khussei, Kabbadi und anderen Spielen bekannte Gesichter. Sie traten als Anführer auf und hatten das Privileg, für sich eine Mannschaft zu bilden.

Suhrab nahm zwar Teil an solchen Kraft- und Geschicklichkeitsspielen, war aber auf keine Weise ein besessener und begeisterter Spieler. Wenn er im Unterricht zu den Besten zählte, war er beim Spielen weit hinter den Schlechten. Er verlor fast immer. Das einzige Spiel, in dem er gut war, war das Mühlespiel. Hier brauchte man keine kräftigen Arme und auch keine schnellen Beine. Manche Jungs machten sich lustig über Suhrab und sagten:

»Suhrabs Arme und Beine funktionieren nicht, bei ihm funktioniert nur sein Kopf.«

Khaled und Salim

Der Winter kam näher und damit auch der Tag, an dem die Studenten und Internatsschüler aus Kabul nach Hause zurückkehrten. Die baldige Ankunft ihrer zwei Söhne Khaled und Salim war schon ein heißes Thema bei Tahmina und Nawas Khan. Sie diskutierten öfter darüber, wie sie es am besten feiern könnten, welches Schaf sie zuerst schlachten und wen sie einladen mussten.

Auch Suhrab wartete ungeduldig auf seine älteren Brüder, die immer sehr lieb zu ihm waren. Khaled, der Älteste, besuchte die Militärschule und Salim ging auf ein technisches Internat in Kabul.

Eines Tages brachte jemand ein Telegramm aus der kleinen Stadt Farahrod, dem Zentrum vom Distrikt Balabuluk, in dem stand, die Schüler und Studenten würden schon morgen in ihrem Dorf eintreffen. Dieses Städtchen lag am Ufer des gleichnamigen Flusses etwa 25 Kilometer östlich vom Weißen Dorf. Als Suhrab diese fröhliche Nachricht hörte, passte er vor Freude fast nicht mehr in seine Kleidung. Tahmina und Seeba fingen an, in Eile das Haus vorzubereiten, Nawas Khan übernahm die Aufgabe, ein Schaf schlachten zu lassen und das Fleisch als Almosen unter den Wulas zu verteilen. Sogar Salims Hund, Spinkai, schien ungewöhnlich aufgeregt zu sein, anscheinend spürte er, dass bald sein Besitzer kommen wird. In den drei Wintermonaten war Spinkai immer gut aufgehoben, Salim fütterte ihn bestens, spielte mit ihm und nahm ihn überall mit.

Salim war ein fröhlicher, geselliger junger Mann, mittelgroß, mit großen braunen Augen und dunklem Gesicht. Seine Hobbys waren vielfältig. Außer seinem Liebling Spinkai hatte er noch einen Kampfhahn. Im Winter fanden am Freitag Hunde- und Hahnenkämpfe auf dem großen Platz vor dem Weißen Dorf statt. Junge Leute aus den umliegenden Dörfern versammelten sich dort und organisierten Wetten. Salim war einer der ständigen Teilnehmer an solchen Wetten, sein Hahn war einer der Besten in der ganzen Umgebung.

Khaled, Salims älterer Bruder, hielt aber nichts von Tieren und ihren Kämpfen. Er besuchte zwar auch solche Veranstaltungen, hatte aber selbst nie einen Hund, einen Kampfhahn, eine Wachtel oder ein Rebhuhn besessen. Er war groß, schlank, mit schönen braunen Augen und hübschen Gesichtszügen, verhielt sich ruhig, ernst und ordentlich. In Gesprächen und Unterhaltungen mit Anderen war er eher zurückhaltend und schweigsam. Nur wenn die Rede auf Militär, regionale und internationale Konflikte wie die Durand-Linie zwischen Afghanistan und Pakistan, oder etwas wie Kaschmir, Nahost, Korea und Vietnam kam, dann mischte er sich sofort ein, äußerte sich leidenschaftlich und zeigte sich als Experte auf diesem Gebiet.

In der Nacht vor dem Eintreffen seiner Brüder dachte Suhrab lange an das Wiedersehen mit ihnen. Er stellte sich und seine Brüder Hand in Hand spazierend im Dorf vor, die Passanten begrüßten sie mit einem Kopfnicken, lächelten sie an und flüsterten einander zu: »Sieh mal, da ist Suhrab mit seinen Brüdern!«

Zwischen Farahrod, dem Zentrum vom Distrikt Balabuluk, und der Stadt Farah, der Hauptstadt der gleichnamigen Provinz Farah, waren lediglich zwei Fahrzeuge für die Reisenden unterwegs, sie waren alt und die Straße war unbefestigt, sodass die Leute stundenlang auf sie warten mussten.

Auch an diesem Vormittag warteten viele Leute geduldig an der Haltestelle. Suhrab stand neben seinem Vater und beobachtete ständig die leere Straße nach Osten. Seine Augen taten schon weh, als plötzlich in der Ferne eine Wolke aus Staub auf der Straße erschien.

Suhrab sprang vor Freude in die Luft und schrie fröhlich: »Da sind sie!«

Noch ein, zwei Minuten, und das vom Staub bedeckte Fahrzeug hielt vor der Menge. Als Erster sprang Salim aus dem alten, staubigen Linienfahrzeug und fing an die Wartenden zu umarmen. Ihm folgten Khaled und die Anderen. Suhrab sah mit Bewunderung Khaleds Militäruniform, seine Mütze und auch die hohen Stiefel an. Nawas Khan und die anderen Älteren begrüßten die Neuankömmlinge nacheinander. Erst dann kam auch endlich Suhrab an die Reihe, er küsste Khaleds und Salims Hand, sie küssten Suhrab auf den Kopf und schlossen ihn fest in die Arme.

Als alle sich auf den Weg zum Dorf machten, nahm Salim Suhrabs Hand, drückte sie sanft und sagte lächelnd: »Ey, du bist schon ganz groß geworden!«

Suhrab lächelte verlegen. Salim beugte sich zu ihm und fragte ihn leise: »Sag mal, wie geht es Spinkai? Und meinem Hahn, lebt er noch?« Suhrab nickte wieder lächelnd.

Unterwegs konnte Suhrab seinen Blick nicht von Khaled reißen. Er wünschte sich auch eine Mütze wie die von Khaled auf dem Kopf, und wenn die Leute sie grüßten, würde er wie Khaled stolz salutieren.

Tahmina und Seeba warteten schon im Hof auf die beiden. Als sie endlich durch das Eingangstor traten, bewarf ihre Mutter sie mit gezuckerten Mandeln, Bonbons und getrockneten Früchten. Khaled und Salim küssten die Hände ihrer Mutter, Tahmina umarmte und küsste die jungen Männer weinend und wollte sie lange nicht loslassen. Auch Spinkai begrüßte die beiden mit aufgeregtem Jaulen, sprang um sie herum und versuchte energisch, zu Salim durchzudringen. Endlich schloss Salim auch ihn in die Arme, streichelte seinen Kopf und redete mit ihm. Nawas Khan fand es eklig, dass Salim einen Hund so anschmiegend an sich herandrückte, schloss aber dieses Mal die Augen zu und sagte nichts.

Nach dem Mittagsessen öffneten Khaled und Salim ihre Koffer und verteilten Geschenke, für ihre Mutter einen schönen Gebetsteppich und für ihren Vater einen schicken Spazierstock, dazu noch ein paar Bücher, wie immer. Nur die Geschenke für Suhrab waren dieses Mal nicht Spielzeuge, sondern eine glänzende blaue Schultasche und ein paar hohe, schwarzlackierte Stiefel.

Als Suhrab sie mit Freude entgegennahm, sagte ihm Salim: »Öffne die Tasche, da gibt es noch was für dich!«

Suhrab öffnete sie schnell und sah überrascht, dass sie voller bunter Stifte, Malsachen und Hefte war. Er zog schnell die neuen Stiefel an, hängte die Schultasche über den Rücken und fing an, im Hof hin und her zu gehen, als wäre er schon ein echter Schüler. Er spielte den ganzen Nachmittag mit seinen Schulsachen, während seine Brüder in ihr Zimmer gingen, um sich für ein paar Stunden hinzulegen.

Zum ersten Mal seit Tagen dachte Suhrab wieder an Schabo, er stellte sich und Schabo spielend im Hof vor. Schabo glitt mit ihrer Hand sanft über seine weiche Schultasche, fühlte seine Hefte und lächelte ihn an.

Seit Khaled und Salim zu Hause waren, verbrachte Suhrab die ganze Zeit in ihrer Nähe. Morgens nach dem Frühstück, als die Sonne aufging und die Luft sich erwärmte, breitete Seeba einen Teppich auf der Veranda aus, brachte Matratzen und Kissen für Khaled und Salim auf.

Bald kamen auch ein, zwei ihrer Freunde und sie spielten bis zum Mittagessen Karten. Seeba bereitete für sie frischen Tee zu, im Radio lief Musik, sie hörten Radio Ceylon, das zu dieser Zeit neue indische Filme vorstellte und Lieder aus Kinofilmen spielte. Suhrab saß zwischen Khaled und Salim, fieberte für sie und sammelte ihre gewonnenen Karten vom Boden ein. Er selbst durfte leider nicht mitspielen. Die Erwachsenen zählten sich zu den Profis. Bei ihnen ging es nur ums Gewinnen, mit allen Tricks und aller Geschicklichkeit. Suhrab war aber noch lange nicht auf ihrem Spielniveau. Er konnte mit seinen Altersgenossen spielen ... oder mit seinen Brüdern, aber mit diesen nur dann, wenn es nicht um ein ernstes Spiel ging.

Nach dem Mittagessen gingen sie alle mit Spinkai zu dem großen Platz vor dem Dorf. Dort versammelten sich auch andere Dorfkinder, Jugendliche und Erwachsene. Die einen spielten Mühle oder warfen Steine, die anderen machten Weitsprünge. Die Kinder und Jugendlichen wetteiferten gegeneinander im Khussei, Kabbadi, Rennen oder Verstecken.

Mit dem Sonnenuntergang leerte sich allmählich der Platz und die Leute traten den Weg nach Hause an. Auf den Straßen breitete sich der appetitanregende Duft von Tanurbrot in der Luft aus.

Als Suhrab und seine Brüder ihr Haus betraten, gingen sie direkt zum Tanur, dem großen Backofen, und verbrachten noch ein paar Minuten dort, aßen die knusprigen Kanten des Brotes und genossen die angenehme Wärme des Tanurs.

Der Winter im Weißen Dorf war in der Regel nicht kalt. In der Nacht fror zwar das Wasser in den Bächen, aber wenn die Sonne aufging, erwärmte sich die Luft wieder rasch.

Die Ausnahme bildeten nur die Tage, wenn der befürchtete Siabad, der schwarze Wind, wehte. Seine unangenehmen Böen dauerten ganze drei Tage, und das ununterbrochen. Wie man sagte, zwangen sie sogar Mäuse, in ihrem Loch zu bleiben.

Zu Khaleds und Salims Glück erwies sich dieser Winter als noch milder als gewöhnlich, der schwarze Wind spielte seine Macht nur einmal aus, ansonsten genossen die beiden Brüder die warmen und sonnigen Tage ihres Dorfes weit weg vom kalten, schneebedeckten Kabul.

Manchmal regnete es und machte die Straßen und den Platz vor dem Dorf matschig. An solchen Tagen blieben sie zu Hause und versammelten sich mit ihren Freunden im Gästezimmer vor dem Kamin, tranken Tee und spielten Karten. Ein, zwei Mal in der Woche rief Nawas Khan zum Abendessen Baschar, den Erzähler, und sie alle hörten seinen Märchen und Geschichten zu.

Die Winterferien seiner Brüder vergingen für Suhrab wie ein kurzer Augenblick. In der Nacht vor ihrem Aufbruch nach Kabul konnte Suhrab lange nicht schlafen. Ihm fiel es schwer, dass seine Brüder ihn wieder für ganze neun Monate allein ließen. Er verstand nicht, warum im Winter die Zeit so schnell vergeht, aber der Rest des Jahres fast still steht.

Frühmorgens nach dem Frühstück kam auch der Moment, sich zu verabschieden. Die Verabschiedungszeremonie fand wie üblich im Hof statt. Tahmina hielt den Koran in den ausgestreckten Händen vor sich, Khaled und Salim gingen gebeugt darunter hindurch, damit der große Gott ihre Reise gefahrenfrei machte, danach verspritzten Tahmina und Seeba Wasser hinter ihnen, damit Gott auch ihre Umgebung blühen ließ und ihrem Leben Wohl bescherte.

Mit der Abreise der Schüler und Studenten nach Kabul kehrte wieder die gewöhnliche Stille ins Dorf zurück. Für die Dorfbewohner war es höchste Zeit, sich auf den Frühling vorzubereiten, die Natur gab schon sichere Zeichen dafür, die Luft wurde von Tag zu Tag wärmer, die Sonne strahlte stärker und die Vögel sangen schon lebendiger.

Auch Suhrab kehrte zu seinem gewöhnlichen Alltag zurück. Er ging jeden Tag zur Moschee, nach dem Unterricht spielte er auf der Straße, zu Hause beschäftigte er sich mit Spinkai oder er ging mit seiner Mutter, wenn sie andere Khancheel-Familien besuchte.

Die Schule

Im Gegensatz zu den kalten Regionen im Zentrum und Norden, die im Winter Ferien hatten, hatten die meisten Schulen im Osten, Süden und Westen wegen der großen Hitze im Sommer Ferien. Zu diesen gehörte auch die einzige große Schule im Distrikt Balabuluk. Sie befand sich etwa anderthalb Stunden Fußmarsch entfernt östlich vom Weißen Dorf.

Die Kinder wurden mit sieben eingeschult. Da allerdings niemand im Dorf eine Geburtsurkunde besaß, musste jedes Kind für die Aufnahme in die Schule zwei Kriterien erfüllen: Es musste reif und gesund aussehen und wenigstens einen oder zwei seiner Milchzähne verloren haben.

Der Weg vom Dorf zur Schule lag mitten in den Feldern mit zahlreichen schmalen und breiten Bächen voller Wasser. Das machte den kleinen Kindern, besonders den Erstklässlern, das Leben sehr schwer. Sie mussten jeden Tag, in der Kälte und Hitze, bei Wind und Regen, so einen langen Weg zu Fuß und diesen auch mit so vielen Hindernissen bewältigen. In der Zeit, als Juri Gagarin mit seinem Raumschiff Wostok ins All flog, war im Weißen Dorf nicht einmal ein Fahrrad üblich. Als das beste Verkehrsmittel für die kleinen Schüler galt immer noch ein Esel – und wem ein solcher zur Verfügung stand, zählte zu den Glücklichsten.

Anfang September fing das neue Schuljahr an. Bis dahin musste aber Suhrab weiterhin die Moschee besuchen und die Grundsäulen des Glaubens beim Roten Mullah lernen.

Als der Einschulungstag näher rückte, begannen Suhrabs Eltern mit der Vorbereitung. Tahmina beschäftigte sich mit der Schultasche und den Kleidern, während Nawas Khan die Hefte, Tinte und Stifte für Suhrab besorgte. Er kaufte ihm auch einen zahmen, gesunden Esel für den Weg zur Schule, nur konnte er keinen Sattel für ihn finden.

Eines Tages kam Nawas Khan nach Hause und meinte zu Tahmina lächelnd: »Du kannst es nicht glauben, der Sattel ist ein Problem geworden, in einem Dorf ist der Sattelmacher gestorben, in einem anderen ist er umgezogen, man kann den Sattel auch nicht in einem Laden kaufen!«

Tahmina dachte einen Moment nach und sagte dann mit einem mysteriösen Lächeln: »Bring mir einen alten Sattel und du bist von dieser Sorge befreit!«

Nawas Khan sah sie ein paar Sekunden forschend an und fragte dann: »Was hast du vor? Oh Gott! Du denkst doch etwa nicht daran, ihn selbst zu fertigen?«, er konnte sein Lachen nicht mehr verbergen. Seine Gesichtszüge änderten sich aber schnell und, bevor Tahmina ihm antworten konnte, sagte er schon ernst: »Hast du deinen Verstand verloren? Was werden die Leute dieses Mal sagen? Man sagt schon ohnehin, Tahmina hielte sich an die Sitten nicht und greife zu jeder für eine Khanfrau unangemessene Arbeit. Außerdem schaffst du es auch gar nicht. Sattelmachen ist nicht Kleidernähen, du hast doch keine Ahnung davon!«

»Ach, lass die Dorffrauen quatschen, wie sie wollen! Nach ein paar Tagen wird alles wieder vergessen sein. Du wirst es sehen, mit Gottes Hilfe wird mein Sattel nicht schlechter als einer vom Sattelmacher sein, auf jeden Fall ist der Sattel nun meine Sorge!«, erwiderte sie ganz gelassen.

An diesem Tag nahm Nawas Khan seine Frau nicht ernst, bat aber dennoch seinen Bauern, einen gebrauchten Sattel für ihn zu suchen oder ihn von jemandem für ein paar Monate auszuleihen.

Zu seinem Staunen, als er am Tag des Schulanfangs zum Hof rausging, lag neben dem abgenutzten Sattel, den Tahmina als Vorlage benutzt hatte, auch der neue, den sie eigenhändig gefertigt hatte.

Suhrab war mager und körperlich schwächer als viele seiner Mitschüler. Er war es auch nicht gewohnt, im Sattel eines Esels zu sitzen, – und die Bäche auf dem Schulweg bereiteten ihm zusätzliche Probleme. Die kleineren Bäche hatten keine Brücken, und der Esel hatte Angst vor dem Wasser, er überquerte den Bach nicht leicht, obwohl es dafür immer eine breite, nicht tiefe Furt für Vieh, Pferde und Kamele gab. In den Bächen gab es auch ganz enge Stellen, wo die kleinen Schüler hinüberspringen konnten, aber der Esel wollte auch einen solchen Sprung nicht freiwillig machen. Außerdem konnte Suhrab sich nicht richtig im Sattel festhalten, und mit jedem Sprung bekam er panische Angst.

Morgen für Morgen sammelten sich die Schüler aus dem Weißen Dorf außerhalb des Dorfes und gingen dann in kleinen und großen Gruppen zusammen zur Schule. Diejenigen, die einen Esel besaßen, gingen weit vorne, sie mussten etwas früher zur Schule kommen, um für ihren Esel einen Platz im Stall zu finden und sein Bein mit einer Kette an einem Eisenpfahl im Boden zu befestigen. Die anderen Schüler folgten den Eselreitern, sie spielten, scherzten, und ab und zu stritten sie auch, die älteren Schüler schlichteten dann ihre Konflikte.

Die Schule stellte sich als ein langes, einstöckiges Lehmgebäude mit einem Dutzend nebeneinanderstehenden Klassen heraus, sie besaß noch einen kleinen Garten und ein großes Rasenfeld für den Sport. Ihr Territorium war von den sie umgebenden Gärten und Feldern durch eine etwa anderthalb Meter hohe Mauer getrennt.

In den Klassen gab es keine Stühle oder Tische. Die Schüler saßen auf den Teppichen aus Baumwolle, die sie selbst in der Schule fertigten. Das war ein Teil des Unterrichts, dafür gab es eine Werkstatt und eine Handwerksstunde in der Woche. Die Schüler aus den fünften und sechsten Klassen besuchten diese Werkstatt, lernten und fertigten gleichzeitig die Teppiche für ihre Schule. Sie waren etwa siebzig Zentimeter breit und drei bis fünf Meter lang und mussten entlang der Wände ausgebreitet sein. So konnte der Lehrer frei im Raum umhergehen und dadurch alle besser im Blick behalten.

Die Teppiche reichten aber nicht für alle. Diejenigen, die als letzte ihre Klassen betraten, konnten ohne einen Platz auf dem Teppich bleiben und mussten auf dem kahlen Boden sitzen. Manchmal stritten auch die Schüler um einen Teppich, die einen zogen ihn mit voller Kraft zu sich, die anderen in die Gegenrichtung.

Gegen acht Uhr betrat Suhrab erstmals seine Schule. Die Schüler waren schon alle auf dem Rasen versammelt, die Klassen standen in der Reihenfolge, angefangen bei den Sechstklässlern bis zu den Erstklässlern am Ende. Bei den Neuanfängern herrschte noch Chaos, Suhrab wusste nicht, wo er sich hinstellen musste. Bald kamen aber die Klassenlehrer, riefen jeden beim Namen und ordneten alle in ihre Reihen.

Suhrab betrat seine Klasse mit gemischten Gefühlen, er freute sich, war aufgeregt und fühlte dabei auch einen gewissen Anteil an Angst und Unsicherheit, denn es war alles so neu und ungewöhnlich für ihn. Außerdem hatte er zuvor die Lehrer gesehen, die mit Holzstöcken bedrohlich vor den Schülern hin und her gingen – und was das für die Schüler bedeutete, das wusste Suhrab aus eigener Erfahrung mit dem Roten Mullah in der Moschee.

Zu seinem Glück fand Suhrab eine leere Stelle auf einem der Teppiche und setzte sich hin. Minuten später erschien auch der Lehrer, ein hochgewachsener, dunkelhäutiger Mann, an der Türschwelle. Die Schüler standen sofort auf. Er sah sie mit einem oberflächlichen, ernsten Blick an und gab mit der Hand das Zeichen, sich hinzusetzen. Danach öffnete er ein großes Buch, sah hinein und sagte: »Mein Name ist Sadeq Ahmad. Ihr werdet mich mit Malem Saheb ansprechen! Jeder, dessen Namen ich vorlesen werde, steht kurz auf. Die Anderen sitzen absolut still da. Keine Laute, keine Störung! Ich mag dieses Frauengeflüster nicht. Haben das alle verstanden?«

»Ja, Malem Saheb!«, schrien alle durcheinander.

Sadeq, der nicht zufrieden mit der Antwort seiner Schüler

war, hob die Hand zum Ohr, neigte den Kopf in Richtung der Schüler und schrie laut: »Ich habe nichts gehört, noch einmal lauter!«

Die Schüler wiederholten es dieses Mal energischer und alle gleichzeitig.

Sadeq fing mit der Anwesenheitsprüfung an, jeden, der aufstand, sah er eine Weile präzise und prüfend an. Am Ende bat er Akbar, den größten von allen, aufzustehen, und ernannte ihn zum Klassensprecher, Capitain sagte man nun zu ihm.

Akbar war ein ferner Verwandter von Suhrab. Unter den Kindern und Jugendlichen seines Dorfes war er als »Akbar der Angeber« bekannt. Er sprach immer von großen Sachen, verspottete die Anderen und verbreitete erlogene Gerüchte. Als er seine Ernennung zum Capitain der Klasse gehört hatte, stand er sofort auf und schrie wie ein Soldat laut: »Saheb!«

Sadeq erklärte ihm seine Aufgaben, er müsse jeden Tag das Anwesenheitsbuch und die Kreide aus dem Büro holen und für die Ordnung in der Klasse sorgen, solange der Lehrer nicht da ist.

Bevor Akbar sich wieder an seinen Platz setzte, blickte er noch kurz mit einem stolzen und selbstzufriedenen Lächeln im Gesicht in Suhrabs Richtung.

Genauso wie in der Moschee hatte Suhrab auch mit dem Schulunterricht keine Probleme. Er kam ganz einfach mit dem Lesen, Schreiben und Rechnen zurecht. Bald lobte ihn auch Sadeq vor den anderen Schülern.

Akbar konnte aber mit seinem Schultalent nicht angeben, in

dieser Hinsicht war er einer der schlechtesten in der Klasse. Diese Schwäche kompensierte Akbar aber mit seiner Fähigkeit als Klassensprecher. Er machte seinen Job tadellos, übte seine Macht in der Abwesenheit der Lehrer aus, schikanierte seine Mitschüler und verpetzte sie zu Recht und Unrecht beim Lehrer.

Zur Schule strömten Kinder aus sechs nah und entfernt liegenden Dörfern. Sie kamen aus verschiedenen Familien, die einen waren ordentlich gekleidet, in sauberen Jacken, Schuhen und Pattus, den großen Schals, die alle Männer traditionell über ihre Schulter warfen. Die Anderen liefen in abgenutzter Kleidung, Kunststoff-Latschen oder gar barfuß.

Tagsüber war es im September noch sonnig und warm. Sadeq holte oft seine Klasse nach draußen, die Schüler schrieben und rechneten mit einem Kiesel auf dem Boden. Sadeq ging hin und her und kontrollierte sie. Einmal stand er neben dem Nachbarn von Suhrab, der selbst nach zwei Mal Wiederholung einen Satz falsch geschrieben hatte, und schrie ihn an: »Hast du auch ein Gehirn im Kopf, oder trägst du ihn ganz leer auf den Schultern? Wie kannst du so dumm sein? Sieh mal zu deinem Nachbarn! Dabei isst du bestimmt zweimal mehr als er!«

Der Kleine saß mit gerötetem Gesicht und zum Boden gesunkenem Kopf und sagte nichts. Er tat Suhrab leid, er verstand nicht, warum manche seiner Klassenkameraden große Schwierigkeiten beim Schreiben oder Lesen hatten.

Nach der Schule eilte Suhrab nach Hause, er konnte nicht den Moment abwarten, wenn er seiner Mutter über den Tagesablauf alles eins zu eins erzählen konnte.

Tahmina konnte nicht lesen oder schreiben, hörte Suhrab aber liebevoll und aufmerksam zu, zog ihn anschließend glücklich zu sich, küsste ihn und sagte: »Eines Tages werden alle im Dorf auf dich stolz sein, mein Sohn!«

Eines Tages traf in der Schule unerwartet eine Prüfungskommission aus der Stadt Farah ein. Direktor und Lehrer der Schule bekamen Panik, früher warnte jemand aus der Schulbehörde sie rechtzeitig, dass sie einen Besuch erwarten müssen. Sie konnten sich dann gut vorbereiten, alles säubern und in Ordnung bringen und die Gäste gut vorbereitet treffen. Bald wurde aber klar, dass die Kommission die Absicht hatte, nur die Klasse von Sadeq Ahmad zu prüfen.

Sadeq war früher selbst als Schulinspekteur in der Stadt Farah tätig gewesen. Vor einem Jahr war er aus unbekannten Gründen in Ungnade gefallen und wieder zum Lehrer degradiert worden. Nun war eine Kommission da, um seine Arbeit als Lehrer zu bewerten. Aufgrund dessen entschied dann der Chef der Kommission, ob er wieder zu seiner früheren Arbeit zurückkehren durfte oder für ein weiteres Jahr in der Schule bleiben musste.

Kurz, nachdem Sadeq seine Klasse betrat, platzten auch ein paar Unbekannte in schwarzen Anzügen, begleitet vom Direktor der Schule, rein.

Sadeq rief mit lauter Stimme: »Steht auf!«

Ein kleiner, dicker Mann, der sich unter der Last seines großen Bauches schwer bewegte, gab das Zeichen zum Setzen.

Die Schüler sahen beängstigt und abwechselnd von ihrem Lehrer zu den Unbekannten hin und her.

Der dicke Inspekteur bat Sadeq, seinen Unterricht fortzusetzen. Nach etwa zehn Minuten unterbrach er ihn aber und sagte lächelnd, es sei nun die Zeit, seine Schüler zu überprüfen.

Sadeq schlug ein Buch auf und fragte, wer sei bereit, es zu lesen. Unentschlossen hoben ein paar Schüler, unter ihnen auch Suhrab, ihre Finger. Sadeq wählte von denen Suhrab aus. Suhrab las fließend und beantwortete leicht die Fragen seines Lehrers.

Ein paar Minuten später mischte sich wieder der Dicke ein und sagte argwöhnisch: »Erlauben Sie nun uns, dem Jungen ein paar Fragen zu stellen, er liest wie eine Nachtigall, mal sehen, wie er schreibt!«

Der Dicke wartete nicht auf Sadeqs Erlaubnis und sprach selbst Suhrab an: »Komm zur Tafel, Junge!«

Suhrab ging unsicher zur Tafel, sein Herz raste, er wusste nicht, was er ihm diktieren würde und ob er alles richtig schreiben könne. Der Dicke nahm ein Buch und fing an zu lesen, Suhrab schrieb, ohne zu zögern. Der Dicke blickte kurz auf die Tafel und diktierte weiter, Suhrab schrieb seine Sätze fehlerfrei. Der Dicke setzte eine überraschte Miene auf, legte das Buch zur Seite und diktierte ein paar Phrasen. Suhrab schrieb auch diese richtig, ohne nachzudenken. Der Dicke konnte seinen Augen nicht trauen, er begann, Suhrab Rechenaufgaben zu stellen. Suhrab summierte und multiplizierte, ohne sich anzustrengen. Der Dicke folgte seiner Rechnung mit Staunen, seine Kollegen schauten Suhrab voller Unglauben an und Sadeq konnte sich vor Freude kaum halten.

Endlich hörte der Dicke auf, Suhrab zu quälen, rief ihn zu sich, nahm mit großer Mühe aus der Tasche zehn Afghani heraus, gab ihm diese und sagte: »Brav, Junge! Jetzt kannst du ruhig zu deinem Platz zurückkehren!«

Der dicke Inspekteur stand auf und ging zur Tür hinaus, ohne die anderen Schüler zu fragen, seine Kollegen folgten ihm und Sadeqs fröhlicher Schrei »Steht auf!« begleitete sie.

Als die Gäste weg waren, sprang Sadeq vor Freude einige Mal in der Klasse umher, umarmte Suhrab, lief zu seiner Tasche und nahm aus dieser zwei Exemplare der Zeitschrift *Lese und Verstehe* und gab sie Suhrab als Geschenk. Suhrab stand mit rotem Gesicht voller Schweiß da, an seinem ganzen Körper fühlte er die Wärme, er schwieg und wusste nicht, wie er reagieren sollte.

Nach der Schule lief Suhrab zu seinem Esel, bestieg ihn glücklich und aufgeregt und beschleunigte ihn erstmals ohne jegliche Angst. Er wünschte sich, dass der Esel zwei Flügel bekäme und ihn nach Hause flöge.

Unterwegs überprüfte er, ob das Geld noch in seiner Tasche da war, er wollte so sehr, dass seine Mutter es zu sehen bekam und auf ihn stolz war.

Suhrab war zwar glücklich, dennoch fehlte ihm etwas. Tief im Herzen sehnte er sich nach Schabo. Sie hätte es auch sehen können, dachte er. Er stellte sich ihr lachendes Gesicht vor und wie sie sich über ihn lustig machte, statt ihn zu loben: »Gib nicht an, die Anderen konnten es bestimmt noch besser als du!«, hätte sie amüsiert gesagt. Suhrab würde sie bestrafen wollen, sie würde weglaufen und schreien: »Fang mich doch!«

Sobald Suhrab den Hof seiner Familie betrat, sprang er schnell vom Esel runter, warf seine Schultasche zur Seite und lief ganz aufgeregt zu seiner Mutter.

»Oh Gott! Was ist passiert?«, fragte ihn Tahmina besorgt.

»Ich hab…«, und er fing an, alles so schnell und durcheinander zu erzählen, dass Tahmina und Seeba nichts verstanden. Erst als er das alles ein zweites Mal und schon etwas ruhiger erzählte und zehn Afghani und zwei Zeitschriften stolz präsentierte, umarmte Tahmina ihn, küsste ihn auf die Stirn und betete zusammen mit Seeba für ihn und seine Brüder in Kabul.

Der Herbst dieses Jahres verging viel schneller als im Jahr davor, Suhrab war ganz mit seiner Schule beschäftigt, und erst als die Ankunft seiner Brüder wieder ein heißes Thema zu Hause wurde, merkte er es, dass deren Ferien schon vor der Tür standen.

Dieses Mal hatte Suhrab seinen Brüdern schon einiges zu erzählen. Ihn störte nur eins, nun musste er den ganzen Winter zur Schule gehen und konnte seine Brüder nicht überallhin begleiten.

Sogar am Tag ihrer Ankunft ging er unwillig zur Schule. Er wartete und hoffte noch am frühen Morgen, dass sein Vater ihm vielleicht sagen würde: »Okay! Geh heute nicht zur

Schule, wir müssen deine Brüder treffen«, oder seine Mutter würde seinem Vater sagen: »Lass ihn heute zu Hause bleiben! Der Himmel wird nicht auf die Erde stürzen, wenn er einen Tag die Schule verpasst!«

Aber das alles passierte nicht und so nahm Suhrab seinen Esel und verließ mit getrübtem Gesicht sein Haus.

Als er am Nachmittag zurückkam, waren Khaled und Salim bereits zu Hause. Sie nahmen ihn fest in ihre Arme und küssten ihn. Zu seiner Enttäuschung wussten sie schon vom Dicken und seinen zehn Afghani.

»Man sagt, dass du schon ein Talent in der Schule bist! Das freut mich! Und wie du an der Tafel diesen Dicken überrascht hast! Das ist ja unglaublich! Du musst es mal uns selbst erzählen, zunächst aber bekommst du deine Geschenke!«, bemerkte Salim. Er brachte eine Tasche voller Kinderbücher, Zeitschriften und Zeitungen und gab sie Suhrab.

Suhrab machte sich schnell mit seinen Kinderbüchern und Zeitschriften vertraut. Er versank so in diese neue und unbekannte Welt, dass er auch beim Essen, auf dem großen Platz oder in seinem Bett unbedingt etwas in der Hand hatte und die Augen von dem Buch nicht abwenden konnte. Alle staunten im Haus, wie er schon in der ersten Klasse so fließend lesen und schreiben konnte.

Als der Winter zu Ende ging und seine Brüder wieder nach Kabul aufbrechen mussten, bat Suhrab sie, ihm beim nächsten Mal sehr viele Bücher und Zeitschriften mitzubringen.

Suhrab war in der vierten Klasse, als ihre Schule von einer Grundschule zu einer Mittelschule hochgestuft wurde. Dafür baute die Schulbehörde der Provinz eine neue, größere und bessere Schule direkt am Ufer des Flusses nicht weit von der alten Schule. Die Reichen der sechs Dörfer finanzierten jeweils eine Klasse und die Ärmeren und die Bauern mussten ihren Beitrag mit ihrer Arbeit dazu leisten.

Die Klassen waren dieses Mal größer, heller und ausgestattet mit zwei Fenstern, Holzbänken und Tischen. Die verhassten Teppiche verschwanden endlich aus der Schule.

Nach fast einem Jahr zog die Schule um und Suhrab begann sein fünftes Schuljahr schon in der neuen Schule. Mit dem neuen Anfang ließ er auch seinen Esel in Ruhe und ging danach immer zu Fuß zur Schule. Er war elf Jahre alt und zählte schon zu den großen Schülern, daher wollte er nicht allein auf dem Esel sitzen, während die anderen Jungs unterwegs frei liefen und spielten. Anfangs war es noch schwer für ihn, der lange Weg ermüdete ihn schnell, besonderes am Nachmittag, als noch Hunger dazukam. Trotzdem war er so froh, dass er sich den älteren Schülern anschließen konnte.

Auf dem Weg nach Hause sprachen die Jungs vor allem über die leckeren Gerichte, wer was mag und was wie schmeckte. In der ersten und zweiten Klasse brachten die Schüler noch ein Stück Brot mit und aßen es in den Pausen, danach war aber das Mitnehmen vom Brot bei den Jungen nicht gut angesehen. Hätte jemand das getan, riskierte er, ausgelacht und als Baby verspottet zu werden. Es gab auch keine Kantine oder Ähnliches in der Schule.

Wenn die Anderen von Pilaw, Korma oder Kebab träumten, standen vor Suhrabs Augen frisches, knuspriges Tanurbrot und duftender, süßer Tee. Zu Hause versuchte Tahmina, ihn zu überreden, das zu essen, was schon für das Mittagessen gekocht wurde, Suhrab beharrte aber auf Brot und Tee.

Nur wenn Nawas Khan zu Hause war, dann weigerte er sich nicht lange und musste essen, was seine Mutter und Seeba in der Küche für ihn bereitstellten. Nawas Khan verstand die Vorliebe seines Sohnes für einfaches Brot und Tee nicht.

»Andere wären glücklich, wenn sie auch annähernd so ein Essen auf dem Dastarchan hätten wie wir! Mein Sohn schätzt es aber gar nicht und das ist nicht normal!«, bemerkte er einmal gereizt.

Tahmina nahm Suhrab in Schutz: »Sei bitte nicht so streng mit meinem Sohn, er ist übermüdet, deshalb hat er keinen Appetit«, erwiderte sie.

Auch während des Essens griff Suhrab immer zu einem Buch und las es.

Einmal sah Tahmina ihn mitfühlend an und sagte: »Ruh dich aus, Söhnchen! Den ganzen Tag warst du mit deinen Schulbüchern beschäftigt, zu Hause liest du wieder Bücher, tut dein Kopf denn nicht weh?«

»Mach dir keine Sorgen, Moor! Die Bücher helfen mir sogar gegen Müdigkeit und Kopfschmerzen!«, antwortete er, ohne den Kopf von seinem Buch zu heben.

Suhrab las alles, was ihm in die Hände fiel. Zu seinem Bedauern gab es weder einen Buchladen noch eine Bibliothek in der Gegend, man konnte auch keine Zeitschriften oder Zeitungen in einem Laden kaufen. Deswegen las er wieder und wieder, was seine Brüder aus Kabul mitgebracht hatten. Ihm war es egal, ob das ein Kinderbuch, ein Märchen oder eine Militärzeitschrift von seinem Bruder Khaled war.

Er hatte aber auch ein Lieblingsbuch, nämlich »Amir Arsalan-e Namdar«. Suhrab wusste selbst nicht, wie viele Male er es schon gelesen hatte!

Dieses Märchenbuch mochte auch jener Matin Babu vom gegenüberliegenden Ufer des Flusses. Er besuchte Nawas Khan trotz des Missgeschickes mit seinen Tomatengewürzen auch weiter hin zwei Mal im Jahr und übernachtete bei ihm.

Nachdem er so viel gegessen hatte, dass das Weitersitzen ihm schwer fiel, schob er sich nach hinten, lehnte sich gegen ein großes Kissen an der Wand, legte etwas Naswar hinter die Lippe und sagte: »Suhrab Jan! Jetzt ist die Zeit, ein bisschen weiter von Arsalan zu erzählen, fang bitte an der Stelle als Arsalan heimlich das Schloss der Prinzessin Faruch-Laqa besucht.«

Kurz, nachdem Suhrab anfing zu lesen, schlief schon Matin Babu ein, sein Vater gab das Zeichen aufzuhören und seinen Tee zu trinken.

Nach ein paar Minuten wachte Matin Babu wieder auf und noch mit geschlossenen Augen fragte er: »Und was passierte weiter, Suhrab Jan?«

Suhrab las ein paar weitere Sätze und Matin Babu schlief wieder ein, und so blieben sie beide ewig an derselben Stelle.

Das nächste Mal bat er wieder von der Stelle zu beginnen,

als Arsalan das erste Mal das Schloss seiner geliebten Prinzessin hochkletterte.

Der Sommer

Es war Ende Juni 1966, die Luft war heiß und die Sonne strahlte brennend, als stünde sie eine Lanze tiefer, wie die Leute so sagten. Jeder, der nicht auf den Feldern arbeiten musste, suchte Schutz im Schatten der Bäume oder in den vier Wänden seines Hauses, aber die glühende Hitze war auch dort zu spüren.

Eines Tages brachte jemand Nawas Khan ein Telegramm aus dem Distriktzentrum Farahrod mit dem Text: »Ihr Sohn Salim ist krank. Er ist aus Kabul losgefahren und ist morgen im Weißen Dorf zu erwarten.«

Die unerwartete Nachricht machte ihm und seiner Frau sehr zu schaffen. Salim hatte keine Ferien und, wenn er krank war, dann musste er in Kabul behandelt werden, die besten Ärzte und Krankenhäuser gab es doch dort, warum sollte er hierherkommen? Ihnen gingen allerlei böse Gedanken durch den Kopf, Nawas Khan schlief schlecht und Tahmina verbrachte die ganze Nacht mit Gebeten. Allein Suhrab war tief im Herzen froh, dass morgen sein Bruder ankäme, irgendwie glaubte er nicht an etwas Schlimmes.

Am nächsten Morgen verließ Nawas Khan bei Sonnenaufgang sein Haus, kam zur Straße heraus und fuhr mit dem Linienfahrzeug ins Distriktzentrum, um Salim zu holen. Tahmina ging den ganzen Vormittag besorgt im Hof hin und her und Suhrab lauschte jedem Laut auf der Straße.

Endlich am späten Nachmittag erschienen Nawas Khan und sein Sohn an ihrem Haustor. Als Tahmina ihren Sohn mit einem weißen Verband auf dem Kopf sah, schrie sie laut, lief zu ihm, nahm ihn in die Arme und weinte bitter.

»Weine nicht, Moor Jo! Mir ist nichts passiert! Das ist nur ein kleiner Kratzer! Unsere Schule ist für einen Monat geschlossen, deswegen bin ich hier!«, sagte Salim lächelnd, um sie zu beruhigen.

Als seine Mutter ihn irgendwann losließ, bemerkte er Suhrab, der ein bisschen abseits stand und verwirrt zu seinem verbundenen Kopf schaute. Salim nahm ihn in die Arme und klopfte auf seinen Rücken.

»Mensch! Du bist schon erwachsen geworden! Sag mal, wie waren deine Prüfungen? Du bist bestimmt immer noch der Klassenbeste, oder?«, bemerkte er.

»Er lernt nicht für die Schule, er liest die ganze Zeit fremde Bücher und Zeitschriften. Hoffentlich hast du ihm nicht wieder ein Bündel von Büchern mitgebracht!«, erwiderte sein Vater anstelle von Suhrab. Salim lächelte, schlug seinen Arm um Suhrab und zog ihn zu sich.

Nach dem Essen, als Seeba vor jedem eine Porzellankanne Tee und einen Teller Süßigkeiten auf den Teppich stellte, wandte sich Nawas Khan zu Salim und sagte: »Nun höre ich dir genau zu, mein Sohn! Was ist mit dir passiert? Sag bitte die Wahrheit und verheimliche nichts!«

Salim lächelte in den Schnurrbart, er sah magerer als sonst aus und sein Gesicht schien etwas blass.

»Es gibt nichts zu verheimlichen, wirklich! Die Schüler und Studenten in Kabul haben demonstriert. Unsere Schule hat sich ihnen ebenfalls angeschlossen. Schon am ersten Tag, als wir auf der Straße waren und zum Sarnigarpark marschieren wollten, ist plötzlich vor uns eine spezielle Einheit der Polizei erschienen und hat uns ohne Vorwarnung attackiert. Einige haben versucht, zurück zur Schule zu fliehen, die Anderen haben sich in den Fluss geworfen, es hat auch Verletzte und Festnahmen gegeben. Irgendwann habe auch ich einen Schlagstock auf den Kopf bekommen.«

»Oh, Gott! Warum sind die Hände dieser Herzlosen nicht in der Luft erstarrt? Wie konnten sie die unschuldigen Jungen so brutal schlagen?«, rief Tahmina.

Salim lächelte und fuhr fort: »Was danach passiert ist, weiß ich nicht. Als ich wieder zu mir kam, lag ich im Bett, im Krankenhaus. Eine hübsche Schwester stand neben mir und lächelte mich nett an.«

Nawas Khan richtete sich auf und sagte in einem ernsthaften Ton: »Lenke nicht vom Thema ab! Du bist bestimmt in diese Untergrundparteien und heimliche Gruppierungen eingetreten! Hast du vergessen, wozu ich dich nach Kabul geschickt habe?«

Salim wollte nicht darauf eingehen, seine Taktik war es, immer einer Diskussion mit seinem Vater aus dem Weg zu gehen.

»Mach dir keine Sorgen, Baba! Politik ist nicht meine Sache, die Demonstrationen waren ganz friedlich, alle Schüler und Studenten waren daran beteiligt, sie forderten nur einige Verbesserungen im Bildungsbereich«, sagte Salim ganz nett und gelassen.

Nawas Khan wollte ihm widersprechen, aber Tahmina mischte sich dazwischen und mahnte: »Ich bitte dich, Khaleds Vater! Lass meinen Sohn heute in Ruhe, er ist müde. Wir können doch später über alles reden!«

Nawas Khan sah Tahmina unzufrieden an, erwiderte aber nichts. Stattdessen stand er auf und ging zur Tür hinaus.

Auf der Türschwelle drehte er sich noch zu Salim um und sagte: »Heute sage ich dir nichts, deine Mutter nimmt dich in Schutz. Aber du täuschst dich, wenn du denkst, dein Vater hat dir alles geglaubt!«

Salim lächelte ihn schweigend an und erwiderte nichts. Nachdem sein Vater das Zimmer verlassen hatte, blickte Salim kurz seine Mutter an und versuchte, sofort das Thema zu wechseln.

»Na, Moor Jo! Was gibt es Neues und Altes bei euch?«, fragte er scherzend. Er wartete aber nicht auf ihre Antwort und stand schnell auf.

»Ach so! Wollt ihr nicht sehen, was ich euch mitgebracht habe?«, fragte er. Er öffnete seinen Koffer, nahm einige Bücher heraus und streckte sie Suhrab entgegen.

»Wie versprochen, hier sind deine Bücher. Aber sie sind etwas anders, als du es kennst. Märchen und Geschichten hast du genug gelesen, jetzt ist die Zeit, Bücher zu lesen, die mit realem Leben zu tun haben. Wir sprechen später mehr darüber, wenn du etwas davon gelesen hast. Mal sehen, ob sie dich interessieren könnten und ob du sie verstehen kannst!«, sprach Salim Neugier erregend.

Suhrab, der die ganze Zeit das Gespräch seines Vaters und Salims mit langweiligem Gesicht verfolgt hatte, wurde wieder aufmerksam, er nahm die Bücher fröhlich entgegen und ging hastig ins andere Zimmer.

Das erste Buch, das er aufschlug, war »Die Elenden« von Victor Hugo. Er fing an, es zu lesen, und wollte es dann nicht aus der Hand legen. Es faszinierte Suhrab so sehr, dass er es überall unter seinem Arm mitnahm und sich von ihm nicht trennen konnte. In dem Roman entdeckte er eine neue und zu seinem Dorfleben unterschiedliche Welt. Jean Valjeans Schicksal berührte ihn tief. Suhrab verstand zwar nicht alles im Buch, aber das störte ihn nicht, er las weiter und weiter.

Mit dem Sonnenuntergang ließ zwar die Hitze nach und von der Flussseite war allmählich eine angenehme Brise zu spüren, gleichzeitig aber machten auch die Mücken sich an die Arbeit. Vor den kleinsten Mücken, die im Dorf als Erdmücken bekannt waren, war man nirgendwo sicher. Salim und Suhrab schliefen auf dem Dach ihres Hauses. Dort war der Wind stärker und störte die Mücken, sodass die beiden mit wesentlich weniger Stichen rechnen konnten.

Am frühen Morgen brachte Tahmina ihren Söhnen Tanurbrot mit frischer Butter und Buttermilch. Aber wer hatte im Sommer auf so etwas Appetit? Salim und Suhrab eilten zu ihrem Garten. Die Maulbeerzeit war schon vorbei, aber Weintrauben und Feigen waren gerade reif. Salim mochte Feigen, er und Suhrab pflückten eine Schüssel voller weißer, schwarzer und kleiner, süßer Bergfeigen, setzen sich an den Rand des Baches, wuschen sie im klaren Wasser und aßen sie mit Genuss. Unterdessen lief Spinkai im Garten und erschreckte die Vögel. Die beiden blieben solange im Garten, bis Seeba an der Gartentür erschien und sie zum Mittagessen rief.

Der Nachmittag war die Ruhezeit. Zwei Stunden lang, so lange schlief Nawas Khan jeden Nachmittag, musste Stille im Haus herrschen. Schlafengehen mussten auch Salim und Suhrab, egal ob sie einschlafen konnten oder nicht.

Vor dem Abend gingen die beiden nach draußen spazieren und nach dem Abendessen gingen sie hoch auf das Dach, legten sich auf ihre Matratzen und aßen schon im Wasser gekühlte Weintrauben. Sie schauten zum tief hängenden schwarzen Himmel mit seiner Milchstraße und seinen Milliarden zwinkernden Sternen auf. Sie sprachen über Suhrabs neue Bücher, über Frankreich, Victor Hugo und Jean Valjean.

Auch Spinkai schien an ihrem Gespräch interessiert zu sein, er lag vor ihren Füßen und hörte zu. Nur wenn die anderen Hunde in der Ferne bellten, dann hob er seinen Kopf und antwortete kurz.

Eines Nachts sagte Salim plötzlich mitten im Gespräch: »Weißt du, was wir morgen machen? Wir gehen schwimmen!«

Suhrab blickte sofort zu seinem verbundenen Kopf. Salim lächelte und sagte: »Keine Sorge! Ich werde nicht untertauchen.«

Als Suhrab mit der Antwort zögerte und ihn immer noch skeptisch ansah, fuhr Salim fort: »Wir nehmen unsere getrockneten Flaschenkürbisse zum Fluss, schwimmen mit ihnen und genießen den Tag richtig, na, was sagst du dazu?«

»Ich weiß es nicht, Lala! Schwimmen kann ich, aber ich bin nie im tiefen Wasser gewesen, ich bin immer in unserem Teich geschwommen, da reicht das Wasser bis zu meiner Brust.«

»Keine Angst! Das eigentlich Gefährliche ist nicht das Wasser selbst, sondern die Angst vor dem Wasser. Wenn du nur deine Hände und Füße bewegst, dann gehst du auch nicht unter. Jeder muss irgendwann vom Teich und Bach in den Fluss einsteigen. Auch für dich ist es höchste Zeit, die Angst vor dem Fluss zu überwinden.«

Jedes Jahr im Winter wurde der Fluss stürmisch. Gewaltige Wellen trafen an manchen Stellen direkt auf die felsigen Ufer und ihre Wucht hatte mit der Zeit große Höhlen in ihnen geschaffen. Im Sommer, wenn der Wasserpegel sank, leerten sie sich vom Wasser, und diejenigen, die zum Schwimmen kamen, benutzten die Höhlen, um sich umzuziehen.

Zur Mitte des Sommers trocknete auch der größte Teil des Flussbettes aus. Große Wassermassen blieben nur in tiefen Gruben oder Senken, die miteinander durch schmale Strömungen verbunden waren.

Am nächsten Nachmittag, als Salim und Suhrab die Ufer des Flusses erreichten, waren schon ein Dutzend Kinder und Jugendliche im Wasser und genauso viele spielten auf dem Sand der gegenüberliegenden Seite.

Salim und Suhrab zogen sich aus, Salim ging schon runter zum Wasser und fing an zu schwimmen, aber Suhrab zögerte und wagte es nicht, sofort ins tiefe Wasser zu springen.

»Keine Angst! Spring einfach ins Wasser und schwimm

ruhig weiter, ich bin direkt hinter dir!«

Suhrab zögerte noch eine Weile, dann sammelte er all seinen Mut und sprang ins Wasser. Als sein Kopf für einen kurzen Moment unter das Wasser tauchte und er noch dazu ein bisschen Wasser schluckte, bekam er Panik. Er sah und hörte nichts mehr, er ruderte wild mit den Armen, und zwar mit allen Kräften nach vorn.

Es verging eine Minute oder eine Stunde, das wusste Suhrab nicht, die Zeit nahm er nicht mehr wahr und vergaß auch Salim, der hinter ihm war. Irgendwann stießen seine Zehen auf den Untergrund und auf einmal wurde die Welt wieder normal.

»Es reicht, Junge! Du bist nicht mehr im tiefen Wasser!«, schrien ein paar Jugendliche hinter ihm.

Als Suhrab sich auf dem heißen Sand hinwarf, merkte er, dass sie zum ihm schauten und lachten. Auch Salim lachte und sagte: »Hey! Du warst so schnell, dass ich dir nicht folgen konnte. Ich habe geschrien, die tiefe Stelle sei vorbei, aber du hast nicht reagiert und bist weiter geschwommen. Aber das macht nichts, Hauptsache, du schwimmst nicht übel!«

Suhrab lag schweigend auf dem Sand, ihm war das peinlich, dass er so eine panische Angst bekommen hatte und die Jungs ihn ausgelacht hatten.

Später brachte Salim zwei große Schwimmkürbisse zum Wasser und zeigte Suhrab, wie man sich an ihnen festhalten und den Fluss überqueren konnte. Dabei schlossen sich auch andere Jungs an, Suhrab wurde langsam entspannter, seine Angst verschwand und das Schwimmen machte ihm schon Spaß.

Die Sommertage mit Salim waren für Suhrab spannend und wechselhaft, Salim dachte sich jeden Tag etwas Neues aus und ließ keinen Platz für Langeweile.

Eines Nachts lagen Salim und Suhrab wie gewöhnlich auf dem Dach und sprachen über dies und jenes. Plötzlich hörten sie Spinkai, der aus den Gemüsefeldern vor dem Garten bellte. Sie wussten schon, wie verschieden ihr Hund einen Menschen, einen kleinen Igel oder ein großes Raubtier anbellte. Dieses Mal schien es so, dass dies ein Wolf, Schakal oder ein Fuchs sein musste.

Salim und Suhrab kamen schnell vom Dach runter und liefen zu Spinkai. Es war eine Vollmondnacht und die Umgebung war hell genug. Normalerweise kamen die Raubtiere in so einer Nacht nicht ins Dorf. Bald erreichten Salim und Suhrab ihren Hund. Er lief vor einem großen Rosenbusch hin und her und bellte. Salim wurde sofort klar, zwischen der Gartenmauer und dem Busch musste sich entweder ein Fuchs oder ein Schakal verstecken.

Als Spinkai Verstärkung bekam, wurde er mutiger und steckte die Nase in den Busch hinein. Plötzlich sprang aus der anderen Seite des Busches ein einem Kleinhund ähnliches Tier und lief zum Bach, der zu dieser Zeit kein Wasser führte, und ging durch das Loch unter der Mauer im Garten. Spinkai, der direkt hinter ihm war, konnte ihn nicht mehr verfolgen.

»Das ist ein Schakal, ich habe ihn erkannt!«, sagte Salim.

Sie rannten alle drei zur Gartentür und öffneten sie. Spinkai zögerte nicht, er lief entlang einer Weinrebenreihe und nahm die Verfolgung auf. Nach wenigen Sekunden erreichte er schon die südwestliche Ecke des Gartens und entdeckte den Schakal versteckt hinter einem üppigen, roten Pflaumenbaum. Die Ecke war von Zweigen des Baumes so dicht bedeckt, dass Spinkai da nicht reinkommen konnte.

Salim fand einen langen Holzstock, stand mit Spinkai auf einer Seite des Baumes und ließ die andere Seite für den Schakal frei. Danach zwang er den Schakal mit dem Holzstock, sein Versteck zu verlassen. Sobald der Schakal herauskam und entlang der Mauer lief, ließ Salim seinen Spinkai los.

Jetzt hatte der Schakal keine Chance, Spinkai erwischte ihn sofort.

Als Salim und Suhrab näherkamen, lag er schon unter den Füßen ihres Hundes. Als Suhrab den Schakal ansah, wurde er auf einmal sehr traurig.

»Spinkai hat ihn getötet!«, äußerte er mit zitternder Stimme.

Salim hob den Schakal auf die Arme, sah ihn sorgfältig von allen Seiten und sagte nachdenklich: »Ich sehe aber keine Verletzung! Er atmet, anscheinend ist er nur bewusstlos. Lass uns ihn nach Hause bringen, sonst kommt er zu sich und wird meine Hand beißen!«

Nach ein paar Minuten betraten alle zusammen das Tor ihres Hauses, Nawas Khan war schon unterwegs, sie zu suchen, Tahmina machte sich Sorgen, die Jungs waren schon lange weg.

Als Nawas Khan unerwartet den Schakal in Salims Armen bemerkte, sagte er mit erstauntem Gesicht: »Ein Wolf wünscht sich dunkle Nacht und Unwetter, so das Sprichwort. Dieser

Arme hat aber alles verwechselt!«

Salim brachte den Schakal in die Mitte des Hofes und legte ihn auf den Boden. Alle versammelten um ihn herum, jeder sagte etwas. In diesem Moment bat Nawas Khan Suhrab, ein Glas Wasser für ihn zu bringen.

Suhrab entfernte sich nur noch ein paar Schritte, als der Schakal die Augen öffnete und die Lücke entdeckte. Er sprang sofort vom Platz und lief hindurch. Spinkai, der nicht weit von ihm stand, lief sofort hinter ihm her. Der Schakal erreichte zwar die Mauer, aber weiter war ihm den Weg versperrt. Sekunden später griff Spinkai ihn wieder an.

Als Salim ihn befreite und hochhob, hingen seine Beine wieder leblos in der Luft und er lag erneut wie bewusstlos in seinen Armen.

»Mit dem Jungen ist alles klar, entweder ist er sehr klug und simuliert alles oder er verliert sein Bewusstsein unter dem Schock. Auf jeden Fall sind die Zähne von Spinkai hier nicht schuld!«

Salim wiederholte noch einmal das Experiment mit dem Schakal und das Ergebnis war wieder dasselbe.

»Was hast vor mit dem Armen vor, du willst ihn doch nicht die ganze Zeit im Hof jagen?«, fragte Nawas Khan.

»Ich bringe ihn morgen zu dem großen Platz und wir spielen mit ihm noch ein bisschen«, antwortete Salim lächelnd.

Suhrab, der schweigend dabeistand, hielt es nicht mehr aus und sprach mit tränenden Augen: »Es reicht, Lala! Lass ihn nach Hause gehen, wir haben ihn genug gequält!«

Nawas Khan sah Suhrab unzufrieden an und sagte mit einem gereizten Ton: »Warum weinst du bei jedem Anlass wie ein Mädchen? Das verstehe ich nicht!«

Bevor jemand anderes etwas von sich gab, zog Tahmina Suhrab zu sich und erwiderte: »Bitte, sag nicht so was zu meinem Sohn! Er hat ein Engelsherz, du musst auf ihn stolz sein!«

»Hör auf, ihn wie ein Baby zu behandeln, er ist schon zwölf Jahre alt!«, verlangte Nawas Khan und ging fort.

Salim kam näher, legte die Hand auf Suhrabs Schulter und sagte lächelnd: »Das war ein Scherz, Bruder! Nimm nicht alles so zu Herzen! Willst du, dass wir jetzt gehen und ihn hinter unserem Garten freilassen?«

Suhrab nickte mit dem Kopf und sie machten sich sofort auf dem Weg zu den Feldern hinter dem Garten.

Unterwegs dachte Suhrab an den Schakal, der immer noch bewusstlos oder scheinbewusstlos in Salims Armen lag. Der Hunger musste ihn in so einer Nacht hierher getrieben haben, und vielleicht hat er auch eine Handvoll hungriger Welpen zu Hause, dachte Suhrab. Seine Gedanken wanderten plötzlich zu Jean Valjean, der auch ein Stück Brot für seine hungrige Familie stehlen wollte. Suhrab wusste, dass Salim ihn auslachen würde, wenn er mitfühlend über den Schakal spricht, trotzdem versuchte er es:

»War das gut, Lala? Wir haben ihn doch daran gehindert, etwas für seine hungrigen Kinder zu besorgen! Können wir nichts für ihn tun?«

Salim lachte zuerst, dann aber sagte voller Ernst: »Erstens, das wäre keine gute Idee. Wenn wir ihm etwas zu Essen gegeben hätten, hätte er sich daran gewöhnt und würde die nächste

Nacht wieder erscheinen und dieses Mal nicht zum Stehlen, sondern zum Betteln. Und zweitens, er war gekommen, um einen Hahn zu stehlen, tun seine Küken dir nicht leid?«

»Natürlich habe ich auch mit ihnen Mitleid, aber warum muss der Schakal für das Leben seiner Kindern den Anderen ihr Leben nehmen? Warum hat Gott ihn nicht so geschaffen, dass er statt des Hahns Gras auf den Hügeln essen könnte?«

»Weißt du, lieber Bruder! Solche Fragen sind leider nicht leicht zu beantworten! Alles, was du im Moment für ihn tun kannst, ist, ihn freizulassen«, bemerkte Salim und legte den Schakal Suhrab in die Hände. Suhrab nahm ihn mit großer Aufregung an, er spürte sofort seine Körperwärme und wie sein Herz klopfte.

Salim hielt Spinkai fest, Suhrab legte den Schakal auf den Boden und trat ein paar Schritte zurück. Kurz danach öffnete der Schakal die Augen, sah sich vorsichtig um, sprang vom Platz und lief mit aller Kraft nach vorn. Als er schon genug entfernt war, hielt er kurz an, sah zurück und lief schon langsam in Richtung der südlichen Hügel und Berge.

Auf dem Rückweg schlug Salim seinen Arm um Suhrab und sagte: »Diese Welt ist so geschaffen, Bruder! Das Leben des einen kann den Tod eines anderen bedeuten, Heilung des einen kann im Leid eines anderen stecken. Was für einen ein Glück ist, kann für einen anderen eine Katastrophe sein. Wer ist nun Täter und wer ist Opfer, wen hasst man und mit wem darf man Mitleid haben? – Es ist nicht so einfach! Du siehst die Welt noch mit deinen unschuldigen Augen. Unsere Welt hat aber zwei Gesichter, manchmal sehen wir ihr schönes, freundliches, ein anders Mal zeigt sie uns ihr schreckliches und erbarmungsloses Gesicht. Das ist aber gut, dass du dir schon so früh darüber Gedanken machst und Fragen stellst. Lies die Bücher, die ich dir mitgebracht habe. In den Winterferien bringe ich dir noch mehr, vielleicht findest du die Antwort auf deine Frage dort.« Salim dachte einen Moment nach, klopfte ihn dann auf den Rücken und sagte dann noch scherzhaft: »Vielleicht aber auch nicht!«

Akbar

Nach Salims Abreise gingen auch die Sommerferien langsam für Suhrab zu Ende, seine sechste Klasse fing er mit einem neuen Klassenlehrer an. Das war der Geschichtslehrer Samim Nuri. Schon am ersten Schultag überraschte er die Schüler mit einer neuen Ordnung und neuen Regeln.

Nachdem er das Anwesenheitsbuch wieder geschlossen und zur Seite gelegt hatte, sprach er Akbar kühl an: »Wie ich sehe, bist du der Klassensprecher, aber der Klassenbeste ist ein Anderer!«

Akbar stand sofort an und antwortete laut: »Saheb! Der Klassensprecher bin ich und der Klassenbeste ist Suhrab.«

Samim stand auf, ging schnell zur Tafel, nahm die Kreide und schrieb mit seinen langen, knochigen Fingern: Der Klassenbeste muss der Klassensprecher sein!

Die Schüler sahen einander verblüfft an, Suhrab schaute auch verwirrt zur Tafel. Samim drehte sich zur Klasse und zeigte mit der Hand auf das, was er gerade geschrieben hatte:

»Das ist mein Gesetz! Von nun an ist Suhrab der Klassensprecher.«

Samim Nuri war groß und mager, stressig und nervös. Sein knochiges Gesicht sah aus, als hätte jemand ein Skelett mit einer dünnen Haut bedeckt, seine Augen waren rot und seine Stirn lag immer in Falten. Unter den Lehrern und Schülern war er als »der Wahnsinnige« bekannt. Historische Ereignisse unterrichtete er nicht, er spielte sie vor. Er sprach mit den Feldherren, Königen und Präsidenten von Auge zu Auge, lobte, kritisierte und beschimpfte sie, so als würden sie gerade vor ihm stehen. Er nahm eine geschichtliche Handlung persönlich, vertiefte sich in sie und wurde selbst einer der Beteiligten.

Und Gott bewahre, wenn jemand ihn dabei gestört oder unterbrochen hätte! Er ging dann auf denjenigen bedrohlich zu und ließ seiner Wut freien Lauf. Er schlug die Schüler zwar nicht, wie viele andere Lehrer es taten, aber sein Blick, sein Gesichtsausdruck und eine Reihe von Beschimpfungen und erniedrigenden Vergleichen, die nacheinander aus seinem Mund herausflogen, genügten, um richtige Angst zu bekommen. Ihm stellte selten jemand eine Frage, und ihm zu widersprechen wagte erst recht niemand. Auch als er Suhrab als neuen Klassensprecher für seine Klasse angekündigt hatte, öffnete keiner den Mund. Akbars Gesicht wurde rot und wie schweißgebadet, aber auch Suhrab war nicht begeistert von seinen neuen Aufgaben und Pflichten. Wenn der Lehrer nach seiner Meinung gefragt hätte, dann hätte er bestimmt seinen Vorschlag abgelehnt.

Auf dem Fußweg nach Hause bemerkte Suhrab, dass Akbar

sehr gekränkt und beleidigt war. Suhrab sah sich hier nicht als den Schuldigen, trotzdem fühlte er sich nicht wohl, deswegen näherte er sich Akbar und sagte ihm ganz freundlich: »Du wirst mir vielleicht nicht glauben, aber ich schwöre es, ich wollte nicht Klassensprecher werden. Du weißt selbst, dass dies eine zusätzliche Last ...«

Akbar explodierte beinah, er unterbrach Suhrab und schrie wutentbrannt: »Ach, wer sagt das denn? Willst du mich, Akbar, um die Finger wickeln? Was denkst du von dir? Wenn du ein paar Buchstaben mehr als die Anderen kennst, dann kannst du alles haben? Mein Name ist Akbar, ich lasse mir keine Fliege über die Nase fliegen! Derjenige, der sich für den Großen hält, ist nichts gegen mich ...«

Akbar sprach weiter ohne eine Pause, aber Suhrab verlangsamte seine Schritte und hielt von ihm Abstand.

Die Stadt

Anfang November wurde Suhrab plötzlich krank. Er bekam Schnupfen, Fieber, Hals- und Kopfschmerzen, alles auf einmal. Nawas Khan gab ihm selbst die Schuld, er schlafe am Abend nicht zugedeckt und vergesse, dass es tief in der Nacht sehr kalt wird. Die Tages- und Nachttemperaturen waren auch tatsächlich sehr unterschiedlich in dieser Jahreszeit. Die Abende waren wegen der tagsüber strahlenden Sonne täuschend warm, aber die Nächte waren aufgrund des sternenklaren Himmels gnadenlos kalt.

Tahmina bereitete für ihren Sohn verschiedene Pflanzentees zu, massierte seine Brust mit geschmolzener Butter und verband seinen Kopf mit einem Tuch. Sie lud den Roten Mullah ein, er las lange Gebete und schrieb heilige Verse für ihn. Nawas Khan verordnete ihm dagegen das Allheilmittel, die Aspirintabletten. Er glaubte schon seit Langem nicht mehr fest an Mullahs Gebete und traditionelle Heilmethoden. Seitdem er zum ersten Mal die Aspirintabletten eingenommen hatte, sank sein Glaube an Mullahs Talismane und Naturheilpflanzen rapide. Danach erzählte Nawas Khan überall über die Wunderheilwirkung der neuen Tabletten, die man unter dem Namen »Asperinbayer« in den Apotheken der Stadt und später auch in jedem Laden kaufen konnte.

Aber dieses Mal zeigten auch Nawas Khans Lieblingstabletten nicht die gewünschte Wirkung, nach einigen Tagen verschwand zwar Suhrabs Schnupfen und seine Hals- und Kopfschmerzen ließen nach, ein kleines, hartnäckiges Fieber blieb dennoch weiterhin.

Die Dorfbewohner brachten nur in äußerst schlimmen Fällen ihre Kranken in die einzige, kleine Klinik der Stadt Farah, wo ein einziger Arzt für die Behandlung aller Krankheiten zuständig war. Die Behandlungs- und Medikamentenkosten waren für viele Leute teuer. Außerdem befand sich die Straße zwischen dem Dorf und der Stadt in einem schlechten Zustand, die zwei Linienfahrzeuge waren alt, überfüllt und für den Krankentransport nicht geeignet, und die Gasthäuser und Hotels, wo man übernachten musste, waren schmutzig.

Als das Fieber von Suhrab aber anhielt, entschied sich Nawas Khan, ihn zum Arzt zu fahren. Suhrab war aufgeregt und neugierig auf diese Reise, er war nie in der Stadt gewesen und einen Arzt hatte er auch noch nicht zu sehen bekommen.

Es war früh am Morgen, die Sonne zeigte sich gerade über den Berggipfeln, als Nawas Khan und Suhrab zur Straße gingen.

Nach langem Warten erschien endlich das staubige Linienfahrzeug, das die Leute *Kala Fil*, den Elefantenkopf, nannten. Wer ihm so einen Namen gegeben hatte, wusste keiner, wahrscheinlich erinnerten seine komische Fahrer- und Rückseite an den Elefantenrüssel und dessen Kopf. Ursprünglich war Kala Fil ein alter, offener Lastwagen, der in irgendeiner Werkstatt in Kandahar oder Herat für den Transport von Leuten umgebaut worden war. Auf seine Ladefläche war ein kasten-ähnlicher Gerüst aus Metallstangen gebaut worden, das von einem wind- und wasserfesten Material überzogen war.

Für die Passagiere gab es auf der Rückseite zwei lange Stahlbänke entlang der Fahrzeugwände. In der Mitte lagerten sie dann ihre Säcke und stellten ihr Vieh dorthin.

Der Fahrer bot Nawas Khan und Suhrab aus Respekt den Platz neben sich in der Kabine an. So waren sie wenigstens nicht unmittelbar dem Staub der Straße ausgeliefert.

Als das Fahrzeug losfuhr, fing Suhrab an, mit Neugier die Steppe und die Berge aus dem Fenster zu betrachten. Ein paar Kilometer weiter zeigte sein Vater auf einen Friedhof auf der linken Seite der Straße.

»Das ist der Zwölftausend-Märtyrer-Friedhof. Den Namen kennst du schon. Hier hat einmal eine große Schlacht gegeben und tausende von Leuten sind im Kampf gegen die Fremden gefallen. Der Ort ist deswegen heilig. Wenn jemand Hilfe braucht, dann ruft er die zwölftausend Märtyrer. Du hast bestimmt solche Rufe gehört!«

Suhrab schaute zu der unheimlich großen Fläche des Friedhofs und stellte sich das damalige Schlachtfeld vor, genauso wie es das im Buch von Arsalan Romi gegeben hatte. Vor seinen Augen standen zwei große, gegeneinander aufgestellte Feldheere mit ihren aufgereihten Infanteristen und Kavalleristen. Sie waren mit Schwertern, Schilden und Pfeilen ausgerüstet. Die Leute schrien, die Pferde wieherten und der Himmel war von Staub dicht bewölkt.

Suhrab war noch in seinen Gedanken versunken, als sein Vater ihn auf ein Dorf entlang der Straße aufmerksam machte.

»Und das ist das Heimatdorf des berühmtesten Diebes aller Zeiten, Mansur. Weißt du, er hatte noch vor ein paar Jahren gelebt. Man sagt, dass der neue Gouverneur von Farah damals die Dorfältesten eingeladen und sie gebeten hatte, unter seiner Garantie einmal den Dieb Mansur heimlich zu ihm zu bringen. Ihm wird nichts passieren, meine Frau hat so viele erstaunliche Geschichten über ihn gehört, sie will ihn unbedingt kennenlernen, hatte der Gouverneur gesagt. Man erzählt sich auch, dass Mansur tatsächlich die Residenz des Gouverneurs besucht und seiner Frau eine goldene Kette mit wertvollen Steinen geschenkt hatte. Mansur war in allen Nachbar-Provinzen bekannt. Er war in vielen Gefängnissen gelandet, wurde wiederholt zu vielen Jahren Haft verurteilt, aber jedes Mal war es ihm gelungen zu fliehen. Angeblich hatte er die Tschascham-Bandi-Fähigkeit, sodass die Wachen immer unbewusst ihre Augen schlossen, wenn er vor ihrer Nase aus dem Gefängnis entkam.«

Suhrab kannte den Namen Mansur. Manchmal sagten die Jugendlichen unter sich, der eine oder andere sei wie der Dieb Mansur – aber, dass er nicht weit von ihnen gelebt hatte, das überraschte ihn.

Unterwegs hatte ihr Fahrzeug noch eine Panne, manchen Passagieren wurden wegen der holprigen Straße, des Staubes und Benzingestankes schlecht, sie kamen deshalb sofort nach draußen und schnappten frische Luft.

Suhrab hielt sich aber im Gegensatz zu der Befürchtung seines Vaters relativ gut, er vergaß sogar sein Fieber und der Benzingestank machte ihm gar nichts aus. Nur wenn das Fahrzeug über die löchrige Straße rauf- und runterholperte, musste er nach dem Arm seines Vaters greifen, damit sein Kopf nicht gegen die Decke oder das Fenster stieß.

Gegen elf Uhr erreichte das Fahrzeug endlich die Stadt und hielt in einem großen Hof neben ein paar anderen Linienfahrzeugen an. Nawas Khan und Suhrab stiegen aus, kamen aus dem Hof heraus und betraten die erste Straße nach links.

Suhrab sah sich mit großen Augen um, für ihn war alles interessant: die große Menschenmenge, die hin und her unterwegs war, die Läden, Cafés und Restaurants, die Schreie der Straßenhändler, der Auto- und Kutschenverkehr und der Verkehrspolizist mit seiner Pfeife und seinen tanzähnlichen Bewegungen mitten auf der Straße.

Nach der Kreuzung zeigte sein Vater auf ein paar Läden

und sagte: »Da vorn ist der Laden von Gijass Jan! Du kennst ihn nicht, aber den Namen seines Vaters, Rassul Babu, hast du bestimmt zu Hause gehört!«

Als Suhrab seinen Kopf schüttelte, sprach Nawas Khan weiter: »Als du zwei Jahre alt warst, hatte sich Rassul Babu mit seinem Sohn zerstritten, er war ins Dorf gekommen und hatte fast ein Jahr bei uns gelebt, bis ich die beiden wieder mit einander versöhnt hatte. Gijass ist ein guter Bekannter von mir, wir begrüßen ihn kurz und dann gehen wir zum Arzt.«

Gijass erkannte sie schon von Weitem, kam aus seinem Laden raus und begrüßte den Vater und Sohn. Als er mit der Umarmung mit Nawas Khan fertig war, wandte er sich zu Suhrab und sagte freundlich: »Du bist bestimmt Suhrab Jan! Gott bewahre dich! Wie groß du schon geworden bist!«

Dann schlug er seinen Arm um ihn und fuhr fort: »Siehst du, ich habe deinen schönen Namen nicht vergessen! Obwohl ich dich als Baby gesehen hatte.«

Gijass war um einiges jünger als Nawas Khan, er hatte einen gepflegten schwarzen Bart, lange nach hinten gekämmte Haare und einen sportlichen Körperbau.

Nawas Khan erzählte ihm kurz, warum sie in die Stadt gekommen sind, und Gijass bestand darauf, am Abend ihr Gastgeber zu sein.

Die Klinik war ein kleines, altes zweistöckiges Gebäude, dessen blasse gelbe Farbe seit Jahren nicht mehr aufgefrischt worden war. Sie war von einer kleinen Parkanlage umrandet und vor ihrem Eingang standen ein paar lange Holzbänke für die Kranken und ihre Angehörigen.

Als Suhrab hinter seinem Vater einen engen, düsteren Korridor betrat, bemerkte er nicht sofort, dass da noch ein Dutzend Frauen, Kinder und Männer warteten. Aus dem Inneren des Korridors kam ein übler Geruch von Feuchtigkeit und Medikamenten. Suhrab hielt sich sofort seine Hand vor die Nase, es roch schlimmer als Benzingestank.

Nawas Khan lehnte sich zu ihm und sagte lächelnd: »Dies ist der Krankenhausgeruch!«

Nach etwa zwei Stunden des Wartens betraten endlich auch Nawas Khan und Suhrab das Untersuchungszimmer.

Suhrab bemerkte sofort einen alten Mann im weißen Kittel, der hinter einem großen schwarzen Tisch saß. Er sah Suhrab aus seiner auf der Nase sitzenden, kleinen, runden Brille an und gab ihm das Zeichen, neben seinem Tisch Platz zu nehmen. Während Nawas Khan erzählte, was mit Suhrab los war, setzte der Arzt schnell sein Stethoskop auf, bat Suhrab, sein Hemd hochzuziehen und tief einzuatmen.

Die Untersuchung war kurz, er erklärte Nawas Khan, die Krankheit seines Sohnes sei chronisch geworden, er müsse für zehn Tage eine Antibiotikum-Spritze bekommen.

In der Stadt gab es nur zwei Apotheken, sie übernahmen eine breite Palette von Tätigkeiten über Erste Hilfe und allerlei Spritzen bis hin zur Wundversorgung. Da sie für lange Zeit ein und dieselbe und vor allem stumpfe Stahlnadel benutzten, zählte Spritzen zur echten Folter, man musste genug Mut haben, es über sich ergehen zu lassen.

»Du warst ganz brav! Afarin! Als Belohnung bekommst du von mir einen leckeren Kebab in einem guten Restaurant«, sagte Nawas Khan lächelnd, nachdem Suhrab die Spritzenfolter erstaunlich gut überstanden hatte.

Nawas Khan und Suhrab gingen Richtung des Zentrums und nach wenigen Minuten erreichten sie die Gouverneur-Kreuzung, wo sich die meisten Cafés und Restaurants dieser kleinen Stadt befanden. Die Luft war hier vom appetitanregenden Kebab-Rauch erfüllt. Die Feuerstellen standen direkt auf den Fußgängerwegen vor den Cafés und Restaurants und vor ihren Türen standen Kellner, die »Schami Kebab«, »Lula Kebab«, »Tschopan Kebab« schrien und damit die Passanten lockten. Von überallher war laute afghanische, indische und iranische Musik zu hören. Nawas Khan und Suhrab betraten ein Restaurant und nahmen in einer hinteren Ecke Platz.

»Dies wird von den Leuten aus Herat betrieben, ihre Spezialität ist Tschopan Kebab, niemand kann es besser zubereiten als sie. Siehst du, da vorne hängt ein Lamm, sie schneiden von ihm Fleisch und grillen es sofort, ohne es vorher zu würzen oder zu marinieren, nur Salz kommt drauf, alles ist frisch und natürlich. So macht es auch ein Hirte in den Bergen und danach ist auch die Spezialität benannt«, erklärte Nawas Khan.

In diesem Moment kam ein Junge, fünfzehn oder sechzehn Jahre alt, zu ihrem Tisch und fragte respektvoll: »Was wünschen Sie sich, Saheb?«

Nawas Khan bestellte Tschopan Kebab aus dem Fleisch der Rippen und dem hinteren Oberschenkel.

Suhrab saß die ganze Zeit schweigsam da, nur als Nawas Khan die Hand auf seine Stirn legte, um das Fieber zu prüfen, lächelte er ihn leicht an. Er war von dem städtischen Leben sehr beeindruckt und hatte inzwischen seine Krankheit darüber vergessen.

Gegen sechzehn Uhr kehrten Nawas Khan und Suhrab zum Laden von Gijass, er bestellte für sie grünen Tee und war dann damit beschäftigt, den Laden zu schließen.

Nachdem schon alles getan war, drehte er sich zu Suhrab um und sagte lächelnd: »Wir wohnen zwar ein bisschen weit von hier, trotzdem gehe ich jeden Tag zu Fuß nach Hause. Weißt du! Nach langem Sitzen im Laden braucht man auch einen längeren Fußmarsch. Aber heute machen wir eine Ausnahme, wir bestellen eine Kutsche. Na, was meinst du?«

Suhrab sah seinen Vater unentschlossen an, er wusste nicht, was er ihm antworten sollte.

»Suhrab geht jeden Tag zu Fuß zur Schule und sie ist mindestens dreimal so weit als dein Haus von hier«, antwortete Nawas Khan.

»Ihr seid aber nicht im Dorf, Khan Jo! Suhrab muss die Fahrt mit der Kutsche genießen. Außerdem ist er nicht gesund und sieht ganz müde aus«, protestierte Gijass. Er ging ein paar Schritte nach vorne, hielt eine schöne, mit bunten Blumen geschmückte Kutsche an und sagte dem Kutscher, er solle sie zu Jas-Deeh bringen.

Der Kutscher fuhr langsam los. Nawas Khan und Gijass verwickelten sich sofort in ein lebendiges Gespräch und Suhrab fing an, die Umgebung, die Straßen, Häuser und Passanten genauer zu betrachten. Als die Kutsche die Stadtzone verließ, bemerkte Suhrab plötzlich aus der Ferne eine große Ruine mit halb eingestürzten hohen Mauern und Türmen. Er richtete sich auf und betrachtete die Ruine neugierig und aufmerksam.

»Das ist die antike Stadt Fereidun, davon weißt du bestimmt aus deinem Geschichtsbuch«, unterbrach Nawas Khan sein Gespräch mit Gijass. Suhrab nickte, obwohl diese alte Burg in seinem Geschichtsunterricht noch nicht vorgekommen war. Sein Vater und Gijass kehrten zu ihrem Gespräch zurück und Suhrab schaute weiter zu den alten Ruinen.

Als Suhrab das noch stehengebliebene Tor der alten Stadt bemerkte, war er von ihrer unheimlichen Größe sehr beeindruckt. Suhrab dachte über die alten Zeiten nach, wo wahrscheinlich jeden Tag viele Leute und Karawanen durch dieses Tor hinein- und hinausgingen. Er erinnerte sich an die Geschichte von Arsalan, als dieser nach einer langen Reise auf dem Weg zu seiner geliebten Prinzessin vor dem Tor von Konstantinopel stand und draußen übernachten musste, weil er die Stadt nach dem Sonnenuntergang erreicht hatte und das Tor schon geschlossen war. Suhrab stellte sich das Weinhaus der Stadt vor, wo Arsalan sich als Kellner betätigen musste, um im Feindesland nicht erkannt zu werden. Er sah die beiden Wesire zur Rechten und Linken des Königs, der eine sein Freund und der andere sein Erzfeind. Er sah den furchterregenden Almas mit seinen fünfzig Wachmännern, die in der Nacht auf der Straße zum Palast der Prinzessin, wo sich Arsalan und Faruch-Laqa jede Mitternacht trafen, patrouillierten.

Suhrab war noch mit seinen Gedanken über Arsalan und Faruch-Laqa beschäftigt, als Gijass den Kutscher bat anzuhalten. Sie hatten ihr Ziel erreicht.

Als alle drei aus dem Gefährt ausstiegen, ließ Gijass Nawas Khan höflich den Vortritt: »Du weißt doch den Weg, also gehe voraus.«

Suhrab folgte seinem Vater und Gijass in eine enge Straße.

Ein paar Meter weiter drehte sich Gijass zu Suhrab und sagte: »Ich weiß nicht, ob dein Vater dir über unser Haus erzählt hat, es ist ganz winzig im Vergleich zu eurem!«

»Er scherzt, mein Sohn! Sein Haus ist klein, gleichzeitig aber schön und gemütlich. Es wird dir gefallen«, erwiderte Nawas Khan.

Suhrab betrat das Haus nach seinem Vater und Gijass durch eine kleine Tür. In der Mitte des kleinen Hofes bemerkte er sofort einen Brunnen, umrahmt von ein paar schönen Blumenreihen. Die Gehwege entlang der Mauern und der Hauswände waren von Betonplatten bedeckt. Der Hof war sehr klein und hätte für seine und Schabos Renn- und Versteckspiele nicht ausgereicht, ansonsten war aber alles sauber und gemütlich.

Gijass führte Nawas Khan und Suhrab zu einem langen Zimmer im Hausinnern. Auf dem Boden des Zimmers war ein großer roter Teppich ausgebreitet, entlang der Wände lagen dicke Matratzen und auf jeder von ihnen waren zwei große Kissen aufgestellt.

Am Ende des Zimmers saß ein alter, weißhaariger Mann mit langem Bart und großem Schnurrbart. Er lehnte sich auf dem Kissen gegen die Wand und sein weißer Turban lag auf der Matratze neben ihm. Das müsste Rassul Babu sein, dachte Suhrab sich.

Rassul Babu erkannte Nawas Khan sofort und rief ihm fröhlich zu: »Oh ho! Khan Jo! Was für eine Überraschung! Aus welcher Himmelsrichtung ist heute die Sonne aufgegangen? Wie kommt es, dass du dich an uns erinnert hast?« Er setzte sich aufrecht hin und versuchte sich von seinem Platz zu erheben.

Nawas Khan ging auf ihn zu, gab ihm mit der Hand zu verstehen, dass er sich nicht zu bemühen brauche, dann ergriff er seine ausgestreckten Hände und schüttelte sie sanft und lange. Sie erkundigten sich noch eine Weile gegenseitig nach der Gesundheit, und wie es der Familie geht. Dann wandte Rasul Babu seinen Blick zu Suhrab.

»Und wer ist dieser Junge! Ach, Ja! Er muss dein jüngerer Sohn sein! Sein Name? Warte mal! Ach, seinen Namen habe ich vergessen, soll auch Schaitan ihn vergessen, aber an seine Kindheit erinnere ich mich so gut wie gestern!«, sagte er.

»Baba! Es ist Suhrab Jan«, sagte Gijass, der noch in die Türschwelle stand.

»Du bist in viel besserer Verfassung, Rassul Babu, als wir jüngeren. Du kannst dich noch an Suhrabs Kindheit erinnern, ich kann mich aber nicht erinnern, was ich gestern gegessen habe«, sagte Nawas Khan lächelnd.

»Ich habe meine Tage hinter mir, Khan Jo! Jetzt bitte ich Gott um einen würdigen Tod. Ich will keinen Menschen mit meinem Leben belästigen.«

»Warum sagst du das, Rassul Babu? Deine Kinder und

Enkelkinder brauchen noch viele Jahre deinen schützenden Schatten über ihren Köpfen.«

Rassul Babu lächelte, sah Nawas Khan und Gijass nacheinander an und erklärte: »Ich bin alt genug, Khan Jo! Mein Lebensabend steht schon vor der Tür! Gott gebe euch Jüngeren ein langes und gesundes Leben.«

Rassul Babu wechselte das Thema, sah Suhrab an und sagte: »Weißt du, ich habe dich auf meinen Armen getragen! Deine Eltern können es bezeugen.«

Suhrab lächelte, senkte den Kopf und schwieg.

In diesem Moment betrat Gijass' Frau, Schukrija, eine dicke, hellhäutige Person, das Zimmer. Sie begrüßte zuerst Nawas Khan und kam dann zu Suhrab, umarmte ihn und küsste ihn auf die Stirn.

»Gott gebe dir ein langes Leben, mein Sohn! Hoffentlich wird dir nicht langweilig bei uns. Wir haben leider keine Kinder, mit denen du spielen könntest, der Allmächtige hat sie uns nicht gegönnt«, sagte sie mit weinender Stimme. Suhrab blickte flüchtig in ihr leiderfülltes Gesicht und ihre Augen voller Tränen und war sehr berührt. Er verstand nicht, warum sie keine Kinder hatten, und erwartete von den Älteren, dass sie diese traurige Frau trösten würden, aber sie wollten nicht darüber sprechen und lenkten das Gespräch in eine andere Richtung.

»Na, wie ist mit dem Essen? Suhrab Jan hat bestimmt Hunger!«, fragte Gijass seine Frau.

»Ja, natürlich!«, sagte Schukrija. Sie stand sofort auf, wischte sich die Tränen vom Gesicht und verließ das Zimmer zusammen mit ihrem Mann.

Ein paar Minuten später brachte Gijass schon eine Kanne Wasser, eine Schüssel zum Händewaschen und einen Dastarchan.

»Ich muss dich warnen, Suhrab Jan! Erwarte bei uns nicht Khans Gerichte, wie zu Hause! Schukrija hat nur Schorwa mit ein wenig Fleisch und vielen Kartoffeln und Gemüse gekocht. Dein Vater nennt es die städtische Schorwa, er meint die Stadtbewohner seien geizig«, sagte Gijass, während er den Dastarchan auf dem Teppich ausbreitete.

»Du hast Unrecht, Gijass Jan! Ich mag Gemüse! Hast du vergessen? Ich habe einige Gemüsesorten von hier ins Dorf gebracht und bei mir angepflanzt. Und was die Essgewohnheit betrifft, finde ich die Städtischen nicht geizig, sondern sparsam. Sie kaufen mit Bedacht, weniges, aber frisch, und kochen es mit Geschmack.«

Nach dem Essen brachte Gijass zunächst ein Tablett voller Granatäpfeln und danach bereitete Schukrija für die Gäste Tee zu.

Rassul Babu, der ständig mit der rechten Hand seinen Kopf streichelte, seufzte plötzlich und sagte: »Die alten Zeiten waren gute Zeiten, nicht wahr, Khan Jo? Erinnerst du dich? Ich habe ständig deinen Vater bei der Jagd in den Bergen begleitet. Gott gewähre ihm das Paradies, seinesgleichen gab es in der Jagd nicht! Er konnte auch eine Nadel in der Ferne abschießen, ein Fehlschuss war bei ihm ausgeschlossen. Der Tag, an dem er das letzte Mal einen Steinbock auf einem Felsen abgeschossen hatte, steht noch heute vor meine Augen. Wir sind zu dem Felsen hochgeklettert, konnten aber nirgendwo den Steinbock sehen. Stattdessen haben wir eine Blutspur auf dem

Boden entdeckt und sie verfolgt. Nach kurzer Zeit haben wir schon vor dem Eingang einer Höhle gestanden. Wir haben vorsichtig da reingeblickt und sofort das Tier bemerkt, das neben einen Felsen gestanden und daran mit der Zunge geleckt hat. Khan Lala hat mir ins Ohr geflüstert, die verwundeten Tiere kommen immer zu solchen Orten, sie wissen, wie sie sich helfen können. Ich habe mein Gewehr auf ihn gerichtet und leise gesagt, jetzt gibt es keine Rettung für ihn! Der Bock hat plötzlich seinen Kopf gehoben, hat uns ein paar Sekunden starr angesehen und dann versucht, in das Innere der Höhle zu fliehen. Er hat auf einem Bein gehinkt und konnte nicht mehr laufen. Khan Lala hat auf einmal mit seiner Hand das Zeichen gegeben, nicht zu schießen. Lass uns gehen, sagte er. Ich habe ihn verwirrt angeschaut. Der Steinbock war noch in unserer Sichtweite, ich hätte nur noch den Abzug zu drücken müssen, aber Khan Lala wollte ihn laufen lassen! Das habe ich nicht verstanden. Als wir uns von der Höhle entfernt haben, hat er es mir erklärt: ›Weißt du, Rassul! Ich habe direkt in seine Augen geblickt, er sprach mit mir und das war unheimlich.‹ Für einen Moment hat Khan Lala geschwiegen und dann in einem traurigen Ton gesagt: ›Ich glaube, das wird meine letzte Jagd sein.‹«

Rassul Babu streckte seine Beine aus und fuhr fort: »Und tatsächlich, er ist nie wieder zu dem Berg gegangen, um zu jagen. Ja, Khan Jo! So waren die starken Männer! Sie haben ihr Wort nie gebrochen. Aber sieh mal die Jungs heute! Sie sind doch aus Papier gemacht, ein kleines Hindernis, eine winzige Schwierigkeit – und sie sind schon am Boden, sie wissen nicht mehr, wo es langgehen muss. Und warum? Weil sie die Hitze und Kälte des Lebens am eigenem Leib nicht gespürt haben, ihnen fällt alles leicht in die Hand. Du brauchst dich nicht lange umzuschauen, Khan Jo! Sieh dir meinen Gijass an! Jeden Morgen steht er eine Stunde lang vor dem Spiegel, um seine Haare zu ölen und zu kämen. Danach sitzt er den ganzen Tag im Laden und gähnt. Abends kommt er nach Hause und meckert beim Abendessen. Was hat er im Leben gesehen? Khan Lala und ich sind mit unseren Pferden nach Herat und Turkistan geritten, wir waren monatelang unterwegs, überall hatten wir Freunde und Bekannte. Wir machten uns keine Gedanken über morgen. Wo es uns gut bekommen war, verbrachten wir auch unsere Nacht, wir waren gesund und voller Kraft, alle Wasser der Welt reichten uns bis zu den Knien.«

Anfangs schwieg Gijass, er wollte mit seinem Vater nicht diskutieren, dessen Haltung ihm und überhaupt der heutigen Generation gegenüber war ihm gut bekannt, dennoch rutschte irgendwann aus seinem Mund: »Baba, wann wirst du endlich akzeptieren, dass die Zeit der Pferde und Kamele endgültig vorbei ist? Heute setzt man sich in ein Auto und nach drei Stunden ist man schon in Herat. Siehe ins Ausland! Die Leute dort reisen mit Flugzeugen ...«

Rassul Babu reagierte auf das Wort Ausland allergisch, er unterbrach seinen Sohn sofort, richtete sich verärgert auf und sagte: »Das ist das Problem! Ihr ahmt alles aus dem Ausland blind nach. Ausländische Kleidung, ausländische Musik, ausländische Sitten! Ihr habt vergessen, wie eure Väter und Vorfahren gelebt hatten.«

Nawas Khan wollte nicht, dass die Diskussion zwischen Vater und Sohn sich in diesem Ton in die Länge zog.

»Du bist nicht allein, Rassul Babu. Wir beschweren uns alle über unsere Jungs. Ich bin auch der Meinung, dass sie den Sitten und Gebräuchen ihrer Väter folgen müssen. Es ist aber nicht unbedingt nötig, dass der Sohn seinen Fuß genau in die Fußspur des Vaters legt und keinen Zentimeter links oder rechts abweicht! Es waren die Zeiten, als die Leute kein Auto oder Flugzeug gekannt hatten. Als sie das erste Mal die Spuren von Flugzeugen über dem Himmel gesehen hatten, haben sie gesagt, das seien Drachen. Die Mullahs haben behauptet, dies sei ein Zeichen der Apokalypse. Einmal, als mein Bruder Sultan Khan aus Kabul nach Hause gekommen war, hat er den Leuten im Gastzimmer erzählt, in Kabul sei ein Gerät aus dem Ausland gekommen, das zum Beispiel die letzten Wünsche eines im Sterben Liegenden aufnimmt, sodass der abwesende Sohn diese auch Monate später wieder hört. Die Gäste haben mit geöffnetem Mund zugehört, viele haben daran gezweifelt, dass so etwas überhaupt möglich wäre. Jetzt liegt so ein Gerät in jedem Café der Stadt und spielt uns gern Musik. Und nicht nur das! Überall sieht man ausländische Sachen: Medikamente, Geräte, Maschinen und vieles andere!«

Nawas Khan lehnte sich gegen die Wand, schlug ein Bein über das andere und fügte lächelnd hinzu: »Es ist besser, wenn wir uns darüber nicht den Kopf zerbrechen, Rassul Babu! Ohne das Ausland geht heute nichts, aber unsere Jungs müssen das Maß einhalten. Ein Sprichwort sagt: Mach so, dass weder das Fleisch noch der Spieß verbrennt. Und jetzt geben wir vielleicht auch Suhrab die Möglichkeit, etwas zu sagen. Er wollte, dass du ihm über die alte Stadt erzählst.«

»Ach ja! Wir haben unseren Jungen ganz vergessen! Komm her, mein Junge! Jetzt unterhalten wir uns miteinander!«, sagte Rassul Babu, nachdem er seine Tasse auf den Teppich gestellt und seine Hand in seine Richtung gestreckt hatte.

Suhrab, der zuletzt seine Augen reiben musste, um nicht einzuschlafen, stand auf und kam unwillig an Rassul Babus Seite.

»Die Ruinen, die du heute gesehen hast, waren einmal eine blühende Stadt. Ihre Geschichte geht über die Zeiten des Islams hinaus. Jeder große Feldherr, der von der Seite der Sonnenuntergangs Richtung Sonnenaufgang oder umgekehrt ziehen wollte, konnte nicht an dieser Stadt vorbeigehen, sei es Alexander der Große, seien es arabische Khalifen, sei es Dschingis Khan, Tamerlan, Schah Mahmud Hotaki oder Ahmad Schah Baba. Die Bewohner unserer Stadt waren auch an den Kriegszügen gegen die Engländer aktiv beteiligt, unter anderen haben sie sich in der Schlacht von Maiwand einen Namen gemacht.«

Rassul Babu dachte für einen Moment nach, dann sah er Suhrab an und fragte: »Hat dein Vater dir schon erzählt, dass auch dein Uropa einer der Führer in der Schlacht von Maiwand gewesen ist?«

Suhrab sah seinen Vater an und wusste nicht, was er sagen sollte. Nawas Khan lächelte leicht und sagte: »Ehrlich gesagt, noch nicht! Warum, weiß ich auch selbst nicht.«

»Sei nicht böse, Khan Jo! Aber hier hast du deine Pflicht vernachlässigt! Siehe mal unsere Jungs! Über die Geschichte und den Lebenslauf eines Europäers erzählen sie so schön wie eine Nachtigall, können aber über eigene Dichter und Denker wie Al-Dschuwaini oder Abu Nasr nicht den Mund öffnen, sie kennen sie einfach nicht.«

In diesem Moment betrat Schukrija das Zimmer und brachte frischen grünen Tee.

»Suhrab ist müde, seine Augen fallen ihm schon zu, lasst ihn schlafen gehen! Ich habe die Betten bereits vorbereitet«, machte sie ihren Mann aufmerksam. Gijass, der auf so einen Anlass gewartet hatte, stand sofort auf und sagte zu Suhrab im Scherz: »Lass uns gehen und schlafen, sie werden noch bis Mitternacht reden und immer wieder sagen, was für eine herrliche Zeit das war! Sie leben in der Vergangenheit.«

»Hast du gehört, Khan Jo? Wir leben in der Vergangenheit!«, bemerkte Rassul Babu gereizt. Er sah Gijass an und sprach: »Geh nicht raus und höre zu, was ich dir sage. Ihr Jüngeren seid die Gefangenen eures eigenen Stolzes und eurer eigenen Unerfahrenheit. Ihr denkt, die Älteren verstehen gar nichts, nur ihr wisst alles. Unterdessen schlägt die Vergangenheit den Weg zur Zukunft auf. Derjenige, der die Erfahrung der Älteren nicht beachtet, ist blind, und ein Blinder fällt früher oder später in die Grube.«

»Gijass Jan bleibt auch nicht ewig jung, Rassul Babu! Eines Tages wird auch er genau dasselbe über die kommende Generation behaupten und zugeben, dass sein Vater recht gehabt hatte«, besänftigte ihn Nawas Khan.

Am nächsten Morgen verabschiedeten sich Nawas Khan

und Suhrab von Rassul Babu und gingen zusammen mit Gijass in die Stadt, dieses Mal zu Fuß. Suhrab fühlte sich schon nach der ersten Spritze besser und hatte kein Fieber mehr. Sie wollten noch ein bisschen in der Stadt bleiben, einkaufen und danach nach Hause fahren. Die restlichen Medikamente konnte Nawas Khan zu Hause selbst spritzen.

Als sie das Zentrum erreichten, sah die Lage in der Stadt merkwürdig und angespannt aus, überall standen Polizisten, es war schon fast neun Uhr, aber die meisten Läden waren immer noch zu.

»Was ist hier los, Gijass Jan? Ist die ganze Stadt heute auf dem linken Bein aufgestanden, oder was?«, fragte Nawas Khan erstaunt.

»Es scheint so, als würden heute wieder Schüler demonstrieren und Krawalle machen. An so einem Tag wagen nur die wenigsten, ihre Geschäfte zu öffnen.«

»Was wollen die Schüler um Himmels Willen? Oder ist das ihr Trick, den Unterricht zu schwänzen?«

»Was soll ich sagen, Khan Jo? Sie wollen dieselben Rechte haben, die die Jugendlichen in den westlichen Ländern haben. Unter denen sind natürlich engagierte junge Leute mit guten Absichten, aber es gibt auch einige, die nur Unruhe stiften wollen. Ich habe zwar Sympathie für ihre Forderungen, mag aber nicht, dass die Polizei mit Gewalt gegen Demonstranten vorgeht und diese ihrerseits die Polizei mit Steinen bewerfen. Dadurch kommen leider oft auch Unbeteiligte zu Schaden«, erklärte Gijass.

Suhrab, der aufmerksam das Gespräch verfolgte, freute sich

über die Demonstrationen und wünschte sich, die Demonstranten aus der Nähe mit eigenen Augen sehen zu können.

Als sie sich der Abu Nasr High School näherten, standen in der Tat schon hunderte von Schülern mitten auf der Straße. Die Straße war gesperrt, überall waren Transparente und Losungen zu sehen und man hörte, wie jemand zu den Versammelten sprach. Suhrab wollte schnell dahin und wissen, worüber sie sprechen und was auf ihren Transparenten geschrieben war. Ihm kam es vor, als ob sein Vater und Gijass zu langsam voranschritten.

Endlich erreichten sie die Demonstranten und standen seitlich in ein paar Metern Abstand zu ihnen. In der Mitte der Versammelten war eine kleine Bühne errichtet, auf der ein Junge, 17 bis 18 Jahre alt, stand und einen Lautsprecher in der Hand hielt.

»Unser Parlament ist wie ein versalzener Boden, Genossen! Egal, welche Weizensamen man dort anpflanzt, daraus wird nichts Brauchbares erwachsen ...«, sprach er emotionsvoll.

Suhrab las auf einem der großen Transparente: »Gerechtigkeit-Entwicklung-Demokratie«, auf einem anderem war zu lesen: »Meinungsfreiheit ist das Grundrecht eines jeden Menschen«.

In diesem Moment beugte sich Gijass zu Nawas Khan und sagte leise: »Es ist besser, wenn wir den Ort verlassen. Jederzeit kann Quwa-e Sarba, die Spezialeinheit der Polizei, erscheinen. Sie schlagen jeden, der ihnen über den Weg läuft, und zwar mit einem Elektroschlagstock.«

Unwillig ging Suhrab mit seinem Vater und Gijass fort.

Sie entfernten sich aber nicht mal hundert Meter, als aus der Richtung des Stadtverwaltungsgebäudes eine große Menge von Polizisten erschienen. Sie hatten weiße Helme auf dem Kopf und trugen weiße Schlagstöcke in ihren Händen. Suhrab dachte plötzlich an seinen Bruder Salim, vor seinen Augen stand die Szene, als die Polizisten rücksichtslos auf Demonstranten in Kabul einschlugen und einer von ihnen mit voller Wucht Salims Kopf traf, woraufhin er langsam zum Boden sank.

Auf dem Weg nach Hause dachte Suhrab ausschließlich über die jungen Demonstranten nach und bewunderte sie dafür, dass sie vor Schlagstöcken der Polizisten in weißen Helmen keine Angst hatten.

Amina

Es war Anfang Dezember, die plötzlichen Kälteeinbrüche kündigten schon den Winter an, bis zu den Ferien in den kalten Regionen blieben nur noch wenige Tage und Suhrab wartete ungeduldig auf seine Brüder Khaled und Salim.

Eines Tages, als Suhrab von der Schule nach Hause kam, bemerkte er, dass etwas passiert war. Statt seiner Mutter und Seeba, die zu dieser Zeit immer im Empfangsraum saßen und auf ihn warteten, sah er Saira. Sie verschwand gerade in das Zimmer seiner Mutter. Die alte Dame war im Dorf als Anago bekannt. Sie war immer dann präsent, wenn eine Frau krank war oder Wehen hatte. Suhrab wurde nachdenklich und er fing an, sich Sorgen zu machen.

In diesem Moment trat Seeba aus dem Zimmer seiner Mutter heraus und lief sofort zu ihm. Sie umarmte ihn und sagte ihm fröhlich: »Herzlichen Glückwunsch, Suhrab Jan! Du hast eine Schwester bekommen. Komm! Ich zeige sie dir!«

Seeba ergriff seine Hand und zog ihn fast mit Gewalt hinter sich. Suhrab betrat das Zimmer verwirrt und sah seine Mutter auf dem Bett liegen, neben ihr entdeckte er ein winziges Kindchen mit geschlossenen Augen. Er konnte es kaum glauben, noch heute Morgen hatte er sich von seiner Mutter ganz normal verabschiedet und nichts schien dabei auf eine bevorstehende Geburt zu deuten. Er hatte auch während der letzten Zeit nicht mal mitbekommen, dass seine Mutter überhaupt schwanger war. Und jetzt war auf einmal ein Kind geboren!

Tahmina lächelte ihn an und bat ihn mit der Handbewegung, näher zu kommen.

»Na, bist du überrascht?«

Suhrab schüttelte den Kopf und lächelte verlegen. Tahmina zog ihn zu sich und küsste ihn auf die Stirn.

Jedes Mal, wenn im Haus von Nawas Khan ein Sohn zur Welt kam, ging jemand hoch auf das Dach und kündigte die Geburt mit dreimaligem lauten Schreien an: »Hey, Leute! Hört jetzt! Gott hat Nawas Khan einen Sohn gegeben!« Danach kam Nawas Khan zum Hof heraus und feuerte aus seinem Gewehr drei Mal in die Luft. Später wurden die Schafe geschlachtet und die Geburt des Kindes groß gefeiert. So waren die Sitten und Gebräuche im Dorf bei der Geburt eines Jungen.

Ganz anders war es aber bei der Geburt eines Mädchens. Man machte zwar keine Trauer daraus, dennoch herrschte eine gewisse Stille im Haus der Neugeborenen. Es gab keine lauten Schreie, keine Schüsse aus dem Gewehr und keine großen Feierlichkeiten.

Nawas Khan behauptete zwar immer, dass Jungs und Mädchen wie die Finger einer Hand seien, man könne keinen von denen bevorzugen. Aber als bei ihm zu Hause das Mädchen geboren wurde, hielt er an den Traditionen fest, wie alle Anderen auch, die Geburt seiner Tochter wurde nicht angekündigt oder gefeiert. Er ließ lediglich zwei Schafe schlachten und das Fleisch unter den Leuten aus der Schicht der Wulas verteilen.

Ein Junge galt immer als »Gehstock« für seinen Vater, ein Mädchen dagegen wurde als zu einem fremden Haus gehörend betrachtet, denn sie verließ das Haus ihres Vaters nach der Heirat. Wenn eine Frau hintereinander nur Mädchen gebar, entschied sich ihr Mann, früher oder später, für eine zweite Frau. Manchmal widersetzte seine Frau sich ihm dabei sogar nicht. Einen Sohn und Nachfolger zu haben, zählte zu den natürlichen Rechten eines Familienvaters.

Verwandte und Freunde lachten denjenigen aus, wenn sein erstes Kind ein Mädchen war, sie bezeichneten das als männliche Schwäche. Deswegen träumten Ehepaare immer von Jungs, die Geburt eines Mädchens machte keinen glücklich. Unter den Frauen des Weißen Dorfes gab es vielleicht nur Tahmina, die dazu eine andere Auffassung besaß, sie hatte sich immer eine Tochter gewünscht und ihren Wunsch auch nicht geheim gehalten. Nach Suhrabs Geburt hatte sie aber zwei Fehlgeburten gehabt, danach war sie für lange Jahre nicht mehr schwanger geworden, dennoch, der Wunsch eine Tochter zu haben, blieb tief in ihrem Herzen. Die Frauen nahmen Tahmina aber nicht ernst, sie dachten, sie sage das nur so, um die anderen Frauen zu trösten.

Als Tahmina den ersten Schrei ihres Kindes hörte und Saira ausrief, es sei ein Mädchen, vergaß sie alle Qualen der Geburt. Sie war vor Freude im siebten Himmel.

Saira wusch das Baby, schnitt seine Nabelschnur ab, Seeba half dabei, wickelte es in ein sauberes weißes Tuch und gab es Tahmina.

»Sei nicht traurig wegen des Mädchens, Schwester Tahmina! Deine Tochter ist Millionen wert! Du wirst es sehen, den Leuten werden die Augen aus dem Kopf fallen, wenn sie nur einmal ihre Schönheit erblicken. Man sagt, wenn ein Kind leicht zur Welt kommt und seine Mutter nicht lange quält, wird es selbst lange leben und glücklich sein.«

»Du hast eine leichte Hand, Saira! Ich danke dir. Deine Belohnung wird zweimal so hoch sein, wie es bei der Geburt meiner Söhne der Fall war. Ich bin sehr glücklich, dass Gott mir eine Tochter geschenkt hat«, erwiderte Tahmina.

»Ach, Dada! Du bist wie immer großartig«, schrie fröhlich Seeba.

Die Nachricht, dass sie eine Schwester hatten, überraschte auch Khaled und Salim. Nawas Khan und Tahmina hatten noch keinen Namen für die Neugeborene gesucht, sie vertagten die Namenswahl, bis ihre Söhne aus Kabul zurückkamen.

Eines Abends, als Seeba schon nach Hause gegangen war,

versammelte sich die Familie vor dem Kamin und versuchte, einen Namen für das Kind zu wählen. Sie haben lange geredet, jeder hatte ein paar Vorschläge gemacht, sie konnten sich aber auf einen gemeinsamen Namen nicht einigen.

»So finden wir auch bis zum Morgengrauen keinen Namen! Mir ist aber gerade eine einfache Idee eingefallen, warum losen wir nicht unsere Favoriten aus? Welcher Name auch herauskommt, den müssen wir alle akzeptieren. So ist es gerecht und, modern gesagt, demokratisch«, sagte Salim lächelnd.

Alle sahen einander unsicher an, niemand aber äußerte sich dagegen.

Salim nahm ein Blatt Papier und gab jedem ein Stück davon. Sie schrieben ihre Lieblingsnamen darauf und falteten es zusammen. Tahmina flüsterte Suhrab ins Ohr und er schrieb für sie ihren Wunschnamen. Salim sammelte die Papierstücke, warf sie in eine Mütze, schüttelte sie gut und zog danach ein Stück Papier heraus und las es.

»Oh Gott! Nur nicht diesen Namen!«, schrie er und warf das Papierstück zur Seite.

»Unter keinen Umständen! So ein Name geht überhaupt nicht!«, warf er auch das zweite Papierstück zur Seite.

Erst als er das dritte Papierstück rausgezogen hatte, schrie er fröhlich: »Amina! Ja! Jetzt haben wir den richtigen Namen!«

Tahmina lächelte zufrieden, Suhrab schwieg, Nawas Khan und Khaled protestierten dagegen: »Das ist unfair, du hast deinen Wunschnamen rausgezogen!«

»Ehrlich gesagt, das ist mein Wunschname«, gab Tahmina lächelnd zu.

Nawas Khan und Khaled sahen Tahmina überrascht an.

»Erklär bitte! Wie hast du rausgefunden, dass dies die Wahl unserer Mutter war?«, fragte Khaled.

»Solche Geheimnisse verrät man nicht umsonst!«, antwortete Salim mit gespieltem Stolz.

»Okay, du bekommst eine Belohnung. Und jetzt lass uns nicht lange warten!«, drängte ihn Khaled.

»Ganz einfach, Bruder! Ich habe mir Mutters Papierstück von Anfang an gemerkt«, gab Salim lachend zu.

»Nicht schlecht, du Schwindler!«, bemerkte Khaled scherzhaft.

»Salim lässt auch mit Bart und Schnurrbart von seinen kindischen Gewohnheiten nicht ab!«, sagte Nawas Khan mit einem gedämpften Lächeln.

»Also, was nun? Ist Amina der endgültige Name, oder nicht?«, fragte Suhrab.

»Ja! Und lasst uns die Hände heben und zusammen beten, Gott gebe unserer Amina ein langes, glückliches Leben!«, antwortete Nawas Khan.

Salim brachte auch dieses Mal viele Bücher und Zeitschriften für Suhrab mit. Er trennte zwei Bücher von den anderen, zeigte sie ihm und sagte geheimnisvoll: »Die kann man nicht einfach auf der Straße in Kabul finden, die Polizei ist allergisch auf sie. Aber auch diese zwei Zeitschriften sollst du nicht zur Schule mitnehmen.«

Danach fragte Salim nach Neuigkeiten bei Suhrab. Der erzählte daraufhin ausführlich über die Demonstration in der Stadt und die Polizei mit weißen Helmen und Elektroschlagstöcken.

Salim erzählte ihm seinerseits über die Schüler- und Studentenbewegung in Kabul. Für Suhrab war es sehr interessant zu wissen, dass auch Mädchen in Kabul an den Demonstrationen aktiv teilnahmen.

Dieses Mal bekam Suhrab auch ein Dutzend Armeezeitschriften von Khaled. Dieser brachte seine militärische Schule bereits zu Ende und fing an, an der Militäruniversität zu studieren. Er erzählte Suhrab Kriegsgeschichten über berühmte Feldherren und Strategen wie Napoleon, Kutusow, Nelson, Schukow und Rommel, ihre Taktiken, Siege und Niederlagen.

»Die Geschichten der Kriege zeigen, dass die Hälfte eines Sieges den Soldaten und ihren Waffen zu verdanken ist und die andere Hälfte den Kommandeuren und ihren Taktiken«, betonte er.

Als Suhrab einmal fragte, welcher der berühmten Kommandeure gut und welcher böse gewesen war, antwortete er: »Diese Frage stelle ich mir nicht. Ein Offizier darf sich nicht in die Politik einmischen. Er muss nicht bewerten, wer gut und wer böse war, sein Job ist es, militärische Taktiken und Strategien zu analysieren und daraus eine Lehre zu ziehen.«

Suhrab hörte dem allen leidenschaftlich zu, die Erzählungen seiner Brüder und die Bücher und Zeitschriften, die er mit großem Durst las, öffneten seine Augen immer weiter für die bunte und interessante Außenwelt.

Die drei Brüder langweilten sich in diesem Winter gar nicht. Die Gelegenheit dazu gab ihnen schon ihre kleine Schwester Amina nicht. Sie wurde in den Armen gehalten und von

Hand zu Hand weitergegeben.

Amina wuchs schnell, bald fing sie an, zu lächeln und ihre Brüder zu faszinieren. Tahmina schaute mit Stolz auf ihre Kinder und war sehr glücklich.

»Bitte verwöhnt Amina nicht so! Sie will schon jetzt nicht von den Armen runter. Was wird Suhrab allein mit ihr machen, wenn ihr weggeht?«, flehte sie Khaled und Salim an.

Zu Hause stritten sich alle ständig darüber, wem Amina ähnlich war. Nawas Khan sagte, sie ändere ihre Gesichtszüge jeden Tag. Amina hatte aber schon jetzt etwas von Tahmina, zumindest ihre Augenbrauen, Wimpern und besonders ihr Lächeln waren wie aus dem Gesicht ihrer Mutter geschnitten. Im Gegensatz zu Tahmina aber war Amina hellhäutig, hatte himmelblaue Augen und hellbraune Haare.

Bis zum Ende der Ferien gewöhnten sich Khaled und Salim so an ihr niedliches Schwesterchen, dass es ihnen sehr schwerfiel, sich für ganze neun Monate von ihr zu trennen.

Der Strudel

Es waren noch die letzten Tage des Monates Mai, aber die Sonne brannte schon am Mittag wie im Hochsommer. Das Wasser im Fluss war noch etwas trüb und kalt, aber viele Schüler gingen schon nach dem Unterricht schwimmen. Sie mussten nicht unbedingt nach Hause eilen, um zu essen, die Maulbeeren waren reif, am Rande jedes Baches standen verschiedene Sorten von Maulbeerbäumen, die man nach seiner Wahl besteigen und sich danach davon satt essen konnte.

Der Fluss war zwar nach den stürmischen Zeiten im Winter schon ruhiger geworden, aber seine Strömungen waren immer noch stark genug, um für die Schwimmer gefährlich zu werden. Suhrab war noch nie in dieser Jahreszeit im Fluss gewesen und hatte keine Erfahrung mit den starken Wellen und sprudelnden Wassermassen. Ein, zwei Mal gelang es ihm noch, eine Ausrede zu finden und das Schwimmen im Fluss zu vermeiden, irgendwann musste er sich aber dem Druck seiner Weggefährten und dem Zwang seiner eigenen Neugier beugen. Fast alle älteren Schüler sprangen vor seinen Augen in die schnellen und starken Strömungen des Flusses, überquerten sie und erzählten danach, was für einen Spaß sie dabei gehabt hatten, warum er dann nicht?

Die beliebte Schwimmstelle der Schüler befand sich direkt hinter dem Schulhof. Hier kam eine schnelle Wasserströmung auf das Ufer zu, verlor nach dem heftigen Stoß mit dem Felsen einigermaßen die Kraft und floss schon etwas ruhiger weiter. Nach etwa 100 Metern von dieser Stelle befand sich ein Strudel, hier drehte und wirbelte eine unheimlich große Menge an Wasser. Allein da oben auf dem Felsen zu sitzen und lange die kreisende, trichterförmige Strömung zu beobachten, war gefährlich, es bestand die Gefahr, das Gleichgewicht zu verlieren und herunter ins Wasser zu fallen.

Auch in Teilen des Flusses, wo das Wasser am ruhigsten zu fließen schien, gab es unterhalb der Oberfläche starke Strömungen. Jeder, der eine solche Strömung überqueren wollte, musste ihre Breite und Stärke richtig einschätzen, seine eigene Muskelkraft mit der Kraft des Flusses messen und sich die

Stellen, an denen man ins Wasser hineintreten und an denen man das gegenüberliegende Ufer erreichen wollte, gut überlegen. Sonst konnte die Strömung einen weiter zum Strudel tragen.

Wurde jemand vom Strudel erfasst, dann hatte er kaum eine Chance, sich von ihm wieder zu befreien, die Strömung würde ihn zuerst zum Mittelpunkt des Trichters ziehen und ihn dann nach unten reißen. Die Schüler waren sich so einer Gefahr bewusst, sie waren von den Erwachsenen zu Hause vielfach gewarnt worden, trotzdem gingen sie das Risiko ein.

Suhrab zog sich aus, kam näher zum Wasser, stand ein paar Sekunden am Ufer, schaute einmal zu der gegenüberliegenden Seite, drehte sich dann nach links, zum Strudel hin und als letztes sah er zu der Strömung unter seinen Füßen. Seine Zähne knirschten, die Knie zitterten und ihm wurde auf einmal kalt. Er hätte sich umdrehen und weggehen können, aber als er die Anderen sah, die schon im Wasser waren und schwammen, erfasste ihn ein Schamgefühl. Er erinnerte sich an Salims Wörter: »Irgendwann musst du deine Ängste überwinden!«

Suhrab nahm den größten Busch auf der anderen Seite des Wassers ins Visier, sprang ins Wasser und schwamm mit aller Kraft geradeaus. Anfangs schätzte er noch nicht richtig ein, wie schnell ihn das Wasser mitnahm, bald merkte aber er, dass die Strömung ihn stärker als angenommen vom Busch wegzog. Suhrab strengte sich noch mehr an und versuchte, noch schneller in Richtung Ufer zu schwimmen. Seine Muskelkraft ließ aber rasch nach, seine Arme und Beine taten schon weh und er bekam nicht genug Luft. Er sah zum Strudel nach links, konnte aber nicht feststellen, wo er war, um ihn herum waren nur furchterregende große Wassermaßen, die rauf und runter gingen. Suhrab war schon dabei, in Panik zu geraten, als er sich wieder an Salim erinnerte, er hatte ihm schon einmal gesagt: »Das Wasser tötet nicht, die Angst vor dem Wasser tötet!« Suhrab riss sich zusammen, mobilisierte all seine Kräfte, schwamm und sagte sich, er dürfe nicht aufgeben und unter keinen Umständen aufhören zu schwimmen. Er sah das Ufer nicht deutlich, seine Arme und Beine fühlte er nicht mehr, sein Brustkorb tat weh, aber er schwamm und schwamm. Irgendwann ging aber gar nichts mehr, er musste ständig nach Luft schnappen, und als er noch dazu ein bisschen Wasser verschluckte und hustete, bekam er richtige Angst.

Suhrab schrie nicht um Hilfe, er wusste genau, dass in seiner Situation ihm niemand zur Hilfe kommen wird, und es war auch unmöglich, ihm zu helfen. Außerdem war es besser zu sterben, als von allen Jungen als Schwächling ausgelacht zu werden, dachte er.

In so einem Moment, als Suhrab die letzte Hoffnung, noch vor dem Strudel die Ufer zu erreichen, verlor, als alles vor seinen Augen schon verschwamm, erblickte er plötzlich eine winkende menschliche Silhouette am Ufer. Suhrab hörte deutlich das Echo von Schabos lachender Stimme: »Hey! Hier rüber! Na, beweg dich doch schon! Es sind nur noch ein paar Meter!«

Auf einmal merkte Suhrab, dass er gar nicht mehr schwamm und das Wasser ihn einfach nach links mitführte. Schnell kam er wieder zu sich und fing an, mit den letzten Kräften gegen die Strömung zu kämpfen. Kurz danach stießen seine Zehen überraschend gegen die Kieselsteine, genauso wie beim ersten Mal im Wasser mit Salim. Er konnte sich aber noch nicht mit den Füßen auf dem Wasserboden festhalten, stolperte ein, zwei Mal und das schnelle Wasser führte ihn noch ein paar Meter nach links. Mit noch ein paar Anstrengungen gelang es ihm endlich, sich dem Ufer zu nähern und eine seichte Stelle zu erreichen.

Suhrabs Füße waren noch im Wasser, als er sich auf den Sand warf. Kurz danach aber richtete er sich wieder mühsam auf und schaute schnell zu der Stelle, wo er vermeintlich Schabo erblickt hatte. Er sah sich aufmerksam um, entdeckte aber nur ein paar Büsche, deren oberen Zweige von einer Brise hin und her bewegt wurden. Er schaute zu den anderen Jungs, etwa 50 Meter von ihm entfernt. Sie begruben sich entweder im Sand oder spielten miteinander sorgenlos. Es schien so, dass sie vom Horror, den Suhrab gerade erlebt hatte, gar nichts mitbekommen hätten. Suhrab schaute zur Strudelseite und konnte seinen Augen nicht trauen, bis zu den schwindelerregenden, drehenden Wassermassen blieben nur noch ein paar Meter.

Suhrab warf sich wieder auf den Sand, schaute den wolkenlosen Himmel an, er war ungewöhnlich klar und blau, hoch über ihm flogen langsam zwei weiße Schwäne nebeneinander Richtung Westen. Suhrab hatte noch nie einen schöneren Himmel gesehen.

Das Wanderkino

Im Juni 1967 ging die sechste Klasse zu Ende und Suhrabs jährliche Prüfungen fingen an. Das Wetter war ungewöhnlich heiß in diesem Jahr. Trotz aller offenen Fenstern und Türen der Klassen fühlte man sich wie in einem Ofen. Die Lehrer bemühten sich, schon in den ersten Morgenstunden mit den Prüfungen fertig zu werden und die Schüler nach Hause gehen zu lassen.

Eines Morgens, nachdem alle Schüler wie gewöhnlich im Hof in ihren Reihen standen, kam der Direktor und überraschte alle mit seiner Ankündigung.

»Meine Jungs, ich habe eine gute Nachricht für euch. Die Schulbehörde der Stadt war so nett und nahm endlich meine Bitte an. Sie haben uns gestern ihr Wanderkino geschickt. Die Kinovorführer sitzen schon in meinem Büro, sie zeigen euch heute einen Film, und zwar einen besonderen Film. Ihr werdet unseren verehrten König, seine Majestät Mohammed Sahir Schah sehen.«

»Wa, wa!«, schrien alle auf einmal fröhlich.

»Wir haben schon alles organisiert! Wegen des Platzmangels werden einige Klasse den Film sehen und die anderen ihre Prüfung ablegen – und dann tauschen sie.«

In den Reihen der Schüler waren wieder Freudenschreie zu hören, niemand konnte mehr ruhig stehen. Die einen flüsterten einander aufgeregt etwas zu, die anderen sprangen vom Platz, jeder wünschte sich in der ersten Gruppe zu sein.

Als die Schüler ihre Klassen betreten hatten, nahm das

Wanderkino-Team seine Arbeit auf. Sie hängten einen großen weißen Vorhang in dem langen Korridor der Schule, montierten den Projektor und stellten den Ölgenerator auf den Hof. Danach luden sie die für die erste Vorführung ausgewählten Klassen ein und hängten schließlich noch zwei schwarze Vorhänge am Anfang und Ende des Korridors auf, um das Eindringen des Lichtes zu minimieren.

Die kleineren Kinder saßen vorne auf dem Boden, Suhrab und die anderen Schüler blieben dahinter stehen, alle warteten ungeduldig und fragten einander, wann verdammt nochmal der Film anfinge, immerhin würden sie zum ersten Mal in ihrem Leben einen Film sehen.

Als das Licht auf den weißen Vorhang fiel, wurde es auf einmal still im Korridor. Alle richteten ihre aufgeregten und neugierigen Blicke auf den Vorhang. Der Film fing mit dem Besuch einiger ausländischer Delegationen und Staatsgäste an. Als Erstes faszinierten Suhrab die hochglänzenden und farbenprächtigen Uniformen der königlichen Garde. Zwei lange Reihen hochgewachsener, gleichaussehender Soldaten standen wie versteinert auf dem Flughafengelände und richteten ihre stolzen Blicke in die Ferne. Suhrab dachte sofort an seinen Bruder und wünschte sich, einer wäre Khaled! Er hätte dann seiner Mutter von ihm erzählt und das würde sie sehr glücklich machen.

Plötzlich erschien der König selbst im Bild, Suhrab hätte ihn auch ohne die Hilfe des Kommentators erkannt. Seine Fotos waren nicht nur in den Schulbüchern zu finden, sondern ausgiebig in den Zeitungen und Zeitschriften, die Suhrab von seinen Brüdern bekommen hatte. Aber die Fotos waren nichts im Vergleich zu dem, was er jetzt auf dem Bildschirm sah. Der König ging im Film wie lebendig vor ihm, mager, hochgewachsen, mit kahlem Kopf, ohne Bart. Er trug einen eleganten schwarzen Anzug mit Krawatte.

Der Rest des Films zeigte die Reisen des Königs in die Städte Jalalabad und Masar-e Scharif. In beiden Städten standen tausende Leute auf beiden Seiten der Straße, ein Dutzend Motorräder eskortierten die königliche Limousine mit abgedunkelten Fensterscheiben, die Leute winkten und applaudierten ihm.

An diesen Tag ging Suhrab verspätet nach Hause, es war höllisch heiß und man hatte das Gefühl, die Sonne würde bald das Gehirn buchstäblich zum Kochen bringen. Suhrab machte seinen Pattu im Wasser des ersten Baches auf seinem Weg nass und warf ihn tropfend über den Kopf und die Schultern.

Die Sonne trocknete ihn aber sehr schnell wieder und Suhrab musste ihn im nächsten Bach nochmal nass machen.

Suhrab dachte den ganzen Weg über den Film und den König nach. Er war tief beeindruckt von dem, was er gesehen hatte. Der Rote Mullah sagte einmal, der König sei der Schatten Gottes auf der Erde, er besitze die Ehre von sieben Heiligen, wer ihn lebendig mit seinen eigenen Augen sehe, bleibe vom Feuer der Hölle verschont. Suhrab musste lächeln, er hätte gern gewusst, welche Vorteile es einem im Jenseits bringen würde, wenn man den König im Kino sieht?

Gleichzeitig war Suhrab aber auch sauer auf den König. Vor seinen Augen standen sein Bruder Salim mit seiner

Kopfwunde, Quwa-e Sarba, die Spezialeinheiten der Polizei, in weißen Helmen und die jungen Demonstranten mit ihren bunten Transparenten. Er wollte fragen, ob der König wusste, dass seine Polizisten rücksichtslos auf Schüler losgegangen und sie mit Schlagstöcken geschlagen hatten? Salim und seine Kameraden forderten doch nur bessere Lernbedingungen in den Schulen, das musste doch auch im Sinne des Königs sein. Und die Demonstration in der Stadt Farah? Ihre Losungen: Gerechtigkeit, Demokratie, Entwicklung sollten auch dem König nicht fremd sein. Der König muss doch ein Freund der Schüler sein und nicht ihr Feind. Warum schützte er die Demonstranten vor der Polizeigewalt nicht?

Suhrab hatte wieder viele Fragen, er vermisste Salim sehr, mit ihm könnte er lange darüber diskutieren.

Die Hochzeit

Es war schon Herbst, die Bauern bereiteten ihre Felder für die neue Saison vor, die Arbeit in der Tischlerei von Baschar und Hunar ging auf Hochtouren und sie hatten wie immer mit den Bauern Stress.

Als wäre das alles nicht schlimm genug gewesen, bekamen sie noch einen unerwarteten Besuch von Seebas zukünftigen Schwiegereltern, sie wollten die Hochzeit ihres Sohnes unbedingt noch vor dem Kälteeinbruch ausrichten. So eine enge Frist war für Baschar und Hunar absolut unrealistisch und nicht haltbar. Ihre Bitte, die Hochzeit auf das kommende Jahr zu verschieben, blieb ungehört, da die Seite des Bräutigams schon längst die letzten Reste des Brautgeldes ausgezahlt hatte.

Hunar war wütend, er machte seinem Ärger an dem Ast, welchen er gerade mit seinem Beil zerstückeln wollte, Luft. Nach etlichen heftigen und nervösen Schlägen warf er müde das Beil zur Seite und sagte enttäuscht: »Tu jemandem weh und genieße sein Leid! Das ist das wahre Motto dieser scheußlichen Welt, Lala! Unsere lieben Verwandten aus Tarnak wussten genau, in welchem Moment sie zuzuschlagen hätten, um uns fertigzumachen. Ein barmherziger Sohn Adams hätte uns mindestens ein Jahr vorher davon etwas gesagt. Aber nein! Sie fordern ihre Hochzeit in zwei Monaten und das ausgerechnet vor dem Winter! Es interessiert sie gar nicht, in welcher beschissenen Lage wir stecken, ob wir es schaffen können oder nicht.«

Baschar fühlte sich zwar auch sehr bedrückt wie zwischen zwei Mühlsteinen, hielt sich aber äußerlich ruhig, um seinen Bruder nicht weiter zu provozieren.

»Ehrlich gesagt, ich weiß auch nicht, wie wir in dieser kurzen Zeit alles vorbereiten können. Aber mit Ärger können wir auch nichts beschleunigen. Wir müssen geduldig sein, der Gott ist barmherzig, wir werden schon irgendeine Lösung finden«, sagte er sanft und vorsichtig.

»Lala, du sagst immer Geduld, Geduld! Wenn auch das Wasser bis zu unserem Mund steigt, um uns zu ersticken, wirst du immer noch sagen, Geduld! Das Brautgeld hast du längst in das Maul der Gläubiger geworfen! Was wirst du jetzt machen? Du kannst doch nicht Seeba mit leeren Händen von

Zuhause wegschicken! Wen wirst du wieder um Geld bitten?«

Baschar senkte den Kopf zu Boden, er hatte keine Antwort auf Hunars Frage, ihm war bewusst, dass sein Bruder recht hatte.

Der Brautpreis war im Dorf von Herkunft, Status und Vermögen der beiden Seiten abhängig, dementsprechend bekam auch die Braut ihre Brautausstattung von den Eltern. Im Dorf hieß es »Koor«, was wörtlich das Haus bedeutete. Wenn eine Braut von allen im Haushalt wichtigen Sachen wie zum Beispiel Teppich, Decke, Matratze, Koffer und so weiter jeweils ein Stück als Brautausstattung bekam, dann nannte man es Einzelkoor, wenn zwei, dann Doppelkoor und so weiter.

Baschar hatte aber für Seeba auch die allernötigsten Sachen nicht vorbereitet, ihm fehlte Geld, um etwas zu kaufen und dazu war seine Frau ständig krank und nicht fähig, selbst einen Teppich zu weben und eine Decke oder einen Sack für Mehl fertigzustellen.

Baschar hörte auf, zu sägen, lehnte sich gegen die Wand und versank in Gedanken. Wie sehr er sich wünschte, dass seine Tochter eine anständige Hochzeitfeier und eine angemessene Brautausstattung bekam – anstatt ihr ganzes Leben von ihrem Mann und Schwiegereltern bissige Vorwürfe zu hören. Wie sehnte er sich nach seiner kleinen Schabo und wie oft träumte er davon, dass sie auch bei der Hochzeit ihrer Schwester zu Hause wäre!

Hunar, der während dieser Zeit wieder mit seinem Beil auf einen Baumstamm schlug, legte eine Pause ein und fragte plötzlich: »Hast du auch über Schabo nachgedacht? Sie wird bald vierzehn, lebt aber immer noch bei den Fremden am Ende der Welt! Außerdem ist Seebas Hochzeit! Vielleicht sagst du deinem Nawas Khan, er müsse deine Tochter zurückrufen!«

»Du hast gerade meine Gedanken gelesen, Bruder! Ja, du hast vollkommen recht! Sie muss bei der Hochzeit ihrer Schwester hier sein. Ich gehe schon Morgen zu Nawas Khan und spreche mit ihm«, antwortete er ihm, ohne auf seine bissigen Andeutungen einzugehen.

Am nächsten Morgen kam Seeba besorgt und verstört zu Nawas Khans Haus. Tahmina merkte sofort, dass etwas mit ihr nicht stimmte.

»Hast du schlecht geträumt, Mädchen, oder hat dich jemand richtig geärgert?«, fragte sie.

Seebas Gesicht rötete sich, sie senkte ihren Blick zum Boden und sagte leise: »Ich weiß nicht, wo ich anfangen soll, Dada?«, sie knotete und öffnete die Ecke ihres Kopftuchs und sah zu Tahmina nicht hoch.

»Der ..., ich meine, mein Verlobter ...«

»Lass mich raten, Mädchen! Dein Verlobter Rahim ist gekommen und will eure Hochzeit feiern, stimmt's?«, fragte Tahmina amüsiert.

Als Seeba verlegen nickte, brach Tahmina plötzlich in Gelächter aus. Sie zog Seeba zu sich heran und fuhr weiter fort: »Ach du Dummköpfchen! Du musst dich freuen. Jede Frau träumt von so einem Tag. Nach so vielen Jahren des Wartens! Du gehst doch deinem Glück nach, was willst du noch?«

»Wie kann ich mich freuen, Dada? Mein Vater ist traurig, er

meint, ich habe keine richtige Brautausstattung, meine Mutter ist krank, Schabo ist nicht da, und ich werde dich verlassen müssen.« Sie wollte noch etwas sagen, aber Tahmina unterbrach sie.

»Ach, komm schon! Mach nicht aus der Mücke einen Elefanten! Ein lösbares Problem ist kein Problem und du bist nicht alleine, letztendlich bin ich noch am Leben!«

Tahmina lächelte geheimnisvoll und fügte hinzu: »Eines verspreche ich dir schon jetzt! Um deine Hochzeitskleidung kümmere ich mich persönlich!«

Seeba brach in Tränen aus, sie küsste schnell einige Male Tahminas Hände.

»Ich spreche heute Abend mit Khaleds Vater und dann sehen wir, was zu tun ist, in Ordnung?«, beruhigte Tahmina sie. Seeba nickte schluchzend.

Am Nachmittag dieses Tages wartete Baschar nach dem Gebet in der Moschee draußen auf Nawas Khan und bat ihn um ein privates Gespräch. Sie gingen zusammen zur Seite. Baschar fing leise und verlegen an, zu sprechen.

»Ich weiß nicht, wie ich es wagen kann, meinen Mund zu öffnen und dich wieder um Hilfe zu bitten, aber die Not lässt mir keine andere Wahl, Khan …!«

»Zieh es nicht in die Länge, Baschar! Sag, was los ist!«

Als Baschar mit Schamröte im Gesicht alles über die Hochzeit erzählte, lächelte Nawas Khan und sagte: »Ich dachte, es ist etwas Schlimmes passiert, du sprichst aber von der Hochzeit deiner Tochter, das ist schon besser! Und was die Hilfe betrifft, du weißt, ich habe dir noch nie Nein gesagt! Ich mag dich und schätze deine wunderbaren Geschichten. Lass mir ein paar Tage Zeit, dann sprechen wir darüber, wo ich dich unterstützen kann, okay?«

»Gott gebe dir ein langes Leben, Khan! Du warst immer nett zu mir, ich werde deine Hilfe nie vergessen!«

»Wir sind alle Menschen, Baschar! Heute greife ich dir unter die Arme, morgen kommst du mir zur Hilfe.«

»Ich weiß nicht, Khan, wie ich dir dienen kann. Aber selbst, wenn du von mir meinen Kopf verlangst, ich werde ihn sofort zu deinen Füßen legen.«

»Sagen wir mal, ich verlange von dir eine neue, tolle Geschichte. Du erzählst sie uns, wenn meine Söhne aus Kabul kommen. Na, was sagst du dazu?«, fragte Nawas Khan im Scherz.

»Mit großem Vergnügen, Khan! Nicht eine, sondern viele Geschichten, wann immer du mich rufst!«

Nawas Khan stand auf und wollte gehen, aber Baschar hielt ihn auf und sagte: »Aber das war nicht alles, Khan, weswegen ich zu dir gekommen bin!«

»Was hast du noch, Baschar? Sag es schnell, solange ich noch nett bin!«, scherzte wieder Nawas Khan.

»Ich wollte mit dir über meine Tochter Schabo sprechen.«

»Schabo? Ach ja! Und was ist mit ihr?«

»Es ist nichts passiert, Khan! Aber Seebas Mutter macht mir das Leben zur Hölle, sie weint bitterlich und möchte ihre Tochter zurück. Auch Seeba will, dass ihre Schwester bei ihrer Hochzeit dabei ist. Außerdem sie ist schon groß, ich meine …, sie muss nach Hause, zur Familie …«

»Ich habe dich verstanden, Baschar!«, unterbrach ihn Nawas Khan gereizt. Er runzelte die Stirn und dachte nach. Es herrschte Stille für einen Moment.

»Du hast es versprochen, Khan! Du rufst meine Tochter zurück, wann ich will!«, sagte Baschar schon besorgt.

»Ja, ja! Ich habe mein Versprechen nicht vergessen«, erwiderte er ungeduldig. Nach ein paar Sekunden des Schweigens sprach er weiter: »Okay, wenn du es willst, ich werde mich auch darum kümmern. Ist noch etwas, Baschar?«

Baschar schüttelte den Kopf, griff dankbar seine beiden Hände und ging fort.

Als Nawas Khan nach Hause kam, erzählte Tahmina ihm alles sofort über Seebas bevorstehende Hochzeit und ihre Sorgen. Nawas Khan zeigte sich aber kalt und gleichgültig, er tat so, als hätte er von allem nichts gewusst.

»Na und? Geht mich das etwas an? Außerdem, warum freust du dich? Mit der Hochzeit verlierst du doch Seeba!«

Tahmina spürte einen Stich im Herzen. Sie hatte so eine enttäuschende Reaktion von ihrem Mann nicht erwartet.

»Ich dachte, ich werde Seeba unterstützen und du hilfst vielleicht ihrem Vater mit den Brautausstattungskosten.«

»Du kümmerst dich um Seeba, weil sie dir schon wie eine Freundin geworden ist, ich verstehe das! Aber warum soll ich ihrem Vater helfen? Klar, ich mag seine Märchen, aber er ist nicht ein Freund von mir!«, sagte Nawas Khan spielerisch ernst.

Tahmina fühlte sich sehr gekränkt, das Lächeln verschwand aus ihrem Gesicht.

»Ich dachte, du würdest es für mich tun.«

»Ach, für dich! Warum hast du es nicht sofort gesagt? Für dich, meine Liebe, kann ich sogar den Larkuhberg umkippen«, sagte er lächelnd und schlug seinen Arm um sie.

Tahmina schob seinen Arm weg und sagte: »Du machst dich über mich lustig!«

Nawas Khan zog sie wieder zu sich und hielt sie fest.

»Das sage ich aus der Tiefe meines Herzens! Übrigens: Baschar bat mich nicht nur um Hilfe …«

»Ach! Du hast mit Baschar gesprochen und erzählst mir nichts davon? Jetzt bin ich wirklich sauer!«, unterbrach sie ihn.

»Das war doch nur ein Scherz! Ich wollte dich ein bisschen ärgern! Nimm es bitte nicht so ernst!«

»Ach ja! Das nennst du einen Scherz? Und was wollte er noch von dir, ohne Scherz?«

»Er wollte, dass Sultan Khan seine Tochter zurück ins Dorf schickt. Zufrieden?«

»Ich werde trotzdem mit dir nicht reden!«, Tahminas Ton war dennoch sofort milder geworden.

»Und ich halte dich so lange in meinen Armen fest, bis du laut sagst: Ich bin nicht mehr böse auf dich!« Er drückte sie fest an sich.

»Lass mich los!«, versuchte Tahmina sich aus seinen Armen zu befreien und lächelte aber schon versöhnlich.

Ein vertrautes Lächeln

Das war ein besonderes Schuljahr für Suhrab. Er hatte die Grundschule als Klassenbester beendet und begann die siebte Klasse der Mittelschule, ohne vom Dorf weggehen zu müssen wie seine Brüder.

Früher war es so, dass jedes Jahr im Sommer eine Kommission aus dem Verteidigungs- und Bildungsministerium seine Schule besuchte und die besten drei oder vier Grundschulabsolventen für die Militärschule und ein paar zivile Internate in Kabul, Kandahar und Masar-e Scharif auswählte. Der Rest der Schüler hatte aber nach der sechsten Klasse keine weiteren Schulungsmöglichkeiten. Seit der Hochstufung ihrer Schule, hatten sie die Chance, den mittleren Schulabschluss zu bekommen, und damit konnte man schon etwas anfangen.

Suhrab war nach wie vor einsam in der Schule und auf der Straße. Er hatte zwar gute Beziehungen zu seinen Schulkameraden, spielte und scherzte mit den Jungs seines Dorfes und ging mit ihnen schwimmen, aber einen echten Freund, einen Freund, mit dem er über seine Bücher und über die bunte Welt außerhalb ihres Dorfes sprechen konnte, jemanden, mit dem er seine Sorgen und Gedanken teilen und eine Diskussion führen konnte, hatte er nicht.

Seine Kameraden hatten keine Ahnung von Jean Valjean und Ähnlichem, sie interessierten sich für außerschulische Bücher nicht und hatten auch solche nicht zur Verfügung. Am liebsten spielten sie auf der Straße oder quatschten über dies und jenes. Deswegen verbrachte Suhrab seine Freizeit zum größten Teil zu Hause, seine vertrauten Freunde waren seine Bücher, mit ihnen fühlte er sich wohl.

Die Schule gab den Kindern nur einen Tag in der Woche frei und das war Freitag. Suhrab verbrachte diesen Tag oft im Garten. Schon am Morgen, nach dem Frühstück, nahm er ein Buch und ging dorthin. Mitten im Garten stand ein großer Maulbeerbaum. Er war von einer speziellen Fläche umgeben, worauf Nawas Khan seine Gewürzpflanzen, Früchte und Gemüse trocknete. Suhrab breitete unter dem Baum einen kleinen Teppich aus, lehnte sich gegen den Baumstamm und las sein Buch. Erst zum Mittagessen kehrte er zurück ins Haus.

Eines Freitags saß Suhrab wie üblich mit dem Rücken zur Sonne im Garten und las mal wieder ein Buch. Das Wetter war für den Spätherbst sehr mild – warm und völlig windstill. Im Garten herrschte eine angenehme Ruhe, nur die Vögel waren es, die hier und da sangen, aber ihre Gesänge störten diese Ruhe nicht, sie wurden selbst ein Teil dieser besonderen Atmosphäre. Die Bäume waren noch von grüngelben, gelben und roten Blättern geschmückt, es schien kaum glaublich, dass eines Tages der Siabad wehen und dieser schönen Farbenpracht der Natur ein rasches Ende setzten wird.

In dieser Jahreszeit war im Garten nichts mehr los, die Zeit des Gemüses und der Früchte war vorbei, nur in ganz hohen Zweigen der Granatapfelbäume hingen noch ein oder zwei Granatäpfel. In manchen Weinreben konnte man noch gutversteckte, spätherbstliche Trauben entdecken.

Suhrab las schon den letzten Teil des Buches, die Geschichte war spannend, er konnte das Ende kaum abwarten. Irgendwann spürte er ganz plötzlich einen Schatten hinter sich, jemand stand hinter ihm. Suhrab schreckte hoch und drehte den Kopf schnell nach hinten. Auf einmal bemerkte er ein Mädchen, das ein paar Schritte von ihm entfernt stand und ihn lächelnd ansah. Sein Lächeln kam ihm so vertraut vor! Suhrab musterte es mit offenem Mund und wusste nicht, wie er reagieren sollte.

»Hey, warum guckst du mich an, als wäre ich eine Erscheinung? Siehst du mich zum ersten Mal im Leben, oder was?«, brach das junge Mädchen das Schweigen.

»Ich weiß nicht, ob ich wach bin oder träume! Ich kneife zwar mir in den Arm, es scheint, als sei ich bei Bewusstsein, aber meinen Augen traue ich dennoch nicht. Sag mal, ist heute wirklich eine zweite Sonne im Osten aufgegangen, oder stimmt etwas nicht mit mir?«, fragte er, die Wörter kamen von selbst aus seinem Mund heraus, als hätte er es aus dem Buch gelesen.

»Ich sehe dich wach und wohlauf, und vor dir steht wirklich Schabo!«, antwortete sie scherzhaft.

»Wie du dich verändert hast! Ich hätte dich auf der Straße gar nicht erkannt! Wäre nicht dein Lächeln, dann hätte ich gedacht, ein Engel ist aus dem Himmel runtergekommen oder eine Fee hat ihren Weg verloren und ist hier gelandet.«

Jetzt wurde auch Schabo etwas rot im Gesicht, sie ging um den Baum, kam von der anderen Seite und sagte: »Aber du bist auch mit fast vierzehn immer noch derselbe, Suhrab! Ich hätte dich überall und sofort erkannt!«

Suhrab legte sein Buch zur Seite, stand auf und fragte: »Wann bist du zurück ins Dorf gekommen?«

»Gestern Abend. Seeba hat mich heute mitgenommen, damit ich Tahmina Dada begrüße. Daher wusste ich, dass du im Garten bist. Mein Gott! Ich war sechs Jahre alt, als ich das letzte Mal hier war! Ach, ich habe diesen Garten so vermisst!«, sagte Schabo und sah sich seufzend im Garten um.

»Hast du nur den Garten vermisst?«

»Den Garten, Vater und Mutter, Seeba, Tahmina Dada und alle Anderen!«, antwortete sie mit einem schamerfüllten Lächeln, ohne ihn direkt anzublicken. Um Suhrab daran zu hindern, eine weitere Frage zu stellen, lenkte sie ihre Aufmerksamkeit auf sein Buch und fragte: »Was liest du da?«

Suhrab blickte kurz zu seinem Buch auf dem Teppich und antwortete: »Das ist eine interessante Geschichte von einem berühmten russischen Dichter. Sein Name war Lermontow.«

»Ein ganz schwerer Name! Und worum geht es in dem Buch?«

»Die Geschichte ist vor mehr als 100 Jahren im Kaukasus angesiedelt. Ein Mann verliebt sich in eine junge Frau, entführt sie und sperrt sie in ein Haus in den Bergen. Anfangs hasst die junge Frau ihn, will von ihm fliehen, aber später verliebt sie sich in ihren Entführer.«

Schabo brach auf einmal in Lachen aus: »Das ist ja eine merkwürdige Geschichte! Wenn er verliebt in sie war, warum musste er sie entführen und wie konnte sie ihn dann lieben?«, fragte sie.

»Ich habe gelesen, dass es damals im Kaukasus üblich war, seine Geliebte zu entführen, das wurde nicht als schlecht angesehen. Das Problem war nur, dass nicht jeder in der Lage war, es zu schaffen!«, erklärte Suhrab.

»Gib es mir bitte kurz, ich will es sehen!«, streckte Schabo ihre Hand Suhrab und dem Buch entgegen. Als er sie verwundert ansah, sagte Schabo: »Denkst du, ich kann nicht lesen? Da muss ich dich enttäuschen, ich kann sowohl lesen als auch schreiben!«

Schabo nahm das Buch und las den Titel ohne große Schwierigkeiten.

Suhrab starrte sie mit einer noch ungläubigeren Miene an, als sie zur Weinrebe lief und rief: »Komm und zeig mir, wo man Weintrauben findet! Ich weiß, sie müssen noch irgendwo da sein!«

»Sie sind jetzt kaum zu finden, außer wenn man großes Glück hat!«, antwortete er und ging zu ihr rüber.

»Sag mir nur, wo die Mamisch-Weinreben sind und ich finde sie selbst!«

»Hast du keine Angst vor den Hornissen? Sie sind auch sehr scharf auf die Trauben! Wenn eine dich im Gesicht sticht, dann musst du eine Woche lang zu Hause bleiben!«, warnte Suhrab sie.

»Wenn es so ist, dann komm! Wir stellen uns dieser Gefahr zusammen entgegen!«

Suhrab beschleunigte seine Schritte und schloss sich ihr an. Sie ging hinter ihm entlang der Weinrebenreihe. Beide suchten lange, eine Reihe nach der anderen, bis sie endlich unter den gelblichen Blättern Trauben entdeckten. Die waren schon überreif und teilweise durch Bienen und Hornissen zerfressen.

Sie kehrten zurück, setzten sich am Rand des Baches und wuschen die Trauben im Wasser. Suhrab beobachtete aus den Augenwinkeln, wie Schabo die süße Trauben mit Genuss, eine nach der anderen, in den Mund warf und aß.

Der grüne Schal auf ihrem Kopf war nach hinten gerutscht und ihre üppigen Haare glänzten im Licht der Sonne. Ihr Gesicht war voller und heller als in ihrer Kindheit. Ihre mandelförmigen Augen, langen Wimpern, geschwungenen Augenbrauen, ihre feine Nase, ihr kleiner Mund und ihre rosafarbene Lippen schienen so, als hätte ein großer Maler diese Proportionen gewählt. Suhrabs Blick rutschte vorsichtig nach unten zu ihrer Brust. Als er ihren kleinen, runden Busen unter dem weißen Kleid bemerkte, raste eine heiße Welle durch seinen ganzen Körper und erschreckte ihn. Er wandte seinen Blick sofort ab und sah zum Wasser des Baches.

Plötzlich verschluckte sich Schabo an einer Traube und hustete. Als ihre Atmung sich wieder normalisierte, sagte sie mit einem verlegenen Lächeln: »Siehe mich bitte nicht so an! Die Traube ist mir in der Kehle steckengeblieben!«

»Ich habe dich gar nicht angesehen! Ich meine … und selbst wenn … in Gedanken war ich woanders«, rechtfertigte sich Suhrab stotternd und rot im Gesicht.

»Du hast gedacht, sie isst so wild, als hätte sie nie im Leben Trauben gegessen, stimmt's?«

»Stimmt gar nicht! Die Trauben sind einfach sehr süß in

dieser Jahreszeit, jeder kann sich da verschlucken.«

»Übrigens, warum isst du nicht?«, fragte plötzlich Schabo. Suhrab nahm schnell ein, zwei Trauben und steckte sie in den Mund. Er merkte, dass seine Finger zitterten. Suhrab wurde verlegen, er stand auf, ging ein paar Schritte zur Seite.

In diesem Moment erschien Seeba in der Gartentür und rief von da: »Was macht ihr zwei hier? Mittagessen ist fast fertig, alle warten auf euch!«

Auf dem Weg ins Haus schaute Suhrab Schabo wieder heimlich an. Sie war dieselbe Schabo und gleichzeitig irgendwie anders. Sie war anders angezogen und sie ging etwas anders: leicht und lebendig.

Die Dorf-Frauen zogen im Alltag lange und breite Kleider an, die über die Knie reichten, und eine lockere Stoffhose. Dazu trugen sie *Porani*, große, in der Regel schwarze Kopftücher, die nach hinten über der Schulter hingen. Schabos Kleidung war aber deutlich enger und kürzer, genau wie bei den städtischen Frauen. Sie trug auf dem Kopf einen viel kleineren, grünen Schal, der ihre Haare auf der vorderen Seite nicht bedeckte.

»Na! Habt ihr einander erkannt?«, fragte Tahmina lächelnd, als die drei das Haus betreten hatten.

»Ich habe ihn sofort erkannt, er musste mich aber erst eine halbe Stunde anstarren, Dada!«, betonte Schabo. Suhrab lächelte schweigend.

Nach dem Essen setzte Tahmina Seeba hinter die Nähmaschine und die beiden beschäftigten sich mit der Hochzeitkleidung.

»Kannst du mir bitte deine Bücher zeigen?«, fragte Schabo. Suhrab stand sofort vom Platz auf, führte sie in sein Zimmer und zeigte ihr stolz seine Büchersammlung.

Schabo schaute erstaunt zu den vielen Büchern, Zeitungen und Zeitschriften.

»Oh! Du hast eine ganze Bibliothek zu Hause! Hast du alle diese Bücher gelesen?«, fragte sie lächelnd.

»Ja, und zwar viele Male!«

»Nicht zu fassen! Und nach all dem tickt dein Gehirn richtig?«, fragte sie im Scherz.

»Ich glaube schon!«, antwortete er lachend.

»Hast du auch Lieblingsbücher, Suhrab? Zeig sie mir!«

Suhrab nahm ein paar dicke Bücher russischer und französischer Klassiker und zeigte sie Schabo.

»Erzählst du bitte kurz, wovon hier die Rede ist?«

Suhrab versuchte ihr, ein bisschen über die Geschichten und Hauptfiguren der Bücher zu erzählen. Er senkte zwar den Blick zu den Büchern und sah sie nicht direkt an, aber er spürte den brennenden Blick ihrer Augen auf sich. Suhrab stotterte beim Sprechen, seine Kehle war trocken und seine Sätze waren durcheinander und unvollendet. Er verstand nicht, was mit ihm los war.

Schabo dagegen hörte ihm mit voller Aufmerksamkeit zu. Am Ende, als Suhrab seine Lider wieder hob, trafen sich ihre Blicke. Sie sahen sich für ein paar Sekunden in die Augen. Suhrabs Herz raste und sein Magen kribbelte. Auch Schabo schreckte von einem Gefühl zurück, das ihr früher nie bekannt war. Beide wandten ihre Blicke schnell ab, im Zimmer wurde es für einige Zeit still, Suhrab griff nach seinen Büchern und stellte sie wieder auf ihre Plätze.

»Onkel Sultan Khan hatte auch Bücher, aber das waren alles militärische Bücher«, brach endlich Schabo das Schweigen.

»Wirklich? Ich habe auch einige Militärzeitschriften, willst du sie sehen?«, fragte Suhrab schon erleichtert. Er brachte ihr einen Stapel von Zeitschriften.

»Ich bewundere immer Khaled in Militäruniform. Mir gefällt seine Ordnung und Disziplin. Und überhaupt mag ich Kampfflugzeuge. Du warst doch in der Nähe des Flughafens! Hast du mit eigenen Augen gesehen, wie eine MiG Anflug nimmt oder landet?«, fügte er hinzu.

»Dir gefallen Kampfflugzeuge, wir hatten aber keine Ruhe vor ihnen! Weißt du, wenn ich auf das Dach unseres Hauses hinaufging, dann sah ich die Landebahn so klar wie meine Handfläche. Das Interessante ist aber, wenn eine MiG über dich fliegt, dann siehst du sie nur am Himmel. Und erst dann, wenn sie schon verschwunden ist, hörst du ihren erschreckenden Lärm«, antwortete Schabo lächelnd.

»Ach, wenn auch ich sie einmal aus der Nähe gesehen hätte!«, sagte Suhrab seufzend.

»Du hast es gut! Du hast schöne große Städte gesehen, ich bin aber außer der Stadt Farah noch nirgendwo gewesen!«, sprach er weiter.

»In Wirklichkeit habe ich auch nur die Stadt Masar-e Scharif gesehen. Weißt du, ich war klein, als wir von hier nach Masar-e Scharif gefahren sind. Ich kann mich nicht genau an den Weg dorthin erinnern. Dieses Mal haben wir Kabul am Mittag erreicht, ich habe mir gewünscht, ein bisschen die Stadt zu sehen, aber der Bus hielt irgendwo am Rande der Stadt an. Am Spätnachmittag fuhren wir weiter nach Kandahar. Wir waren die ganze Nacht unterwegs. Ich kann dir aber davon nicht viel erzählen, ich weiß auch nicht, wann wir durch die Stadt Kandahar gefahren sind. Ich habe die meiste Zeit geschlafen. Das Einzige, das mir von Masar-e Scharif bis hierher gefallen hat, war der Salang-Tunnel hoch in den Bergen. Er ist so lang, dass man vom Anfang sein Ende nicht sehen kann. Weißt du, man hat das Gefühl, durch den Bauch eines riesigen Drachen zu fahren. Das war ziemlich beängstigend. Irgendwo in den Bergen von Salang, direkt am Ufer eines Flusses, hat unser Bus angehalten und wir haben eine Pause gemacht. Ich bin runter zum Fluss gegangen, um meine Hände und Gesicht zu erfrischen, aber als ich für ein paar Sekunden zu dem schnell fließenden Wasser geschaut habe, wurde mir schwindlig und ich musste sofort zurücktreten.«

»Du hast Angst vor schnellem Wasser?! Komm, ich nehme dich zu unserem Fluss mit, da wirst du vom Ufer aus Berge von Wasser rauf- und runterwirbeln sehen!«, sagte Suhrab lachend.

Schabo bedeckte ihr Gesicht mit beiden Handflächen.

»Oh, Gott! Ich werde dann sofort ins Wasser fallen!«, sagte sie mit Schrecken.

Suhrab wechselte das Thema und fragte: »Warst du oft in der Stadt? Wie sieht der Schrein von Ali aus der Nähe aus? Auf dem Foto scheint er unheimlich groß und schön zu sein!«

»Wir sind mindestens zwei Mal im Monat mit einer Kutsche in die Stadt gefahren. Tante Palwascha, die Kinder und ich, wir haben den ganzen Tag auf den Märkten und in Läden gebummelt, Eis gegessen und sind natürlich zum Schrein gegangen und haben gebetet. Er ist großartig, so einfach kann man ihn nicht beschreiben, man muss es mit eigenen Augen sehen!«

»Warst du auch beim Fest der Roten Blumen in der Stadt?«, fragte Suhrab.

»Das ist etwas ganz Besonderes, Suhrab! Das Fest dauert vierzig Tage, Tausende Leute kommen aus allen Provinzen, man sieht auch viele Touristen. Aus jeder Ecke der Stadt hört man Musik, aus Kabul kommen fast alle berühmten Sänger. Letztes Mal führte uns Onkel Sultan Khan zum Konzert von Ruchschana.«

»Was für ein Glück! Mir gefallen auch die Lieder von Ruchschana!«, bemerkte Suhrab fröhlich.

»Gefällt dir die Person Ruchschana oder gefallen dir ihre Lieder?«, fragte Schabo sarkastisch, dabei sah sie Suhrab kurz an, lächelte schamerfüllt und blickte schnell zur anderen Seite.

»Ich habe sie doch gar nicht gesehen, außerdem ist sie so alt wie meine Mutter!«, rechtfertigte sich Suhrab.

»Ich weiß nicht, ich weiß nicht! Wo ich war, ob Jung oder Alt, jeder seufzte sofort, sobald er den Namen Ruchschana hörte«, betonte Schabo amüsiert.

»Siehst du! Ich habe nicht geseufzt!«, erwiderte Suhrab lächelnd.

In diesem Moment kam Seebas Stimme aus dem Hof.

»Hey, ihr beiden! Wo habt ihr euch versteckt? Der Tee ist schon bereit!«, rief sie.

Schabo und Suhrab blickten einander lächelnd an, standen unwillig auf und gingen zur Tür hinaus.

Der Hochzeittag näherte sich schnell, aber die Vorbereitungen waren noch nicht abgeschlossen. Seeba zeigte sich zwar am Morgen bei Tahmina, kehrte aber zum Mittag wieder nach Hause zurück. Manchmal schickte sie auch Schabo zu Tahmina, wenn sie etwas brauchte.

Jeden Tag hoffte Suhrab, dass er nach der Schule nach Hause käme und Schabo dort träfe, aber jedes Mal, wenn er sein Zuhause betrat und weder Seeba noch Schabo sah, war er tief enttäuscht. Er hätte seine Mutter nach ihr fragen können, aber er schämte sich irgendwie und dachte, seine Mutter würde sofort ahnen, was mit ihm los war.

Einmal fragte er seine Mutter, so nebenbei, wie es so läuft bei Seeba, ob die Hochzeitvorbereitungen gut vorangehen und Ähnliches. Tahmina erzählte ihm die Neuigkeiten, sagte, dass Seeba nun seltener zu ihr komme, erwähnte aber nicht, ob Schabo auch mitkäme oder nicht.

Schabo fehlte Suhrab, und er dachte ständig an sie. Er versuchte sich mithilfe seiner Bücher abzulenken, hatte aber wenig Erfolg, er las ein paar Sätze im Buch und warf es wieder zur Seite. Schabo stand immer vor seinen Augen, er hörte ihr schallendes Lachen und sah ihren brennenden Blick.

Suhrab zerbrach sich den Kopf und suchte nach einem Weg, Schabo zu sehen, ihm fiel aber nichts ein. Zu dem Haus ihrer

Familie konnte er nicht gehen, dafür gab es keinen Anlass, keine Erklärung, vormittags ging er zur Schule und falls sie später kurz zu seiner eigenen Mutter Tahmina ging, konnte er sie trotzdem nicht treffen.

Schabo war aber so mit der Hochzeit ihrer Schwester beschäftigt, dass sie nicht einmal die Zeit hatte, sich die Nase zu kratzen! Bis zum Hochzeitstag blieben nur noch ein paar Tage, aber der Teppich war noch nicht ganz fertig, die Matratzenhüllen waren nicht mit Baumwolle gefüllt, die Kleidung für den Bräutigam musste zu Ende genäht werden ... und so weiter.

Schabo war einerseits sehr froh, dass sie wieder zusammen mit der Familie war und die Hochzeit ihrer Schwester mitfeiern konnte, aber die Krankheit ihrer Mutter, das sorgenvolle Gesicht ihres Vaters und die bittere Armut in der Familie machten sie wiederum traurig. Sie hatte mehr als sieben Jahre in einer wohlhabenden Familie verbracht. Man kannte dort die Sorgen ihrer Familie, wie man Tag für Tag ein Stück Brot mit Tee bekommen könne und überhaupt etwas am Leib zu tragen habe, gar nicht.

Schabo war sich zwar ihrer Stellung als Hausmädchen in der fremden Familie bewusst, aber Sultan Khan und seine Frau behandelten sie nicht als solches. Sie saß bei der Mahlzeit mit allen zusammen auf dem Dastarchan, aß und zog dieselbe Kleidung an wie ihr Sohn und ihre Tochter. Sie erniedrigten sie nicht und rieben ihr ihre Herkunft nicht unter die Nase.

Schabo fühlte sich bei Sultan Khan und seiner Familie sehr

wohl, die Arbeit war nicht anstrengend, die Zimmer im Haus waren modern und nicht staubig. Putzen, kochen, und waschen waren leicht, es gab immer Strom, man musste nicht jeden Tag Feuer legen und es mühsam mit Augen voller Tränen anpusten.

Aber Schabo beschwerte sich auch wegen ihres neuen Lebens hier im Dorf nicht. Sie hatte immer gewusst, dass sie eines Tages wieder nach Hause zurückkehren würde, wartete und hoffte darauf. Sie hatte nie vergessen, wer sie war und warum sie dort war.

Dennoch, sich nun wieder an das bescheidene Leben ihrer Familie zu gewöhnen, fiel ihr sehr schwer. Im Dorf war alles anders. Das Leben hier und das Leben bei Sultan Khan waren wie zwei verschiedene Welten.

Schabo war aber auch in der eigenen Familie fremd. Ihre Kleidung, ihre Sprache und ihr Verhalten waren ganz anders als das ihrer Cousins und Cousinen und sogar der eigenen Schwester Seeba.

Der Einzige, der ihr nicht fremd erschien, war Suhrab. Schon auf dem ersten Blick war er derselbe vertraute Suhrab, wie sie ihn in ihrer kindlichen Erinnerung behalten hatte. Auch nach so vielen Jahren und trotz der Tatsache, dass die beiden in verschiedenen Umgebungen groß geworden waren, verstand sie ihn schon nach einem halben Wort.

Schabo war zwar wegen der Hochzeit sehr beschäftigt, ihre Gedanken waren aber ständig bei Suhrab, sie arbeitete und lächelte vor sich hin, sie erinnerte sich an ihr letztes Gespräch. Sie hatte ihm zwar gesagt, er hätte sich nicht verändert, das stimmte aber nicht, gestand sie sich selbst. Suhrab war ruhig, artig und nett, wie früher, wie sie ihn sich vorgestellt hatte, als sie mit rasenden Herzen zum Garten gelaufen war, wie sie es sich gewünscht hatte, dass er derselbe geblieben wäre. Aber sie begriff auch schon auf den ersten Blick, dass er nicht mehr derselbe Suhrab war, der hinter ihr im Hof herlief. Er war größer als sie, seine Stimme klang schon männlich, sein Gesicht war von einzelnen Pickeln bedeckt und sein Schnurrbart bestand aus dünnen, schwarzen Haaren.

In Masar-e Scharif hatte sie oft an Suhrab und ihr gemeinsames Spielen im Hof gedacht. Als Sultan Khan ihr überraschend sagte, er schicke sie zurück nach Hause, wäre ihr das Herz fast aus dem Brustkorb gesprungen. Zwar hatte sie immer diese Nachricht erwartet, die Ankündigung aber kam trotzdem überraschend.

Sie hatte ihre Familie unheimlich vermisst, aber sich auch nostalgisch nach dem Wiedersehen mit Suhrab und ihrer Kindheitszeit mit ihm gesehnt. Jetzt aber, als sie im Dorf war, mit Suhrab sprach, wurde ihr Gesicht heiß von seinen Blicken, und sie verstand, dass er nicht mehr ein Kind war und die Zeit ihrer sorglosen und ungezwungenen Spiele, Kämpfe und Rennen im Hof für immer vorbei war.

Einen Tag vor der Hochzeit kam Seeba, begleitet von Schabo, zu Tahmina, um sie ein letztes Mal zu sehen und von ihr, Nawas Khan und Suhrab Abschied zu nehmen. Sie küsste Tahminas Hand. Die Tränen liefen ihr über das Gesicht, die Stimme zitterte und ihr fiel es schwer zu sprechen.

»Verzeih mir, Dada, wenn ich mal einen Fehler oder eine

Sünde begangen und dich enttäuscht habe!«, sagte sie mit größter Mühe.

Tahminas Augen füllten sich auch mit Tränen, sie zog Seeba zu sich, küsste sie auf den Kopf und sagte: »Ich werde für dich beten, Gott gebe dir so viel Glück, dass du lebst, isst und dich anziehst wie in einem Märchen!«

Schabo und Suhrab standen auf der Seite einander gegenüber. Sie sahen einander nur flüchtig an und lächelten, Zeit und Ort waren nicht passend für eine Unterhaltung – und Nawas Khan war anwesend. Seeba verabschiedete sich von Nawas Khan, küsste die kleine Amina, umarmte Suhrab und ging mit weinendem Gesicht zum Haustor hinaus. Schabo folgte ihr.

Nachdem Seeba und Schabo weg waren, kehrte Stille im Empfangsraum ein, Tahmina saß traurig und nachdenklich da und schwieg.

»Was ist los mit dir? Sie hat doch Hochzeit! Eigentlich müsstest du singen und nicht traurig sein«, sagte Nawas Khan sarkastisch.

»Wenn ich an ihrer Hochzeitfeier teilnehmen könnte, dann hätte ich nicht nur gesungen, sondern auch getanzt, aber du wirst mir doch nicht erlauben, dort hinzugehen! Die Sitten und Gebräuche erlauben das nicht, wirst du sagen! Jemand wird sein Maul öffnen und giftige Bemerkungen werden deine Ohren erreichen«, sagte Tahmina traurig und mit dem Blick in die Ferne gerichtet.

Nawas Khans Gesicht wurde auf einmal ernst, er richtete sich auf.

»Nun, das hat mir gerade noch gefehlt! Reicht dir das, was wir beide für ihre Hochzeit getan haben, nicht? Ich habe die Sitten und Gebräuche nicht ausgedacht und kann sie auch nicht abschaffen. Die alten Weisen haben gesagt: Verlass die Stadt, ihre Sitten aber nicht!«, sagte er gereizt.

»Okay, ich versuche doch nicht, die Sitten zu ändern! Aber ist es nun Gottes Weg, dass man an der Hochzeit seiner Glaubensschwester, und das ist Seeba für mich, nicht teilnehmen kann, nur weil sie arm und niederer Herkunft ist?«, erwiderte Tahmina.

»Die Herkunft ist doch von Gott bestimmt, Khaleds Mutter! Er hat den einen zum Khan und den anderen zum Goorwan gemacht. Jeder bekommt das, was auf seine Stirn vom Schicksal geschrieben ist, oder sage ich etwas Falsches?«

»Darf auch ich etwas sagen, Baba?«, mischte sich plötzlich Suhrab ins Gespräch ein.

»Wenn alle Menschen von Adam und Eva stammen, dann ist doch ihre Herkunft von da an vorbestimmt! Wie kann jetzt der eine nobel und der andere minderwertig sein?«, sprach er, ohne auf die Erlaubnis seines Vaters zu warten.

»Adams Kinder sind unterschiedlich, mein Sohn! Aber sollten die Menschen gemäß deinen Büchern tatsächlich von einem Affen stammen, dann sind sie wirklich alle gleich und ohne Herkunftsunterschied«, antwortete Nawas Khan und lachte amüsiert.

»Das war die Meinung eines Wissenschaftlers, Baba! Manche stimmen ihm zu, die Anderen finden es falsch. Aber was steht in unserem heiligen Koran? Keiner ist privilegiert außer wegen seines Wissens und seiner Tugend! So ist doch die Botschaft unseres Glaubens! Außerdem sagt jeder, die Muslime seien Brüder. Und dazu die Menschenrechte! In den westlichen Ländern ist die Gleichheit aller Bürger durch Gesetze garantiert«, wagte Suhrab das erste Mal im Leben seinem Vater ernsthaft zu widersprechen. Entgegen seiner Befürchtung, er würde zornig, war sein Vater aber sogar besänftigt. Anscheinend überraschte Suhrab ihn mit seiner plötzlichen Einmischung und Frechheit in die Diskussion.

»Es ist richtig, dass alle Menschen Adam und Evas Kinder und alle Muslime Brüder sind. Aber nicht jeder Mensch geht auf dem richtigen Weg, den uns Gott durch seinen Propheten gezeichnet hat. Der eine ist anständig, fleißig und Wissen suchend und der andere ist faul, Dieb und einfach ein Verbrecher. Deswegen gibt Gott dem einen ein Königtum und dem anderen die Armut. Du musst nicht alles glauben, was in deinen Büchern steht. Ich bin sicher, dass es auch in den westlichen Ländern immer noch Kaiser und Arbeiter gibt und sie keinesfalls die gleichen Rechte und Pflichten in der Gesellschaft haben«, sagte er schon ruhig.

»Du sagst, Baba, dass man Reichtum von Gott bekommt. Aber wie ist es dann mit den Leuten, die durch Schmiergeld, Täuschung und Ausnutzung der Anderen reich geworden sind?«, fragte Suhrab noch frecher.

»Ich sage nicht, dass alle Reichen rechtmäßig an ihr Reichtum gelangt sind. Und nicht jeder, der Geld hat, ist nobel und Khan. Es ist auch nicht so, dass jemand über Nacht Khan geworden ist, seine Vorfahren haben sich dieses Privileg verdient, ihre Söhne erben ihre Rechte und Pflichten und so müssen auch sie ihrem Weg und ihren Traditionen folgen. Der Sohn eines Khans muss nobel sein, mein Sohn! Er muss gute Familie, tadellose Erziehung und Manieren haben, sodass jeder es sofort merken kann!«, antwortete er wieder mit Geduld.

»Ich bitte um Verzeihung, dass ich dir widerspreche, Baba! Aber das Verhalten und die Manieren eines Menschen sind durch die Umgebung, wo er geboren und aufgewachsen ist, geprägt, oder? Ich meine, wenn ein Kind aus der armen Familie gutes Essen, Kleidung, Schule und Erziehung bekommt, dann werden seine Manieren auch genau wie die eines Khans sein ...«

Tahmina, die bis zuletzt die Diskussion zwischen Vater und Sohn aufmerksam verfolgte und darüber staunte, dass Suhrab so sicher argumentierte, mischte sich ein, ergriff das Wort und sagte: »Suhrab Jan hat völlig recht! Ein gutes Beispiel dafür ist Schabo. Wäre nicht der Stempel, dass sie aus den Wulas stammt, wie könnte man sie ansonsten von einem der vornehmsten Mädchen unterscheiden? Sie hat einige Jahre bei deinem Bruder verbracht, und du siehst, welche Erziehung und Manieren sie aufweist! Ein Fremder wird einfach nicht glauben, dass sie Baschars Tochter ist!«

Nawas Khan lächelte und sagte im Scherz: »Warum rollen heute alle zu einer Seite wie Mungbohnen?«

»Weil wir recht haben!«, antwortete auch Tahmina lächelnd.

»Okay! Statt zu argumentieren, erzähle ich euch eine Geschichte. Hört gut zu!«, betonte Nawas Khan.

»Es lebte einmal in alten Zeiten ein Prinz, er hatte auf seinen Vater nicht gehört, nahm gegen seinen Willen die Tochter eines Goorwans zur Frau und brachte sie zum Palast. Am zweiten Tag, als der Prinz zu seinem Gemach kam, sah er, dass seine Frau jeweils ein Brotstück in den vier Ecken des Zimmers verteilt hatte. Der Prinz stand hinter einem Vorhang und beobachtete sie. Dann ging sie nach einander zu jeder Ecke, rief laut und mit einem speziellen Gesang: ›Schickt das Brotstück dem Goorwan, Allah bewahre euch!‹ Damit imitierte sie ihren Vater, der jeden Abend zu allen Türen und Toren im Dorf ging und Brotstücke sammelte. Der Prinz nahm seinen Kopf in beide Hände. Sein Vater sagte ihm: ›Ich habe dich gewarnt, mein Sohn! Jeder wird irgendwann die wahre Natur seiner Herkunft zeigen!‹ Auch der große Dichter Saadi sagte: Der Wolfsjunge wird zum Wolf, selbst wenn er mit Menschen aufwächst.«

»Wir geben uns zwar nicht geschlagen, aber jetzt über etwas anderes. Hör bitte dieses Mal du gut zu!«, sagte überraschend Tahmina.

»Ich habe Seeba gesagt, wenn Schabo will, kann sie ihre Stelle einnehmen!«

Nawas Khan sah seine Frau mit zusammengekniffenen Augen an und fragte: »Höre ich richtig? Du hast Schabo angeboten, den Platz ihrer Schwester einzunehmen? Aber wie wird sie bei dir arbeiten? Sie kann nicht einmal ein Feuer anlegen, vom Brotbacken oder auf dem Holzfeuer Kochen sage ich nichts! Warum nimmst du nicht jemand Anderen aus den Wulas?«

»Das alles sind doch meine Sorgen! Ich entscheide, wer mir im Haushalt helfen kann. Außerdem brauche ich neben Schabo noch jemanden für Brotbacken und Wäschewaschen. Schabo wird mir bei den anderen Sachen helfen und Amina betreuen.«
»Ich weiß nicht, ich finde das keine gute Entscheidung!«
»Versuch bitte nicht, mich umzustimmen! Hier werde ich nicht nachgiebig sein! Ich habe es Seeba bereits versprochen!«

Suhrab hörte das alles haargenau, sein Herz raste, er war nicht sicher, ob seine Mutter bis zu Ende auf ihrer Entscheidung beharren würde. Aber er mischte sich nicht ein, spielte mit Amina und tat so, als würde das alles ihn gar nicht angehen.

Kurz nach Seebas Hochzeit kehrten Khaled und Salim aus Kabul zurück, das Leben im Hof von Nawas Khan fand wieder neuen Atem, neuen Schwung. Es wurden wie immer Schafe geschlachtet und Gäste eingeladen, Baschar erzählte seine neuen Märchen und Geschichten, Suhrab bekam neue Bücher und Zeitschriften von seinen Brüdern und Amina freute sich über ihre bunten Spielzeuge.

Amina, die jetzt gehen und ein bisschen sprechen konnte, wurde selbst wie eine süße Puppe von einem Arm zum anderen gereicht. Sie hatte die Herzen von allen erobert.

Eigentlich war alles im Hof wie jedes Jahr, nur eines stimmte dennoch nicht. Suhrab verhielt sich ungewöhnlich, er war nicht mehr überall auf den Fersen seiner Brüder, sondern wollte lieber allein zu Hause sein. Als Khaled oder Salim vorschlugen, nach draußen zum großen Platz zu gehen, fand er eine Ausrede, zog sich zurück und tat so, als wäre er mit seinen Schulmaterialien beschäftigt. Er war auch bei Versammlungen und Treffen seiner Brüder und ihrer Freunde abwesend und nachdenklich. Einmal schubste ihn Salim mit seinem Ellbogen und sagte: »Hey, was ist mit dir los? Warum sitzt du so geistesabwesend herum? Hast du vielleicht Probleme in der Schule oder auf der Straße?«

Suhrab wechselte sein Buch von einer Hand in die andere und versuchte, irgendwie seinen Zustand zu verbergen.

»Nein, nein! Es ist alles in Ordnung. Es ist etwas stressig in der Schule. Die Aufgaben und Lernmaterialen stapeln sich in meinem Kopf«, antwortete er schnell.

»Schulaufgaben können zwar nicht der wahre Grund für deine Zerstreutheit sein, aber wenn du willst, dass ich dir unbedingt glaube, dann tue ich das deinetwegen!«, sagte er als Scherz.

Suhrab lächelte verlegen, widersprach ihm aber nicht.

Nachdem Seeba abgereist war, kam Schabo jeden Tag zu Tahmina und machte sich allmählich mit der Arbeit vertraut. Schon früh am Morgen machte sie sich voller Ungeduld nahezu direkt auf den Weg zu Tahmina. Bei sich zu Hause hatte sie ein freudloses Dasein, ihre Mutter war ständig mit ihren Kopfschmerzanfällen beschäftigt und sprach kaum mit ihr, ihr Vater war fast immer draußen, Seeba war nicht mehr da, ihre Cousins und Cousinen waren hungrig, wild, schmutzig und unerzogen, ihr Onkel war immer gestresst und ihre Tante mochte Schabo gar nicht. Sie sah das alles hilflos mit an und konnte nichts daran ändern.

Nawas Khans Haus dagegen zog sie wie ein Magnet an, dort herrschte eine ganz andere Atmosphäre, alles war harmonisch und freuderfüllt, man scherzte, lachte und ging miteinander respektvoll um. Schabo fühlte sich einsam und bedrückt zu Hause und suchte Ablenkung bei Tahmina, die immer nett zu ihr war. So wie Tahmina behandelten auch die anderen Familienmitglieder sie freundlich, sie schrien nicht und gaben keine Befehle.

Schabo half Tahmina bei den Kleinigkeiten im Haus und passte auf Amina auf, bald gewöhnte sich auch Amina an sie, Schabo spielte mit ihr und vergaß für eine Zeit ihre eigenen Sorgen und Probleme.

Das war aber nicht der einzige Grund dafür, dass Schabo jeden Morgen zu Tahminas Haus eilte. Sie sehnte sich nach Suhrab. Sie wollte ihn sehen, wenn auch kurz, wenn auch nur einmal, und das fühlen, was sie jedes Mal fühlte, wenn ihre Blicke sich trafen.

Die Begegnung mit Suhrab jagte ihr auch gleichzeitig große Angstgefühle ein. Auch wenn sie einfach Suhrab nach der Schule begrüßte, schien es ihr so, als hätten Nawas Khan, Tahmina, Khaled und Salim und sogar die kleine Amina schon gewusst, was in ihrem Herzen vorging.

Fatima

Die erste Woche des Monats Februar fiel plötzlich sehr kalt aus, es wehte tagelang der Siabad und die Leute verbarrikadierten sich in ihren Häusern. Nur die Schüler hatten an diesen Tagen nicht frei, sie mussten bei jedem Wetter die Schule besuchen.

Eines Tages, als Suhrab aus der Schule mit eiskaltem Gesicht und rotbläulichen Ohren zurückkehrte, bemerkte er eine unbekannte Frau, die mit seinen Eltern in Empfangsraum saß. Während Suhrab näherkam und die Fremde begrüßte, stellte seine Mutter sie vor: »Das ist Fatima Dada, deines Vaters Cousine. Du kannst sie Tante Fatima nennen.«

Eigentlich war Fatima eine ferne Verwandte von Nawas Khan. Sie hatte noch eine ältere Schwester, Nasima. Die beiden waren noch Kinder, als ihr Vater starb. Er litt lange Zeit unter gelähmten Beinen. Danach wuchsen die Schwestern mit ihrer Mutter auf, aber sie verloren auch diese, kurz nachdem Fatima geheiratet und das Dorf verlassen hatte.

Ihr Vater verkaufte den größten Teil ihres Landes bereits als er jahrelang im Krankenbett lag, den Rest verkaufte dann nach und nach ihre Mutter, um die Familie einigermaßen über Wasser zu halten. So blieb Nasima und Fatima nach dem Tod ihrer Mutter so gut wie nichts zu erben.

Nasima lebte mit ihrem Mann in der Provinz Nimros, an der Grenze zu Iran, und Fatima folgte ihrem Mann in die Provinz Herat im Nordwesten. Danach besuchten sie nur ein, zwei Mal ihr Geburtsdorf, um das verbliebene Vermögen aufzuteilen und die Gräber ihrer Eltern zu besuchen. Im Weißen Dorf hielt sie nichts mehr, sie hatten hier keine nahen Verwandten mehr.

Fatima brachte nur eine Tochter zur Welt, nach ihrer Geburt bekam sie keine Kinder mehr. Ihr Mann Mussa liebte sie, und trotz des großen Wunsches, einen Sohn zu haben, heiratete er nicht ein zweites Mal.

Als Fatimas Tochter Nassrin erwachsen wurde, heiratete sie einen Jungen aus dem Stamm ihres Vaters.

Das Schicksal wollte es so, dass eines Tages zwischen Mussa und einem seiner Verwandten auf dem Feld ein Streit ausbrach. Die Lage eskalierte und es kam zu Handgreiflichkeiten. Sein Verwandter Malek wurde am Kopf verwundet und starb danach. Die Polizei verhaftete Mussa und brachte ihn zum Gefängnis in der Stadt.

Mussa war eigentlich ein bescheidener und friedlicher Mensch, er konnte auch selbst nicht begreifen, wie es dazu gekommen war, dass er seine Hand hob und mit der Schaufel auf Maleks Kopf schlug. Bei der Anhörung war Mussa geständig und bestritt keinen Punkt der Anklage. Das Gericht verurteilte ihn zur lebenslangen Haft, die er in dem befürchteten Gefängnis Dehmasang in Kabul verbüßen musste.

Vor seiner Überführung dorthin schrieb Mussa seiner Frau einen Brief und sandte damit auch die Scheidungspapiere.

»In dieser Welt habe ich nur dich und unsere Tochter Nassrin gehabt, ich habe dein Leben ruiniert und das Glück meiner Tochter zerstört. Alles, was ich dir jetzt schreibe, schreibe ich mit dem Blut meines Herzens. Hör mir bitte gut zu! Du bist noch jung, fang alles von Neuem an, heirate jemanden, du hast meine volle Erlaubnis! Hier kannst du nicht mehr bleiben, kehr zu deinem Dorf zurück! Denk nicht an mich, mir bleibt jetzt nur, meine Stirn auf dem Boden zu legen und jede Minute Gott um Verzeihung zu bitten, obwohl meine Sünde

Malek, dir und meiner Tochter gegenüber unverzeihlich ist«, das alles schrieb er in seinem Brief.

Nawas Khan und Tahmina nahmen Fatima bei sich auf, ohne lange nachzudenken. Als Fatima ihre Geschichte erzählte, liefen Tahmina Tränen aus den Augen und auch Nawas Khan zeigte sich tief betroffen von ihrem Schicksal.

Fatima war schon über vierzig. Trotz allem Schrecken, den sie in der letzten Zeit erlebt hatte, sah sie immer noch jung aus. Ihre helle Gesichtshaut war noch glatt und nur unter ihren traurigen braunen Augen waren ein paar Falten zu sehen.

Eines Nachmittags, als Fatima sich nach dem Tee in ihr Zimmer zurückzog, drehte Nawas Khan seinen Kopf zu Tahmina und sagte: »Es ist kaum zu glauben! Das ist dieselbe Fatima, die mit ihren Witzen und ihrem Lachen keinem Ruhe gegeben hatte! Verwandte und Bekannte hatten Angst vor ihrer scharfen Zunge gehabt. Sie war immer energisch und lebensfroh, sang und tanzte bei jeder Gelegenheit.«

»Ja, die arme Fatima! Das Schicksal war sehr grausam zu ihr! Mit einem Schlag hat es alles, was ihr teuer war, weggenommen! Selbst, wenn jetzt ihr Mund lacht, weint ihre Seele. Mir tut sie so leid! Ich sehe sie und bekomme selbst ein blutendes Herz. Ach! Gott gebe keinem Menschen so ein Leben!«, sagte Tahmina seufzend.

Trotz der schweren Schicksalsschläge gab sich aber Fatima nicht geschlagen, sie lachte, erzählte, scherzte und brachte Andere zum Lachen. Bald öffnete sie den Weg zu den Herzen aller in der Familie und wurde selbst ein Teil von ihr.

Fatima war auch nicht ein Mensch, der ruhig Daumen drehend in eine Ecke saß und nichts machte. Sie suchte eine Beschäftigung, um etwas selbst zu verdienen, und sie brauchte auch eine Ablenkung, um die trüben Gedanken zu vertreiben.

Die Frage war aber, was sie als Frau hier im Dorf machen konnte? Fatima und Tahmina zählten aller zumutbaren Möglichkeiten zusammen und kamen zum Schluss, sie solle entweder Teppiche weben oder Kleider nähen. Tahmina empfahl ihr, als Schneiderin anzufangen.

»Du kannst doch den Dorffrauen etwas Neues anbieten, schließlich hast du schon einiges in Herat gesehen, das wird bestimmt vielen sehr gut gefallen!«, versicherte ihr Tahmina. Sie versprach Fatima ihre volle Unterstützung und stellte ihr auch ihre Nähmaschine zur Verfügung.

Das Zuckerfest

Der letzte Monat von Khaleds und Salims Ferien fiel zusammen mit dem Fastenmonat Rammadan. Die Dorfälteren hatten eigentlich keine großen Probleme mit dem Fasten im Winter, sie mussten nicht auf den Feldern arbeiten und die Tage waren kurz und nicht heiß, sodass man weniger unter Durst und Hunger leiden musste. Das Fasten in dieser Zeit erschwerte nur das Leben der Jugendlichen im Dorf. Statt am Abend sich irgendwo zu treffen, zu feiern und Spaß zu haben, mussten sie nun zur Moschee gehen und stundenlang Tarawih, die besonderen Gebete des Monats Ramadan, absolvieren. Vor dem Morgengrauen mussten sie dann wieder aufstehen und das letzte Mal vor dem Sonnenaufgang essen und trinken, auf solche Veranstaltungen wie Hunde- und Hahnenkämpfe mussten sie auch verzichten.

In diesem Monat besuchten fast alle erwachsenen Männer die Moschee. Der Rote Mullah gab sich viel wichtiger als sonst, er sprach lange Gebete, warnte die Leute vor Gottes Zorn, forderte sie auf, alle Regeln des Fastens einzuhalten und die Almosen nicht zu vergessen. Seine Ansprachen waren emotional, mal wuterfüllt, mal mit zitternder Stimme und weinend, je nachdem, ob er die Sündigen und Ungläubigen verteufelte oder die Leidenden und Märtyrer des Islams pries.

Die Straßen des Weißen Dorfes waren tagsüber fast leer, die Leute versuchten, länger zu schlafen, um den Tag leichter zu überstehen. Besonders schwer hatten es Leute, die naswarsüchtig waren oder Wasserpfeife rauchten, sie zählten ungeduldig die Stunden, bis sie nach dem Sonnenuntergang ihre Sucht befriedigen durften.

Der Fastenmonat war auch eine besondere Zeit für die Kinder. Sie zählten die Tage und warteten darauf, dass der Monat zu Ende geht und endlich das Zuckerfest beginnt. Sie freuten sich auf die neue Kleidung und das Geld, was sie anlässlich des Festes von ihren Eltern bekamen. Große Kinder und Jugendliche sammelten Eier, kochten und färbten sie für den Wettbewerb an den Zuckerfesttagen. Am reichsten war derjenige, der die meisten bunten Eier in Besitz hatte.

Dieses Zuckerfest war auch für Suhrab besonders. Es waren nicht nur seine Brüder, mit denen er das Fest in diesem Jahr zusammen feiern konnte, sondern auch Schabo, die zum ersten Mal seit ihrer Kindheit das Fest zu Hause erlebte. Suhrab freute sich wie ein kleines Kind auf das kommende Fest, stellte sich ständig die Szene vor, wo er Schabo am ersten Tag des Festes sehen und beglückwünschen konnte.

Am Abend vor dem Fest mischte Tahmina wie immer ein bisschen Henna mit Wasser. Als Amina schlief, legte sie Henna auf ihre Hände und Füße, zeichnete lustige Muster darauf und umwickelte sie mit einem Stoff, um zu verhindern, dass ihr Bett beschmiert würde. Später brachte sie Henna auch zu ihren Söhnen. Diese legten es auf ihre Handflächen und bildeten damit einen kleinen Kreis oder ein anderes einfaches Muster, um so der Tradition zu folgen.

In dieser Nacht konnte Suhrab vor Aufregung lange nicht schlafen, er drehte sich ständig im Bett und dachte an das morgige Treffen mit Schabo.

Mit dem ersten Hahnenschrei wurde Suhrab sofort wach. Als er aus seinem Zimmer rauskam, hörte er Geschirrlaute aus der Küche. Tahmina und Fatima waren dabei, Reis zu kochen. Suhrab öffnete die Küchentür und sah Fatima mit einem großen Holzlöffel in der Hand.

»Wir haben dich geweckt!«, bemerkte sie lächelnd.

»Ich habe gar nicht geschlafen, Tante Fatima«, sagte Suhrab, während er die Augen mit den Fingern rieb.

»Ist alles in Ordnung, mein Sohn? Warum bist du so früh aufgestanden?«, fragte seine Mutter, die gerade die Küche betrat.

»Keine Ahnung! Irgendwie ist mir der Schlaf aus den Augen

geflogen! Ich gehe besser an die frische Luft!«, antwortete er gähnend.

Suhrab trat zum Hof hinaus, stand da, sah den Himmel an und atmete tief ein. Der Mond war nicht zu sehen, der Himmel über ihn sah noch dunkelblau aus und unzählige Sterne zwinkerten ihm zu. Suhrabs Gedanken wanderten wieder zu Schabo. Was macht sie jetzt, schläft sie noch oder hatte auch sie eine schlaflose Nacht? Wie hatte sie ihre Hände mit Henna gefärbt, einheitlich oder gemustert? Wie wird wohl sie angezogen sein, wann kommt sie zu ihnen und so weiter. Suhrab versank in seinen Gedanken, er bemerkte nicht, wie lang er dort stand, irgendwann spürte er aber, dass ihm kalt wurde und seine Zähne klapperten.

Kurz vor dem Sonnenaufgang standen auch Khaled und Salim auf und, bis sie Zähne putzten und Gesichter wuschen, bereiteten auch Tahmina und Fatima ein paar große Reistabletts vor.

Die Moschee war brechend voll, der Rote Mullah saß vor dem Altar, die Anderen saßen in langen Reihen ihm gegenüber, es wurden immer wieder große Tabletts voller Reis hereingebracht. Ein Teil der Reistabletts war für das gemeinsame Essen hier in der Moschee und ein anderer Teil für die Wulas-Familien bestimmt.

Nach dem Essen standen alle auf, gratulierten einander zum Fest, teilten sich dann in Gruppen auf und gingen zur Straße hinaus, um Hausbesuche zu machen. Sie fingen bei dem Allerältesten an und zogen dann weiter zu den Jüngeren. Khancheel besuchten sich gegenseitig und die Leute aus den Wulas besuchten ebenfalls ihresgleichen. Der Vormittag war für die Männer und der Nachmittag war für die Frauen bestimmt. Die Kinder küssten die Hände ihrer Eltern, Onkels, Tanten und älteren Geschwister und kassierten dafür ein sogenanntes »Festglückwunsch«-Geld.

In den Gastzimmern waren lange Dastarchane ausgebreitet und darauf standen bereits große Teekannen, verschiedene Süßigkeiten, Gebäck und getrocknete Früchte.

Feierliche Stimmung beherrschte an diesem Tag das ganze Dorf. Vom frühen Morgen bis zum Abend zogen Kinder und Erwachsene, Frauen und Männer in bunten Kleidern durch die Straßen. Junge Frauen bekamen die Gelegenheit, ihre Schönheit zu zeigen und die Jungs zu bezaubern – und die Jungs ihrerseits versuchten, das ein oder andere Frauenherz für sich zu gewinnen.

Die Hausbesuche schienen für Suhrab dieses Mal unendlich zu sein, obwohl sie in jedem Haus für nur einige Minuten blieben. Sie tranken nicht einmal die Hälfte ihres Tees, da langweilte er sich schon und wollte schnell nach Hause.

In den Jahren, wo das Fest mit den Ferienzeiten von Khaled und Salim zusammenfiel, besuchten alle drei am Nachmittag ihren Onkel, Tahminas Bruder, im Nachbardorf. Das stand selbstverständlich auch dieses Mal auf der Tagesordnung.

»Hey Jungs! Es ist schon Zeit, unseren Onkel und unsere Tante zu besuchen!«, erinnerte Salim seine Brüder noch einmal nach dem Essen.

»Was? Schon jetzt? Warte doch ein bisschen!«, erwiderte Suhrab gereizt. Er wollte den Besuch so lange verschieben, bis er Schabo in der feierlichen Kleidung sehen konnte, er wusste, dass sie auf jeden Fall seiner Mutter gratulieren käme.

Die Zeit verging, Suhrab wurde langsam unruhig, seine Augen waren auf das Haustor fixiert, Khaled und Salim fragten immer wieder, wann er bereit sei, loszugehen, aber von Schabo gab es immer noch keine Spur. Gegen drei Uhr ging Salims Geduld zu Ende.

»Du bist schlimmer als eine Frau! Wann wirst du endlich fertig?«, rief er, als Suhrab sich immer noch mit seinen Haaren beschäftigt zeigte.

»Wenn wir auf ihn warten, wird es hier schon Abend! Der arme Onkel und unsere Tante werden sich Sorgen machen!«, sagte Khaled.

»Du solltest ihn eines Tages mit dir zum Militär mitnehmen, dann hätte er längst Ordnung und Disziplin gelernt«, sagte Salim.

»Wir gehen und du kommst nach! Falls du noch heute mit deinen Haaren fertig wirst!«, verkündigte Salim. Khaled stand auf und die beiden gingen Richtung Tor hinaus. Salims Hund Spinkai folgte ihnen umgehend.

Suhrab zögerte noch ein paar Minuten, gab dann aber die Hoffnung endgültig auf. Unwillig, langsam und enttäuscht folgte er seinen Brüdern. Als er das Tor erreichte, erschien vor ihm überraschend Schabo.

Suhrab blickte sie an und erstarrte an Ort und Stelle. Er musterte sie verwundert und war einfach sprachlos wegen ihrer Schönheit. Sie war fein geschminkt, hatte ein leuchtendes gelbes Kleid an, das am Kragen und am Rocksaum mit dunkelgelben Blumenmustern bestickt war und dazu einen kleinen, dünnen, pistazienfarbigen Schal auf dem Kopf.

Suhrabs durchdringende Blicke brachten Schabo in Verlegenheit, ihr Gesicht wurde rot und ihre Lippen zitterten. Ein paar Mal sah sie zu ihm hoch, lächelte und wandte sich wieder ab, vor Scham wusste sie nicht, wohin mit ihrem Blick. Suhrab schaute sie aber wie ein schönes Bild an, er konnte seine Augen von ihr nicht abwenden. Gott weiß, wie lange Suhrab sie noch so verwundert angesehen hätte, wenn Schabo das Schweigen nicht gebrochen hätte.

»Frohes Fest, Suhrab!«, sagte sie mit zitternder Stimme.

»Herzlichen Glückwunsch zum Fest! Herzlichen Glückwunsch zu den neuen Kleidern!«, erwiderte er mit der festüblichen Begrüßung.

Es kehrte wieder Stille ein, Suhrab stand weiterhin wie angewurzelt und sprachlos da, Schabo lächelte schamhaft, sah mal zu ihm und mal wieder zur Seite. Irgendwann hielt sie seine Blicke nicht aus, lachte und lief an ihm vorbei zum Innenhof.

Suhrab kam heraus, sah zum Himmel hinauf, ein seltsames Gefühl überwältigte ihn, es schien, dass alles um ihn herum lachte. Suhrab lief zu seinen Brüdern, die noch in der Ferne zu sehen waren. Er fühlte sich sehr leicht, als würde er nicht laufen, sondern fliegen, und sobald er sie erreichte, fing er schweratmend an, sie fest zu umarmen, zunächst Salim, dann Khaled und als letztes auch Spinkai, er lachte ohne Grund.

»Was ist mit dir los, Bruder? Ich fürchte, du bist ein Fall für die Ärzte!«, bemerkte Salim mit erstaunter Miene.

»In der Tat! Noch vor zehn Minuten warst du ganz apathisch und geistesabwesend, jetzt springst du aber vor Freude. Du warst doch nie so launisch!«, befand auch Khaled.
»Alles ist möglich, meine Brüder!«, rief er fröhlich und lief mit Spinkai zur Seite. Er steckte auch ihn mit seiner Aufregung an. Khaled lächelte, Salim schüttelte den Kopf und beide kehrten wieder zu ihrem unterbrochenen Gespräch zurück.

Schabo hatte zum ersten Mal seit Jahren keine neue Kleidung für das Zuckerfest bekommen, niemand in ihrer Familie konnte an eine neue Kleidung denken. Schabo hatte die Kleidung angezogen, die Palwascha vor dem letzten Zuckerfest in Masar-e Scharif für sie hatte nähen lassen. Sie kaufte vor jedem Zucker- und Opferfest, wie es sich auch gehörte, sowohl für ihre Kinder als auch für Schabo neue Sachen. Manchmal bestickte Schabo ihre und die Hemden der Kinder mit schönen Mustern und Blumen, das hatte ihr Palwascha beigebracht.

Am zweiten Festtag begann die feierliche Veranstaltung *Seel*, was wörtlich »Anschauen« bedeutete. Die Männer des ganzen Distrikts versammelten sich südlich vom Dorf zu den Füßen des Hügels, auf dem der heilige Schrein von Pir Baba stand. Dort gab es eine große Gartenanlage, die zum Schrein gehörte und welche die Leute zum Feiern ihrer großen Feste benutzten. Die Frauen dagegen versammelten sich nördlich vom Dorf am Ufer des Flusses, wo es ebenfalls einen berühmten Schrein und eine große Gartenanlage gab.

Khaled, Salim und Suhrab machten sich nach dem Frühstück auf den Weg zum Seel. Da Suhrab keine Ausrede fürs Zögern oder sogar für seinen Wunsch, zu Hause zu bleiben und auf Schabo zu warten, mehr fand, die Khaled und Salim nachvollziehen würden, stand er still auf und folgte ihnen ohne Wenn und Aber. Als sie aus dem Dorf herauskamen, waren schon hunderte von Leuten von allen Seiten, klein und groß, in bunten festlichen Kleidern auf dem Weg zum Seel.

In der Gartenanlage hatte man ein dutzend Zelte aufgeschlagen, aus den großen Samowaren stieg Rauch zum Himmel auf, die Händler hatten bereits ihre Verkaufsstände aufgestellt, auf den Holztischen oder einfach auf den großen Plastikdecken auf dem Boden waren alle möglichen Früchte, Süßigkeiten und Gebäckwaren aufgestapelt. Mobile Händler wanderten auf den Gehwegen und priesen laut ihre Esswaren an, Mengen an Spielzeugen machten hier und da auf sich aufmerksam – und von allen Seiten war Musik zu hören.

Unten, westlich vom Schrein, auf dem Flachland waren Dutzende Leute mit ihren Pferden, Kamelen, Schafen und Ziegen versammelt, die Einen verkauften ihre Tiere, die Anderen bereiteten ihre für Renn- oder Kampfwettbewerbe vor. Neben ihnen präparierten Leute einen großen Platz für traditionelle Zweikämpfe zwischen Sportlern.

Der Distrikt war in zwei Teile geteilt, die Dörfer östlich der Schule stellten die eine und Dörfer westlich der Schule eine andere Mannschaft auf. Die Sportler bereiteten sich schon zwei Monate davor auf diese Kämpfe vor, sie tranken jeden Morgen geschmolzene Butter mit rohen Eiern und Milch. Wer sich so etwas nicht leisten konnte, bekam Unterstützung von den Khans und den Reichen.

Khaled, Salim und Suhrab spazierten so lange in der Menge hin und her, bis sie müde waren, danach gingen sie zu einem Samowar und bestellten Tee. Nachdem sie sich ausgeruht hatten, stiegen sie hoch auf den Hügelgipfel, nahmen Platz auf den Felsen und schauten sich unten die Pferde- und Kamelrennen an.

Gegen Mittag schlug Salim vor, einmal auch den Platz aufzusuchen, wo die Eierwetten stattfanden.

»Oh Mann! Lass es uns probieren! Wir waren doch seit Ewigkeiten nicht mehr dort«, beharrte er, als Khaled ihn skeptisch ansah.

»Ich würde mich nicht wundern, wenn du auch Bejele probieren willst! Die hast du auch seit Langem nicht mehr gespielt!«, sagte Khaled sarkastisch.

»Na und? Hast du vergessen, ich war einer der besten? Und wie viele Mal habe ich dir Bejele geliehen?«, erwiderte Salin amüsiert.

Khaled schüttelte den Kopf, antwortete ihm aber nicht.

»Na, was sagst du, mein Bruder? Wollen wir zu den Eierwetten, oder nicht?«, sprach dieses Mal Salim Suhrab lächelnd an.

Suhrab seufzte und sagte uninteressiert: »Wie du willst.«

Salim legte den Arm um ihn und sagte ihn nachahmend: »Wie du willst. – Hey Junge! Wach auf! Was ist mit dir los? Bist du verliebt oder was?«

Suhrab lächelte verlegen und stand auf. Als alle drei sich dem Platz näherten, sagte Khaled: »Während du dort spielst, suche ich ein Spielzeug für Amina.«

»Du bleibst aber bei mir, wer wird sonst bezeugen, wie ich gewonnen habe?«, ergriff Salim Suhrabs Hand, der auch mit Khaled gehen wollte.

Khaled entfernte sich nur noch ein paar Schritte, als Salim hinter ihm herrief: »Hör, mal! Kauf bitte auch etwas für mich und Suhrab, das wir Amina schenken können, okay?«

Vor dem Platz kaufte Salim zunächst zwei Dutzend gekochte, bunte Eier von verschiedenen Verkäufern. Um ihre Festigkeit zu testen, nahm er vorher eins von denen, schlug es leicht gegen seine vorderen Zähne. Danach betraten die beiden den Platz.

Salim schloss sich einer Gruppe von Jugendlichen an und wählte sich seinen Gegner. Die beiden prüften zuerst genau sein und dann das gegnerische Ei auf Festigkeit, dann verhandelten sie miteinander, um zu bestimmen, wessen Ei unten ist und wer mit seinem Ei auf dessen Spitze schlagen darf.

Beim Schlagen hatte jeder seine eigenen Tricks, manche schlugen kräftig und auf einmal, die Anderen schlugen langsam und so lange, bis eins der Eier zerbrach.

Salim hatte zwar gute Erfahrung mit solchen Wetten, zu seinem Staunen aber verlor er fast jedes Mal. Er suchte sein Glück danach bei Gruppenwetten, kaufte schon einige Male neue Eier, aber großen Erfolg hatte er dennoch nicht. Endlich hörte er auf und sagte enttäuscht: »Das ist entweder nicht mein Tag oder die Jungs sind schlauer geworden. Früher war ...«

»Nichts steht ewig an seinem Platz, alles ist in Bewegung, Veränderung und Progress! Das hast du mir selbst einmal gesagt!«, unterbrach ihn Suhrab lächelnd.

»Ja! Die Eier haben wir leider verloren, aber wir haben es bewiesen, dass sogar die Tricks bei Eierwetten sich mit der Zeit weiterentwickeln!«, sagte Salim zum Trost.

Etwa eine Stunde später, nachdem Suhrab und seine Brüder ihr Haus verlassen hatten, erschien Schabo bei Tahmina.

»Bist du nicht zum Seel gegangen?«, fragte Tahmina verblüfft. Schabo wusste nicht, wie sie es erklären sollte, sie wollte natürlich zum Seel, aber sie fühlte sich allein und fremd, deswegen wagte sie nicht, dorthin zu gehen.

»Ich kenne niemanden beim Seel. Was werde ich dort allein tun?«, sagte sie unsicher.

»Ach, Mädchen! Es ist nicht jeden Tag im Dorf Zuckerfest! Du warst so viele Jahre weg von hier, und jetzt willst du nicht zum Seel gehen?«, fragte Tahmina unzufrieden.

In diesem Moment betrat Fatima das Zimmer und mischte sich ein: »Ich war auch viele Jahre von hier fern. Vielleicht nutzen wir beide die Gelegenheit, um zu sehen, um zu sehen, wie man den Seel nun üblicherweise bei uns feiert!«

Schabo stand auch weiterhin unentschlossen da und sah abwechselnd Tahmina und Fatima an.

»Fatima Dada hat Recht! Denk keine Ausreden mehr aus und geh mit!«, betonte Tahmina.

»Okay, Dada! Wenn du es sagst, dann gehe ich«, sagte Schabo lächelnd.

Am Ufer des Flusses saßen hunderte von Frauen in kleinen und großen Gruppen, die Kinder liefen hin und her, lange

Reihen von Händlern verkauften ihre Waren, hier und da sangen und tanzten junge Frauen und Mädchen. Als Fatima und Schabo die Frauenmenge erreichten, schlug Fatima vor, zum Ufer zu gehen und nah dem Wasser Platz zu nehmen. Fatima hatte ihren Satz nicht zu Ende gebracht, als Schabos Gesichtsausdruck sich auf einmal änderte. Sie sah Fatima beängstigt an und sagte schnell: »Mir wäre es lieber, fern vom Ufer zu sitzen. Ich habe Angst vor schnellem Wasser, mir dreht sich sofort der Kopf, ich weiß selbst nicht, warum!«

»Wenn das so ist, dann gehen wir zuerst zum Schrein, beten, und dann überlegen wir, wo wir am besten Platz nehmen können«, sagte Fatima ganz ruhig.

Sobald Fatima und Schabo einen Platz neben einem Samowar gewählt und sich hingesetzt hatten, richteten schon manche Frauen ihre Blicke auf sie, einige flüsterten einander etwas zu, die Anderen machten erstaunte Mienen, lachten oder schüttelten die Köpfe. Fatima drückte Schabos Arm leicht und flüsterte ihr zu: »Hast du bemerkt? Die Frauen um uns herum! Sie alle beobachten dich genau.«

»Nein! Warum denn mich?«, fragte Schabo mit gerötetem Gesicht.

»Keine Angst! Sie wollen vielleicht wissen, wer diese junge Frau ist und woher sie kommt. Sie finden bestimmt deine Kleidung anders und nicht von hier!«

Schabo hob ihre Hand sofort zum Kopf und bedeckte schnell den Kopf mit ihrem roten Kopfschal, der nach hinten gerutscht war. Sie sah sich dann ihre Kleidung an und sagte: »Was ist falsch mit meiner Kleidung? Ich verstehe nicht.«

»Ach du nichtsahnende Seele! Siehst du nicht, dass deine Kleider enger und kürzer sind und deine Frisur fremd ist? Jeder, der dich sieht, erkennt sofort, dass du nicht von hier bist.«

»Das ist meine gewöhnliche Kleidung, Dada! Eine andere habe ich nicht! Und wenn ich die Möglichkeit hätte, neue Kleider für mich zu nähen, dann würde ich sie auch nicht wie die Frauen hier machen! Aus ihrem einen Kleid könnte ich mir locker zwei Kleider fertigen«, sagte sie ernst.

»Hier hast du völlig Recht! Unsere Kleider sind nicht praktisch und unnötig teuer. Vielleicht gelingt es mir, die Dorffrauen zu überreden, bei ihren Kleidern ein bisschen Stoff zu sparen und damit auch bei den Blicken ihrer Männer attraktiver auszusehen! Dann haben sie sozusagen mit einem Pfeil zwei Tauben geschossen. Na, was sagst du dazu?«

»Ich weiß es nicht, Dada!«, lachte Schabo verlegen.

Als Fatima und Schabo am Spätnachmittag zurückkehrten, waren Suhrab und seine Brüder noch immer nicht da. Schabo blieb noch eine Weile bei Tahmina, um zu erzählen, wie ihr der Seel gefallen hatte, danach aber trat sie ihren Weg nach Hause an.

»Du hättest dich auch mal im Seel zeigen können, Schwester Tahmina! So viele hübsche Mädchen! Du könntest eine davon für Khaled auswählen«, sagte Fatima, als sie und Tahmina allein blieben.

Fatimas Vorschlag kam bei Tahmina gut an, ihr Gesichtsausdruck änderte sich und ein fröhliches Lächeln erschien auf ihrem Mund.

»Ehrlich gesagt, ich habe schon eins für ihn ausgesucht. Seit

Langem will ich mit seinem Vater darüber sprechen, verschiebe es aber immer von heute auf morgen. Khaleds und Salims Ferien sind schon am Ende, aber ich bin noch immer nicht dazu gekommen«, erwiderte sie.

»Ach so! Und wer ist diese Glückliche? Lebt sie hier im Dorf oder woanders? Ich werde es keinem verraten, versprochen!«, betonte Fatima im Scherz.

»Vor dir muss das kein Geheimnis sein, Fatima Dada! Sie ist die Enkelin von Kamal Khan!«

»Kamal Khan? Ist das Kamal Khan aus dem Dorf Jamran?«

»Genau! Den meine ich! Du weißt vielleicht nicht, sie sind nun mit unserem Saman Khan verwandt. Im Sommer war Kamal Khans ganze Familie hier bei uns zu Gast und da habe ich seine Enkelin gesehen. Ihr Name ist Gulalai und sie ist auch hübsch wie eine Blume. Aus ihr und Khaled wird ein schönes Paar werden ...«

In diesem Moment hörten sie plötzlich einige Stimmen am Haustor.

Tahmina unterbrach sich und sagte leise: »Es scheint so, dass die Jungs zurückgekehrt sind!«

Fatima blickte kurz zum Haustor, dann näherte ihr Kopf sich Tahmina und sie flüsterte: »Du musst dich beeilen, Schwester! Eine gute Gelegenheit verschiebt man nicht auf morgen!«

Am dritten Tag des Festes, nachdem die Jungs zum Männerseel und Fatima und Schabo zum Frauenseel gegangen waren, fand auch Tahmina den richtigen Moment, um mit ihrem Mann zu sprechen. Als Nawas Khan nach dem Frühstück aufstehen wollte, bat ihn Tahmina, noch ein paar Minuten sitzenzubleiben. Nawas Khan sah sie verblüfft an und fragte lächelnd: »Oh barmherziger Gott! Was kann so wichtig sein, dass meine Frau mich in ihrer Nähe haben will?«

»Keine Sorge! Es ist nichts passiert! Da ist die Erde und da ist der Himmel. Beide sind noch an ihrem Platz! Ich wollte mit dir über Khaled sprechen«, antwortete sie und zeigte mit dem Finger einmal zum Boden und danach nach oben.

»Wenn die Rede von Khaled ist, dann bin ich ganz Ohr! Sag mal, was willst du mir mitteilen?«

»Ich wollte sagen, dass dieses Jahr Khaleds letztes Studienjahr ist. Denkst du nicht, dass es Zeit wäre, unsere zukünftige Schwiegertochter auszusuchen?«

»Ach, Khaleds Mutter! Wozu diese Eile? Warte, erst einmal! Geben wir ihm doch die Zeit, in Ruhe sein Studium zu beenden. Ohne eine Frau bleibt er nicht, mach dir keine Sorgen! Das Sprichwort sagt, wenn der Kopf da ist, dann gibt es Mützen in Überzahl.«

»Ich sage auch nicht, dass du schon morgen Ehestifter zu jemandem nach Hause schicken sollst. Aber wir müssen ihm wenigstens ein anständiges Mädchen auswählen und, solange er noch hier ist, auch nach seiner Meinung fragen.«

»Jetzt aber komm zur Sache! Du hast schon auf jemanden ein Auge geworfen, nicht wahr? Es ist doch nicht schwer zu erahnen, was du in deinem Herzen versteckt hast!«

»Ich freue mich, dass du so herzfühlend bist. Sonst gibt es Ehemänner, die die klaren Worte ihrer Frauen nicht verstehen können, von einem Zeichen oder gar von Wünschen, die im Herzen liegen, ganz abgesehen«, sagte Tahmina mit einem geheimnisvollen Lächeln.

»Danke für die Komplimente! Jetzt verrate aber bitte, wessen Tochter sie ist?«

»Ich schlage Kamal Khans Enkelin vor! Sie ist hübsch und hat gute Manieren! Als ich sie gesehen hatte, sagte ich mir sofort, diese junge Frau ist für unsern Khaled bestimmt!«

Nawas Khan dachte einen Moment nach, dann sagte er ruhig: »Kamal Khan ist ein Mann mit angesehener Herkunft, seine Familie hat seit Generationen einen guten Ruf. Sag mal, hast du dich auch schon mal hier und da über dieses Mädchen erkundigt? Vielleicht ist sie bereits jemandem versprochen!«

»Keine Sorge, Khaleds Vater! Ich habe gute Quellen, sie ist noch nicht vergeben! Und wenn du sie für Khaled erbittest, ich meine, wer wird dir Nein sagen? Außerdem ist unser Khaled ein Königtum wert, Kamal Khan wird seine Mütze vor Freude in die Luft werfen!«

Nawas Khan richtete sich auf und sagte: »Okay, dann sprechen wir heute Abend mit Khaled. Bevor ich aber Ehestifter zu Kamal Khan schicke, musst du ihnen durch deine Freundinnen ein Zeichen geben, um ihre Meinung herauszufinden. Ich will nicht in eine peinliche Situation geraten!«

Tahmina nickte und sagte fröhlich: »Das nehme ich auf mich! Mein Herz sagt mir, dass alles gut wird!«

Schon an diesem Abend, als der Tee kam und jeder sich gegen die Kissen lehnte, um im Radio den nächsten Teil eines Hörspieles zu hören, sagte plötzlich Nawas Khan zu Suhrab: »Mach das Radio nicht an, mein Sohn!«

Khaled, Salim und Suhrab sahen einander verwirrt an, ihr

Vater verpasste dieses Hörspiel nie, er verfolgte es schon seit dem Anfang. Sie hörten alle zusammen regelmäßig dieses Spiel und diskutierten zusammen die Handlung. Die Jungs sahen jetzt auch ihre Mutter forschend an, sie saß aber ruhig da, ohne eine bestimmte Reaktion zu zeigen.

»Wir haben etwas zu besprechen! Es geht um Khaled!«, fügte Nawas Khan hinzu, sah Khaled direkt an und sprach weiter: »Du wirst mit Gottes Hilfe dieses Jahr dein Studium absolvieren und die Stelle eines Offiziers annehmen. Als deine Eltern haben wir nun die Pflicht, dich in eine noble, anständige Familie zu verheiraten. Ich und deine Mutter haben uns schon über deine zukünftige Frau einige Gedanken gemacht. Wir wollten alles noch, bevor du den Weg nach Kabul antrittst, mit dir besprechen.«

Khaled wurde ein bisschen rot im Gesicht, so was hatte er von seinem Vater nicht erwartet, er senkte den Blick zum Boden und wusste nicht, was er sagen sollte.

»In der Tat, Khaled! Heirate schnell und mach den Weg für die Anderen frei. Du stehst in der Reihe, gehst nicht voran und hinderst dadurch auch mich und Suhrab daran voranzuschreiten«, sagte Salim im Scherz. Alle fingen an zu lachen, außer Suhrab, der ernst wurde und unzufrieden sagte: »Löst bitte eure Reihenfolgeprobleme unter euch, ich bin nicht dabei.«

Khaled sah, dass alle Augen auf ihn gerichtet waren und seine Stellungnahme erwarteten. Er richtete sich auf und zwang sich, etwas zu erwidern.

»Aber ich hab noch ganze neun Monate vor mir, wartet, bis ich mein Diplom bekomme, meine Dienststelle annehme, es ist auch nicht bekannt, in welche Provinz ich geschickt werde. Wenn all diese Fragen gelöst sind, dann können wir alles in Ruhe besprechen«, sagte er aufgeregt.

Bevor aber sein Vater etwas sagen konnte, ergriff Tahmina schnell das Wort.

»Ich bete zu Gott, mir solange die Augen offen zu halten, bis ich dich in Offiziersuniform sehe, Salims und Suhrabs Diplome feiere und bei euren Hochzeiten singe. Ich habe aber Angst, dass ich all diese Träume mit mir ins Grab tragen werde. Niemand weiß, mein Sohn, wann der Todesengel vor der Tür stehen wird ...« Tahminas Augen waren voller Tränen, sie bekam einen Kloß im Hals und konnte nicht weitersprechen.

Für einen Moment wurde es still im Zimmer. Nawas Khan stellte seine Tasse auf die Untertasse und sagte beruhigend: »Es wird alles gut, Khaleds Mutter! Wir werden ihre Hochzeiten erleben und mit Gottes Hilfe noch unsere Enkelkinder aufziehen. Jetzt aber zu dem Mädchen, das du für Khaled gewählt hast ...«

In diesem Moment stand plötzlich Salim auf, ging zu Tahmina, setzte sich vor ihr auf die Knie und bat flehend: »Oh, Moor! Lass uns nicht lange warten! Sag, wer sie ist? Kennen wir sie schon oder nicht?«

Tahminas weinende Augen strahlten wieder, sie lächelte und sagte: »Sie ist einfach eine Fee, mein Sohn! Hoch, hellhäutig, mit schönen Augen. Ihr Name ist Gulalai und sie ist Kamal Khans Enkelin. Ihre Großeltern haben sie nach dem Tod ihres Vaters mit aller Liebe aufgezogen.«

Nawas Khan drehte seinen Kopf zu Khaled und sagte: »Wenn du nichts dagegen hast, dann werde ich bis zum Herbst alle Fragen mit Kamal Khan klären, und wenn ihr beide aus Kabul zurückkehrt, dann werden wir mit Gottes Hilfe deine Verlobung feiern.«

Alle blickten wieder zu Khaled und warteten auf seine Antwort, er saß aber schweigsam da und sah nachdenklich auf dem Boden. Endlich hielt Salim es nicht mehr aus und sagte im Scherz: »Schweigen ist das Zeichen der Zustimmung!«

Khaled lächelte zuerst, wurde dann aber schnell ernst und sprach seine Mutter an: »Ich will, dass du glücklich bist, Moor! Wenn du und Vater es so wollen, dann habe auch ich nichts dagegen!«

»Wa wa!«, schrie Salim, sprang vom Platz und umarmte Khaled fest.

»Freue dich nicht zu früh, Salim! Warte mal, bis wir Kamal Khans Zusage bekommen, dann kannst du Süßigkeiten verteilen, springen und singen, wie du willst!«, bremste ihn Nawas Khan.

»Okay! Dann schalten wir wenigsten das Radio an und versuchen, eine schöne Musik zu finden!«, sagte Salim lächelnd.

»Vergiss aber nicht, dass Amina schläft!«, mahnte Nawas Khan.

Als Tahmina und Nawas Khan sich in ihr Schlafzimmer zurückzogen, sagte Nawas Khan: »Übrigens, du musst auch Fatima rechtzeitig in Kenntnis setzen, sonst wird sie sich gekränkt fühlen!«

»Aber natürlich!«, lächelte Tahmina.

Als sie schon im Bett lagen, kam Tahmina plötzlich eine Idee in den Kopf, sie stützte sich auf den Ellbogen und fragte: »Was hältst du davon, wenn wir für den morgigen Abend Gäste einladen …«

Nawas Khan sah sie voller Unverständnis und mit gerunzelter Stirn an.

»Nein, nein! Nicht wegen Khaleds Sache! Ich dachte, unsere Jungs verlassen uns übermorgen, es ist noch genug getrocknetes Fleisch geblieben, sie mögen es. Wir könnten auch ihre Freunde einladen, diese Nacht wird lange in ihrer Erinnerung bleiben«, erklärte sie schnell.

»Eine gute Idee, würde ich sagen!«, bemerkte er.

»Und vergiss nicht, auch Baschar einzuladen, er wird die Jungs ein letztes Mal in diesem Jahr amüsieren«, fügte sie hinzu.

»Zu Befehl, meine Liebe!«, hob er seine Hand zur Stirn.

»Das war kein Befehl, das war nur eine Bitte!«

»Bitte ist nicht gleich Bitte, Khaleds Moor! Frauenbitten können unter Umständen sogar mächtiger als ein Männerbefehl sein! Wenn eine Frau ihrem Mann einen vielsagenden Blick zuwirft, ihn geheimnisvoll anlächelt und in einem niedlichen Ton ihre Bitte äußert, bekommt sie dann doch alles, oder?«, sagte Nawas Khan sarkastisch.

»Ich habe aber bei dir eine solche Schwäche nicht bemerkt«, sagte Tahmina amüsiert.

»Ich glaube aber, du hast immer diese Schwäche von mir ausgenutzt!«, sagte er und drückte sie fest an sich.

Unter dem Mondschein

Am Nachmittag des nächsten Tages, als Suhrab von der Schule nach Hause kam, fand er seine Mutter, Fatima und Schabo sehr beschäftigt in der Küche vor. Sie weichten Reis in Wasser auf, schnitten Fleisch und säuberten große Töpfe. Draußen zerstückelte ihr Bauer Taher Holz und seine Frau Rasija putzte und fegte den Hof. Suhrab verstand sofort, dass zum Abend Gäste zu erwarten wären.

Khaled und Salim waren nicht zu Hause, Suhrab aß und trank seinen Tee, danach aber wusste er nicht, womit er sich beschäftigen konnte. Er nahm ein Buch, kam zum Hof raus, sah nach links und rechts, um sich einen passenden Platz auszusuchen. Endlich entschied er sich für das Dach des Tanurs, das Brot war zwar am Mittag gebacken, aber seine Oberfläche war immer noch angenehm warm, dort schien noch die Sonne und das wichtigste, er konnte von da den ganzen Hof im Visier haben.

Suhrab öffnete sein Buch und tat so, als würde er es lesen. Aus den Augenwinkeln beobachtete er aber die Küchentür und wartete darauf, dass Schabo aus der Küche kam, sie müsste zwischen der Küche und dem Hausinnern unterwegs sein, um etwas abzuholen oder zurückzubringen.

Suhrabs Rechnung erwies sich schon bald als richtig, ein paar Minuten später erschien Schabo im Hof, sie kam zwar ruhig in seine Richtung, schaute aber nicht ein einziges Mal zu ihm auf, ihr Blick war ständig auf den Boden gerichtet.

Suhrab wurde unruhig, ihm schien, dass sie ihn absichtlich

ignorieren wollte.

Plötzlich aber, unmittelbar vor dem Eintritt in den Empfangsraum, drehte sie ihren Kopf, blickte ihn flüchtig an und lächelte. Suhrabs Herzschlag beschleunigte sich, eine angenehme, heiße Welle durchströmte seinen Körper. Schabo kehrte zur Küche zurück, Suhrab saß aber weiter da, wartete auf das nächste Mal, dass sie wiederkam und hoffte auf Wiederholung ihres verlegenen Blickes und süßen Lächelns. Er erinnerte sich an ihr erstes Treffen im Garten nach ihrer Rückkehr. Damals hatten sie sich so ungezwungen und leicht miteinander unterhalten! Jetzt aber, sobald sie ihn auch nur anschaute, vergaß er alles in der Welt und konnte kein Wort herausbringen. Er wusste nicht, was mit ihm los war, seine Starre angesichts ihrer Anwesenheit war ihm schon selbst peinlich.

Irgendwann erschien Schabo wieder aus der Küche, dieses Mal aber überraschend mit einem Teetablett in der Hand und kam auf ihn lächelnd zu. Sie stellte das Tablett vor ihn und wollte wieder gehen, als Suhrab im letzten Moment den Mut fand und sie ansprach.

»Darf ich etwas fragen?«

Schabos Gesicht wurde rot, ihr Herz raste.

»Was willst du wissen?«, erwiderte sie leise.

»Hast du mir den Tee auf eigene Initiative gebracht oder hat meine Mutter dich darum gebeten?«

»Was denkst du darüber?«, fragte sie ihrerseits mit einem sanften Unterton.

»Mein Herz sagt, dass der Arme, der auf dem Tanur sitzt

und in Gedanken verloren ist, dir leidgetan hat, richtig?«, versuchte er zu scherzen.

»Falsch! Dada hat es mir gesagt«, sagte sie lachend.

»Oh, Gott! Ich hoffte aber, dass du wenigstens meinetwegen sagen würdest, ja, das war ich!«

»Du warst so im Lesen versunken, ich dachte, du brauchst nichts außer deinem Buch!«

»Ich sehe zu meinem Buch, aber vor meinen Augen steht jemand Anderes.«

Schabos Herz bebte und sie war auf einmal angsterfüllt. Um das Thema nicht zu vertiefen, sah sie sein Buch an und sagte: »Ach, so! Ich wollte dich um etwas bitten. Kannst du mir ein leichtes Buch zum Lesen ausleihen?«

»Leichtes Buch? Ja natürlich! Jetzt! Sofort! Ich bringe dir eins!«, antwortete Suhrab hastig und wollte schon aufstehen.

»Nicht jetzt bitte! Gib es mir vor dem Abend, nachdem ich mit der Arbeit fertig bin!«, bat sie schnell. Sie schaute dann kurz zur Küche und fügte hinzu: »Ich muss gehen, alle arbeiten! Dada kann mich brauchen!«

Als Schabo wegging, kehrte Suhrab zu seinem Buch zurück, er öffnete es, legte es aber Sekunden später wieder zur Seite. Er goss sich ein bisschen Tee aus der Kanne, hob die Tasse zum Mund, vergaß aber, dass er sehr heiß war. Der Tee verbrannte seine Lippen und Suhrab stellte die Tasse wieder auf der Untertasse ab. Er war aufgeregt und nicht bei sich. Er stand auf, ging zu seinem Zimmer, um schon jetzt ein Buch für sie auszusuchen.

Gegen Abend, als schon alles bereit war und Schabo nach

Hause wollte, bat Tahmina sie überraschend, zum Abendessen zu bleiben. Anfangs schien es Schabo so, als hätte sie Tahmina nicht richtig gehört. Das war das erste Mal, dass Tahmina ihr so einen Vorschlag machte, gewöhnlicherweise gab sie ihr jeden Abend, mal dies und mal jenes zum Mitnehmen. Das war auch der Grund, warum sie Tahmina so unverständlich ansah und mit der Antwort zögerte.

»Ach, Mädchen! Warum siehst du mich so verwirrt an? Das ist das letzte Mal in diesem Jahr, dass wir getrocknetes Fleisch und Taenni haben. Wer weiß, ob wir bis zum nächsten Winter am Leben bleiben oder nicht! Auf jeden Fall will ich, dass du heute Abend mit mir und Fatima Dada zusammen isst.«

»Vielen Dank, Dada! Aber es wäre vielleicht besser, wenn ich gehen würde ...«, sagte sie unsicher. In diesem Moment betraten Khaled und Salim mit ihren Freunden den Hof, alle wurden auf sie aufmerksam und Schabo musste sich unterbrechen.

Suhrab war noch in seinem Zimmer, als Salim an der Türschwelle erschien.

»Nur ich weiß, wo du dich verstecken kannst! Du bist in den letzten Zeiten eine Feigenblume geworden!«

»Warum Feigenblume?«, fragte Suhrab.

»Weil man dich ja nicht sieht, du hast dich auf deine Bücher fokussiert, kommst gar nicht raus. Weißt du, wie dich die Leute in Europa genannt hätten?«

Suhrab lächelte und sagte im Scherz: »Vielleicht Wissensstreber oder Buchliebhaber!«

»Bücherwurm! Das habe ich gelesen!«, antwortete Salim.

»Oh Gott! Jemanden, der Bücher liebt, so zu nennen? Das ist ja ungerecht und geschmacklos! Ich gehe lieber raus!«, bemerkte Suhrab. Beide lachten und gingen zum Gästezimmer hinaus.

Nach dem Essen, als schon Tee im Gastzimmer hereingebracht wurde, wandte sich Nawas Khan an Baschar und sagte:
»Na! Was Gutes erzählst du uns dieses Mal, Baschar?«
»Eine ganz neue Geschichte, Khan! Sozusagen direkt aus meinem Geschichtskoffer, noch verpackt!«
»Dann sind wir gespannt!«
»Ich erzähle euch heute die Geschichte von Prinz Parwees aus dem Königreich Malgen und Humeira, die Enkelin vom alten Fischer. Hoffentlich gefällt sie euch.«
»Fang bitte an, Baschar!«, sagte Nawas Khan und lehnte sich gegen die Wand. Alle Anderen machten es sich auch bequem und im Zimmer wurde es still.

Die Geschichte erreichte gerade eine spannende Stelle, das Schiff mit Prinz Parwees versank in einer stürmischen Nacht im Meer, der alte Fischer mit seiner Enkelin Humeira fand den Prinzen am nächsten Morgen am Ufer und beide brachten ihn bewusstlos zu ihrer Hüte, als in diesem Moment Fatima auf der Türschwelle erschien und Suhrab mit der Hand das Zeichen gab, rauszukommen.

Als Suhrab zur Küche kam, warteten schon seine Mutter und Schabo auf ihn.
»Baschars Erzählung kann bis zum Hahnenschrei dauern, mein Sohn! Schabo muss nach Hause, begleite sie bitte

bis zu ihrer Haustür. Auf der Straße können Streunerhunde sein und sie erschrecken», sagte sie. Suhrab blickte vorsichtig Schabo an, sie stand da mit dem Blick zum Boden gerichtet und lächelte verlegen.

Alles, was gerade Suhrab von seiner Mutter hörte, überraschte ihn so sehr, dass er kaum seinen Ohren glauben konnte. Sein Herz klopfte so laut, dass er dachte, auch alle Anderen im Raum es hören konnten.

»Okay, Moor! Ich nehme einen Holzstock mit!«, erwiderte er und ging schnell zum Hof raus, um sein aufgeregtes Gesicht zu verbergen.

Suhrab fand schnell einen passenden Holzstock gegen einen möglichen Hundeangriff, eilte zu seinem Zimmer und nahm auch das Buch, das er für Schabo bereitgelegt hatte. Sie wartete schon im Hof auf ihn.

Auf der langen Straße zu Schabos Haus herrschte Stille, irgendwo in der Ferne bellten Hunde, der Vollmond leuchtete zwar ganz hell im Himmel, im Schatten der Hausmauern und Bäume war es dennoch dunkel. Es herrschte schon seit einigen Tagen mildes Wetter und sogar die Abende trugen den Duft des Frühlings, trotzdem zitterten sowohl Schabo als auch Suhrab. Die Schuld dafür lag aber nicht an der abendlichen Frische oder an der Angst vor den Hunden. Noch standen die Schamgefühle zwischen den beiden wie eine Wand und noch waren ihre Herzen voller heimlicher und tief verborgener Wünsche und Sehnsüchte, die eine Gelegenheit brauchten, um endlich ausbrechen zu dürfen. Sie waren allein und zwischen ihnen konnte all das passieren, wovor sie

Angst hatten und wovon sie gleichzeitig träumten.

Schabo und Suhrab bemerkten auch nicht, wie schnell sie das Ende der Straße erreichten, sie wandten sich nach links, gingen entlang der Loo-Wala und standen etwa 50 Meter weiter direkt vor Schabos Haustür. Jetzt war die Zeit, sich zu verabschieden, aber sie taten es nicht. Beide standen wie verwurzelt da und schauten einander schweigend in die Augen. Der Mondschein erleuchtete Schabos Gesicht, Suhrab spürte die sehnsuchtsvollen Funken ihrer Blicke und das einladende Lächeln auf ihren zitternden Lippen. Sein Herz raste und der innere Aufruhr stieg.

»Ich muss gehen, es ist spät!«, bemerkte sie leise.

Suhrab streckte ihr schweigend das Buch entgegen, das er für sie ausgewählt hatte. Schabo griff unbewusst nach dem Buch und mit ihm auch nach seiner Hand. Durch die Berührung ihrer weichen Handfläche entstand eine feurige Welle in seinem Herzen, er beugte seinen Kopf zu ihr und küsste sie kurz und sanft auf die Lippen. Schabo bedeckte sofort ihr Gesicht mit den Händen. Sie stand noch eine Weile unberührt da, dann aber nahm sie schnell das Buch, das immer noch in Suhrabs Hand lag und lief ins Hausinnere, ohne die Tür hinter sich zu schließen oder sich nach ihm umzuschauen. Alles passierte so schnell und überraschend, dass Suhrab noch eine Weile unbewegt dastand und seine Gedanken nicht wieder ordnen konnte.

Auf dem Rückweg fühlte Suhrab keine Kälte mehr, er ging nicht, er schwebte einfach in der Luft. Als er sein Haus betrat, kehrte er nicht mehr zu den Gästen zurück, sondern ging direkt in sein Zimmer. Das war das erste Mal, dass Suhrab Baschars Geschichte nicht bis zum Ende anhörte. Auf die Frage seiner Mutter brachte er die Schule morgen als Vorwand und ging schlafen.

In seinem Bett wechselte Suhrab ständig die Lage, er war aufgeregt, glücklich und schuldbewusst im gleichen Maße. Ihn beunruhigte es, dass Schabo ihr Gesicht mit beiden Händen bedeckt hatte und geflohen war. Was, wenn sie sich beleidigt fühlt und nicht weiter mit ihm spricht, fragte er sich.

Als Schabo ihr Zimmer betrat, fühlten sich ihre Wangen heiß wie Feuer an, sie spürte die Stelle, wo Suhrabs Lippen die ihren berührt hatten. Wenn jemand sie jetzt angesehen hätte, dann würde man auch leicht erraten können, dass sie gerade geküsst worden war, dachte sie. Schabo glitt mit der Hand über ihren Mund, als wären damit die Spuren von Suhrabs Lippen verwischt.

Zu ihrem Glück gab es aber niemanden in der Nähe, der Schabos hochrotes Gesicht bemerken und misstrauisch werden könnte: Ihr Vater war nicht zu Hause, ihre Mutter lag in einer Ecke mit verbundenem Kopf, und die Familie ihres Onkels war mit sich selbst beschäftigt, sie hörte wie ihr Onkel einen von ihren Cousins laut anschrie.

Schabo konnte in dieser Nacht lange nicht schlafen, sie stellte sich den Moment vor, als Suhrab plötzlich sein Gesicht dem ihren näherte und sie auf einmal küsste, sie spürte auch jetzt seine Lippen, sie waren feucht und warm. Jedes Mal, wenn sie daran dachte, lächelte sie und ein süßes Gefühl durchströmte ihr Herz. Von so einem unbekannten, herzerregenden Gefühl hatte sie früher gar keine Vorstellung.

Gleichzeitig wurde aber ihr Herz von einer spürbaren Unruhe und Reue heimgesucht. Eine innere Stimme flüsterte ihr zu: »Das hätte nicht passieren dürfen, Schabo! Hast du vergessen, wer er ist und wer du?« Als sie sich noch Nawas Khan und Tahmina mit verärgerten Blicken vorstellte, lief ihr eine schaurige Welle über den Rücken. Wie wird es nun weitergehen, fragte sie sich mehrmals. Eine Antwort fand sie aber nicht.

Am nächsten Tag, als Suhrab von der Schule kam, fand er Schabo nirgendwo. Das war ungewöhnlich für Schabo, er versuchte sich aber keine Gedanken zu machen und dachte, morgen kommt sie bestimmt. Aber als auch am übernächsten Tag Schabo kein Zeichen von sich gab, fing er an, sich ernsthaft Sorgen zu machen. Ihn quälte in erster Linie der Verdacht, dass vielleicht jemand aus ihrer Familie sie zusammen vor ihrer Haustür beobachtet hatte!

Am nächsten Tag kehrten Khaled und Salim nach Kabul zurück. Suhrab wartete vergeblich noch einen Tag – in der Hoffnung, sie zu sehen. Er hatte kein gutes Gefühl mehr, ihm gingen verschiedene Gedanken durch den Kopf: Vielleicht ist sie krank oder sie ist böse auf mich oder vielleicht hat ihre Familie ihr verboten, das Haus der Familie von Nawas Khan zu besuchen und Ähnliches.

Suhrab konnte auch nicht ahnen, dass Schabo jeden Vormittag zu ihnen kam und fortging, bevor er von der Schule zurückkehrte. Sie bat Tahmina um ein paar freie Nachmittage für ihre Mutter und diese stimmte ihr sofort zu.

Am Freitag, also am schulfreien Tag, fand Suhrab keine Ruhe mehr, fast so, als säße er auf einem heißen Feuer. Eine Zeit lang ging er hin und her im Hof, dann aber setzte er sich in eine Ecke unter der Sonne und versank in Gedanken. Gegen neun Uhr erschien aus heiterem Himmel Schabo im Haustor. Suhrabs Herz sprang ihm bis zum Hals, er stand sofort auf und wollte sie fragen, warum sie so lange weg war und ob sie böse auf ihn gewesen sei.

Sie begrüßte ihn aber ganz formell und ging an ihm vorbei, ohne ihn anzublicken. Schabos Verhalten verstärkte seine Befürchtung, er sei an allem schuld.

Im Laufe des Tages suchte Suhrab eine Möglichkeit, allein mit Schabo zu sprechen, und wenn es auch nur ganz kurz sein sollte. Am Nachmittag erwischte er endlich so einen Moment, sein Vater war nicht zu Hause, Fatima bat Tahmina, zu ihrem Zimmer zu gehen und ihre neuen Kleiderstücke anzusehen.

Schabo war allein in der Küche beschäftigt, als Suhrab leise hinter sie trat. Sie zuckte zunächst zusammen, wandte sich dann aber umgehend ihrer Arbeit zu.

»Wenn du wegen des Abends auf mich böse bist, dann bitte ich um Entschuldigung. Ich weiß, das war nicht gut von mir, wie konnte ich mir erlauben ...«

Suhrab stotterte, er wollte alles erklären, aber Schabo unterbrach ihn und sagte flehend: »Um Gottes willen, Suhrab! Sag so etwas nicht! Wie kann ich dir böse sein?« Sie blickte einmal schnell zur Tür und steckte dann ein Stück zerknülltes Papier in Suhrabs Hand. Suhrab eilte zu seinem Zimmer und öffnete das Papier mit zitternden Händen.

Sie schrieb: »Wenn du nur gewusst hättest, Suhrab, was in meinem Herzen seit jenem Abend vorgeht! Ich habe das Gefühl, dass der Himmel, der Mond, die Sterne, die Erde und die ganze Welt uns mit bösen Blicken angesehen und sich von uns abgewandt haben. Das, was geschehen ist, ist nicht gut, Suhrab! Ich fühle mich sündig vor Gott und schuldig vor Onkel Khan ... und vor allem gegenüber Tahmina Dada, deren Güte ich nie vergessen werde. Ich bitte dich! Lass alles so, wie es war! Ein Palast, der aus Sand gebaut ist, bleibt nie bestehen! Man sollte nicht versuchen, das zu erreichen, was unerreichbar ist, oder die Frucht zu pflücken, deren Verzehr einem vom Schicksal verboten ist.«

Nachdem Suhrab ihren Brief zu Ende gelesen hatte, warf er sich reglos auf das Kissen und richtete seinen Blick in die Leere. Ein paar Minuten später setzte er sich wieder auf, für einen Bruchteil der Sekunde wollte er zu Schabo laufen, sie fest in die Arme nehmen und ihr sagen: »Du bist mein Leben, meine Seele, mein Schicksal! Was danach kommt, ist egal.« Dann aber nahm seine Vernunft die Oberhand: »Was willst du machen, Suhrab? Hast du auch an Schabo gedacht? Was wird danach mit ihr passieren? Dein Vater wird ihr die Tage zur Nacht machen, er wird sie aus dem Haus verbannen, deine Mutter wird weinen und sich zu Tode quälen. Willst du das alles Schabo und deiner Mutter antun?«, mahnte ihn seine innere Stimme.

Suhrab nahm ein Blatt Papier und fing an zu schreiben. Er versuchte Schabo zu erklären, dass ihre Gefühle zueinander vom Gott gegeben waren und daran nichts Beschämendes oder gar Sündiges sein konnte. Seine Worte fand er zwar nicht überzeugend genug, aber er gab sein Bestes.

In seiner endgültigen Variante stand: »Unerreichbares gibt es nicht, und das Schicksal kann man auch ändern, Schabo. Man muss nur dafür kämpfen. Ich sehe nichts, wofür du dich sündig oder schuldig fühlen solltest! Dennoch, ich verspreche es dir, ich werde immer deinen Willen respektieren und niemals das tun, was dir wehtun würde. Ich gebe dir mein Wort, alles, was du von mir verlangen wirst, wird von mir ohne jeglichen Widerspruch vollbracht. Ich habe nur eine Bitte an dich! Ich will dich sehen, deine Augen sehen und in deinen Blicken alle Freude und alles Glück der Welt sehen, verbiete mir das nicht!«

Schabo antwortete ihm nicht, aber in den nächsten Tagen, als Suhrab nach Hause kam, war Schabo wie gewöhnlich zu Hause. Sie wechselten sogar ein paar Wörter miteinander. Schabo gab ihm sein Buch zurück und nahm ein neues. Suhrab war einfach glücklich, dass sie in seiner Nähe war und ihm manchmal ein unschuldiges Lächeln schenkte.

Das Neujahrsfest Nowros

Die erste Hälfte des Monats März verzeichnete einen schnellen Anstieg der Temperatur – trotz der ständigen Regenfälle. Der Frühling war merkbar auf dem Vormarsch, die Vögel zwitscherten lauter, die Blumen zeigten erste Blüten, die Bäume brachten ihre kleinen hellgrünen Blätter hervor und das Flachland vor den Bergen sah von Tag zu Tag grüner aus. Der Weizen, den Tahmina und Fatima für Samanak angepflanzt hatten, zeigte schon einige Zentimeter hohe Sprossen. Die Halme waren fast zum Schnitt bereit. Die sieben getrockneten Früchte für das Getränk Haft Mewa warteten schon in der Küche fürs Einweichen im Wasser. Fatima versprach dieses Mal, Samanak auf besondere Weise zu kochen, so wie die Leute es damals in Herat gemacht hatten, und zudem Haft Mewa mit einigen Neuheiten aufzubereiten.

Eines Nachmittags sprachen Tahmina und Fatima während des Teetrinkens im Empfangsraum über Nowros, was sie machen und wohin sie gehen sollen. Suhrab saß unbeteiligt da, sah zwar in sein Buch rein, war aber mit den Gedanken woanders. Seine Teetasse stand schon lange neben ihm und er hatte noch keinen Schluck daraus genommen. Irgendwann sprach ihn plötzlich Fatima an und riss ihn aus seinen Gedanken.

»Dein Tee ist schon kalt geworden, Suhrab Jan! Gib mir deine Tasse rüber, ich gieße dir frischen Tee ein«, bat sie.

Suhrab griff schnell zu seiner Tasse, hob sie und sagte, während er immer noch sein Buch las: »Danke, Tante Fatima, es geht noch.« Er sah nicht auf und probierte auch nicht, ob sein Tee noch gut oder schon untrinkbar war.

»Was machst du an Nowros? Gehst du mit deinen Freunden irgendwohin?«, ließ sie nicht locker.

Suhrab schloss sein Buch unwillig, legte es auf den Teppich neben sich und antwortete: »Ich weiß es nicht, Tante Fatima! Die Jungs streiten untereinander, jeder schlägt etwas vor, ehrlich gesagt, ich will auch nicht mit ihnen herumziehen, ich bleibe lieber zu Hause.«

Fatima blickte zu Tahmina und bemerkte lächelnd: »Und das ist der Junge von heute! Den ganzen Tag zu Hause sitzen, unendlich viele Bücher lesen und nicht einmal an Nowros nach draußen gehen!« Tahmina nickte und lächelte zustimmend.

Fatima wandte sich wieder zu Suhrab.

»Als ich in deinem Alter war, habe ich jedes Jahr an Nowros zusammen mit meinen Freundinnen zuerst den Heiligen Schrein besucht und wir sind von da dann zu den Bergen gegangen. Wir haben bis zum Abend Patroki und Blumen auf den Hängen gesammelt und Spaß gehabt. Auch die Jungs sind in die Berge gegangen. Sie haben gespielt, gesungen und auf ihre Weise gefeiert. Am Mittag sind wir alle zu den Nomaden gegangen und haben frische Milch und frischen Käse probiert. So war es damals!«, sagte sie lächelnd.

»Wir haben aber andere Zeiten, Tante Fatima!«, bemerkte Suhrab.

Ehe Fatima etwas erwidern konnte, mischte sich Tahmina ein und sagte scherzhaft: »Die Zeiten sind andere, Schwester Fatima! Nowros feiern aber alle Leute wie früher. Das ist nur unser Suhrab, der in seine Bücher verliebt ist und nicht mal eine Minute ohne sie kann!«

»Und das in deiner blühenden Jugendzeit! Was ist mit dir los, Suhrab Jan? Ich muss einen Holzstock nehmen und dich aus dem Haus jagen, wirklich!«, betonte Fatima mit gespieltem Ernst. Suhrab lachte, antwortete ihr aber nicht. Fatima schwieg ein paar Sekunden, dann aber hatte sie eine Idee.

»Wir machen es so, Suhrab Jan! Du nimmst mich mit in die

Berge! Ich habe seit vielen Jahren keine Patroki gesehen! Ich habe vergessen, wie sie aussehen! Geht denn so was?«

Fatimas Bitte traf Suhrab völlig unvorbereitet, er runzelte seine Stirn und verzog sein Gesicht zu einer unzufriedenen Grimasse. Bevor er sich aber eine Ausrede ausdenken konnte, sprach Fatima weiter: »Deine Mutter kann sowieso wegen Amina nirgendwo hingehen. Wir könnten aber Schabo mitnehmen, sie hat auch keine Ahnung von Bergen und Patroki. Na, was sagst du dazu?«

Sobald Suhrab den Name Schabo hörte, änderte sich sofort sein Gesichtsausdruck, von so einem Vorschlag hätte auch er nicht träumen können.

»Ich zwinge dich aber nicht, wenn du nicht willst ...«

»Nein, nein, Tante Fatima! Ich bin bereit«, unterbrach er sofort Fatima, gleichzeitig blickte er schnell seine Mutter an, um in Erfahrung zu bringen, was sie davon hielt. Sie sagte zwar nichts laut, widersprach aber auch nicht.

Bis zum Nowros blieben noch ganze zwei Tage, Suhrab zitterte vor Angst und Sorgen. Noch konnte alles schief gehen und dafür gab es genug Gründe, es konnte am Nowros regnen, Fatima konnte krank werden oder es sich anders überlegen, sein Vater konnte in die Sache eingeweiht werden und Nein sagen; es war auch möglich, dass etwas vom Himmel zur Erde fiel und ihn und Schabo daran hinderte, zusammen zu den Bergen zu gehen.

Am frühen Morgen des Nowros, als Suhrab aufwachte, ging er sofort zum Hof heraus und sah zum Himmel hoch. Der war kristallklar, blau und absolut wolkenlos. Die Sonne schien sogar größer als an anderen Tagen und er fühlte ihre Strahlen auf seinem Gesicht warm und angenehm.

Suhrab merkte auch nicht, wie schnell er mit seinem Frühstück fertig war. Er wollte nicht, dass etwas Unvorhersehbares ihren Ausflug in den letzten Minuten scheitern ließ, aber er musste geduldig auf Fatima und Schabo warten, sie waren schon lange in der Küche beschäftigt und noch immer nicht bereit loszugehen.

Suhrab kam erst dann zur Ruhe, als sie alle drei in Begleitung des Hundes Spinkai die Brücke über die Loo-Wala passierten, das Dorf hinter sich ließen und mitten in die Weizenfelder hinaustraten.

Auf beiden Seiten des schmalen Gehwegs breiteten sich, wohin der Blick reichte, Weizen- und Roggenfelder aus. Mal hier und mal da waren Bauern zu sehen, die ihre Felder bewässerten. Spinkai lief neben ihnen her oder rannte fröhlich in den Feldern, manchmal sprangen die Wachteln vor ihm davon und flogen hoch in die Luft.

Fatima, Schabo und Suhrab überquerten die Straße zur Stadt Farah und gingen geradeaus auf die Berge zu. Nach noch ein paar Kilometern endeten die Felder und das Flachland fing an. Es sah nach dem nächtlichen, reichen Regenfall so aus, als hätten die Hände der Natur alles gewissenhaft gewaschen. Die glatten Steine und flache Kiesel glänzten unter den Sonnenstrahlen so, als wären unzählige kleine Spiegel überall verteilt. Die ganze Ebene war mit wilden, taufeuchten Blumen bedeckt, es roch frisch und angenehm.

Fern im Osten waren noch andere Gruppen von Leuten zu sehen, die in Richtung der Berge Larkuh und Ablakai unterwegs waren.

Schabo, die zum ersten Mal im Leben das alles so nahe sah, konnte ihr Staunen nicht verbergen. Sie schaute mit großen Augen auf das Flachland und zu den Bergen, die jetzt so unheimlich groß erschienen. Sie staunte über so viele schöne Blumen, beugte sich über die eine oder andere, glitt mit der Handfläche über ihre nassen Blüten und lächelte dabei ständig. Sie spürte in ihrem Herzen einen Sturm von unbekannten Empfindungen, sie fühlte sich auf einmal frei, als hätte man plötzlich die Tür eines Käfigs geöffnet und den Vogel im Garten frei gelassen.

Suhrabs Herz war auch voller Freude und Aufregung. Vor einigen Tagen hätte er sein Leben für so eine Möglichkeit gegeben. Mal hob er ein Steinchen auf und warf es weit, um Spinkai hinter diesem laufen zu lassen, mal schnitt er ein schönes Blümchen und spielte damit, aber aus den Augenwinkeln beobachtete er ständig Schabo. Er verfolgte jeden ihrer Schritte, genoss, wie sie sich bewegte, die Blumen berührte, lächelte oder um sich schaute. Ihm gefiel überhaupt alles, was irgendwie mit ihr in Verbindung stand.

Fatima hatte aber kaum ein Wort mit den beiden gewechselt, seit sie alle das Flachland erreicht hatten, sie ging etwas langsamer hinter ihnen und war in ihren eigenen Gedanken versunken. Sie erinnerte sich an ihre Kindheit, Jugendzeit und alles, was danach passiert war. Ihr fehlte ihr Mann, ihre einzige Tochter in Herat, mit der sie keine Verbindung mehr hatte. Sie konnte und wollte eine solche Verbindung jedoch auch gar nicht haben, weil sie damit die Lage ihrer Tochter noch weiter verschlimmerte. In Herat wollte niemand Fatima sehen, immerhin hatte ihr Ehemann einen Verwandten ihres Schwiegersohnes getötet. Dieser Mann hatte ihr zwar nach seiner Tat die Scheidungspapiere überreicht und traditionsgemäß war sie nicht mehr seine Frau, aber sie entschied sich dennoch, niemals mehr zu heiraten. Sie betete für ihn und ihre Tochter und hatte das Leben so angenommen, wie es gekommen war.

Nach etwa einer Stunde Fußmarsch erreichten sie den ersten Hügel unmittelbar vor den Bergen. Spinkai hielt plötzlich inne, nahm seine Ohren hoch, sah kurz aufgeregt in Richtung des Hügels und lief ihn hinauf. Als Suhrab auf den Hügel sah, bemerkte er einen Schakal, der mit aller Kraft nach oben floh. Suhrab und Schabo blickten einander an und liefen hinter dem Hund her. Auf der Hälfte des Hügels streckte Suhrab seine Hand unsicher zu Schabo, um ihr zu helfen, überraschenderweise lehnte sie das Angebot nicht ab und griff dankend nach der Hand.

Als sie schon oben auf dem Hügel waren, entdeckten sie Spinkai. Der stand vor einem Loch und bellte. Suhrab und Schabo liefen zu ihm, immer noch Hand in Hand. Er ließ ihre Hand nicht los und sie versuchte nicht, ihre Hand wegzuziehen, so als hätten sie vergessen, dass sie schon oben waren.

Als sie vor dem Loch standen, erinnerte sich Suhrab an den Schakal in ihrem Garten, der so für sein Leben gekämpft hatte! Er lächelte und dachte, wer weiß, vielleicht war er ausgerechnet von hier zu ihrem Dorf aufgebrochen.

Schabo und Suhrab zogen den Hund weg vom Loch und gingen fort. Als sie am Rande des Hügels waren, hielt plötzlich Schabo an und fragte lächelnd: »Na! Wollen wir zusammen bis nach unten laufen?«

»Wenn du willst, dann können wir auch fliegen, Schabo!«, antwortete er scherzend.

»Ja, ich will es!«, sagte Schabo begeistert.

Suhrab drückte ihre Hand noch fester, zählte bis drei und sie rannten los. Anfangs liefen sie langsam, dann aber immer schneller und schneller, bis sie irgendwann spürten, dass ihre Füße kaum den Boden berührten. Sie lachten, schrien und fühlten sich frei. Als sie schon fast unten waren, gerieten sie beide außer Kontrolle. Sie konnten sich an den Händen nicht länger festhalten, flogen voneinander weg und fielen auf den Sand und in das Gras.

Suhrab stand schnell auf und lief zu Schabo. Sie lag auf dem Rücken und starrte zum Himmel. Suhrab beugte sich besorgt zu ihr und wollte fragen, ob alles in Ordnung sei, sie aber brach in schallendes Gelächter aus.

»Und das war unser Flug!«

Suhrab streckte ihr seine Hand aus und fragte: »Ist wirklich alles okay bei dir?«

»Einige Stellen werden morgen blau sein, aber das ist der Preis für meinen Wunsch zu fliegen.«

»Das ist meine Schuld! Ich habe deine Hand nicht festgehalten und dich im letzten Moment verloren«, sagte Suhrab entschuldigend.

»Keiner hat hier Schuld, Suhrab! Ich wollte Unmögliches und wurde dafür zurecht bestraft«, sagte sie schon mit ernsthafter Miene.

In diesem Moment kam auch Fatima zu ihnen. Sie schüttelte den Kopf und sagte lächelnd: »Ai Kinder, Kinder! Was, wenn ihr euch Hände oder Beine gebrochen hättet? Vergesst bitte nicht, ich bin heute für euch verantwortlich!« Schabo und Suhrab lächelten verlegen, sagten aber nichts.

Sie gingen noch eine Weile geradeaus und erreichten endlich ihr Ziel, den Berg Loo Tschak. Er schien vom Dorf aus, je nach der Tageszeit, mal schwarz, mal blau. Hier aber, aus der Nähe, war er vielfarbig, die hohen Felsen waren eher schwarzgrau, im mittleren Bereich waren braune, weiße und rote Flecken zu sehen, und die unteren Teile waren vom Gras und mit Blumen bedeckt.

Eine große Schlucht teilte den Berg in zwei Teile. Der vordere Teil war viel niedriger als der hintere Teil. Fatima stand vor dem Eingang in die Schlucht und sagte:

»Ich weiß nicht, ob ihr es wisst, aber die Legende sagt, dass hier, wo der Berg heute steht, einmal ein Dreschplatz für Weizen gewesen war. Dieser vordere Teil des Berges, das waren die schon ausgedroschenen Weizenkörnchen, und der hintere, größere Teil, das war das abgetrennte Stroh. Ein böser Zauber traf den Dreschplatz und verwandelte alles in Steine.«

Fatima, Schabo und Suhrab folgten entlang des kleineren Berghangs, er war ziemlich flach und besaß keine glatten oder aufgetürmten Felsen, ihn zu besteigen war kein großes Problem. Die Hänge des Berges waren vorwiegend mit gelben

Blumen von Patroki bedeckt, nur hier und da waren auch rote Tulpen oder violetten Schabo zu sehen, von dieser Blume übrigens auch Schabo ihren Namen hatte, es bedeutete Nachtduft.

»Da vorn muss Wasser sein, wir ruhen uns dort aus«, zeigte Fatima mit dem Finger irgendwo in die Schlucht.

Sie gingen weiter, schnitten die Blumen von Patroki oder zogen sie ganz aus dem Sand und sammelten ihre weißen Knollen in einer Tüte. Sie schmeckten besonderes gut, man musste sie aber vorher vom Sand reinigen. Suhrab wartete auf einen passenden Moment, warf vorsichtig Schabo eine Blume zu, sodass Fatima es nicht merkte. Sie nahm die Blume, roch an ihr und lächelte ihn liebevoll an. Auch Spinkai lief zwischen ihnen hin und her und genoss seine Freiheit in der großen Weite.

Irgendwann überquerten sie die Schlucht nach links und gingen entlang des großen Berges. Bald erreichten sie die Wasserstelle unter einem gruselig aufgetürmten Felsen. Das Regenwasser, das vom Fels runterfiel, hatte im Laufe der Jahre in dem steinigen Boden ein großes Wasserbecken entstehen lassen.

Sie standen eine Weile unter dem Felsen und schauten um sich herum. Fatima machte Suhrab und Schabo noch auf zwei große, runde Steine in der Nähe aufmerksam. Als sie hinübergingen, sahen sie mit Staunen, dass die Steine im Inneren hohl waren und ihren großen Reistöpfen in der Küche ähnelten. Sie waren mit klarem Regenwasser gefüllt, sodass man es bedenkenlos trinken konnte.

Fatima zeigte noch auf ein paar gabelförmige Steine und erzählte: »Man sagt, dass dies der Platz war, wo die Bauern sich ausruhten und ihr Essen vorbereiteten, bevor alles zu Stein wurde und da drüben waren ihre Werkzeuge.«

Sie kehrten wieder zum Teich zurück und setzten sich an sein Ufer. Fatima wusch ein paar Knollen im Wasser, Suhrab warf einen kleinen Stein ins Wasser und schaute, wie kreisförmige Wellen einander folgten und sich ausbreiteten. Schabo saß ihm gegenüber und warf ebenfalls einen Stein ins Wasser. Danach warf er einen Stein und sie einen ... und beide verfolgten, wie die Kreise auf der Wasseroberfläche sich überlagerten. Als Fatima bemerkte, dass sie geistig woanders waren und ihr Spiel kein Ende nahm, rief sie beiden zu:

»Habt ihr nichts Besseres zu tun, als den Teich mit Steinen zu füllen?«

Suhrab und Schabo lächelten verlegen und hörten auf, die Steine ins Wasser zu werfen.

Ein paar Minuten später zeigte Fatima auf einen schmalen Weg, der sich wie eine Schlange auf dem Berg nach oben zog und sagte: »Wenn man diesem Weg folgt, dann kommt man zu einem flachen Platz. Von da ist die ganze Gegend wie auf der Handfläche zusehen. Wenn ihr Lust habt, könnt ihr es ausprobieren, ich schaffe es nicht mehr, meine Knie tun weh.«

Fatimas Vorschlag überraschte Schabo und Suhrab, sie sahen sich an, dann aber standen sie nacheinander schweigend auf und gingen hinüber zu dem Bergpfad.

Der Weg verlief manchmal etwas steil, manchmal mit großen Kurven nach rechts, dann wieder nach links und führte in der Tat zu einer großen, freien Ebene. Sie war von drei Seiten mit hohen Felsen abgegrenzt und nur die nördliche Seite hatte freie Sicht auf die Dörfer darunter. Schabo und Suhrab standen neben einem großen Steinbrocken. Vor ihnen erstreckte sich ein herrliches Panorama. Der Fluss, der seinen Weg von Ost nach West durch die Dörfer zog, die nördlichen Berge hinter dem Fluss, die grünen Felder, die die Dörfer umrahmten, alles sah schön und eindrucksvoll aus.

Schabo und Suhrab standen eine Weile schweigsam nebeneinander und schauten sich die Umgebung an, dann ließ Schabo ihn allein, ging zur Seite und sammelte einige rote, gelbe und violette Blumen.

»Was denkst du, welche Blume ist meine Lieblingsblume?«, fragte er, als sie wieder zu ihm zurückkehrte.

Schabo lachte.

»Hm! Ich muss es mir gut überlegen! Ich glaube, du magst die Rosen aus deinem Garten«, antwortete sie amüsiert.

»Nein, das ist es nicht! Aber ich gebe dir noch eine Chance!«

»Dann, der duftende Jasmin, der neben den Granatapfel-Bäumen im Garten wächst!«

»Wieder daneben! Willst du, dass ich es dir zeige?«, fragte er.

»Jetzt?«, fragte sie erstaunt.

»Schließ deine Augen bitte!«

»Okay!«

Suhrab zog eine Blume, es war die ihr namensgebende, aus dem Blumenstrauß in ihrer Hand und sagte: »Jetzt kannst du es sehen.«

Als Schabo ihre Augen öffnete, hielt Suhrab die Blume vor ihr Antlitz und sagte, selber etwas rot im Gesicht: »Ich liebe nur eine Blume in der Welt und die heißt Schabo!«

Suhrab Geste war so überraschend, so bezaubernd und seine Worte waren so herzbewegend, dass sie ihn einfach sprachlos anstarrte, ihre Augen waren voller Tränen und ihre Lippen zitterten.

»Diese Schabo ist schön«, zeigte er auf das Blümchen, das er immer noch in der Hand vor ihr hielt, »aber vor mir steht die schönste Schabo der Welt!«, fügte er hinzu »Ich …«, wollte er weitersprechen, aber Schabo legte ihre Finger auf seine Lippen und sagte flehend: »Um Gotteswillen, sag nichts mehr! Du musst eine Blume aus deinem Garten auswählen, nur sie kann dich glücklich machen. Warum brauchst du eine Blume aus der Wüste? Sie blüht nur ein paar Tage. Bald wird die Dürre ihre Wurzeln austrocknen, die Sonne wird sie verbrennen, der Wind wird sie wegfegen und der Sand wird sie unter sich begraben!« Die Worte kamen wie von selbst, als hätte sie sich auf ein derartiges Gespräch schon lange vorbereitet.

Suhrab nahm ihr Gesicht sanft in beide Hände, sah ihr liebevoll in die Augen und sagte: »Was soll ich machen, wenn dies nicht in meiner Macht liegt? Gott hat mich erschaffen, um nur diese einzige Blume zu mögen, und solange ich noch atmen kann, werde ich nur zu dieser Blume streben, nur sie sehen und riechen wollen!«

Plötzlich nahmen Schabo und Suhrab einander fest in die Arme. Suhrab küsste ohne Ende Schabos Stirn, Augen, Wangen und Lippen. Sie stand mit geschlossenen Augen da und

Berge und Land drehten sich um sie herum. Sie schwebte zwischen Bewusst- und Unbewusstsein, dachte jede Sekunde, sie würde fallen, und wünschte sich, Suhrab würde sie noch fester in seinen Armen halten.

Irgendwann spürte Suhrab, dass Schabos Wangen nass waren. Er sah sofort in ihr Gesicht und bemerkte, dass Tränen aus ihren geschlossen Augen liefen.

»Du weinst? Oh Gott! Das ist alles meine Schuld, ich habe dich zu Tränen gebracht!«, reagierte Suhrab erschrocken.

Schabo lehnte ihren Kopf gegen seine Brust und sagte: »Du hast keine Schuld daran, Suhrab! Und überhaupt, ich bin unendlich glücklich. Ich wünschte, die Zeit würde stehenbleiben und ich würde so in deinen Armen sterben, oder ein Zauber hätte auch mich in Stein verwandelt, damit ich später den Schmerz der Trennung von dir nicht erleben müsste.«

Suhrab strich ein paar Strähnen aus ihrem Gesicht, küsste sie sanft auf die Lippen und meinte: »Warum sprichst du von Trennung, Schabo? Du bist doch mein Herz, meine Seele! Wer kann dich von mir trennen?«

»Ach, Suhrab! Ich habe eine böse Vorahnung! Mein Herz sagt, die heutige Freude wird der Anfang des morgigen Unglücks sein. Hier in den Bergen sind wir allein, weg vom Dorf, fern von den Leuten, hier sind deine Arme um mich geschlungen wie in einem süßen Traum. Aber unsere reale Welt ist da unten, Suhrab! In ein paar Stunden wird es mit unserer eingebildeten Welt vorbei sein! Was dann, wenn wir wieder dem wirklichen Gesicht des Lebens gegenüberstehen? Dort gibt es keinen Platz, keine Toleranz für uns!«

Schabo seufzte und fügte hinzu: »Ach! Das, was wir machen, ist verrückt. Das ist ein Spiel mit dem Feuer und wird ein schlimmes Ende haben, das spüre ich.«

Suhrab ergriff ihre Hand und legte sie auf seine Brust. »Hörst du, Schabo, was mein Herz sagt? Jedes seiner Schläge ruft Schabo, Schabo! Ich liebe dich, Schabo, mehr als alles Andere in der Welt! Ja, das kann verrückt sein, aber was soll ich machen, wenn mein Herz die Verrücktheit gegenüber der Weisheit bevorzugt? Was? Sag es bitte mir!«

Schabo sah ihm für eine Weile liebevoll in die Augen, dann aber küsste sie schnell und mehrmals sein Gesicht und erwiderte: »Ach, mein Verrückter! Hast du auch darüber nachgedacht, wer du bist und wer ich bin? Wir haben vom Schicksal aus getrennte Wege im Leben ...«

»Ich glaube aber an kein Schicksal, keine vorbestimmten Lebenswege! Gott hat uns alle gleich erschaffen, die Herkunftsfrage ist nur von Leuten erdichtet, sie hat keine wissenschaftliche oder religiöse Rechtfertigung«, unterbrach er sie.

»Aber, Suhrab! Du kannst doch nicht gegen deine Eltern, Verwandten und deinen Stamm antreten! Du weißt doch, was denjenigen erwartet, der die Regeln, Sitten und Gebräuche missachtet! Ist jemals eine Verwandtschaft zwischen den Wulas und den Khancheel zustande gekommen? So etwas würde niemals zugelassen werden! Allein die Vorstellung einer solchen Beziehung lässt den Leuten die Haare hochstehen! Das wissen wir doch beide!«

»Ich weiß nur eins, Schabo, ich liebe dich! Niemand, kein Gesetz, keine Sitte und keinerlei Gebräuche können deine

Liebe aus meinem Herzen verbannen. Ich wiege Gewinne oder Verluste nicht ab, ich liebe dich einfach, anders kann ich nicht«, sagte Suhrab, während er mit seiner Hand über ihre Haare glitt.

»Wenn ich auf dich höre, dann bekomme ich auch Mut! Sonst denke ich immer über unsere Zukunft nach. Unsere Beziehung kann nicht für immer geheim bleiben, Suhrab! Und was für eine Hölle wird losgehen, wenn eines Tages alle davon erfahren! Tahmina Dada wird mich als eine undankbare Verräterin vertreiben, dein Vater wird mich aus dem Haus schmeißen, meine Eltern werden die Schande nicht überleben und niemand im Dorf wird mit mir reden! Das ist nur das Minimum, das mich erwartet, alles kann aber noch schlimmer kommen …«

Auf einmal riss sich Suhrab von ihren Armen los, ging zum Rande des Platzes, stellte sich in Richtung seines Dorfes und schrie laut: »Hey, Leute! Seid euch bewusst! Suhrab liebt Schabo!«

Sein Schrei verbreitete sich in der Schlucht und sein Echo antwortete zurück: »Liebt Schabo, liebt Schabo …«

Schabo lief zu ihm, bedeckte mit ihrer Hand seinen Mund und sagte lachend: »Um Himmelswillen! Sei still! Da unten sitzt Fatima Dada. Was, wenn sie es mitbekommt?«

Suhrab ergriff ihre Hand, küsste ihre Handfläche mehrmals, sah zum Himmel hinauf und sprach: »Gott sieht es ja! Unsere Herzen sind sündenfrei! Wenn wir vor ihm keine Furcht haben, warum sollten wir vor den Leuten Angst haben?«

Schabo warf sich in seine Arme und er fing an sie zu küssen, lange und leidenschaftlich.

»Wir müssen gehen, es ist nicht gut, Fatima Dada kann etwas ahnen!«, mahnte irgendwann Schabo.

»So schnell? Wir sind doch gerade gekommen. Noch ein paar Minuten und dann gehen wir«, erwiderte Suhrab, schloss sie wieder fest in die Arme und küsste sie weiter. Je mehr sie sich aber küssten und einander drückten, desto schwerer wurde es, sich voneinander zu trennen.

Schließlich legte Schabo ihre Handfläche auf seine Lippen und sagte scherzhaft: »Wenn wir nicht sofort aufhören und von hier weggehen, dann bleiben wir für immer hier.«

Als sie unwillig den Rückweg antraten, strich Schabo einige Male mit ihrer Hand über ihren Kopf und versuchte, die Haare wieder in Ordnung zu bringen.

»Meine Wangen und Lippen brennen, sobald Fatima Dada mich anblickt, weiß sie sofort, was mit mir los war. Ich schäme mich so!«, sagte sie mit einem besorgten Lächeln.

Suhrab sah ihr Gesicht und Lippen forschend an, ihre Wangen waren tatsächlich rot, er erinnerte sich an sein eigenes Gesicht und an seine Lippen, die sich ebenfalls heiß anfühlten. Er griff nach ihrer Hand, drückte sie sanft und sagte mit einem geheimnisvollen Lächeln: »Ja, wenn man so was macht, dann nimmt auch einiges in Kauf!«

Schabo lachte schamhaft und stieß ihn leicht mit ihrem Ellbogen.

Als die beiden etwas den Hügel wieder hinuntergegangen waren, hielt Schabo plötzlich an, ihr Gesicht war ernst und ihr Blick etwas traurig.

»Versprich mir, Suhrab, dass du dich zu Hause richtig benimmst und nicht vergisst, vorsichtig zu sein!«

Suhrab zog sie zu sich, küsste sie sanft und sagte: »Ich verspreche es dir, ich werde keinem einen Anlass für einen Verdacht geben. Ich werde nicht zulassen, dass du meinetwegen Ärger bekommst«, erwiderte er.

Nach ein paar Minuten erreichten sie wieder den Teich, Spinkai lief ihnen entgegen, Fatima saß unter dem Schatten eines Felsens mit den Beinen unter der Sonne. Ihre Augen waren geschlossen und es sah so aus, als hätte sie geschlafen.

Als Schabo und Suhrab in ihre Nähe kamen, öffnete sie die Augen und sagte: »Aa! Seid ihr schon hier? Kommt! Wir werden essen. Ich habe Spinkai schon etwas hingeworfen.

Suhrab und Schabo freuten beide sich und staunten gleichzeitig. Fatima fragte gar nicht, warum sie so lange weg waren und, wenn sie ihnen genauer in ihre Augen gesehen hätte, dann hätte sie bestimmt darin lesen können, was zwischen den beiden vorgefallen war. Und Suhrabs Schrei über die Felsen! Den hatte sie bestimmt gehört! Oder etwa nicht?

Auf dem Rückweg nach Hause waren Schabo und Suhrab wie berauscht, ihre Augen strahlten glücklich und ihre Herzen waren von einem besonderen Gefühl überschwemmt. Sie sahen die Berge, das Flachland, die weißen Wolken am Himmel liebevoll an, die Blumen lächelten ihnen zu und die Vögel sangen fröhlich. Die Welt um sie war noch nie so bunt, so schön gewesen.

Je näher sie aber ihrem Dorf kamen, desto mehr trübten sich ihre Launen, als hätten sie die Grenze eines Traumlandes verlassen und wären wieder in ihr eigenes zurückgekehrt.

In Schabos Herz schlug wieder Alarm, im Gegensatz zu Suhrab war sie eine Frau und noch dazu aus den Wulas, daher besonders gefährdet und schutzlos. Sie hatte Angst, dass das Schicksal ihr diese unbefugten Glücksmomente noch heimzahlte.

In den Tagen danach war Suhrab tatsächlich sehr vorsichtig, er hielt sich von Schabo fern und sprach mit ihr nur dann, wenn es wirklich nötig war. Wenn sie einander etwas Besonderes sagen wollten, dann schrieben sie Briefe und warteten auf einen passenden Moment, diese zu übergeben. Eine gute Gelegenheit dafür war der Tausch der Bücher. Wenn Schabo ein Buch zu Ende gelesen hatte, dann ging sie zu seinem Zimmer und wählte ein neues, was die Gefahr minderte, verdächtigt zu werden. Tahmina lobte sogar ihr Interesse an Büchern. Manchmal gab es aber auch Momente, wo sie sich in Eile umarmten und küssten.

Im Garten

Es war Anfang des Monats Mai. Die Maulbeeren waren schon reif, tausende Spatzen sammelten sich jede Nacht auf den Bäumen und zwitscherten schon am frühen Morgen so laut, dass niemand mehr schlafen konnte.

Aus den Gärten und Feldern war häufig der Gesang von Wachteln zu hören. Die Jugendlichen begannen, nach ihnen zu jagen. Sie stellten in den Getreidefeldern verschiedene Fallen für sie auf oder machten sie zunächst mit einem Jagdhund ausfindig und zogen dann ein Netz über die Weizen und Roggen, um sie zu fangen. Sie übten dann mit ihnen und bereiteten sie für Kämpfe vor. In dieser Jahreszeit fanden große Wachtelkämpfe in der Provinz statt, Leute wetteten Geld darauf und die Siegerwachtel konnte ein Vermögen kosten. Andere wiederum hielten sie in speziellen Käfigen und waren nur auf ihren Gesang heiß.

Mit der Wärme kehrte auch Suhrab zu seiner alten Gewohnheit zurück. Er verbrachte die meiste Zeit am Freitagvormittag im Garten. Die Regenzeit ging schon zu Ende, die Maulbeeren waren zum Pflücken bereit und die Rosen seines Vaters blühten und verbreiteten ihren unverwechselbaren Duft in der Luft.

Suhrab las einige Zeit sein Buch, dann spazierte er im Garten hin und her, schnitt ein Dutzend taunasse Rosen, band sie zusammen und nahm sie mit in sein Zimmer. Ihr anziehender Duft lockte manchmal auch Schabo an. Sie fand unbedingt einen Anlass, kam kurz herein, roch an ihnen und ging wieder raus.

Seit die Maulbeeren reif waren, besuchten auch Tahmina, Fatima, Schabo und die kleine Amina manchmal den Garten. Suhrab kletterte hoch auf einen Baum, Fatima und Schabo hielten eine große, saubere Decke über den Boden. Er schüttelte die Zweige und die Maulbeeren fielen herunter. Damit sie vom Aufprall auf dem harten Boden nicht zerquetscht wurden, fingen die Frauen sie in ihrer Decke noch in der Luft.

Eines Tages, als die Frauen mit ein paar großen Schalen voller weißer und rot-brauner Maulbeeren nach Hause zurückkamen, sprach Tahmina plötzlich Schabo an: »Komm bitte am nächsten Freitag etwas früher! Khaleds Vater geht in die Stadt, das Opferfest ist nicht weit, Fatima Dada und ich wollen das Haus und den Hof gründlich reinigen.«

»In Ordnung, Dada! In der Frühe aufzustehen ist kein Problem für mich«, antwortete sie ruhig.

Am Freitag, als Schabo Tahminas Haus betrat, merkte sie, dass das kleine Aschar, die freiwillige Arbeit, schon ohne sie begonnen hatte. Ein paar Bauersfrauen trugen die Teppiche nach draußen, Fatima war im Inneren des Hauses beschäftigt und Tahmina erwärmte Milch für Amina. Schabo entschuldigte sich verlegen und stürzte sich sofort in die Arbeit.

Gegen neun Uhr begannen Fatima und Schabo das Frühstück für alle vorzubereiten. Suhrab, der seit dem frühen Morgen im Garten war, fehlte immer noch. Als alles schon in der Küche bereitstand, bat Fatima Schabo, nach ihm zu suchen.

»Sieh mal nach, warum er nicht kommt? Sitzt er wie eine Henne auf den Eiern oder was?«, sagte sie scherzend.

Schabo lief mit Vergnügen zum Garten. Unterwegs betete sie, dass er immer noch im Garten war und ihr nicht auf dem Weg nach Hause begegnete. Als sie den Garten betrat, lief sie voller Freude zu Suhrab und warf sich in seine Arme. Suhrab hob sie auf, drehte sie einmal in der Luft und fing an, sie pausenlos zu küssen. Sie erwiderte seine Küsse leidenschaftlich.

»Sag mal, hast du dich mit Absicht verspätet, in der Hoffnung, Fatima Dada würde mich nach dir schicken, um dich zu holen?«, fragte sie mit einem glücklichen Lächeln.

»Ich habe fast die Hoffnung aufgegeben, dass du noch kommst, Schabo! Ich dachte, alle sind beschäftigt und haben keine Zeit, an mich zu denken«, antwortete er.

»Siehst du, ich bin rechtzeitig gekommen, aber jetzt musst du schnell nach Hause, sonst kriegst du Ärger, der Tee ist schon kalt.«

Suhrab ging einen Schritt zur Seite, hob einen kleinen Rosenstrauß, der bereit im Gras lag, und streckte ihn Schabo entgegen. Bevor sie ihn aber annehmen konnte, schüttelte Suhrab ihn vorsichtig vor Schabos Gesicht. Es flogen Dutzende Tautropfen um sie herum, Schabo schloss instinktiv ihre Augen. Sie dachte, er wollte mit ihr scherzen. Sie nahm eine Ecke ihres dünnen Kopfschals und entschied, zuerst ihr Gesicht abzutrocknen und ihn dann zu bestrafen.

In diesem Moment schrie plötzlich Suhrab: »Oh, bitte! Warte einen Moment! Ich will, dass dieses schöne Bild für immer in meinem Gedächtnis bleibt!« Er hob die Arme zum Himmel und fügte hinzu: »Oh, großer Gott! Danke, dass du der Erde einen solchen Engel gegönnt hast! Danke, dass du meinem Herzen ihre Liebe geschenkt hast. Oh, Allmächtiger! Gib mir die Fähigkeit und Kraft, ihrer Liebe gewachsen zu sein!«

Schabos Augen füllten sich mit Tränen, sie umarmte ihn fest und küsste ihn mehrmals.

»Denk nicht so etwas Gehobenes von mir, ich bitte dich! Der Engel bist du! Du hast die Liebe in meinem Herzen erweckt. Das sind deine schönen Augen, die alles schön sehen«, sagte sie mit einem Kloß im Hals.

Suhrab drückte sie an sich und küsste ihre Augen, Gesicht und Lippen.

»Wenn ich nicht sofort zurücklaufe, kommt Fatima Dada und sucht nach uns beiden!«, stellte sie fest und machte sich aus seinen Armen frei. Sie strich mit ihrer Handfläche über ihr Gesicht und sagte lächelnd: »Du hast mir nicht die Zeit gegeben, mein Gesicht zu trocknen.«

»Komm! Ich küsse alle Tropfen aus deinem Gesicht weg!«, sagte Suhrab und versuchte, sie wieder an sich zu ziehen.

Schabo trat zurück und sagte grinsend: »Vielen Dank, aber ich verzichte!« Sie drehte sich um und lief zur Gartentür.

»Komm mir sofort nach! Vergiss nicht, dass heute Aschar ist! Du musst wenigstens deine Bücher in Ordnung bringen!«, rief sie noch unterwegs.

Schabo lief mit aller Kraft zurück zum Haus, sie hatte Angst, Tahmina würde sie fragen oder Fatima würde sie anschreien, warum sie so lange fehlte. Aber im Hof war jeder mit seinen eigenen Aufgaben beschäftigt und keiner hat sich für sie interessiert, Fatimas Stimme kam aus dem Inneren des Hauses und Tahmina war auch nicht zu sehen. Schabo ging schnell in die Küche und begann, wieder das Geschirr zu spülen.

Das Unheil

Das Opferfest stand schon vor der Tür, die Dorfbewohner bereiteten sich darauf vor, es je nach Möglichkeit zu feiern. Diejenigen, die es sich leisten konnten, opferten Schafe, Ziegen oder Kühe, schlachteten diese am ersten Tag des Festes und verteilten das Fleisch unter den Armen. So wurde des Propheten Abraham gedacht, der bereit gewesen war, für Gott seinen Sohn zu opfern.

Dem Roten Mullah standen gute Zeiten bevor. Er sollte den größten Teil der Almosen, die zu Ehren des Festes verteilt werden sollten, bekommen. Auch die Händler machten in diesen Tagen ihre großen Umsätze, weil einige Leute neue Kleider zum Fest fertigen ließen, Andere Henna, getrocknete Früchte und Süßigkeiten kauften, Kinder und Jugendliche Eier sammelten und Mädchen und Frauen sich um ihre Toiletten- und Schmucksachen kümmerten.

Fatima erhielt vor dem Fest besonders viele Bestellungen, sie aber fing mit der kleinen Amina an. Sie war der Liebling der Familie und ihre schöne Kleidung hatte die höchste Priorität.

Amina lief schon und jemand musste ständig auf sie aufpassen. Sie sprach niedlich, wiederholte alles wie ein Papagei und ahmte jeden in der Familie nach. Wenn Fatima sie bat: »Amina, zeig, wie läuft eine Oma?«, beugte sich Amina nach vorne, nahm die Hände hinter den Rücken und ging langsam hin und her. Wenn Fatima sie fragte: »Was macht dein Baba, wenn er böse ist?«, runzelte Amina die Stirn, kniff die Augen zusammen und machte eine ernste Miene.

Amina war ungewöhnlich süß und hübsch. Sie hatte schöne blaue Augen, lächelte niedlich und bezauberte alle mit ihrer kindlichen Sprache.

Tahmina hatte immer Angst vor bösen Blicken, auch jemand aus dem Familienkreis konnte sie unbewusst und aus Liebe verhexen. Deswegen machte sich jeder, der Amina liebevoll ansah oder sie sehr lobte, verdächtig. Sie verlangte von ihm, dass sie ein paar Haare von seinem Kopf ausreißen dürfe. Diese verbrannte sie dann, um die Verhexung zu verhindern. Bei Männern forderte sie ein, zwei Haare aus ihren Schnurrbärten. Dem Glauben nach wirkten die Haare, je stärker sie beim Rauszupfen wehtaten, umso effektiver gegen böse Blicke.

Einige Tage vor dem Opferfest verbreiteten sich Gerüchte im Dorf, dass es in den Nachbardörfern angeblich schon einige Fälle von Keuchhusten gegeben hatte. Der Rote Mullah forderte die Leute auf, zu beten, Schafe zu schlachten und Almosen zu verteilen. Er selbst zog sich jeden Tag ein paar Stunden zurück, warf über sich einen großen Pattu und versuchte, den Keuchhusten, der für ihn eine böse Kraft darstellte, mit heiligen Kräften von dem Dorf fernzuhalten. Er versicherte den Dorfbewohnern, dass mithilfe der Gebete, Almosen und seiner Bemühungen das Dorf vor dem Unheil sicher sein wird.

Das Unheil breitete sich aber trotz der Gebete, Almosen und Mullahs Kampf rasch im Weißen Dorf aus, und eines Tages begann auch Amina zu husten. Tahmina fing an, sich große Sorgen um ihre Kleine zu machen. Sie wusste genau, was für ein tödliches Unheil Keuchhusten war, man konnte sich nur auf Gottes Gnade verlassen, denn es gab kein richtiges Heilmittel gegen ihn.

In den ersten ein, zwei Tagen hofften noch alle zu Hause, dass es Amina vielleicht nicht so schlimm treffen wird. Ihr Zustand wurde aber von Tag zu Tag schlechter, die Hustenanfälle wurden heftiger, sie bekam nicht richtig Luft und ihr Gesicht wurde bläulich.

Tahmina betete für sie Tag und Nacht, Nawas Khan schlachtete ein Schaf und verteilte das Fleisch, der Rote Mullah kam jeden Tag zu Amina, las und schrieb ihr heilige Verse. Das alles half aber nicht. Tahmina, die fast kaum noch schlief, sah schon ganz schlecht aus, Nawas Khans und Fatimas Einreden, es werde alles gut, wirkten nicht mehr und mittlerweile starben im Dorf jeden Tag ein, zwei Kinder.

Suhrab war sehr traurig. Als er seine kleine Schwester, die noch vor ein paar Tagen so lachend, lebendig und gesund gewesen war, jetzt so leiden sah, konnte er seine Tränen nicht halten und verließ wieder ihr Zimmer. Schabo litt auch mit, sie betete für Amina und bat Gott, in dem Haus wieder Lachen und Freude einkehren zu lassen. Außerdem nahm sie mehr als je an der Haushaltsarbeit teil, versorgte zusammen mit Fatima Besucher, die kamen, um nach Aminas Gesundheit zu fragen, und versuchte, wenigstens in dieser Weise behilflich zu sein.

Suhrab beharrte schon seit dem ersten Tag, dass Amina beim Doktor in der Stadt behandelt werden müsste, aber Nawas Khan zweifelte daran, dass der Arzt seiner Tochter Hilfe leisten konnte, denn noch gab es keine Medikamente gegen das Unheil in der Stadt. Nach langen Diskussionen kamen eines Abends alle zu dem Schluss, Amina dennoch frühmorgens in die Stadt zu fahren und Hilfe beim Arzt zu suchen.

Trotz der schlechten Straße und dem ungeeignetem Fahrzeug, denn Kala Fil war als umgebauter Lastwagen zu unbequem, um Kranke zu transportieren, fuhren Nawas Khan und Tahmina am nächsten Tag in die Stadt. Fatima, Schabo und Suhrab warteten mit Hoffnung und Sorgen zu Hause und beteten für Amina.

Zum Abend kehrten aber Nawas Khan und Tahmina mit gebrochenen Herzen nach Hause zurück, die Beratung beim Arzt war ganz enttäuschend gewesen.

Am Tag darauf war der Vorfesttag. Im Dorf gab es aber keine Anzeichen für Feierlichkeiten. Fast in jedem Haus war jemand krank, es hatte schon viele tote Kinder gegeben.

In der Nacht vor dem Fest verschlechterte sich Aminas Zustand von Stunde zu Stunde dramatisch. Sie sprach nicht und öffnete die Augen nicht mehr. Tahmina hielt sie die ganze Zeit in ihren Armen und gab sie keinem, Amina atmete schwer und griff immer wieder mit ihren kleinen, schwachen Fingern in den Kragen ihrer Mutter. Niemand schlief in dieser Nacht.

Im Morgengrauen bekam Amina ihren letzten Hustenanfall und der Todesengel nahm ihre Seele in den Himmel mit, sie starb in den Armen ihrer Mutter und wurde noch am selben Tag auf dem Friedhof, der an den Hängen des Hügels gelegen war, neben den Gräbern anderer Familienangehöriger begraben.

Als Nawas Khan ihren Söhnen Khaled und Salim darüber berichten wollte, stellte Tahmina sich strikt dagegen.

»Lass die Jungs in Ruhe studieren! Das ist Khaleds letztes Jahr, er braucht keinen Stress. Es ist besser, wenn sie davon in den Ferien, also zu Hause, erfahren«, sagte sie.

Aminas Tod machte alle im Haus zutiefst traurig. Besonders aber litt darunter Tahmina, seit der Krankheit ihrer Tochter war sie nicht mehr sie selbst, sie saß schweigsam und geistesabwesend da. Ihre Verwandten und Freundinnen besuchten sie jeden Tag, sprachen ihr Beileid aus und trösteten sie. Die eine sagte: »Amina war ein glückliches Kind, sie ist in so einer heiligen Nacht, der Opferfestnacht, gestorben! Gott wird ihr das Paradies schenken.« Die Andere tröstete sie: »Du bist noch jung, Tahmina! Gott wird dir wieder ein Kind schenken und deine Schmerzen lindern, hab Geduld!« All diese Trostworte konnten aber Tahminas Trauerlast nicht mindern.

Wenn keine Gäste da waren, sprach Fatima ständig mit ihr: »Gott will uns prüfen, Tahmina! Er schenkt uns unsere Liebsten und er nimmt auch unsere Süßen wieder zu sich. Wir müssen Gottes Willen gehorchen. Trauer und Weinen ist Undankbarkeit Gott gegenüber, Tahmina! Wir müssen für Amina beten, möge Gott ihre ungelebten Jahre nun deinen Jungs schenken!«

Tahmina hörte ihr zu, erwiderte selbst aber nichts. Ihre Tränen waren schon längst getrocknet, sie nahm die Zeit nicht mehr richtig wahr, wusste nicht, wann Tag und wann Nacht ist.

Auch Nawas Khan sprach mehrmals mit ihr: »Wir sind doch nicht allein, Khaleds Mutter! Sieh mal, wie viele andere Familien Trauer im Haus haben! Was einem auf der Stirn geschrieben ist, kann man nicht ändern. Mit Trauer wirst du unser Kind nicht ins Leben zurückrufen. Denk bitte an deine anderen Kinder und bete für sie«, sagte er. Tahmina lehnte ihren Kopf an seine Schulter und wandte den Blick in die Leere.

Wenn Suhrab seine Mutter in so einem Zustand sah, brach er in Tränen aus, ihm stand ein Kloß im Hals. Er konnte sie nicht trösten, fand keine Worte dafür und hatte Angst, überhaupt das Thema ihr gegenüber anzusprechen. Das einzige, was ihm blieb, war die Flucht in sein Zimmer. Schabo traute sich auch nicht, auf Tahmina zuzugehen und ihr das Beileid auszusprechen.

Nach Aminas Tod sah das Haus von Nawas Khan absolut leer aus. In seinem Innern herrschte eine gespenstische Stille, eine spürbare, tiefgreifende Trauer. Aminas Lachen war nirgendwo mehr zu hören, niemand lief, spielte, schrie laut oder richtete etwas Unsinniges im Hof an.

Jeden Freitag begleitete Suhrab seine Mutter zu Aminas Grab. Er setzte sich ans Grab und las für sie aus dem Koran. Tahmina saß an der Kopfseite des Grabes und weinte, mal leise und mal laut. Manchmal heulte sie so bitter, so herzzerbrechend, dass es Suhrab die Kehle zuschnürte und er nicht weiter lesen konnte. Manchmal auch wühlte Tahmina so in den Kieseln und Steinen des Grabes, dass Suhrab Angst bekam, sie würde das Grab öffnen.

Mit der Zeit kehrte einigermaßen Normalität in Nawas Khans Haus zurück. Tahmina zeigte sich äußerlich ruhig. Alle haben darauf gehofft, dass sie bald Tahmina so erleben werden, wie sie einmal gewesen war: fröhlich, lebendig, gastfreundlich, bereit, jedem mit Rat und Tat zur Seite zu stehen.

So wie früher wurde aber Tahmina nie mehr, sie blieb weitgehend isoliert, mied Besuche und hielt sich aus dem Dorfklatsch heraus.

Im Herbst dieses Jahres bekam sie dazu gesundheitliche Probleme, manchmal zitterte ihr Herz, sie bekam Atemnot, wollte sich oft hinlegen, spürte Schmerzen in den Schultern und Armen. Sie nahm aber das alles nicht ernst und wehrte sich lange Zeit gegen eine Untersuchung beim Arzt. Erst, als ihr Zustand sich weiter verschlechterte und die ganze Familie ausdrücklich darauf bestand, in die Stadt zu fahren, beugte sie sich endlich. Der Arzt stellte bei ihr Herzprobleme fest, verschrieb ihr Medikamente und empfahl ihr, sie solle sich ausruhen, sich vom Stress und von jeder Aufregung fernhalten und keine schweren Sachen heben.

Trotz der Einnahme von Medikamenten, traditioneller Behandlung mit Kräutern und heiligen Versen des Roten Mullah bekam Tahmina ab und zu kleinere Herzanfälle. Sie verheimlichte diese aber und zeigte allen, sie sei auf dem Weg zur Besserung.

Eines Tages sprach Tahmina ihren Mann plötzlich auf Khaleds Verlobung an und überraschte ihn damit. Seit Aminas Tod hatten sie nie mehr darüber gesprochen.

»Ich bitte dich, sprich sofort mit Kamal Khan! Wir sollten nicht weiter warten!«, sagte sie fast flehend.

»Warum hast du dich heute auf einmal an Khaleds Verlobung erinnert? Wir haben noch Zeit, warten wir, bis die Jungs nach Hause zurückkehren, und dann sehen wir, was zu tun ist«, meinte er.

»Warum verschiebst du alles auf Morgen? Hast du vergessen, bei guter Tat muss man eilen?«

»Okay, aber zunächst musst du mir erklären, wozu diese plötzliche Eile?«

»Ich will, dass du dich umgehend um die Sache kümmerst! Darf ich das nicht?«

»Solange du mir dein Herz nicht anvertraust, mache ich keinen Schritt!«, sagte er beharrlich.

Tahmina wurde ernst, Müdigkeit und Schmerz erschien in ihren Augen, sie äußerte: »Weißt du, auf das Leben kann man sich nie verlassen! Ich will, dass du einen großen Traum meines Herzens verwirklichst, solange ich noch atme. Ich will noch Khaleds Verlobungstuch sehen und das muss sobald wie möglich geschehen!«

Tahminas Worte berührten Nawas Khans Herz zutiefst, es war nicht schwer zu verstehen, worauf sie hinauswollte, aber er versuchte, sie von solchen düsteren Gedanken abzulenken.

»Ich verstehe dich nicht, Khaleds Mutter! Einerseits sprichst du von Khaleds Verlobung und andererseits tust du so, als würdest du morgen sterben. Hast du vergessen, dass wir von Enkelkindern geträumt haben? Du musst mehr an deine

Gesundheit denken, als dir solche Gedanken durch den Kopf gehen zu lassen!«

»Unter einer Bedingung! Du fängst schon morgen an, und machst alles dafür, dass die Verlobung so schnell wie möglich stattfindet!«, erwiderte Tahmina mit einem leisen Lächeln.

»Okay! Wenn du darauf bestehst, dann versuche ich es. Noch irgendwelche Wünsche?«, fragte er.

»Alles Andere danach!«, antwortete sie zufrieden.

Nawas Khan lud einige Dorfälteste zu sich und schickte sie zum Dorf Jamran, um Kamal Khans Enkelin für Khaled zu bitten. Die Heiratsstifter gingen einige Male hin und her, schon beim ersten Mal Ja zu sagen, galt als unanständig. Das hätte bedeutet, dass der Vater seine Tochter loswerden wollte. Am Ende aber stimmte Kamal Khan der neuen Verwandtschaft zu und nannte den Tag, an dem die Heiratsstifter das traditionelle Seidentuch als Zeichen für seine Zustimmung erhalten konnten.

Tahmina freute sich sehr über diese gute Nachricht, ihr Gesicht zeigte nach langer Zeit wieder Farbe und Lebendigkeit. Sie wartete schon ungeduldig auf den Tag, an dem ihr Mann ihr das offizielle Verlobungstuch bringen würde.

Am Tag der Verlobung nahm Nawas Khan mehrere Dorfälteste mit sich und ging nach Jamran. Im Salon von Kamal Khan waren schon die Angesehensten aus seinem Dorf versammelt, der Mullah von Jamran las ein langes Gebet, danach wurde im Zimmer ein großes Tablett voller Bonbons und gezuckerter Mandeln hereingebracht. Über ihnen lag ein teures Seidentuch – das Symbol der Verlobung. Der Mullah las wieder ein Gebet und danach gratulierten die Versammelten Nawas Khan und Kamal Khan zur Besiegelung ihrer Verwandtschaft.

Vor der Rückfahrt nach Hause zogen sich Nawas Khan und Kamal Khan zu einem Vieraugengespräch zurück und berieten sich über den Verlobungsfeiertag. Beide einigten sich darauf, dass die feierliche Zeremonie nach Khaleds Rückkehr aus Kabul stattfinden sollte.

Zu Hause warteten alle auf Nawas Khan und seine Begleiter, Fatima hielt die Daera bereit, um zu singen. Tahmina hatte erstmals seit dem Aminas Tod ein neues Kleid angezogen und beteiligte sich aktiv bei jeder Arbeit im Hof, auch Suhrab schwänzte die Schule, um den Moment, in dem sein Vater mit dem Verlobungstuch den Hof betrat, nicht zu versäumen.

Gegen Mittag brach Tahmina plötzlich im Hof zusammen und verlor ihr Bewusstsein. Schabo, die nicht weit von ihr beschäftigt war, schrie: »Oh Gott, schnell! Tahmina Dada!« Fatima und Suhrab liefen zu ihr und brachten sie in ihr Zimmer. Fatima spritzte ein bisschen Wasser in ihr Gesicht und las heilige Verse, Schabo und Suhrab standen mit blassen Gesichtern da und wussten nicht, was sie machen sollten. Nach einiger Zeit kam Tahmina wieder zu sich, sie öffnete die Augen und merkte, dass ihre eine Hand in Fatimas und die andere in Suhrabs Hand lag, und dass Schabo am Bett stand und leise weinte.

Als Fatima jemanden nach dem Roten Mullah schicken wollte, sah Tahmina sie bittend an und sagte mühsam: »Warte, Schwester! Ich will mit dir sprechen! Allein!«

Suhrab und Schabo sahen einander verwirrt an, aber als Fatima ihnen mit der Kopfbewegung zur Tür hin zeigte, verließen sie das Zimmer. Fatima schloss noch die Tür hinter ihnen und kehrte an Tahminas Bett zurück.

»Ich wollte von dir Abschied nehmen, Fatima Dada! Im Leben passiert alles! Kann sein, dass ich dich mit meinen Handlungen oder meinen Worten verletzt habe oder ungerecht zu dir war! Bitte verzeih mir«, sagte Tahmina.

»Was redest du da, Schwester Tahmina? Wie könntest du zu mir ungerecht sein? Du bist doch ein Engel! Du hast mich im schwersten Moment meines Lebens aufgenommen und wieder zum Leben motiviert. Ich muss um Verzeihung bitten, dass ich dir Umstände bereitet habe und dir zur Last gefallen bin. Aber warum sprichst du von so etwas, Schwester? Du wirst es sehen, es wird alles wieder gut.«

»Es ist Zeit zu gehen, Fatima Dada! Ich habe es in meinem Traum gesehen! Der glückliche Moment, meinen Mann mit dem Verlobungstuch zu sehen, ist mir anscheinend nicht vergönnt! Meine Kinder sind von mir fern, die werde ich nicht mehr wiedersehen, aber mein Mann ist hier, wenn ich wenigstens von ihm Abschied nehmen könnte!«

»Warum fängst du auf einmal an, vom Tod zu sprechen, Tahmina? Das war nur ein kleiner Anfall! Du wirst wieder gesund!«, sagte Fatima schon mit einem Kloß im Hals.

»Ich habe keine Angst vor dem Tod! Amina ruft mich jede Nacht, sie braucht mich! Ich habe schon Khaleds Vater gebeten, mich neben meiner Kleinen zu begraben.«

Fatima wollte etwas erwidern, aber Tahmina blickte zu

ihr mit ihren schmerzerfüllten Augen auf und sprach weiter: »Sag Khaleds Vater, er darf die Feierlichkeiten nicht in Trauer verwandeln lassen. Wenn unsere Jungs aus Kabul kommen, soll er die Verlobungs- und Hochzeitsfeier nicht verschieben.«

Fatima liefen die Tränen aus den Augen, sie drückte nur leicht Tahminas Hand.

Tahmina fuhr fort: »Versprich mir, dass du an Khaleds Verlobungs- und Hochzeitstag so viel singen und tanzen wirst, als wäre er dein eigener Sohn. Und noch etwas, Fatima Dada! Pass auf Suhrab auf, er ist noch sehr jung!«

Fatimas hielt es nicht mehr aus und antwortete mit weinender Stimme: »Gott ist groß, Schwester! Du wirst noch mit eigenen Augen die Verlobung und die Hochzeit deines Sohnes sehen und wir werden beide zusammen singen und tanzen, aber wenn du darauf bestehst, ich verspreche es dir, werde ich so lange singen, bis ich keine Stimme mehr habe, und solange tanzen, bis ich nicht mehr auf den Beinen stehen kann!«

Tahmina versuchte zu lächeln.

»Gott gebe dir langes Leben, Fatima Dada! Du hast mich beruhigt. Kannst du bitte jetzt Suhrab zu mir rufen?«, bat sie.

Als Suhrab sich auf den Rand ihres Bettes setzte, sah Tahmina ihn ein paar Sekunden mit ihren traurigen, liebesvollen Augen an, dann gab sie ihm das Zeichen, sich zu ihr zu beugen. Suhrab senkte seinen Kopf zu ihr und sie küsste ihn auf die Stirn.

»Du warst immer der Gehstock deiner Mutter, wohin auch immer ich ging, du warst mein treuer Begleiter. Ich war stolz auf dich und sagte stets: Gott! Ich danke dir, dass du mir so einen Sohn geschenkt hast. Jetzt bist du groß geworden und ich bin sicher, du wirst deinen Weg im Leben immer finden«, sagte sie.

Suhrabs Kehle war wie zugeschnürt, er kämpfte mit seinen Tränen. Tahmina blickte zu seinen blinzelnden Augen und fuhr fort: »Eltern bleiben nicht immer bei ihren Kindern. Ich habe nur eine Bitte an euch Brüder, weint nicht um mich! Erinnert euch lieber immer bei fröhlichen Gelegenheiten an mich! Ihr werdet es fühlen, ich werde bei euch sein. Jeder Schritt eures Lebens wird von meinen Gebeten begleitet und jeder eurer Erfolge wird meiner Seele Freude bereiten. Haltet immer zusammen, ihr drei Brüder, nichts darf eurer Liebe zueinander im Weg stehen.«

In diesem Moment waren laute Stimmen von der Straße her zu hören, Nawas Khan und seine Begleiter traten in den Hof ein, es wurde gesungen und getanzt. Tahmina gab Suhrab das Zeichen, auch er dürfe rausgehen.

Nawas Khan suchte in der Menge nach seiner Frau, fand sie aber nirgendwo, plötzlich überkam ihn ein ungutes Gefühl. Mit dem großen Tablett in der Hand lief er zu Tahminas Zimmer, Fatima versuchte ihm noch etwas zu sagen, aber er hörte ihr nicht bis zum Ende zu und betrat das Zimmer. Alle Anderen blieben im Hof, sangen und tanzten weiter.

Nawas Khans und Tahminas Blicke trafen einander kurz, es schien so, als würde ein kleines Lächeln um ihre Mundwinkel spielen. Nawas Khan wollte etwas sagen, aber er merkte schnell, dass ihr Blick seltsam wurde und das kaum wahrnehmbare Lächeln auf ihren Lippen erstarrte.

Nawas Khan setzte sich erschrocken an ihr Bett, nahm ihre Hand und sagte mit weinender Stimme: »Ich habe dir das Verlobungstuch mitgebracht, Khaleds Mutter! Warum liegst du immer noch im Bett? Du wolltest doch singen und tanzen!« Danach legte er seinen Kopf auf ihre Brust und spürte, dass sie immer noch warm war. Nawas Khan hielt es nicht mehr aus und heulte laut.

Fatima und Suhrab stürmten ins Zimmer rein. Suhrab dachte zuerst, sie sei wieder in Ohnmacht gefallen, aber als Fatima mit der Hand über ihr Gesicht strich und ihr die Augen schloss, verstand er, dass sie diese Welt für immer verlassen hatte. Suhrab ließ sich zu Füßen seiner Mutters nieder, geschockt, ohne zu schreien, ohne Tränen zu vergießen.

Bald kamen Nawas Khans Verwandte, Freunde und Bekannte zu seinem Haus. Die Männer versammelten sich im Gastzimmer und besprachen die Bestattungsfragen, die Frauen versammelten sich um Tahminas Bett, sangen Trauerlieder und heulten laut, wie es in solchen Fällen auch üblich war.

Tahmina wurde gemäß ihrem letzten Willen neben Amina begraben. Hunderte Leute begleiteten ihren letzten Weg zum Friedhof. Um ihren Tod trauerten alle Dorfbewohner, aber unter all diesen Leuten gab es einen, dessen Trauer besonders groß und von ganzem Herzen war. Das war der alte Darwisch aus den Wulas, zu dem Tahmina immer nett gewesen war und dem sie oft gesagt hatte, er sei wie ihr älterer Bruder. Seine Anwesenheit bemerkte aber niemand, ihm sprach niemand sein Beileid aus und von ihm erwartete auch keiner einen Beileidsspruch. Er ging am Ende des Trauerzuges, sein

Rücken war mehr gebeugt als gewöhnlich und seine langen, knochigen Beine machten kaum noch mit.

Am Nachmittag endete die Beisetzungszeremonie, der Rote Mullah las sein letztes Gebet, die Versammelten sprachen Nawas Khan und seiner Familie ihr Beileid aus und traten den Rückweg an. Nur Darwisch blieb am Friedhof. Als alle schon weg waren, kam er zu Tahminas Grab, setzte sich daneben und versank in Gedanken.

Tage nach dem Tod seiner Mutter befand sich Suhrab immer noch im Schockzustand. Er konnte sich mit dem Verlust seiner Mutter nicht abfinden. Er wusste, dass sie diese Welt für immer verlassen hatte, dennoch fiel es ihm schwer, ihren Tod zu akzeptieren. Er wollte nicht glauben, dass er nie mehr ihren netten Blick und ihr liebevolles Lächeln sehen würde. Jeden Abend, wenn er ins Bett ging, hoffte er auf ein Wunder, dass er morgen früh aufstehen und als Erstes die Stimme seiner Mutter im Hof hören würde. Er würde nach draußen gehen, seine Augen mit den Händen reiben und von ihr hören: »Na! Hast du gut geschlafen, mein Sohn?«

Die Nächte vergingen, die Tage folgten ihnen, das Wunder passierte aber nicht.

In den ersten zwei Wochen, als noch Leute zu Nawas Khans Haus kamen und ihr Beileid aussprachen, Verwandte sie traditionsgemäß zum Mittag- oder Abendessen einluden, um sie von der Trauer abzulenken, nahm Suhrab das ganze Ausmaß seines Verlustes noch nicht wahr. Aber als nach und nach die Lage im Haus sich normalisierte und alle allmählich zu ihrem Alltag zurückkehrten, begann er langsam, den echten

Schmerz seiner Seele zu spüren.

Auch Schabo war all diese Tage sehr traurig, für sie war Tahmina ein Schutzengel, sie hatte sie immer respektiert und bewundert. Gleichzeitig machte sie sich auch große Sorgen um Suhrab. Jedes Mal, wenn sie sein gequältes Gesicht und seine schmerzerfüllte Augen sah, brach ihr Herz. Sie wünschte, sie wäre jede Minute bei ihm, könnte mit ihm seine Trauer teilen und zusammen weinen.

Ihre Stelle im Haus erlaubte ihr das aber nicht. Sie konnte ihm sogar ein normales Beileid, so wie das jeder aus seinem Kreis machte, nicht aussprechen. Nach langer Überlegung entschied sie sich für einen Brief. Sie schrieb diesen, trug ihn noch ein, zwei Tage mit sich, bis sie die Möglichkeit fand, ihn Suhrab in die Hand zu drücken.

Suhrab war zwar mit eigener Trauer und Herzschmerzen beschäftigt und hatte den Rest der Welt vergessen, nicht aber Schabo! Alle Familienangehörigen und Verwandte trösteten ihn und betonten, sie seien immer für ihn da. Suhrab wertete das alles aber als formelle Höflichkeitsgesten ab – und als nicht mehr. Schabo sagte ihm kein Wort, dennoch spürte er, dass sie bei ihm war und mit ihm litt. Allein ihr Dasein war die größte Unterstützung, der größte Trost für ihn. Manchmal dachte er: Wenn es Schabo nicht gegeben hätte, was für ein farbloses Leben hätte er gehabt?

Als Suhrab endlich in seinem Zimmer allein war, öffnete er Schabos Brief und fing an, ihn zu lesen.

»Ich sehe deine schmerzvollen Augen und mein Herz blutet.

Ich beschwere mich bei Gott, warum er mir nicht meines Suhrabs Leid und Schmerzen gibt? Verzeihe mir, dass ich nicht in deiner Nähe sein kann, dich nicht berühren und dir nicht ein paar Wörter des Trostes aussprechen kann. Ich wünschte mir so sehr, dass ich dich fest in meine Arme nehmen und so lange halten könnte, bis mein Herz all dein Leid und deine Trauer auf sich nimmt. Ich will dir vieles sagen, mein Suhrab! Dafür finde ich aber keine Worte, dazu ist meine Feder nicht fähig! Eines musst du aber immer wissen, es gibt deine Schabo, deine Blume aus dem Berg Loo Tschak, die allein für dich lebt! Sie blüht, wenn du lachst, und verwelkt, wenn du traurig bist.«

Trauer und Freude

An der Haltestelle warteten dieses Jahr besonders viele Leute, um Schüler und Studenten aus Kabul zu begrüßen. Khaled hatte sein Studium absolviert und sollte schon in Offiziersuniform aus dem Fahrzeug aussteigen, was seine Angehörigen und Freunde besonders stolz machte.

Als endlich das Linienfahrzeug Kala Fil mit ihnen ankam und sie ausstiegen, hängten die Leute um Khaleds Hals Blumengirlanden, verstreuten Bonbons und Süßigkeiten auf seinem Kopf, umarmten ihn und gratulierten ihm. Salim bat, auch ihn nicht zu vergessen, die Leute lachten aber und sagten, du musst warten, deine Zeit kommt noch.

Khaled sah in seinem neuen Anzug umwerfend aus, auf seinen Schultern glänzten goldfarbene Dienstgradabzeichen und in der Mütze steckte das Barettabzeichen mit zwei Weizenehren. Suhrab hätte Khaled jetzt mit großen Augen bewundern und vor Freude im siebten Himmel sein können, aber als Khaled ihn umarmte, hielt er sich mit aller Kraft, um nicht zu heulen. Er hatte einen Kloß im Hals, seine Augen blinzelten, ihm fiel es schwer, seinem Bruder zu gratulieren.

Im Hof verstreute nur Fatima Bonbons und Blumen auf Khaleds Kopf. Beide merkten sofort, dass ihre Mutter und Amina fehlten. Sie sahen ihren Vater und Suhrab fragend an. Das war das erste Mal, dass ihre Mutter sie nicht im Hof empfing, sie waren zwar verwirrt, ahnten aber nichts Schlimmes.

»Dein Onkel ist plötzlich krank geworden. Eure Mutter musste dorthin gehen«, versuchte Nawas Khan, es zu erklären. Das klang nicht ganz überzeugend, aber sie nahmen es ohne weitere Fragen an.

Als alles im Hof ruhig wurde, bereitete Fatima Hauskleider für sie, Salim stand auf, um seine Kleidung zu wechseln, Khaled blieb aber weiter in seiner Militäruniform sitzen. Er wollte, dass seine Mutter ihn in seinem Offiziersanzug sah, wie sie immer davon geträumt hatte.

Während des Trinkens fragte Salim einige Male, wo seine Mutter und Amina stecken könnten. Nawas Khan beruhigte ihn aber und sagte, sie seien bestimmt unterwegs und er müsse Geduld haben.

Es verging noch eine Stunde, ihre Mutter und das Schwesterchen erschienen trotzdem nicht. Irgendwann stand Salim entschieden auf und sagte: »Ich gehe dorthin. Wenn sie noch da sind, frage ich nach Onkels Gesundheit, wenn ich sie unterwegs treffe, dann helfe ich mit Amina.«

Jetzt musste Nawas Khan seine zwei anderen Söhne über den Tod ihrer Mutter und Schwester in Kenntnis setzen, es weiter zu verschieben, hatte keinen Sinn. Er richtete sich auf und sagte: »Setzt euch noch ein paar Minuten hin, meine Söhne! Ich will euch beiden etwas sagen!«

Im Zimmer wurde es auf einmal still, Fatima und Suhrab senkten ihre Köpfe zu Boden und Khaled und Salim wurden plötzlich blass im Gesicht. Sie sahen einander beängstigt an und ahnten schon, dass etwas Schlimmes passiert sein musste.

Nawas Khan hatte sich schon lange auf diesen Moment vorbereitet, dennoch fiel es ihm schwer, den Mund zu öffnen und ihnen so eine Nachricht zu überreichen.

Nach einer bedrückenden Weile des Schweigens fing er mühsam an, zu sprechen: »Leben und Tod liegen in Gottes Händen, meine Söhne! Der Tag, wenn der Todesengel unsere Seelen holt, ist vorbestimmt. Dieser Tag kommt unausweichlich, früher oder später! Niemand kann es verhindern oder verschieben, auch die mächtigen Sultane und die berühmten Ärzte nicht. Das ist unser Weg, wir alle müssen ihn gehen. Eure Mutter und Schwester sind schon ihren Weg bis zu Ende gegangen und haben sich dem ewigen Leben übergeben. Gott gebe ihnen das Paradies und uns allen Kraft, Mut und Geduld Gottes Willen anzunehmen.«

Khaled und Salim saßen geschockt da, sie hatten schon etwas Schlimmes befürchtet. Aber so etwas! Die Mutter und Schwester auf einmal! Das konnte auch in ihren schlimmsten Träumen nicht vorkommen. Khaled zog sich seine Mütze über das Gesicht und Salim versteckte sein Gesicht im Pattu, niemand schrie oder weinte laut.

Nawas Khan stand auf und ging zur Tür hinaus. Er entschied sich, ihnen die genauen Umstände, wie ihre Mutter und Schwester gestorben waren, später zu erzählen, wenn der erste Schock vorbei war. Vor der Tür gab er noch Fatima und Suhrab das Zeichen, sie sollten die beiden allein lassen.

Am nächsten Tag gingen die Brüder zusammen zum Friedhof und verbrachten den ganzen Nachmittag neben Tahminas und Aminas Gräbern und weinten.

Dieses Mal verliefen auch die Winterferien anders als üblich, zwei Wochen lang kamen Verwandte und Bekannte, um Khaled und Salim ihr Beileid auszusprechen, danach fingen die sogenannten Ablenkungsempfänge für sie an. Jeden Tag lud jemand sie ein. Der Gastgeber berührte das Trauerthema nicht mehr, führte die übliche Unterhaltung, redete über die Alltagsprobleme und lenkte so seine Gäste ein bisschen von ihrer Trauer ab.

Allmählich beruhigte sich die Lage einigermaßen zu Hause bei Nawas Khans Familie, und eines Abends sprach er über den Wunsch seiner Frau, Khaleds Verlobung wie geplant zu feiern.

Anfangs wollte Khaled davon gar nichts hören und schüttelte stets den Kopf, aber als sein Vater und Fatima ihn lange zu überzeugen versuchten, sagte er unzufrieden: »Wie könnt ihr über eine Feierlichkeit sprechen? Unsere Tränen sind noch nicht getrocknet! Was werden die Leute sagen?«

»Tränen kann man nicht mit Tränen trocken, Khaled Jan! Deine Mutter mochte keine Trauer, ihr ganzes Leben hatte sie den anderen Freude gebracht. Nun bist du an der Reihe, deine Pflicht ist es, ihren letzten Wunsch wahr zu machen und ihre Seele zufriedenzustellen. Für deine Mutter war in erster Linie wichtig, was richtig und was falsch war, sie interessierte die Meinung von Anderen nicht«, erwiderte dieses Mal Fatima.

Hier schalteten sich auch Salim und Suhrab ein. Sie hatten zuvor allem schweigsam zugehört, jetzt aber standen sie entschieden auf Nawas Khans und Fatimas Seite. Khaled blieb nichts übrig, als seine Haltung zu mildern und seine Zustimmung zu geben.

Die Verlobungsfeier fand mit allem Drum und Dran statt, wie es sich in den Khan-Familien auch gehörte. In beiden Dörfern wurden Schafe geschlachtet und Klein und Groß, Jung und Alt, alle nahmen daran teil. Es wurde laut gesungen und getanzt. Fatima saß keine Minute ruhig, sie organisierte alles, sang und tanzte auch unermüdlich. An ihrer Seite stand Schabo, die auch die ganze Zeit hin und her lief und die Gäste versorgte. Sie zog ein grünes Kleid an und hatte einen dünnen roten Schal auf dem Kopf. Sie war nicht so auffällig geschminkt wie die Anderen, sah aber dennoch umwerfend aus. Suhrab verließ unter allen möglichen Vorwänden mehrmals die Männerversammlung und kam auf die Frauenseite, um noch einmal Schabo zu bewundern. Er konnte einfach die Augen von ihr nicht abwenden.

Um den Verlobungsvertrag traditionsgemäß zu besiegeln,

brach Nawas Khan mit den Dorfältesten und dem roten Mullah nach Jamran auf. Nach dem Mittagessen wurde die Zeremonie begonnen und aus der Reihe der Anwesenden wurden zwei Trauzeugen gewählt. Sie sollten zur Braut ins Haus gehen und um ihre Zustimmung bitten. Die Zeugen kehrten einige Minuten später zurück und verkündigten, Gulalai wähle ihren Großvater als ihren Bevollmächtigten.

Nun fragte der Mullah nach der Summe des Brautgeldes. Kamal Khan nannte eine solide Summe Geld und Nawas Khan stimmte zu. Danach fragte der Mullah Khaled, ob er bereit sei, Kamal Khans Enkelin Gulalai als seine Frau anzunehmen. Er antwortete mit Ja. Der Mullah stellte ihm noch zweimal dieselbe Frage und er bestätigte jedes Mal seine Antwort. Danach las der Mullah ein langes Gebet, an dessen Ende Khaled aufstand, zu Kamal Khan hinüberging und seine Hand küsste. Die Anwesenden verstreuten Bonbons und Blumen auf seinem Kopf und gratulierten Nawas Khan und Kamal Khan.

Ein paar Tage nach der Verlobungsfeier lud Kamal Khan die ganze Familie von Nawas Khan zum Essen ein. So bekam der Bräutigam die Erlaubnis, seine Braut zu sehen, sie jederzeit besuchen zu kommen und sogar bei ihr zu übernachten.

Der Hochzeitstermin wurde für den kommenden Herbst vereinbart. Bis dahin hatte Khaled die Zeit, sich mit seiner neuen Stelle bei der Armeegarnison in der Provinz Khost, die im Osten des Landes lag, vertraut zu machen und für die Familie ein Zuhause zu finden.

Einen Monat später fuhr Khaled zu seiner Dienststelle. Salim hatte noch ein paar Wochen bis zum Ende der Winterferien. In den letzten Tagen dachte er oft über Suhrab nach, bald musste auch er ihn verlassen.

Auch Salim wusste, dass Suhrab unter Mutters und Aminas Verlust sehr litt, und, sobald auch er abreiste, würde Suhrab ganz allein zu Hause bleiben. Er kannte den Charakter seines Bruders, Suhrab hatte keine ihm nahestehende Freunde! Er nahm sich alles sehr zu Herzen, egal ob Freude oder Trauer, Freundschaft oder Feindschaft, halbe Gefühle gab es für ihn nicht.

Jeden Tag, nachdem Suhrab von der Schule gekommen war, nahm Salim ihn mit nach draußen. Meistens gingen sie zum Fluss und spazierten entlang des Ufers. Für Salim war Suhrabs Vorliebe für politische und gesellschaftliche Themen kein Geheimnis, deswegen sprach er auch die meiste Zeit mit ihm darüber. Jedes Mal, wenn Salim so ein Thema ansprach, änderte sich Suhrabs Laune sofort, er war nicht mehr aufzuhalten. Gern diskutierte er mit Salim über das Leben, die Rückständigkeit der Leute, alte und ungerechte Gesetze, zeitunangemessene Sitten und Gebräuche im Land und verglich sie mit den modernen Gesellschaften in den Industrieländern.

Suhrab sprach über alles so, als wären es seine persönlichen Probleme, als würde zur Frage stehen, entweder sie oder er. Salim versuchte ihm dagegen klarzumachen, dass man sich nichts allzu sehr zu Herzen nehmen sollte. Er verspottete zwar auch die alten Sitten und Gebräuche, versuchte aber nicht, sie zu bekämpfen und zu beseitigen, sondern sie zu umgehen.

»Sag mir, Lala! Wie kann man sorglos und glücklich in einer Umgebung leben, wo Herkunft und Reichtum die einzigen Messlatten für Würde und Respekt sind?«, fragte ihn Suhrab einmal.

»Unglücklicherweise ist das so in unserer Gesellschaft! Man respektiert jemanden nicht wegen seiner guten Eigenschaften, sondern wegen seines Namens, seiner Stellung und seines Geldes. Wir sind umgeben von Schmerz, Leid, Ungerechtigkeit und Grausamkeit, aber was können wir hier am besten tun? Wenn wir mit jedem und allem mitleiden, dafür reicht unser Leben nicht. Ich sage nicht, dass wir alles schweigend akzeptieren sollen, aber mit dem Kopf gegen die Wand laufen, bringt auch nichts. Auch im Kampf für eine gute Sache muss man nicht übertreiben. Wir leben nur einmal! Man muss immer die Balance zwischen den Werten, Wünschen und Möglichkeiten halten«, antwortete er.

Danach zeigte er auf einen Stein am Ufer und fuhr fort: »Lass uns dort eine kleine Pause machen!«

Sie setzten sich am Ufer und schauten zu den wirbelnden Strömungen des Wassers.

Nach ein paar Minuten brach Suhrab das Schweigen und sagte: »Weißt du, Lala! Ich stehe manchmal vor Nassir, dem Sohn unseres Schmieds, und beobachte seine Arbeit. Die Jungs auf der Straße nennen ihn Hammer. Er ist fast in meinem Alter, aber körperlich ist er dreimal so groß wie ich. Gott hat ihm so ein Kraftvermögen gegeben, dass er mit nur einem Schlag eine Wand stürzen kann, obwohl der Arme nicht immer sein tägliches Brot zum Sattwerden hat. Sein zerrissenes

Kleid bedeckt nicht einmal seinen ganzen Körper, wenn ein Hemdärmel da ist, dann fehlt der andere. An dem Tag, an dem er einfach satt ist, hat er auch die beste Laune, er singt glücklich und kann mit seinen Schlägen auch das härteste Eisenstück umformen. Und den Hammer, mit dem er arbeitet, kann jemand wie ich nicht einmal aufheben. Ich sehe ihn, er tut mir leid und ich beneide ihn.«

Suhrabs letzter Satz brachte Salim zum Lachen.

»Das ist aber sehr interessant! Das musst du mir genau erklären!«, sagte er amüsiert.

Suhrab dachte kurz nach und sprach ganz ernst weiter.

»Er tut mir leid, weil er im Dunkeln lebt und keine Ahnung von der Welt hat. Leben bedeutet für ihn lediglich, etwas zum Essen zu haben. Alles, was um ihn herum geschieht, nimmt er als vorbestimmt und selbstverständlich auf, er passt sich nur an. Der Gedanke, etwas zu ändern, kommt ihm nicht in den Kopf. Er weiß nur, dass sein Vater und Großvater so gelebt hatten, und so werden auch er und seine Kinder leben. Von Freiheit und Gerechtigkeit, Menschenrechten und Demokratie hat er nichts gehört. Er war niemals außerhalb unseres Dorfes gewesen, kann nicht lesen und kann sich nicht vorstellen, wie die Welt da draußen aussieht.«

Suhrab schwieg für ein paar Sekunden, sein Blick versank irgendwo in den trüben Wellen des Flusses.

»Du hast nicht gesagt, warum du neidisch auf seine Naivität und sein Unwissen bist?«, stieß ihn Salim leicht mit dem Ellbogen.

»Ich bin neidisch, Lala! Weil die Frage ›Warum‹ in seinem

Kopf nicht entsteht. Er fragt sich nicht, warum die Welt so und nicht anders ist, warum der eine König, der andere Bettler, der eine nobel und der andere minderwertig ist. Warum ein Kind in Wohl und Würde aufwächst und das andere in Armut und Not. Warum ein Kind zu jedem Fest neue Kleider bekommt und das andere in alter und zerrissener Kleidung herumläuft. Warum bei dem einen zum Frühstück Milch, Sahne und Butter vorhanden sind und bei dem anderen nur im Glücksfall ein Stück hartes Brot. Warum? Warum? Warum?«

Suhrabs Gedanken überraschten Salim ziemlich, er lächelte leicht vor sich, unterbrach ihn aber nicht.

»Je tiefer man in die Sache hineinsieht, desto mehr Fragen entstehen, und wenn man viele Fragen und keine Antwort hat, dann leidet man darunter. Für Nassir ist alles ganz einfach, für ihn sind Herkunft und Reichtum auf die Stirn geschriebene Tatsachen. Respektable oder erniedrigende Stellung in der Gesellschaft ist für ihn von Gott gegeben, deswegen leidet er auch nicht«, sprach er weiter.

»Weißt du, Suhrab Jan! Seit die Menschheit entschieden hat, was gut und was böse ist, wurde auch ihr Leben zu einer Kampfarena zwischen dem Guten und Bösen. Das Gute war immer schwächer als das Böse und versuchte es, zu bekämpfen und seinen Einfluss einzuschränken. Im Laufe der Geschichte konnte zwar das Gute einige Erfolge verbuchen, aber das Böse vollständig zu besiegen, das gelang ihm nie. Sieh mal all diese Propheten, Philosophen und Wissenschaftler! Sie versuchen seit tausenden von Jahren, die Menschheit zu verändern und zu verbessern, schwören sogar, eine perfekte Gesellschaft zu ermöglichen. Das Ergebnis ist aber ganz bescheiden und der Grund liegt daran, dass der Mensch ein sehr kompliziertes Wesen ist. Seine Interessen, Wünsche und Absichten ändern sich ständig, er weiß selbst nicht, was er will und wann er ›genug‹ sagen soll. Manchmal hat er scheinbar alles: Wohlstand, Reichtum und Ansehen, trotzdem ist er nicht zufrieden.«

»Das bedeutet, alle Bemühungen, etwas zu ändern, haben keinen Sinn. Ist das so?«

»Nein, das bedeutet nicht, dass man die Ellbogen auf dem Kinn abstützt und nichts dagegen unternimmt. Aber ein Kampf für Veränderung muss mit Bedacht geführt werden. Hitzköpfig und ungeduldig erzielt man nur eine enttäuschende Niederlage. Eine gesellschaftliche Ordnung, ihre Regeln, Sitten und Gebräuche sind nicht von heute auf morgen abzuschaffen. Dafür ist ein langer Weg mit kleineren Schritten erforderlich. Unterdessen darf man auch sein eigenes Leben nicht vergessen, muss schlau sein, manchmal eine Kampfansage annehmen, manchmal aber eine Feuerpause einlegen und auch mit veralteten Regeln und Sitten eine friedliche Koexistenz suchen.«

Salim klopfte mit der Hand leicht auf Suhrabs Schulter und fuhr fort: »Und jetzt nach Hause, Bruder! Mir ist schon kalt.«

Suhrab sah nach Westen, die Sonne war schon halb hinter den Bergen verschwunden, jetzt spürte auch er die frische Brise vom Fluss.

Einen Tag, bevor Salim nach Kabul aufbrechen musste, gingen er und Suhrab zum Friedhof, beteten auf den Gräbern ihrer Mutter und Schwester und kletterten danach auf den Hügel hinauf, saßen neben einem Felsen und genossen das herrliche Panorama und den Sonnenuntergang hinter den Bergen.

Auf dem Rückweg nach Hause diskutierten sie noch über das Leben nach dem Tod und warum alle Völker der Welt daran glaubten.

Plötzlich wechselte Salim mitten im Gespräch das Thema und sagte: »Ach so, ich will schon seit Tagen mit dir über etwas Wichtiges sprechen. Aber ich vergesse es, wenn der passende Moment da ist, und erinnere mich daran, wenn wir nicht mehr allein sind. Ich werde alt, mein Bruder!«, sagte er im Scherz.

»Von deinen Lebensblumen hat kaum eine geblüht, Lala! Du hast noch die Hochzeit vor dir und eine Familiengründung. Nach Khaled Lala bist du jetzt an der Reihe, ausgerechnet du darfst nicht von Alter sprechen«, bemerkte Suhrab lächelnd.

»Ach so! Ich stehe vor dir und du willst mich schneller ablösen! Ich kann aber dich vorlassen. Keine Angst, ich bin nett!«, erwiderte er lachend.

»Nein, nein! Auf keinen Fall! Ich will doch deine gesetzlichen Rechte nicht verletzen. Wenn ich die Regeln und Gebräuche brechen wollte, dann wären es ganz andere«, versuchte auch Suhrab zu scherzen.

»Okay! Okay! Lass uns zur Sache kommen. Ich wollte dir etwas sagen, bevor ich von hier weg bin«, meinte er schon wieder ernst.

Suhrab sah ihn neugierig an und sagte: »Ich bin gespannt!«

»Keine Sorge! Es geht nicht um Verlobung oder Hochzeit! Du weißt doch, mein Studium geht zu Ende, es gibt die Chance, in Kabul einen Job anzunehmen. Und wenn das tatsächlich der Fall wird, dann miete ich ein anständiges Haus, und, wenn ich ein Zuhause habe, weißt du, was ich dann machen will?«

»Na klar! Dann teilst du es mit einer schönen Frau, also meiner zukünftigen Schwägerin!«, antwortete er mit einem geheimnisvollen Lächeln.

»Absolut korrekt! Aber vorher nehme ich dich nach Kabul mit!«, kündigte er überraschend an.

Suhrab sah ihn verwirrt an.

»Geduld, mein Freund! Ich erkläre dir alles. Du musst nur zuhören und mich nicht unterbrechen!«

Suhrab nickte mit dem Kopf und Salim fuhr fort.

»Deine Schule hier geht langsam zu Ende. Du weißt doch, was dich hier erwartet, eine Kommission kommt aus Kabul und schickt dich zu einer weiteren Schulung nach Kandahar oder Masar-e Scharif. Ich will dich aber zu einer soliden Highschool in Kabul wechseln lassen, bevor diese Kommission über deine Zukunft entscheidet. So wirst du nicht allein in einer fremden Stadt sein, du bekommst gute Chancen für die Universität und du wirst mit mir zusammen das Leben in der Hauptstadt genießen. Wir werden Kinos besuchen, Ausflüge nach Qargha und Paghman machen, du wirst eine andere Welt entdecken, neue Freunde haben und vielleicht auch eine schöne junge Dame kennenlernen! Na, was denkst du darüber? Ist das nicht clever gedacht?«

Suhrab dachte früher auch manchmal darüber nach, dass er eines Tages in eine Großstadt ziehen müsste. Aber er beruhigte sich jedes Mal damit, dass bis dahin noch viel Zeit bevorstand und er sich so früh darüber nicht den Kopf zerbrechen sollte. Er wollte sich den Tag nicht vorstellen, an dem er von Schabo weggehen musste. Jetzt, als Salim das Thema berührte, kam ihm plötzlich die Trennung real vor. Sein Gesicht wurde plötzlich traurig und angsterfüllt. Er sah Salim verwirrt an und konnte ihm keine Antwort geben.

Als Salim merkte, dass sein Vorschlag ihn ganz durcheinanderbrachte, klopfte er ihn auf die Schultern und fragte lächelnd: »Ich verstehe nicht, bist du nun froh oder traurig? Jeder Andere hätte jetzt glücklich getanzt, du machst aber so ein Gesicht, als hätte man dir das Gefängnis von Dehmasang angeboten!«

Suhrab versuchte, zu lächeln und die Fassung wieder zu gewinnen, aber es gelang ihm nicht. Salim wartete aber seine Antwort nicht ab, sah ihn forschend an und stellte fest: »Ich verstehe! Du bist zufälligerweise verliebt und versuchst, es von mir zu verheimlichen!«

Für einen Moment nahm Suhrab all seine Kraft und den Mut zusammen, um ihm sein Herz zu öffnen und zu sagen: »Ja, mein Bruder! Ich liebe ein Mädchen, mehr als mein Leben, mehr als das Liebste auf der ganzen Welt. Ich kann nicht einmal einen Bruchteil der Sekunde ohne sie existieren. Du willst ihren Namen wissen! Versuch nicht, es zu erahnen, Lala! Du kannst dir ihren Namen sowieso nicht vorstellen! Aber ich verrate ihn dir, ich schäme mich nicht für meine Liebe, sie heißt Schabo, das liebste und unschuldigste Mädchen der Welt.«

Suhrab hätte das sagen sollen, aber er tat es nicht. Salim war zwar sein älterer Bruder, er hatte ihn sehr lieb, aus seinen geschenkten Büchern kannte er die Welt, er bewunderte seinen Optimismus und wie er komplizierte Sachen ganz leicht aussehen ließ, aber auch er konnte seine Liebe zu Schabo nicht verstehen, so etwas passte in keinen gesunden Verstand.

Suhrab wollte natürlich nach Kabul, wer hätte sich so was nicht gewünscht, aber er hätte ihn dann auch sagen müssen: »Lala, nimm auch Schabo mit, ohne sie brauche ich kein Kabul!« Aber das wäre auch für den Fall unmöglich gewesen, dass Salim sogar für seine Gefühle Verständnis gehabt hätte! Schabo war nicht mehr das sechsjährige Kind, das sein Onkel als Dienerin für seine Frau nach Masar-e Scharif mitgenommen hatte. Salim war nicht einmal verheiratet, und selbst wenn, hätten Baschar und seine Familie ihrer Tochter nicht mehr erlaubt, in diesem Alter weg von ihrem Zuhause zu leben. Schabo war schon eine junge Frau, die nur noch verheiratet das Elternhaus verlassen durfte. Schabo wäre vielleicht einverstanden, mit ihm auch ohne die Erlaubnis ihrer Familie nach Kabul aufzubrechen. Das hätte aber für beide ein fatales Ende genommen, eine Flucht von Zuhause hätte sie höchstwahrscheinlich das Leben gekostet. Salim hätte einen solchen dummen und unbedachten Schritt nie zugelassen, schließlich ging es um das Leben der beiden und um die Ehre der Familien.

»Es reicht, sich zu quälen! Ich verlange von dir keine sofortige Antwort! Und jetzt beeilen wir uns, nach Hause zu kommen, ich will ein letztes Mal das Brot direkt aus dem Tanur probieren. Hmm! Was für ein Geruch! Ich sehne mich oft in Kabul nach unserem Tanurbrot«, sagte Salim und wechselte das Thema, um die schon peinlich gewordene Stile zu brechen.

Fremd unter den Eigenen

Solange Tahmina am Leben gewesen war, hatte sich Schabo wohl in ihrem Haus gefühlt. Sie war nett zu ihr, schenkte ihr mal Kleidung, mal Schmink- und Toilettenartikel. Nach ihrem Tod verschlechterte sich jedoch Schabos Lage im Haus. Obwohl Fatima die Zuständige für den Haushalt war und sie Schabo nicht schlecht behandelte, verlor sie trotzdem die Privilegien, die sie zur Tahminas Lebzeiten genossen hatte.

Das Schlimmste für Schabo war aber Gutai, eine Bauersfrau aus den Wulas. Seit Tahmina gestorben war, kam sie jeden Tag ins Haus, backte Brot und putzte. Sie war schon über vierzig, äußerlich wirkte sie ganz nett und ehrlich, machte ihre Arbeit tadellos und versuchte, Nawas Khan und Fatima keinen Anlass für Unzufriedenheit zu geben. Dafür hasste sie aber Schabo, nutzte jeden Anlass, sie zu schikanieren und zu belästigen. Sie beschwerte sich oft bei Fatima und wartete auf einen günstigen Moment, Schabo in Nawas Khans Augen schlechtzumachen.

Gutai hasste alles um Schabo, ihre Stelle im Haus, ihre Kleidung, ihre Sprache, ihr Verhalten und ihren Umgang mit den Anderen. Einmal, als sie allein waren, sagte sie Schabo mit einem bissigen Ton: »Du hast vergessen, wer du bist! Eine Krähe versucht, eines Rebhuhns Gang nachzuahmen, und vergisst dabei seinen eigenen.«

Ein anderes Mal sagte sie wuterfüllt: »Wofür hältst du dich, Schabo? Weil du ein paar Jahre bei den Khancheel gelebt hast, bist du nun anders geworden? Du bist ein Dienstmädchen aus den Wulas und das bleibst du auch für immer! Wage es nicht, deine Hand nach höheren Zweigen auszustrecken! Du wirst es noch bitter bereuen!«

Schabo fiel es schwer, ihre Bemerkungen und Beleidigungen zu überhören, aber sie hielt es aus und versuchte, darauf nicht zu antworten. Sie war hier Suhrabs wegen, sein Blick, seine paar Worte und überhaupt seine Anwesenheit in der Nähe machten sie glücklich, und Gutai konnte es mit all ihren giftigen Andeutungen nicht verderben. Sie erzählte auch Suhrab nichts davon. Sie wusste, dass ihretwegen jedes laute Gespräch, jede Unruhe ihre Beziehung verdächtig machen und vor allem Nawas Khan hinter ihr Geheimnis bringen konnte. So ein Horror-Szenario wollte sie um jeden Preis vermeiden.

Seit ihrer Wiederkehr ins Dorf vor mehr als anderthalb Jahren war Schabo nicht nur für die Khancheelfrauen anders, sie war fremd auch in der eigenen Umgebung. Die Wulas-Frauen mochten sie nicht. Die einen verspotteten sie und sagten: »Wartet mal, wenn das, was sie am Leib hat, alt wird, dann wird sie ihr städtisches Benehmen schnell vergessen.« Den Anderen tat sie leid und sie sagten: »Für die Arme wird alles schlecht enden, wenn sie auch weiterhin Khancheel nachzuahmen versucht!«

Tahmina aber hatte nicht probiert, Aussehen und Verhalten zu ändern. Als manche Khancheelfrauen mit dem Finger auf sie gezeigt hatten, hatte sie Schabo in Schutz genommen: »Lasst das arme Mädchen in Ruhe! Sie ist, wie sie ist! Ich habe kein Problem damit.«

Als Tahmina nicht mehr da war, verlor Schabo nicht nur ihren Schutzengel, sondern jemanden, der ihr half, einigermaßen anständig gekleidet und gepflegt zu sein. Schabo nahm ihre kleinen Geldgeschenke gern an und fühlte sich nicht erniedrigt, wenn sie Tahminas alte Kleider für sich angepasst hatte oder mal eine Seife, Creme und Ähnliches von ihr bekam.

Schabo hatte sich schon daran gewöhnt, sauber und gepflegt auszusehen, ihre Kleider waren alt, aber nicht schmutzig, ihre Haare waren immer gewaschen und gekämmt. Jetzt aber geriet sie immer öfter in finanzielle Bedrängnis, sie konnte sich auch das Nötigste für eine Frau nicht leisten. Sie hätte natürlich Suhrab auf ihre Bedürfnisse aufmerksam machen und etwas andeuten können, er hätte für sie alles getan. Aber sie erlaubte sich nicht, um so etwas zu bitten, sie hatte auch Tahmina um nichts gebeten, es sei denn, diese hatte ihr selbst etwas angeboten. Sie nahm es von ihr, weil sie eine Frau war und weil mit ihr alles sehr leicht war.

Suhrab selbst kam auch nicht auf die Idee, ihr etwas zu

schenken. Von solchen Sachen hatte er keine Ahnung. Er wusste nicht, was woher kommt und was wozu bei Frauen gebraucht wird.

Schabo dachte schon seit Tagen an eine Lösung wie eine eigene Verdienstmöglichkeit, sodass sie sich selbst ein paar wichtige Kleinigkeiten besorgen konnte. Ihr fiel aber nichts Vernünftiges ein.

Eines Tages, als Schabo wie gewöhnlich zur Arbeit kam, stand Fatima in der Tür ihres Zimmers und rief sie von da zu sich. Schabo ahnte sofort: »Das ist bestimmt Gutai! Sie hat wieder eine Lüge gebastelt und sich bei Fatima beschwert!« Aber was sie dort von Fatima zu hören bekam, hätte sie sich gar nicht vorstellen können.

»Ich habe einen Vorschlag für dich! Hast du Lust, mir bei der Kleideranfertigung zu helfen? Ich schaffe es allein nicht mehr«, sagte sie ganz ruhig.

Schabo sah sie mit großen Augen an, sie konnte ihren Ohren nicht glauben.

»Ich entlaste dich etwas von der Hausarbeit, du verträgst dich sowieso nicht mit Gutai«, sprach sie weiter.

»Und Onkel Khan? Wird er nicht böse sein?«, fragte Schabo unsicher.

»Seine Erlaubnis habe ich schon. Du kennst dich doch gut mit Stickerei aus, nicht wahr?« Schabo nickte bescheiden.

»Wir machen es so, die Hälfte von Honoraren bei allen Stickarbeiten gehört dir! Es wird zwar nicht viel drin sein, aber immer noch genug, damit du dir ein paar Kleinigkeiten gönnen kannst. Einverstanden?«, sagte Fatima lächelnd.

»Möge Gott deine Güte belohnen, Fatima Dada! Ich weiß nicht, wie ich mich bei dir bedanken soll!«, sagte Schabo gerührt.

»Du brauchst dich nicht zu bedanken, das ist Geschäft, sozusagen Profit für beide Seiten!«

»Hoffentlich werde ich dich eines Tages nicht bitter enttäuschen.«

Fatima strich ihr über ihren Kopf und sagte lächelnd: »Über die Zukunft weiß nur der Allmächtige Bescheid! Ein Sprichwort besagt: Jede Tat zu ihrer Zeit! Okay?«

Fatimas Gesicht wurde auf einmal ernst und nachdenklich, sie richtete ihren Blick in die Leere und sprach vor sich leise:

»Ach, Mädchen, Mädchen! Wie ein abgelehntes Küken, das auch unter den Eigenen fremd ist, das auch von Seinesgleichen gepickt wird.«

Schabo war sich zwar nicht ganz sicher, was Fatima damit meinte, aber sie schwieg und lächelte verlegen.

Jugendliche Frische

In der Anfangszeit, nachdem Schabo aus Masar-e Scharif zurück nach Hause gekommen war, hatte in erster Linie nur die Frauenseite ihre Aufmerksamkeit auf sie gerichtet. Die Frauen waren neugierig, wie sie aussah. Einige fanden sie komisch, andere übel. Jugendliche dagegen hatten noch kein Auge auf sie gehabt. Jetzt aber, sobald sie auf die Straße trat, drehten sich viele Köpfe nach ihr um. Ihre anziehend blühende Schönheit erregte Träume und Wünsche bei dem einen oder anderen Jugendlichen im Dorf.

Junge Frauen aus den Khancheelsfamilien erschienen selten auf der Straße. Die Jugendlichen konnten sie zwar während großer Feste oder Familienbesuche sehen, durften sie aber nicht direkt kontaktieren oder ansprechen, von einer Belästigung oder Affäre konnte schon gar nicht die Rede sein. Jedem war bewusst, was für ein fatales Risiko so ein ehrverletzendes Spiel zu Folge haben könnte. Wenn jemandem eine junge Frau gefiel, dann mussten seine Eltern um ihre Hand bei ihren Eltern bitten, und erst die Verlobung ermöglichte ihnen freien Zugang und Unterhaltung miteinander.

Die Frauen aus den Wulas verfügten über diesen Schutz nicht. Sie mussten außerhalb des Hauses arbeiten und oft auf der Straße sein. Sie sollten und durften dem Brauch gemäß für die Jungs aus den Khan-Familien nicht von Interesse sein, weil sie ihnen nicht gleich waren. Wenn jemand zu ihnen etwas Belästigendes sagte, galt das zwar als unanständig, aber nicht als allzu große Sünde.

Die Wulas-Frauen hielten es in der Regel aus und beschwerten sich bei niemandem, weil ein Skandal in erster Linie ihre eigene Existenz bedroht hätte.

Als Schabo zur Straße hinauskam, spürte sie schon, dass einige Blicke auf sie gerichtet waren, offen belästigte sie aber noch niemand. Die Ausnahme stellte nur Akbar, der Angeber, dar, Suhrabs Klassenkamerad. Er erschien manchmal auf ihrem Weg nach Hause, sprach sie nett an, versprach dieses und jenes und versuchte mit allen Tricks, ihre Zuneigung zu gewinnen. Schabo ging entweder auf seine verlockenden Einreden nicht ein oder sagte ihm etwas ganz Enttäuschendes. Akbar verstand, dass sie ihn indirekt verspottete und das kränkte sein männliches Ego. Er gab aber nicht auf und war sicher, dass eines Tages ihr Stolz brechen würde und das sollte dann sein Tag sein. Er würde ihr zeigen, dass ein Mädchen aus den Wulas vor Akbar Respekt haben sollte.

Eines Tages vor dem Abend entschied sich Suhrab für einen Spaziergang. Er war seit Langem nicht auf dem großen Platz gewesen. Als er dort ankam, bemerkte er, dass der Platz bereits leer war. Einige Meter weit von sich, unter einem Baum sitzend, entdeckte er aber Akbar mit seinem treuen Gefolgsmann, Sarwar. Der glaubte Akbar mit geschlossenen Augen und machte alles für ihn in absolutem Gehorsam.

Als Suhrab an sie näher herankam, hörte er auf einmal Schabos Namen. Er hielt sich zurück und hörte genau zu. Akbar sprach tatsächlich über Schabo. Suhrab kam noch näher. Akbar saß mit dem Rücken zu Suhrab, sprach begeistert und pausenlos. Er merkte auch nicht, wer schon direkt hinter ihm stand: »Ach Junge, du hast noch keine Ahnung von Frauen! Sieh mal, wie graziös sie auf der Straße geht! Genau wie ein schönes Rebhuhn! Und ihr knackiger Po? Wie sie ihn bewegt? Ach! Sie ist so appetitlich! Stell dir vor, sie steht nackt mit ihren runden Busen so groß wie zwei Granatäpfel vor dir! Ich schwöre es, wenn man sie von hinten greift und fest an sich drückt, wird man das Paradies hier auf der Erde erleben!«

Plötzlich erstarrte Sarwar. Er sah mit großen Augen und weit geöffnetem Mund über Akbars Schultern.

»Warum guckst du so komisch! Hast du den Todesengel deines Vaters erblickt oder was?«, fragte Akbar verärgert, weil Sarwar ihm nicht genau zuhörte.

»Suhrab!«, war das einzige Wort, das aus seinem Mund herauskam.

»Suhrab? Was für ein Vogel ist er denn? Lass ihn nur wagen, sich mir in den Weg zu stellen! Ich werde ihm so eine Lektion erteilen, dass er sie nie im Leben vergisst! Ich bin Akbar, mein Freund! Akbar! Ich werde so lange auf seinem Gesicht trommeln, dass ihm kein Zahn mehr im Mund übrig bleibt!«

Suhrabs Blut kam in seinen Adern schon zum Kochen, er hielt es nicht mehr aus und schrie Akbar an: »Dass du ein mieser Lügner und Angeber bist, das ist schon allen bekannt, aber, dass du so ein unerzogener, gewissenloser Kerl bist, das weiß ich von diesem Tag an. Wenn du auch ein klein bisschen Mut und Anstand hättest, dann hättest du es mir direkt in die Augen gesagt und nicht hinter meinem Rücken!«

Akbar sprang erschreckt vom Platz, für einen kurzen Moment verlor er sein Selbstbewusstsein, kam aber schnell zu sich, nahm die Haltung eines Hahnes unmittelbar vor dem Kampf an und sagte grinsend: »A-ha! Ich habe unseren Klugscheißer beleidigt! Entschuldige! Die Tochter des Erzählers geht dich aber gar nichts an! Sie ist euer Dienstmädchen, nicht euer Eigentum, okay? Oder denkst du vielleicht, du bist ein und alles auf der Welt! Suhrab ist Klassenbester! Suhrab ist Klassensprecher! Suhrab bekommt alles, was er will, auch die Tochter des Erzählers aus den Wulas! Keiner darf ihm etwas sagen!«

»Aus den Wulas oder von woanders! Sie ist ein Mensch, hat genauso wie alle Anderen ihre Würde, und du darfst sie nicht beschmutzen! Wenn das in deinen gehirnlosen Kopf nicht reinpasst, dann hat Klassenbester oder Klassensprecher daran keine Schuld, verstanden?«

Akbar brach in spöttisches Gelächter aus, sah Sarwar an und sagte: »Selbst hat er bestimmt schon viele Male versucht, sie zu kriegen, aber nachdem es nicht geklappt hat, spricht er von Moral und Anstand!« Sarwars lautes Lachen folgte umgehend.

»Das ist nicht Mathe, nicht zwei plus zwei, worauf du die Antwort wie ein Papagei gibst. Komm zu mir, Kleiner! Sei mein Lehrling, ich zeige dir, wie man ein wildes Reh zähmen kann!«, fuhr er fort und beide brachen wieder in schallendes Lachen aus.

Suhrabs Augen funkelten vor Wut, er hätte gern so lange auf Akbars Kopf geschlagen, bis er ganz unter der Erde verschwand, aber er durfte die Kontrolle nicht verlieren, seine zweite Stimme sagte ihm: »Nicht hier! Du willst doch nicht, dass alle im Dorf wissen, weswegen du dich mit Akbar geprügelt hast!«

»Okay! Wenn du die menschliche Sprache nicht verstehst, dann sprechen wir eine andere Sprache, aber nicht hier! Die Sache muss nur unter uns geklärt werden! Ich will nicht, dass die Leute sich um uns herum versammeln!«, versuchte Suhrab ruhig zu bleiben.

»Wem willst du Angst machen? Mir? Akbar? Lass uns außerhalb des Dorfes treffen und klären, wer wem Angst macht, okay?«, erwiderte Akbar mit hasserfülltem Gesicht.

Suhrab musste seine Haltung bewahren, er drehte sich um und sagte: »Morgen nach der Schule! Ich gehe nicht zum Fluss, sondern warte auf dich auf dem Weizenfeld vor dem Hügel, dort werden wir allein sein und niemand kann uns stören.«

»Willkommen in der Hölle! Vergiss nicht, dich heute Nacht zu ölen, nicht, dass ich mit dem ersten Schlag all deine Rippen breche!«, rief Akbar hinter ihm her und die beiden lachten laut.

Suhrab standen den ganzen Abend Akbars grinsendes Gesicht und höhnisches Lachen vor Augen. In seinen Ohren klangen immer wieder Akbars abscheuliche Worte nach. Er stellte sich die Szene vor, wo Akbar mit einem hässlichen Lächeln Schabo anfasste, wobei sie dann schrie und versuchte, sich zu befreien, während er sie aber trotzdem festhielt, sie sogar an sich drückte und dabei hysterisch lachte.

Suhrab kochte vor Wut, er wälzte sich ständig im Bett und konnte den Moment nicht abwarten, wenn er endlich Akbars Kehle ergreifen und ihn für seine unanständigen Worte Schabo gegenüber bestrafen konnte.

Suhrab war aber in der Regel in keiner Weise streitsüchtig. Wenn die Anderen miteinander stritten und handgreiflich wurden, kam er dazwischen und sagte, man müsse nicht bei jeder Kleinigkeit den Anderen am Kragen greifen: »Gott hat uns die Sprache gegeben, wir müssen miteinander reden und unsere Probleme lösen. Zur Gewalt greifen nur diejenigen, die nicht argumentieren können. « Suhrab zitierte oft Gandhi, Gewalt sei die Waffe der Schwachen.

Wenn aber trotz friedlicher Bemühung zwischen den Streitparteien keine Einigung möglich war und jeder behauptete, er sei der Größte aller Zeiten, dann gab es unter den Jugendlichen eine andere Lösung, die sogenannte Mutprobe. Man legte Glut auf die Handoberfläche und derjenige, der es länger aushielt, wurde als Sieger verkündigt.

Am nächsten Tag nach dem Schulunterricht eilte Suhrab allein zum Hügel. Als er einen von Weizen freien Platz vor dem Hügel erreichte, wartete schon Akbar auf ihn. Er hatte sich schon vorbereitet, seine Hemdsärmel und Hosenbeine waren nach oben gekrempelt.

Suhrab und Akbar zögerten nicht, sie griffen einander sofort und ohne ein einziges Wort an. Sie schlugen einander rücksichtslos mit den Fäusten und traten mit den Beinen.

Suhrab hatte keine große Prügelerfahrung, außerdem war Akbar kräftiger als er. Er bekam zwar pausenlos Schläge, fühlte aber dabei keinen Schmerz. Er selbst schlug auch mit den Fäusten, trat wahllos mit den Beinen und versuchte, ihn zu treffen.

Irgendwann schrie Akbar plötzlich ungeheuer laut, senkte den Kopf und nahm beide Hände zwischen seine Beine. Mit dem nächsten Tritt taumelte er und fiel zu Boden. Suhrab sprang auf seinen Rücken, griff zu seinem Kopf und drückte sein Gesicht zu Boden. Akbar hatte schon Erde und Schmutz im Mund und schrie, aber Suhrab drückte ihn weiter und wiederholte immer wieder: »Nimm nie wieder den Namen Schabo in deinen schmutzigen Mund! Nimm nie wieder ...«

Irgendwann bemerkte Suhrab ein drittes Gesicht, wie im

Nebel, vor sich. Er erkannte ihn. Das war Sarwar! Der drückte mit den Fingern Suhrabs Kehle und würgte ihn. Sein Gesicht war mit einem komischen Lächeln bedeckt und seine Augen waren voller Rausch und Genuss. Suhrab ließ Akbar los und schlug mit der Faust auf Sarwars Gesicht. Er schrie und griff mit beiden Händen zu dessen Nase.

Suhrab stand auf und trat ihn noch einmal mit dem Bein. In diesem Moment fühlte er einen kräftigen Schlag von hinten und stürzte zu Boden. Bald stand auch Sarwar wieder auf und die beiden Gegner brachten gemeinsam einen Hagel von Schlägen auf Suhrabs Körper.

Suhrab versuchte, immer wieder aufzustehen und einen von beiden anzugreifen, aber Akbar und Sarwar gaben ihm diese Möglichkeit nicht und schlugen ihn heftig zurück. Als beide schon dachten, er könne mehr nicht aufstehen, kam Suhrab langsam und mit großer Mühe auf die Knie und versuchte trotzdem aufzustehen. Akbar und Sarwar schlugen ihn dann zurück, bis er wieder zu Boden fiel.

Irgendwann stoppte Akbar Sarwar und sagte: »Er ist verrückt! Lass uns gehen, sonst töten wir ihn!«

Als Suhrab ein letztes Mal auf die Knie kam, spürte er keinen Schlag mehr, er versuchte aufzustehen, immer noch in der Absicht, jemandem von denen einen Schlag zu verpassen, aber er fiel wieder hin, und dieses Mal ohne Akbars und Sarwars Hilfe.

Irgendwann gelang es ihm endlich aufzustehen. Er sah um sich herum, von Akbar und Sarwar gab es aber keine Spur mehr! Mühsam schleppte er sich weiter und erreichte einen kleinen Bach, nicht weit von dieser Stelle. Suhrab schöpfte etwas Wasser mit den Handflächen und versuchte, sein Gesicht zu waschen. Als er wieder die Hände ins Wasser tauchte, merkte er Blut im Wasser, er strich mit seiner Hand über sein Gesicht und den Kopf und spürte, dass alles blutig war.

Suhrab wusch einigermaßen seinen Schädel, zog seinen Pattu über den Kopf, sodass sein Gesicht kaum zu sehen war, und trat langsam den Weg nach Hause an.

Zu seinem Glück war Nawas Khan in der Stadt gewesen und Suhrab brauchte seinen Zustand nicht vor ihm zu erklären. Er betete, dass auch unterwegs niemand von seinen Bekannten ihm begegnete und irgendwelche Fragen stellte.

Wie an einem normalen Tag betrat Suhrab den Hof, grüßte Fatima und Schabo, fragte nach seinem Vater, ging zur Küche, nahm die Deckel der Töpfe hoch und schaute, was es zu essen gab, bevor er zu seinem Zimmer ging, um sich auszuziehen.

Fatima merkte sofort, dass etwas mit ihm nicht in Ordnung war. Sein Pattu auf dem Kopf verriet, dass er sein Gesicht zu verbergen versuchte. Sie trat hinter ihn, ohne um Erlaubnis zu bitten. Als sie Suhrabs Gesicht ansah, rief sie sofort nach Schabo und bat um warmes Wasser und eine Schüssel. Kurz danach betrat auch Schabo das Zimmer, sie hielt in einer Hand eine Gießkanne und in der anderen eine Schüssel. Als sie Suhrab anblickte, blieb sie auf der Stelle erstarrt stehen. Ihr Gesicht wurde blass und ihre Augen weiteten sich voller Schock.

»Hast du deine Seele verloren, oder was? Steh nicht wie eine Statue und gieß hier Wasser ein!«, schrie Fatima fast.

Schabos Augen waren schon voller Tränen, sie goss das Wasser mit zitternden Händen in die Schüssel und blickte immer wieder auf Suhrabs schmutzige Kleidung, den blutverschmierten Kopf und sein geschwollenes Gesicht. Ihre weinenden Augen fragten, wie und warum ist das passiert? Suhrab fühlte sich auf einmal schuldig, ihm tat Schabos trauriges Gesicht mehr weh als seine eigenen Wunden.

»Ich entschuldige mich für die Umstände! Wir haben unterwegs gespielt und gekämpft und auf einmal bin ich mit dem Gesicht zu Boden gestürzt! Anscheinend habe ich mit dem Kopf einen Stein erwischt«, sagte er und versuchte sogar zu lächeln.

»Wenn du es sagst, dann müssen wir es auch glauben! Es ist ohnehin bekannt, dass Suhrab nicht lügt«, erwiderte Fatima sarkastisch, während sie seine Wunden versorgte.

Als Fatima und Schabo sein Zimmer verließen, fügte sie noch hinzu: »Sei Gott dankbar, dass du dir keine Knochen gebrochen hast und dein Vater nicht zu Hause ist!«

Am Abend beschmierte Fatima seine Wunden mit irgendwelcher Salbe und gab ihm Kräutertee gegen seine Schmerzen, dennoch konnte Suhrab nicht lange schlafen. Sein ganzer Körper tat ihm höllisch weh und seine Seele schrie laut! Er war noch wütender auf Akbar als am Tag zuvor. »Der Feigling, er hat auch seinen Pudel mitgebracht«, sagte er vor sich. Suhrab war verärgert und tief enttäuscht wegen des Verlaufs der Tätlichkeiten, der Klärungsbedarf mit Akbar bestand weiter, er hatte ihn nicht dazu bringen können, sich für seine unanständige Äußerung zu entschuldigen und zudem zu versprechen, nie wieder Schabos Namen in den Mund zu nehmen.

Als Suhrab morgens aufstand und sich im Spiegel ansah, überlegte er sich zuerst, die Schule heute zu schwänzen, aber als er sich Akbars Gesicht vorstellte, der in der Mitte der Jungs stand und triumphierend über ihre Schlägerei erzählte, entschied er sich, unbedingt zur Schule zu gehen.

Unterwegs versammelten sich alle um Suhrab. Die Schlägerei war eine wahre Sensation, niemand wollte glauben, dass Suhrab sich mit jemandem hätte prügeln können und dazu noch die Schuld an allem gehabt hätte. Suhrab genoss Respekt bei seinen Kameraden als ein netter Kerl, Klassenbester und Klassensprecher.

Akbar hatte schon am selben Tag im Dorf allen von seinem Sieg erzählt und Suhrab die Schuld für das Geschehen gegeben. Er besaß zudem Sarwar an seiner Seite als Zeugen und als jemanden, der zwischen ihnen hin- und hergerannt war und die Prügelei beendet hatte.

Nachdem aber die Jungs auch Suhrabs Version gehört hatten und besonders, als sie erfahren hatten, dass auch Sarwar an der Prügelei beteiligt gewesen war, zeigten sie mit dem Finger auf Akbar und sagten, sein Benehmen sei regelwidrig und unanständig gewesen. Akbar dementierte anfangs jegliche Beteiligung Sarwars an der Schlägerei, aber als Sarwar selbst weich wurde, fing er an zu schwören und zu behaupten, Sarwar habe es gegen seinen Willen getan.

Auf dem Rückweg nach Hause entschieden alle, Akbar müsse sich bei Suhrab entschuldigen, und zwar sollte er sich hinknien, mit der Nase über den Boden gleiten und versprechen, sich nie wieder so niederträchtig zu verhalten.

Akbar aber sprang vor Wut in die Luft und lehnte den Vorschlag seiner Kameraden entschieden ab.

»Wie könnt ihr so was von mir verlangen? Er hat angefangen und er ist schuld daran! Er muss meine Füße küssen und um Verzeihung bitten! Akbar wird nie seinen Kopf vor ihm senken!«, betonte er ganz entschlossen.

Sie stritten sich noch, als plötzlich Samad, einer ihrer Klassenkameraden, nach vorne kam und sagte: »Wenn das so ist, dann müsst ihr beide die Mutprobe ablegen. Wer verliert, muss sich entschuldigen und mit der Nase auf dem Boden seine Reue zeigen.«

Akbars Gesicht änderte sich auf einmal, er hätte den Vorschlag gern abgelehnt, aber ihm fiel momentan keine passende Ausrede ein. Deswegen musste er die Herausforderung annehmen. Anderseits tröstete er sich damit, dass Suhrab, ein verwöhnter Kerl, nicht in der Lage sein konnte, bei der Mutprobe mitzuhalten.

Die Jungs schrieben die Namen der beiden auf zwei Papierstücke und warfen sie in eine Mütze. Als Erster musste Akbar antreten.

Während das Feuer brannte und alle auf die Glut warteten, schien Akbar selbst auf einer Glut zu sitzen, er war sichtlich unruhig und spielte nervös mit seinen Fingern.

Als alles bereit war, nahm Samad ein kleines Glutstück aus dem Feuer heraus und legte es auf Akbars zitternde Hand-Oberfläche, zwischen dem Daumen und dem Zeigefinger. Alle fingen an, zu schreien und zählen: eins, zwei, drei, vier. Bei fünf schrie plötzlich Akbar laut auf und warf die Glut blitzschnell zur Seite, sein Gesicht war ganz rot und schweißgebadet. Die Jungs brachen in lautes Gelächter aus.

Suhrab hatte noch nie die Glut auf seine Hand gelegt, aber er hatte die anderen Jungs gesehen und konnte sich gut vorstellen, wie es sich anfühlen müsste. Heute fürchtete er sich aber vor nichts, er war sogar bereit, statt lediglich Glut auf die Hand seine beiden Hände richtig ins Feuer zu legen.

Als Samad ein neues Glutstück aus dem Feuer herausnahm und auf Suhrabs Hand legte, stand vor seinen Augen die Szene, als Akbar mit aller Unverschämtheit Schabos Körper beschrieb und damit die Würde eines reinen, unschuldigen Mädchens beleidigte, als er alle Grenzen des Anstandes überschritt und sich krankhafte Fantasien einbildete. Schabo war ein Engel für Suhrab, er erlaubte solche unanständigen Gedanken nicht mal sich selbst. Erfasst von Wut fühlte er nichts mehr, seine Kameraden zählten mit einer Stimme eins, zwei, drei ..., er hörte sie aber nicht genau.

Irgendwann schlug jemand auf seine Hand und die Glut flog weg zur Seite. Das war ausgerechnet Akbar! Er konnte es nicht mehr aushalten und versuchte nun, alles als Scherz aussehen zu lassen.

»Du bist nicht gesund, mein Freund, ehrlich! Man muss von dir Abstand nehmen! Okay, du hast gewonnen! Ich gebe auf!«, sagte er und versuchte, ungeschickt zu lächeln.

Samad ergriff Suhrab unter dem Arm, schleppte ihn zum Bach und hielt seine Hand ins Wasser. Die Jungs schrien:

»Bringt nun Sarwar hierher! Er muss die Mutprobe auch ablegen!« Bevor aber ein paar Jungs ihn schnappen und zum Feuer ziehen konnten, kniete der sich schnell hin, senkte den Kopf und legte seine Nase auf dem Boden. Die Jungs lachten sich tot.

Dieses Mal verbarg Suhrab seine Verletzungen nicht, als er seinen Hof betrat. Trotz der tiefen Brandwunde und Schmerzen hatte er gute Laune. Sobald er Fatima und Schabo erblickte, sagte er lächelnd: »Ich muss euch wieder überraschen, ich habe mir meine Hand in der Schule verbrannt!« Und streckte seine geschwollene Hand nach vorne.

Als Fatima und Schabo seine Wunde aus der Nähe ansahen, konnten sie ihren Augen nicht glauben.

»Was ist mit dir los, Suhrab? Gestern bist du mit verletztem Kopf nach Hause gekommen, heute mit verbrannter Hand, womit willst uns morgen überraschen?«, sagte Fatima schon mit verärgertem Ton.

»Es wird keine Überraschung mehr geben, Tante Fatima! Versprochen!«, antwortete er mit einem verlegenen Lächeln.

Suhrab wusste, dass die beiden ihm das nicht so einfach glaubten. Ihnen sollte es nicht schwerfallen zu verstehen, dass nur ein schlimmer Streit hinter seiner Kopfverletzung stecken konnte, und die Brandwunde dürfte wohl nichts Anderes sein als Folge der Mutprobe.

Er stellte sich vor, was in Schabos Herzen in diesem Moment geschah. Er wollte Schabo keine Sorgen bereiten, aber im Fall von Akbar hatte er keine andere Wahl gehabt. Ihm war auch bewusst, dass Fatima sich vielleicht mit seiner Erklärung abfinden konnte, aber Schabo würde unbedingt die ganze Wahrheit wissen wollen. Wenn sie die Möglichkeit gehabt hätte, wenn sie beide allein gewesen wären, dann wäre sie bestimmt zu ihm gelaufen, hätte ihn umarmt und würde so lange schluchzen, bis er ihr alles erzählt hätte.

Schabo suchte auch tatsächlich die ganze Zeit einen Moment, in dem sie ein paar Wörter mit ihm wechseln konnte, fand aber keinen. Erst vor dem Abend am nächsten Tag, als sie nach Hause ging, gelang es ihr, ein Stück Papier in seine Hand zu drücken. Suhrab kam zu seinem Zimmer, warf sich auf das Bett und öffnete ihren Brief.

»O Licht meiner Augen, Suhrab Jan! Ich sehe auf deinem Gesicht blutige Wunden und mein Herz blutet. Wie wollte ich dich berühren, deine leidenden Augen küssen und fragen, wie es dir geht, mein Liebling, mein Atem, meine Seele!

Ich weiß, das alles ist wegen mir passiert! Ohne mich hättest du mit niemandem einen Streit begonnen, dafür kenne ich dich zu gut!

Du kannst einem etwas verbieten, ihn zwingen, seinen Mund zu halten, du kannst aber nicht alles und alle bekämpfen! Was willst du mit dem Schicksal tun, das solche wie ich schon allein durch meine Herkunft erniedrigt und herabgewürdigt hat?

Seit gestern streite ich ständig mit Gott! Ich frage ihn, warum Suhrab, oh Allmächtiger? Warum hast du mir die Liebe zu ihm im Herzen gegeben? Warum hast du ihn nicht sich in Seinesgleichen verlieben lassen? Gib mir alles Leid der Welt, oh großer Gott! Lass meinen Suhrab nur nicht leiden!«

Suhrab las ihren Brief, er lächelte und seine Augen waren feucht.

Am Ende griff er zum Papier und antwortete kurz.

»Farhad grub mit einer Axt durch den Berg! Dieser bedeutete kein Hindernis zwischen ihm und seiner Liebe zu Schirin. Wir dürfen unsere Liebe nicht den Krallen der Sitten und Gebräuche überlassen! Wenn die Gesellschaft nicht bereit ist, unsere Liebe zu akzeptieren, dann müssen wir sie ändern!«

Palast der Liebe

Seit Tagen war Suhrab in seinen Gedanken damit beschäftigt, einen Ort zu finden, wo er und Schabo sich allein und ungestört treffen konnten. Er sehnte sich nach ihr. Wie gern hätte er ihre Hand in seine genommen, sie sanft an sich gedrückt, ihren Atem auf seinem Gesicht gespürt, die Wärme ihres Körpers und die Feuchte ihrer Lippen gefühlt!

Suhrab dachte und dachte, konnte aber sich nichts einfallen lassen. Sein Elternhaus war für ein Treffen ausgeschlossen! Schabo verbrachte ihre ganze Zeit in Fatimas Nähe, außerdem hatte Gutai, die Bauersfrau, beide Augen auf sie gerichtet und sein Vater war ihr auch nicht freundlich gesinnt. Hier konnte er sich auf keinen Fall mit ihr allein, frei und lange unterhalten.

Eines Tages gegen Sonnenuntergang saß Suhrab auf dem Dach seines Hauses und hörte Radio. Plötzlich schoss eine Idee durch seinen Kopf. Er blickte zur *Bala Chana*, dem Rest der weißen Burg und wurde selbst von seinen Gedanken überrascht.

»Wenn es unter den Menschen keinen Platz für uns gibt, dann versuchen wir es bei den Dschinnen! Vielleicht gibt es unter denen keine Herkunftsunterschiede, vielleicht haben sie keine oberen und niederen Schichten, keine Reichen und Armen, vielleicht finden wir bei ihnen Verständnis für unsere Liebe«, sagte er fröhlich in Gedanken.

Er stellte sich Schabo in Gedanken vor und wollte wissen, wie sie reagieren wird, wenn er ihr von seiner Idee erzählt. Anfangs würde sie ihn bestimmt mit zusammengekniffenen Augen mustern und ihren Ohren nicht trauen, dann aber würde sie in lautes Lachen ausbrechen und lange nicht aufhören können zu lachen, dachte er. In einem war sich aber Suhrab absolut sicher, Schabo würde ihm auch in die Hölle folgen, ohne eine Frage zu stellen.

Am nächsten Tag kam Suhrab heimlich zur *Bala Chana*. Er begrüßte zum Scherz die Eule unter dem Dach. Sie verhielt sich ihm gegenüber aber ganz gleichgültig und ließ sich durch seine Ankunft nicht stören.

Suhrab befreite das Fenster von Spinnennetzen, öffnete es und kletterte vorsichtig hinein. Sein Herz raste zwar, er fühlte aber keine Angst vor Dschinnen, sondern war neugierig darauf, ob er etwas Unerwartetes dort entdecken würde.

Suhrab sah sich um, ein Teil des weißen Putzes und ein paar Dekorationstücke waren von der Decke und den Wänden abgefallen, sonst sah das große Zimmer ganz in Ordnung aus. Wenn man ein bisschen daran gearbeitet, es ausgefegt und gereinigt hätte, dann wäre es auch in diesem Zustand immer noch schöner als viele heutige Wohnzimmer im Dorf. Suhrab ertastete den Boden eines alten Nischenschrankes in der länglichen Wand, der keine Türen mehr hatte, und sagte sich: »Hier drin breite ich einen kleinen Teppich aus. Dann haben wir auf jeden Fall einen anständigen Sitzplatz.«

Beim Verlassen der *Bala Chana* zwinkerte Suhrab der Eule zu und sagte lächelnd: »Du hältst bestimmt viele Geheimnisse in deinem Herzen versteckt! Wirst du auch unser Geheimnis vor den bösen Augen bewahren?«

In den kommenden paar Tagen versuchte Suhrab vergeblich, einen passenden Moment zu erwischen und Schabo seinen Plan zu erläutern. Es war unmöglich und zu riskant, sich mit ihr lange zu unterhalten. Nach langer Überlegung kam er zu dem Schluss, ihr einen Brief zu schreiben und sie von seiner Idee zu überzeugen.

Er schrieb: »Einerseits bist du mir so nah, dass ich dich jederzeit berühren, in deinen schönen Augen versinken, deine Haare streicheln und dein Lächeln genießen könnte. Andererseits bist du so fern von mir, dass ich nicht einmal mit dir sprechen kann! Zwischen uns steht eine Glaswand so groß und dick wie der Berg von Larkuh. Wir sehen uns zwar, bleiben aber dennoch unerreichbar für einander.

So kann es nicht weitergehen, meine Schabo! Es ist an der Zeit, dass wir uns eine kleine Welt suchen, eine Welt nur für uns, wo wir allein sein können und wo unsere Geheimnisse geheim bleiben können!

Du rätselst schon vielleicht, worüber ich spreche! Ich sage es dir. Ich denke schon seit Tagen an die *Bala Chana*! Ich weiß! Das ist ein verlassener Ort, niemand wagt es, diesen zu betreten! Aber ausgerechnet deswegen brauchen wir ihn! Nur dort können wir uns fern von fremden Augen treffen!

Wir machen aus der *Bala Chana* unseren Palast, den Palast der Liebe, meine Prinzessin Faruch-Laqa!

Ich habe dich überrascht und erschreckt, nicht wahr? Aber vor wem sollen wir mehr Furcht haben? Vor Menschen oder vor den Dschinnen? Ich glaube die Antwort ist uns beiden klar!«

Am Tag darauf bekam Suhrab ihre Antwort.

Schabo hatte geschrieben: »Mein Prinz Arsalan! Wie sehr liebe ich deine Fantasiewelt! Zusammen mit dir habe ich vor nichts und niemandem Angst! Ich bin bereit, mein Leben ohne Zögern für unsere Liebe zu opfern. Denk aber daran, mein Liebling, unser Liebe kann nicht lange geheim bleiben, auch wenn wir die Zuflucht bei den Dschinnen suchen! Unser Palast wird ein Palast des süßen, kurzen Traums bleiben, irgendwann werden wir wach werden und uns wieder in unserer alten Welt finden. Aber ich habe meine Wahl getroffen! Ich liebe dich, mein Suhrab! Du bist mein Atem, meine Seele, mein Leben! Weder Menschen noch Dschinnen können mich erschrecken oder an meinen Gefühlen etwas ändern!«

Am Donnerstag vor dem besagten Abend gelang es Suhrab, heimlich Schabo seine Armbanduhr, die er zuvor in einen Zettel gewickelt hatte, zu übergeben. Auf dem Zettel stand:

»Heute Nacht, Punkt zwölf Uhr, warte ich auf dich vor eurer Haustür!«

An diesem Abend schien es Suhrab so, als hätte die Zeit sich verlangsamt oder als ginge die Uhr mit deutlicher Verspätung. Suhrab wälzte sich in seinem Bett und sah alle fünf Minuten auf die Uhr.

Auch Schabo lag im Bett unruhig und aufgeregt, auch sie blickte immer wieder auf Suhrabs Armbanduhr mit dem leuchtendem Zifferblatt, die sie unter den Kissen versteckte. Sie hatte Angst, einzuschlafen und Suhrab lange vor der Tür warten zu lassen.

Genau 15 Minuten vor zwölf stand Suhrab auf, nahm seine Taschenlampe, ein Holzstück und einen Bissen Brot, falls die Hunde ihnen auf dem Weg begegnen würden, und ging vorsichtig zum Haustor hinaus. Vor dem Ausgang musste er noch Spinkai täuschen, der auf einmal hinter ihm erschien und ihn nach draußen begleiten wollte.

Auf der Straße herrschte absolute Stille, das war eine mondlose Nacht, dunkel und warm. Suhrab beschleunigte seine Schritte und erreichte in nur wenigen Augenblicken Schabos Haustür. Sein Herz raste, er hatte Angst, machte sich Sorgen! Was, wenn Schabo eingeschlafen war, wenn er bis zum Morgengrauen hier stehen bleiben müsste, wenn sie gar nicht rauskommt, wenn jemand ihn hier entdeckt? Suhrab lehnte seinen Kopf gegen die Wand und versuchte, solche Gedanken zu vertreiben. Es dauerte aber nicht lange, als sich langsam die Tür öffnete, Schabo nach draußen trat und sich sofort in seine Arme warf. Suhrab nahm ihre zitternde Hand und die beiden eilten zur *Bala Chana*.

In den Ruinen vor der *Bala Chana* machte Suhrab kurz seine Taschenlampe an, um Schabo den Weg zu zeigen. Suhrab drückte immer wieder ihre Hand in seiner und gab ihr zu verstehen, dass sie keine Angst haben sollte, er sei bei ihr.

Aufgeregt und schweratmend kamen sie zum Fenster hoch, Suhrab schaltete die Taschenlampe an, öffnete das Fenster und richtete die Lampe auf alle Ecken und die Decke des Zimmers, um sicher zu sein, dass nichts und niemand hier drin war. Schabo kletterte vorsichtig hinter ihm durch das Fenster.

Innen und außen machte die *Bala Chana* so einen ruhigen Eindruck, als hätten alle Lebewesen ihren Atem angehalten, sich nur auf Suhrab und Schabo konzentriert und neugierig gewartet, was weiter passiert!

Suhrab legte die Lampe so in die Wandnische, dass ihr Licht auf die weiße Wand gegenüber fiel und zumindest die Mitte des Zimmers einigermaßen beleuchtete.

Suhrab kehrte zurück und stand dicht vor ihr. Eine Weile sahen sie einander liebevoll und schweigend an, als würden sie auf die Erlaubnis der Dschinnen warten. Beide lächelten leicht, ihre Gesichter fieberten und ihre Herzen sprangen fast aus ihren Brustkörben. Suhrab streckte seine Hand zu ihren Haaren und streichelte sie, und Schabo umfasste sein Gesicht mit beiden Händen. Einen Moment musterten sie sich liebevoll, dann näherten sich, wie von selbst, ihre Lippen. Er fing an, sie vorsichtig zu küssen, als hätte er Angst, ihre Lippen würden in seinem Mund schmelzen, und Schabo erwiderte seine Küsse. Plötzlich drückte er sie an sich fest, küsste schneller und schneller ihre Stirn, Augen und Gesicht und flüsterte: »Ich liebe dich, Schabo! Du bist meine liebste, teuerste Faruch-Laqa! Du bist meine Freude, mein Glück im Leben!«

Schabos Augen waren geschlossen, die *Bala Chana* drehte sich um sie, ihre Beine hielten sie kaum aufrecht, sie lehnte sich gegen ihn. Suhrab hob sie hoch, hielt sie in seinen Armen und brachte sie zu Wandnische, wo schon ein kleiner Teppich ausgebreitet war, setzte sich vorsichtig hin, immer noch mit Schabo in den Armen.

Schabo richtete sich auf, setzte sich auf seinem Schoß und sah sich forschend im Zimmer um.

»Ich habe das Gefühl, dass hunderte von Dschinnen, klein und groß, sich auf den Wänden und der Decke aufeinander gestapelt haben und uns zuschauen. Was denkst du? Sind sie wirklich hier? Sie finden uns vielleicht verrückt und fragen einander, was treibt diese Unsinnige in der Nacht hierher?«, bemerkte sie mit einem schamvollen Lächeln.

»Weißt du, wenigstens bei den Menschen wurde große und reine Liebe fast nie richtig verstanden, sie zählte bei ihnen immer als eine Verrücktheit. So war es mit Qais in der Geschichte von Leila und Madschnun. Die Leute haben ihm den Namen Madschnun, der Besessene, gegeben, weil sie seine Liebe nicht normal fanden. Er wurde aus der Stadt vertrieben, lebte in der Wüste, machte die Hölle durch, gab aber seine Leila nicht auf. Hoffentlich ist bei den Dschinnen alles anderes als bei uns Menschen«, erwiderte Suhrab lächelnd.

Er versuchte aufzustehen, Schabo kam von seinem Schoß runter, er nahm ihre Hand und brachte sie zu einem Dekorationsring auf der Wand, deutete mit seiner Hand auf zwei Gipsfiguren mit langen Schwänzen in der Mitte des Ringes und sagte: »Salam! Ich bin Suhrab und sie ist Schabo. Wir lieben uns! Gibt es auch Liebe bei euch? Wisst ihr, was Freundschaft ist? Kennt ihr solche Gefühle wie Hass, Gier und Neid? Oder sagt ihr, das sind nur menschliche Eigenschaften! Lasst uns von heute an eure Freunde sein. Wir werden euch manchmal besuchen, ihr werdet sehen, dass auch Menschen einander mit ganzem Herzen lieben können! Vielleicht wird sich eure Meinung über die Menschen ändern.«

Suhrab schlug den Arm um Schabo, drehte sie zu sich und umarmte sie. Sie schlang ihre Arme um seinen Hals, ihre Augen glänzten glücklich und ihre Lippen zitterten lustvoll.

»Hast du deine Antwort bekommen? Ich habe nichts gehört!«, fragte sie mit einem geheimnisvollen Lächeln.

Suhrab kreuzte seine Arme hinter ihrer Taille, drückte sie sanft an sich und antwortete: »Sie haben gesagt: Seid immer willkommen, ihr verrückten Liebenden!«, dabei änderte er spielerisch seinen Ton beim letzten Satz.

Schabo brach in Lachen aus.

»Und was haben sie noch gesagt?«, fragte sie in einem gespielt niedlichen Ton.

»Dass du schöner als die Feen von Kuh-e Kaf bist!«

Schabo trommelte mit ihren Fäusten sanft gegen seine Brust und sagte unzufrieden: »Du denkst alles aus!«

»Und der Andere hat gesagt: Ich gratuliere dir, o Mensch! Du solltest der Glücklichste von allen deinen menschlichen Brüdern sein, dass so eine Schönheit in dich verliebt ist!«, sprach Suhrab weiter.

Schabo legte ihre Finger auf seinen Mund.

»Okay! Okay! Ich habe keine Fragen mehr!«

Schabo und Suhrab standen lange schweigend, einander umarmend und sich leicht von Seite zur Seite schaukelnd da. Irgendwann brach Suhrab das Schweigen und sagte: »Weißt du, man weiß aus den Büchern, Zeitschriften und Zeitungen, dass die Jugendlichen in den modernen Gesellschaften fröhliche Partys organisieren. Dort wird Musik gespielt, die Jungs laden Mädchen ein und sie tanzen langsam, Hand in Hand, oder auch umarmt ...«

»Genau! Du hast darüber gelesen, ich aber habe es mit eigenen Augen in einem indischen Film gesehen. Ich konnte die ganze Zeit meinen Blick von ihren Füßen nicht abwenden! Ich wartete, wann sie einander auf die Füße treten würden!«, unterbrach sie ihn amüsiert.

Suhrab sah sie erstaunt an und fragte: »Aha! Du hast schon indische Filme in Masar-e Scharif gesehen?«

»Na ja, nur ein paar Mal! Dein Onkel hatte seine Familie ins Kino eingeladen und ich durfte auch dabei sein!«

»Wie toll! Wenn ich mal in Kabul bin, dann werde ich als Erstes alle Filme, die in den Kinos der Stadt laufen, einen nach dem anderen, sehen. Ich werde herausfinden, welche Hauptdarstellerin mich an meine Schabo erinnert, und dann werde ich mir nur noch ihre Filme anschauen!«

»Ich fürchte aber, du wirst dir die attraktiven und schickangezogenen Mädchen in Kabul anschauen und, statt an mich zu denken, mich überhaupt vergessen!«

Suhrab berührte mit beiden Händen ihr Gesicht, sah ihr liebevoll in die Augen und sagte: »In Kabul mag es viele hübsche Mädchen geben! Keines kann aber dir auch annähernd ähnlich sein, meine Schabo! Mein Herz gehört nur dir!«

Suhrab küsste sie sanft auf die Lippen und fuhr fort: »Egal, wo ich sein werde, werde ich nur an dich denken, mit dir sprechen und nur dich zu küssen wünschen.«

Schabo schmiegte sich an ihn, er küsste sie leidenschaftlich und sie erwiderte seine Küsse mit aller Zärtlichkeit.

Irgendwann schrie Schabo plötzlich auf und richtete Suhrabs Aufmerksamkeit in Richtung Fenster. Suhrab bekam einen Schrecken, er dachte, sie hätte jemanden oder etwas in der Ruine vor dem Fenster entdeckt. Aber er kam schnell darauf, was sie gemeint hatte. Der Himmel im Osten wurde schon heller. Die beiden konnten ihren Augen nicht glauben, die Nacht ging so schnell zu Ende!

Suhrab nahm Schabos Hand und beide eilten nach draußen. Auf der Straße war es noch dunkel, irgendwo bellten die Hunde und die ersten Hahnenschreie waren zu hören.

Am Morgen weckte Fatima bereits das zweite Mal Suhrab zum Frühstück. Ohne Erfolg! Er schlief tief weiter und reagierte auf Fatimas Rufe nicht. Das nächste Mal fragte sie, ob er gesund sei. Es war ganz ungewöhnlich für ihn, so lange zu schlafen. Es war zwar Freitag und er musste nicht zur Schule gehen, aber auch am Freitag stand er immer früh auf und war zu dieser Zeit schon im Garten.

An diesem Morgen kam auch Schabo spät zur Arbeit, sie

entschuldigte sich bei Fatima und sagte, sie fühle sich nicht gut.

Als endlich Suhrab aufstand und zur Küche kam, um Fatima »Guten Morgen!« zu sagen, fand er auch Schabo dort, sie war mit der Arbeit beschäftigt. Beide sahen einander flüchtig an. Schabos Gesicht wurde rot und eine angenehme Welle durchströmte Suhrabs Herz.

»Na, was ist los mit dir? Du bist so spät aufgestanden, als wäre gestern deine Hochzeitsnacht gewesen!«, scherzte Fatima.

»Solche Erfahrung habe ich noch nicht, Tante Fatima!«, versuchte auch er zu scherzen.

»Das wirst du noch haben, keine Sorge!«, zwinkerte sie ihm mysteriös zu.

»Auch Schabo ist heute spät gekommen, sie fühlt sich nicht gut, und was hast du für eine Ausrede?«, fuhr sie fort.

Schabos Herz klopfte auf einmal schnell, sie senkte den Kopf zu Boden und machte ihre Arbeit weiter. Auch Suhrab bekam Angst, dass Fatima noch weiter an der Sache kauen könnte.

»Ach, Tante Fatima! Heute ist doch ein Feiertag, ich wollte ausschlafen. Zum ersten Mal im Leben habe ich in der morgigen Stunde schön geträumt, du hast mich aber mittendrin geweckt, danach versuchte ich, wieder zu schlafen und den Traum zu Ende sehen, leider konnte ich es aber nicht«, sagte er und versuchte, das Gespräch in eine andere Richtung zu lenken.

»Okay! Ich frage nicht, wer oder was dich im Traum so fasziniert hat. Jetzt sag mal, wirst du so nett sein und kalten Tee trinken oder müssen wir dir trotzdem von Neuem Frühstück vorbereiten?«

»Wenn es schon Strafe ist, dann von allen Seiten! Ich bin bereit, das zu essen und zu trinken, was geblieben ist«, antwortete Suhrab seufzend.

Nach dem ersten Treffen in der *Bala Chana* folgten ein zweites und drittes Mal und so trafen Suhrab und Schabo sich jede Nacht zum Freitag in ihrem Liebespalast. Sie liebkosten, erzählten, lachten, umarmten und küssten einander bis zum Morgengrauen. Am nächsten Tag zählten sie dann wieder ungeduldig die Zeit bis zu ihrem nächsten Zusammenkommen in der *Bala Chana*. Im Laufe der Woche danach strahlten Schabos Augen vor Glück, sie lächelte jedem zu, sogar die bissigen Anmerkungen von Gutai machten ihr nichts mehr aus.

Auch Suhrabs Glück kannte keine Grenzen, er war ungewöhnlich offen und aktiv, eilte jedem in der Schule zur Hilfe, fand alle um sich herum sympathisch, auch solche wie Akbar! Er war bereit, selbst ihn in die Arme zu nehmen.

Wie kann ein Mensch einen Anderen hassen, ihn von oben herab ansehen, ihn erniedrigen und beleidigen, fragte sich Suhrab. Hass, Eifersucht und Feindschaft! Die sind da, weil es manchen Menschen an der Liebe mangelt, sagte er. Liebe! Wie schön das Wort für ihn klang! Ohne sie konnte er sich sein Leben gar nicht vorstellen!

Nur mit der Liebe hatte für ihn alles, die Existenz, die Welt, der Himmel und Gott eine Bedeutung!

Die alte *Bala Chana* war nun für Suhrab sein Liebes-Tadsch-Mahal und Schabo war seine Herzkönigin. Wenn es möglich gewesen wäre, dann hätte er sein ganzes Leben mit ihr dort verbracht! Er hatte in ihren Armen ein echtes Paradies gefunden, mit ihr würde ihm an nichts fehlen, allein ihre Berührung, ein einziger Augenblick, ein kleines Lächeln war ihm wertvoller als alle Schätze der Welt. Nach jedem Treffen wurde seine Sehnsucht nach ihr noch stärker. Er zählte jede Stunde und konnte nicht den Moment abwarten, an dem er sie wieder fest in die Arme nehmen konnte.

Seit Schabo und Suhrab sich in der *Bala Chana* trafen, verbreiteten sich auch einige Gerüchte im Dorf. Die alten, mysteriösen Geschichten über die Dschinnen von *Bala Chana* nahmen einen neuen, verstärkten Anlauf. Der eine schwor, er habe in der Nacht eine Art Lachen von da zu hören bekommen, der andere behauptete, er habe aus der Ferne, während er sein Feld bewässerte, ein komisches Licht in der *Bala Chana* beobachten können. Suhrab hörte solchen Gerüchten zu und konnte kaum sein Lachen verbergen. Nach außen verhielt er sich aber so, als hätte er keinen Zweifel an der Wahrheit solcher Geschichten gehabt.

Der Streik

Mit dem Anfang der neunten Klasse im September 1969 bekam Suhrabs Schule einen neuen Direktor. Ein kräftiger, hochgewachsener Mann um die 40 mit geröteten Augen, wildem Blick und flacher Nase. Allein sein Aussehen erregte Furcht bei den Schülern. Schon am ersten Schultag, als er mit einem Schlagstock vor der Schülerversammlung erschien, gab er ihnen zu verstehen, dass mit ihm nicht zu scherzen ist.

»Mein Name ist Abdul Kahar, habt ihr von mir gehört? Ich war in vielen Schulen der Provinz als Direktor tätig und überall, wo ich war, herrschte auch absolute Ordnung!«, sagte er und schwenkte seinen Schlagstock bedrohlich in der Luft.

»Seht ihr dieses magische Ding! Damit bringe ich jeden von euch zur Vernunft. Also versucht, es nicht zu spüren zu bekommen«, fügte er hochmütig hinzu.

Und tatsächlich! Bald hatte er alle Schüler von seinen Worten überzeugen können. Jeder, der den Unterricht versäumte, zu spät zur Schule kam, seinen Lehrer störte oder nicht auf ihn hörte, wurde in sein Arbeitszimmer vorgeladen und von da hörte bald die ganze Schule seine bitteren Schreie.

Es dauerte nicht lange, bis der neue Direktor schon alles in der Schule unter seine persönliche Kontrolle gebracht hatte! Niemand widersetzte sich ihm, keiner wollte ihn als Feind haben, auch die Lehrer gehorchten ihm schweigend, die einen wollten ihm gern zu Diensten sein und auf diese Weise seine Zuneigung gewinnen, die anderen schwiegen aus Angst und versuchten so, ihre Stelle nicht in Gefahr zu bringen.

Der Herbst war dieses Jahr kälter als üblich ausgefallen. Es war schon die höchste Zeit, die Klassen zu heizen, alle Stahlöfen waren schon längst auf ihren Plätzen montiert, aber von Brennholz war keine Spur. Von den Abgasrohren des Schulbüros und Lehrerzimmers stieg jeden Tag Rauch zum Himmel auf. Die Schüler, besonders diejenigen, die nicht einmal über einen warmen Pullover verfügten, zitterten in den kalten Klassen und sahen neidisch zum Rauch aus dem Lehrerzimmer hoch. Niemand wagte aber, sich laut zu äußern.

Als Klassensprecher seiner Klasse fragte Suhrab den Klassenlehrer, wann sie endlich ihre Portion Holz bekommen werden. Dieser zuckte aber mit den Schultern und sagte, dies sei die Angelegenheit des Direktors, der finde es noch zu früh, die Klassen zu heizen.

Suhrab und seine Kameraden hatten sich schon vorher über den willkürlichen Stil und die brutalen Methoden des neuen Direktors geärgert. Ihre Geduld war ohnehin am Ende, sie brauchten nur noch einen Auslöser für ihren Wutausbruch – und das Brennholz hatte als solcher gedient. Das war der letzte Tropfen, der das Fass zum Überlaufen brachte.

Suhrabs Gedanken drehten sich schon seit Tagen nur um ein Wort: Streik! Die städtischen Schüler demonstrierten für Reformen in den Schulen, warum sie nicht, fragte sich immer wieder Suhrab. Seine Idee behielt er aber zuerst allein für sich, er war nicht sicher, ob die Anderen ihn verstehen und unterstützen werden. Einerseits war die Angst vor dem Direktor sehr groß und anderseits war demonstrieren etwas ganz Neues für seine Schule, es hatte hier noch nie einen Streik oder eine Demonstration gegeben.

Nach langer Überlegung kam Suhrab eines Tages zu dem Schluss, seinen Plan nur ein paar engen Kameraden wie Haqmal, Nabi und Ahmad anzuvertrauen, um in Erfahrung zu bringen, wie sie darauf reagierten.

Überraschenderweise nahmen alle drei seine Idee begeistert auf! Sie hatten von Schülerstreiks und Demonstrationen in der Stadt Farah gehört, besaßen zwar nicht wirklich Ahnung davon, dennoch fanden sie es lustig und abenteuerlich und waren bereit, schon morgen anzutreten.

Im Gegensatz zu ihnen wusste Suhrab mehr über die Demonstrationen und die damit verbundenen Gefahren und Konsequenzen. Salim hatte ihm genug darüber erzählt, er hatte dessen verletzten Kopf nicht vergessen und ihm waren einmal in Farah demonstrierende Schüler und auf sie zulaufenden Spezialeinheiten mit weißen Helmen und elektrischen Schlagstöcken in den Händen begegnet.

»Eine Demonstration ist kein Scherz, kein Spielchen! Wenn man damit beginnt, dann muss man es auch geschlossen zu Ende führen, bis die Ziele erreicht wurden. Der Direktor wird versuchen, uns zu spalten, also: die einen bedrohen und den anderen etwas versprechen. Die Polizei wird da sein, Prügel und Haft werden folgen. Gott bewahre, wenn jemand Schwäche zeigt und halbwegs den Rückzug antritt! Das wird eine bittere Niederlage sein und für alle die schlimmsten Konsequenzen haben«, wiederholte Suhrab all das, was er von seinem Bruder Salim im Kopf hatte.

An dem Morgen des Tages, an dem der Streik anfangen sollte, bis dahin musste nämlich alles geheim bleiben, sprach Suhrab mit allen Schülern aus dem Weißen Dorf und versuchte, sie für den Streik zu gewinnen. Seine engen Vertrauten hatten die Aufgabe, die Schüler aus anderen Dörfern und Himmelsrichtungen zu mobilisieren. Erstaunlicherweise brauchte Suhrab keine besonderen Gründe zu nennen, um die Jungs vom Streik zu überzeugen, alle lauschten ihm zwar mit geöffnetem Mund, dennoch stimmten sie ihm ohne Wenn und Aber zu. Der einzige, der meckerte und Zweifel an dem Sinn des Streikes zeigte, war Akbar.

»Die Kälte wird vielleicht ein paar Tage dauern, das Brennholz ist es nicht wert, sich mit dem Direktor anzulegen. Suhrab erzählt jetzt verlockende Geschichten, warten wir aber ab, wenn der Direktor mit seinem Schlagstock vor ihm erscheint, was er dann sagen wird! Ich kann mir gut vorstellen, dass auch viele von euch sich wie Mäuse ein Loch suchen werden!«, sagte Akbar mit verzogenem Gesicht. Er wurde aber von der Jungs laut ausgebuht.

»Du denkst, dass alle solche Feiglinge sind wie du?«, rief jemand unter den Jungs. Alle brachen in schallendes Lachen aus.

»Hey Leute! Ihr habt mich falsch verstanden. Ich meine, es gibt die Gefahr, dass Suhrab ganz allein vor dem Direktor steht und für alles allein bezahlt! Ich selbst habe vor niemandem Furcht! Ihr kennt mich doch! Ich pfeife auf den Direktor! Er macht mich nicht kalt, ich schwöre es«, versuchte Akbar sich wieder zu finden.

»Okay, Akbar! Du brauchst nicht etwas zu beweisen, du bist unser Kamerad und wir alle glauben dir«, sagte Suhrab und klopfte freundlich auf dessen Schultern.

Suhrab und seine Begleiter standen nicht wie jeden Tag in Reihen auf dem Platz vor ihren Klassen, sondern gingen zum Sportplatz vor dem Schulbüro. Es kamen immer mehr Schüler zu ihnen und bald wurde der Platz voll.

Aufgeregt und angsterfüllt warteten nun alle auf die Reaktion des Direktors. Er ließ sie auch nicht lange warten und kam bald mit seinem Lieblingsschlagstock aus dem Büro heraus. Je näher er der Schülermenge kam, desto schneller wurden seine Schritte. Endlich fing er an, auf sie zuzulaufen, dabei schwenkte er seinen Schlagstock in der Luft. Seine Augen funkelten und seine Nasenlöcher waren ungewöhnlich groß. Die Menge kam in Bewegung, es brach plötzlich Panik aus! Es war schon klar, dass der Direktor jeden, der ihm als Erstes in die Hand fällt, rücksichtslos schlagen wird. Einige Schüler aus den ersten Reihen ergriffen sofort die Flucht, ihnen folgten die Anderen. Suhrabs treue Kameraden wie Haqmal liefen hinter den Laufenden her, um sie zurückzuholen.

Suhrab blieb tatsächlich, wie Akbar es prophezeit hatte, an seinem Platz allein. Seine Knie zitterten und sein ganzes Blut floss in sein Gesicht, er behielt aber die Kontrolle über sich. Wenn nicht jetzt, dann würde er nie für seine Werte stehen, sagte er in Gedanken.

Der Direktor hielt vor Suhrab an, hob den Schlagstock schnell hoch, Suhrab sah ihm mit aller Entschlossenheit direkt in die Augen, ohne zu blinzeln. Die Hand des Direktors verlangsamte sich in der Luft, er schlug überraschenderweise nicht auf Suhrab ein. Stattdessen erschien ein nervöses Lächeln auf seinem Gesicht.

»Khans Sohn! Klassenbester! Klassensprecher! Ausgerechnet du stiftest die Unruhe in der Schule? Weißt du, welche Strafe dich erwartet?«, sagte er hasserfüllt und mit Schaum in den Mundwinkeln.

»Keiner will die Ruhe in der Schule infrage stellen. Wir wollen unsere Rechte. Und solange unsere Forderungen nicht erfüllt sind, gehen wir nicht in die Klassen!«, antwortete Suhrab erstaunlich ruhig.

Zu dieser Zeit kehrten auch Haqmal und seine zwei andere Kameraden zurück und stellten sich demonstrativ hinter Suhrab.

Der Direktor fing an, laut und wild zu lachen.

»Das Echo der Unruhestifter und Gesetzesbrecher aus der Stadt hat auch euch erreicht! Ihr Kinder! Eure Münder riechen noch nach Muttermilch! Was versteht ihr schon von einem Streik? Ich warne euch! Geht sofort in eure Klassen! Ich will nach fünf Minuten keine lebende Seele hier draußen sehen! Verstanden?«

»Solange eine Delegation aus der Schulbehörde nicht zu uns kommt und unsere Forderung nicht erfüllt, bewegen wir uns nicht vom Platz!«, antwortete Suhrab.

Langsam kehrten auch viele Andere zurück und füllten bald wieder den Sportplatz. Der Direktor platzte beinahe vor Wut, seine Zähne knirschten, erstmals wagten die Schüler, sich gegen ihn aufzustellen, er bekam sogar den Eindruck, dass sie ihn angreifen könnten.

»Polizei!«, war das einzige Wort, das in diesem Moment aus seinem Mund rauskam. Er entschied prompt, zu seinem Büro zurückzukehren und zu handeln. Aber bevor er sich umdrehte, zeigte er noch einmal mit seinem Schlagstock in Richtung der Versammelten und schrie: »Ihr habt vergessen, gegen wen ihr euch verschworen habt! Mein Name ist Abdul Kahar! Ich werde euch noch zeigen, was Ordnung in der Schule bedeutet! Ihr werdet das alles noch bitter bereuen!«

Aus der Menge war spöttisches Gelächter zu hören, jemand rief laut: »Nehmen Sie Ihre Beine in die Hand und verschwinden Sie schnell, sonst werden Sie selbst die Kraft Ihres Schlagstockes zu spüren bekommen!«

Nachdem der Direktor hastig weggegangen war, schrien alle auf einmal siegesfroh auf. Ein paar Jungs brachten einen Tisch in die Mitte, hoben Suhrab auf den Tisch und bejubelten ihn laut.

Am Ende des Tages vereinbarten sie alle, sich morgen noch vor der Schule zu versammeln und gemeinsam die Schule zu betreten. Ein paar Jungs übernahmen die Aufgabe, Plakate und Losungen zu fertigen und mitzubringen.

Am nächsten Tag war auch tatsächlich ihr Streik bunter und besser organisiert und die Schüler waren selbstbewusster und euphorisch.

Die Nachricht vom Streik in der Schule überraschte alle in den Nachbardörfern. Die Meinungen gingen weit auseinander, einige fanden es unglaublich mutig, die Anderen waren skeptisch und fragten, ob so etwas überhaupt gut sein konnte. Der Rote Mullah stempelte es aber sofort als einen bösen und einen vom Teufel gesteuerten Akt.

Am zweiten Tag des Streikes bekamen die Ältesten der Dörfer eine Nachricht von der Distriktverwaltung, wonach ihre Kinder morgen zu Hause bleiben sollten, man wollte die anständigen Schüler von den Unruhestiftern unterscheiden, hieß es in der Botschaft.

Als Suhrab von der Schule nach Hause kam, bekam er unerwartet von Fatima die Nachricht, sein Vater warte auf ihn. Suhrab ahnte sofort, worum es gehen könnte. Er wusste, dass ihm ein unangenehmes Gespräch mit seinem Vater bevorstand und war schon darauf gefasst.

Suhrab hatte seinen Tee noch nicht bis zum Ende getrunken, als sein Vater ihn zu sich rief.

Er betrat vorsichtig dessen Zimmer. Sein Vater saß, ein Bein über das andere gekreuzt und den Kopf gegen die Wand gelehnt. Als Suhrab ihm gegenüber Platz nahm, blickte er ihn mit gerunzelter Stirn und zusammengekniffenen Augen an.

»Was ist los in eurer Schule, mein Sohn? Warum geht ihr nicht in eure Klassen? Kannst du mich kurz einweihen?«

Suhrab hatte sich schon im Vorfeld genau auf diese Frage vorbereitet, er brauchte nicht die Antwort zu suchen.

»Baba, der Direktor hat unser Leben in der Schule zur Hölle gemacht. Prügelei, Beschimpfung und Beleidigung sind an der Tagesordnung. Das Geld, das er von der Schulbehörde der Provinz bekommt, geht zum größten Teil in seine eigene Tasche, wir sitzen aber in kalten Räumen und bekommen kein Brennholz ...«

»Was wollt ihr?«, unterbrach ihn Nawas Khan ungeduldig.

»Mit diesem Direktor geht es gar nicht weiter! Wir fordern seine Versetzung ...«

Nawas richtete sich schnell auf und sagte im gereizten Ton: »Ach so! Heute wollt ihr den Direktor nicht, morgen erkennt ihr keine Autorität im Dorf an und übermorgen verlangt ihr vielleicht auch die Versetzung des Königs! Warum wollt ihr einen Haufen städtischer Schüler nachahmen? Weißt du, welche Hände bei ihren Streiks und Demonstrationen im Spiel sind?«

»Baba, verzeih mir, wenn ich unhöflich bin und dir meine Meinung zu sagen wage. Sieh mal, Baba! Wo steht die Welt und wo wir? Unsere Gesellschaft ist mit einem Spinnennetz von alten, ungerechten Gesetzen, Sitten und Gebräuchen durchzogen! Sie lassen uns keine Möglichkeit, voranzuschreiten. Wir brauchen grundsätzliche Änderungen, Reformen, Baba! Und diese Änderungen müssen mit jedem von uns, mit unseren Familien, Dörfern und Schulen angefangen werden und das ganze Land erreichen.«

Nawas Khan hörte ihm erstaunlicherweise bis zum Ende zu, er lehnte sich wieder auf das Kissen und sagte: »Mein Sohn! Ihr seid jung, unerfahren! Statt Vernunft beherrschen euch Gefühle, es gibt auch Leute, die eure Emotionen für sich auszunutzen verstehen. Anstatt die Fenster, die Wände und das Dach eines Hauses zu reparieren, wollen diese Leute es vom Fundament an zerstören – und das allerschlimmste ist: Sie wissen nicht, wie sie ein Neues bauen sollen. Das ist keine Reform, keine Verbesserung, das ist eine reine Katastrophe! Alles muss in der Gesellschaft einer Ordnung unterworfen sein! Alt und Jung, Arm und Reich, König und Untertan, jeder muss seinen eigenen Platz haben. Du sprichst von alten Sitten und Gebräuchen, mein Sohn! Du vergisst aber, dass unsere Gesellschaft auf drei Säulen gebaut ist: Glauben, Traditionen und König. Wenn nur eine dieser Säule zerstört wird, kommt die gesamte Gesellschaft zum Sturz. Es wird so ein Chaos geben, dass niemand mehr den Anfang des Fadens finden wird.«

»Ich bin nicht gegen unseren guten Sitten und Gebräuche, Baba! Aber wir haben auch solche, die der Gegenwart nicht gewachsen sind, sie verhindern unsere Entwicklung. Sieh mal, Baba, zu den modernen Gesellschaften! Dort sind Menschenrechte ganz oben geschrieben, die Würde eines Menschen ist durch das Gesetz geschützt, niemand wird wegen seines Berufs, seiner Nationalität oder seiner Stelle in der Gesellschaft diskriminiert. Familien werden freiwillig und aufgrund von Liebe gegründet, Herkunft spielt dabei keine Rolle …«

»Das alles gibt es nur in deinen Büchern, mein Sohn! Das Sprichwort sagt: Der Laut einer Trommel hört sich nur aus der Ferne schön an! Ich erfahre aus dem Radio vieles über deine moderne Welt. Während du nur ihre positiven Seiten hervorbringst, kann ich ihre negativen Seiten aufzählen. Du sagst, man heiratet dort freiwillig und aufgrund von Liebe! Weißt du aber, wie viele junge Paare schon im ersten Jahr nach der Hochzeit auseinandergehen? In deinen modernen Ländern gibt es die Familie nicht mehr und Gleichberechtigung bedeutet: Jeder macht, was er will! Und das Schlimmste tut diese Gesellschaft den Kindern an! Weißt du, wie viele Kinder gar nicht wissen, wer ihre Väter sind? Wie viele wachsen ohne Väter auf? Unsere Gesellschaft ist nicht mit den europäischen zu vergleichen! Dort ist eine andere Welt, ein anderes Leben! Vielleicht sind ihre Sitten und Gebräuche für sie gut! Sie auf uns zu übertragen, ist aber absolut falsch! Wir sind voneinander wie Erde und Himmel entfernt!«

»Ich sage nicht, Baba, dass wir mit geschlossenen Augen alles von ihnen übernehmen sollten! Aber Menschenrechte, Demokratie, Freiheit und Gerechtigkeit sind universale Werte, Baba! Es gab die Zeiten, als die Europäer ihr Wissen von uns gelernt hatten. Jetzt ist es aber Zeit, dass wir von ihnen lernen, und das ist keine Schande! Sieh, Baba, in welchem Zustand wir uns befinden! Die Mehrheit der Bevölkerung hat nicht einmal genug, um satt zu werden. Überall Korruption, Unterdrückung und unmenschliche Behandlung! Die Anzahl der Schulen in unserem Distrikt ist nicht größer als die Anzahl der Finger einer Hand, die Mädchen gehen schon gar nicht zur Schule, in der ganzen Provinz gibt es nur ein kleines Krankenhaus. Ich denke immer daran, Baba, wenn meine Mutter und Amina rechtzeitig ärztliche Hilfe bekommen hätten, dann wären sie vielleicht auch heute am Leben.«

»Und ein paar solche Jungs wie du stehen auf, stellen alles auf den Kopf und retten das Volk! Wenn alles so leicht wäre, mein Sohn! Diejenigen, die jetzt laut Korruption und Ungerechtigkeit schreien, werden, wenn sie selbst an die Macht kommen, genauso handeln, nämlich sich selbst bereichern! Die Leute werden sich noch nach den alten Wölfen sehnen! Ein korrupter Beamter hat gesagt, ersetzen Sie mich nicht durch einen neuen! Ich bin schon satt, meine Taschen sind voll, jetzt kann ich auch für euch etwas tun. Ein Neuer kommt aber mit leeren Taschen, er wird gierig und rücksichtslos rauben und alles noch schlimmer machen. Und das stimmt, mein Sohn!

Was Schule und Bildung betrifft, ich bin gar nicht dagegen! Deine Mutter, Gott gebe ihr das Paradies, und ich haben beide davon geträumt, dass unsere Kinder gebildet heranwachsen. Ich bin nicht einer von den Vätern, die nur an sich selbst denken. Ich habe Khaled und Salim nicht bei mir gehalten, um meine Last auf ihre Schultern zu übertragen! Auch dich belaste ich nicht mit den Haus- und Feldarbeiten, damit du deine Zeit allein deiner Schule widmen kannst. Sonst hätte ich dir einen Teil meiner Pflichten überlassen, du könntest schon jede Verantwortung übernehmen, du bist beinahe 16, ich hätte schon mit deinen Kindern spielen können. Und was Tradition und Bildung angeht, du könntest dir an deinem Bruder Khaled ein Beispiel nehmen! Er ist gebildet und gleichzeitig unseren Sitten und Gebräuchen treu, ich bin stolz auf ihn und bete immer für ihn.«

Suhrab wollte etwas erwidern, aber Nawas Khan hinderte ihn mit einer Handbewegung daran.

»Und jetzt über eure Unterrichtsverweigerung. Mein Sohn! Wir leben nicht in der Stadt, wo die Leute kaum einander kennen und Konkurrenz und Wetteifer mit den Nachbarn nicht so spürbar sind. Unsere Familie hat hier einen Namen, mein Sohn! Die Augen von vielen sind auf uns gerichtet, auch der Staat erwartet etwas von uns. Deswegen verlange ich von dir, halte dich gefälligst von diesem Streik fern! Gehe morgen nicht zur Schule! Für dich ist der Streik vorbei! Ich will nicht, dass die Leute sagen, auch Nawas Khans Sohn war dabei!«

Suhrabs Gesicht wurde auf einmal blass. Er ging auf die Knie und sagte fast flehend: »Wie kann ich meine Kameraden auf halbem Weg allein lassen? Wie kann ich ihnen dann in die Augen schauen? Ich bitte dich, Baba! Zwinge mich nicht! Wir haben den Streik zusammen angefangen und wir müssen ihn auch zusammen beenden.«

Nawas Khan stand auf und ging zur Tür hinaus, unterwegs sagte er noch, ohne Suhrab anzublicken: »Ich dulde keine Ausreden! Du musst morgen zu Hause bleiben und Schluss damit!«

Suhrab rief noch einmal hinter ihm: »Aber Baba …!«

»Keine Diskussion mehr!«, und danach verließ er das Zimmer.

Suhrab hatte eine unruhige Nacht, er wusste nicht, was er tun sollte, einerseits war es sein Vater, er musste dessen Willen respektieren und ihm gehorchen, anderseits waren es seine Prinzipien und seine Kameraden. Das war doch er, der vom Streik gesprochen und die Jungs angestiftet hatte! Und jetzt! Wie konnte er sie hängen lassen? Das wäre doch ein unverzeihlicher Verrat sich selbst und den Kameraden gegenüber! Danach wäre er genauso ein Feigling wie Akbar!

Nach dem Frühstück kündigte Suhrab an, er gehe zum Garten. Im Kopf hatte aber er schon andere Pläne. Im Garten suchte er eine passende Stelle auf der Mauer, kletterte hoch und sprang auf der anderen Seite runter. Durch ein paar Seitenstraßen kam er aus dem Dorf raus und lief zum üblichen Treffpunkt der Clique.

Als Suhrab am Morgen wie gewöhnlich bei seinen Kameraden vor dem Weißen Dorf nicht erschienen war, stiegen Zweifel und Unsicherheit in der Menge auf. Während die Anderen noch schwiegen und warteten, war Akbar mit seiner Geduld schnell am Ende, er trat einen Schritt nach vorne und sprach die Jungs laut an: »Ich wusste von Anfang an, wenn die Zeit kommt, wird Suhrab sich schnell aus dem Staub machen! Er weiß, wie er seine Haut und Leib rettet! Wozu noch warten? Selbst, wenn man ihm ein Löwenherz verleiht, würde er trotzdem nicht kommen! Wenn jemand wetten will, dann bin ich gern bereit!«

»Und warum hat er uns dann in dieses Abenteuer reingezogen?«, fragte der eine.

»Und was jetzt?«, fragte der Andere enttäuscht.

»Wir gehen zur Schule und finden eine Lösung ohne Suhrab!«, rief Akbar ganz entschlossen und löste sich von den Versammelten. Einige folgten ihm, die Anderen weigerten sich und blieben da, wo sie waren.

Als Suhrab plötzlich erschien, liefen die Verbliebenen mit fröhlichen Gesichtern zu ihm.

Samad umarmte ihn und sagte: »Hey! Wir dachten, du kommst nicht mehr!«

Ein Anderer rief: »Wir hätten doch mit Akbar die Wette schließen sollen!«, und ein Dritter bemerkte: »Ich hätte gern jetzt Akbars Gesicht gesehen!«

Als Suhrab nach dem Rest der Gruppe fragte, erklärten ihm die Jungs, dass einige heute gar nicht von zu Hause gekommen und andere schon mit Akbar losgegangen wären.

Auf dem Platz vor dem Büro des Direktors war schon ordnungsgemäß für jede Klasse die tägliche Portion

Brennholz gestapelt. Akbar stand in der Mitte einer großen Schülermenge und redete auf sie überzeugend ein: »Liebe Kameraden! Wir haben unser Ziel erreicht! Die Holzstücke sind sogar im Übermaß bereitgestellt. Es gibt keinen Sinn, weiter zu streiken und den Unterricht zu versäumen ...«

»Solange wir nicht einen neuen Direktor bekommen, muss der Streik weitergehen!«, unterbrach ihn plötzlich jemand aus der Menge. Akbar drehte sich schnell um, da stand Suhrab direkt hinter ihm. Sein Gesicht wurde auf einmal blass, er stand sprachlos und musterte ihn verwirrt. Jemand schrie: »Weg mit den Holzstücken!« Die Schüler griffen zu den Holzscheiten und warfen sie weg vom Platz.

Gegen Mittag traf in der Schule eine dreiköpfige Untersuchungskommission aus der Provinz ein. Die Männer sollten sich ein Bild von der Lage machen, die Gründe für den Streik klären und eine Lösung vor Ort finden. Der Streik musste lautlos und schnell enden, das war das erste Mal, dass eine Dorfschule gegen den Direktor Aufstand machte, sie wollten daraus keine große Sache machen.

»Eine Kommission fordert die Demonstranten immer auf, ihren Vertreter zu nennen. Offiziell heißt es, man wolle mit ihm Gespräche führen! In Wahrheit aber wollen sie nur herausfinden, wer hinter dem Streik steckt. Sie nehmen ihn dann in ihre schwarze Liste auf und zahlen es ihm, früher oder später, heim.« Das wusste Suhrab von seinem Bruder Salim.

Nach einem langen, qualvollen Warten erschien endlich aus dem Büro des Direktors ein kleiner, fülliger Mann im schwarzen Anzug und kam auf die Schüler zu. Seine geölten langen Haare, die er nach hinten gekämmt hatte, und seine neuen schwarzen Schuhe glänzten in der Sonne.

In der Menge stieg die Spannung, aufgeregt sahen sie einander an, manche flüsterten und kicherten nervös. Aber als er vor ihnen stand, wurde es auf einmal still. Suhrab dachte, jetzt wird er bestimmt fragen, wer sei der Anführer hier, mit wem könne er sprechen?

Der Mann zeigte sich überraschend nett, lächelte freundlich und sprach ganz ruhig. Er erzählte kurz, warum sie hier waren, und fragte am Ende: »Wer ist unter euch Suhrab?«

Seine Frage schlug wie ein Blitz ein, verwirrt und sprachlos sahen alle einander an, so etwas hatte keiner erwartet. Auch Suhrab war für einen Moment ganz durcheinander.

Der Mann sah fragend nach links und nach rechts und lächelte mysteriös. Niemand sagte etwas, ein bedrückendes Schweigen legte sich über den Platz. Verblüfft fragte der Mann noch einmal: »Ist er nicht da, oder was?«

»Er ist da, Herr Inspekteur!«, schrie laut Akbar.

»Sag etwas, Suhrab! Du bist doch der Anführer hier!«, wandte er sich direkt an Suhrab.

»Ich bin Suhrab!«, antwortete er dem Inspekteur, der nicht weit von ihm stand.

»Unser Chef will mit dir sprechen!«, sagte der Inspekteur und musterte Suhrab einen Moment neugierig.

Suhrabs Schulkameraden wollten protestieren, aber Suhrab gab ihnen mit der Hand das Zeichen, es sei alles in Ordnung.

Als Suhrab das Schulbüro hinter dem Inspekteur im schwarzen Anzug betrat und den Chef im Stuhl des Direktors sitzen sah, wäre er vor Schreck am liebsten umgefallen.

Er erkannte ihn trotz seines Kahlkopfs und seines etwas verschwollenen Gesichtes sofort! Sadeq Ahmad, sein Lehrer in der ersten Klasse, der Suhrab für seinen guten Auftritt vor dem dicken Inspekteur gelobt und ihm zwei Zeitschriften geschenkt hatte! Oh Gott! Suhrab stand wie angewurzelt da und sah ihn mit offenem Mund an, er vergaß sogar, ihn zu begrüßen.

»Das ist Suhrab, er war mein Lieblingsschüler! Ich habe euch bereits erzählt, wie ich wieder vom Lehrer zum Inspekteur wurde!«, sagte der Chef zu seinen Kollegen.

Der Chef schaute eine Weile Suhrab forschend an und sagte dann: »Ich hätte dich in der Menge nicht erkannt. Na, setzt dich und erzähl mal, was bei euch in der Schule los ist!«, zeigte er auf einen Stuhl in der Mitte des Zimmers.

Suhrab kannte die Forderungen auswendig: einen neuen Direktor, Ende der Gewaltstrafen, Renovierung der Klassen und die Erlaubnis für die Schüler, Konferenzen zu organisieren und Theaterstücke aufzuführen.

Etwa eine Stunde später kam Sadeq Ahmad selbst zu den versammelten Schülern und verkündigte: »In den nächsten Tagen wird eure Schule einen neuen Direktor haben, wir werden mit den Ältesten der Dörfer über die Renovierung eurer Klassen reden, und was eure künstlerischen Belange angeht, wir erlauben es nur unter einer Bedingung: Eure

Aktivitäten finden dem Gesetz entsprechend und unter Kontrolle eures neuen Direktors und der Lehrer statt! Gleichzeitig warne ich euch ganz offen: Wer versucht, den Streik für andere Ziele auszunutzen, oder ihn für eine Möglichkeit, dem Unterricht zu entgehen, missbraucht, wird nicht geduldet und hart bestraft!«

Nachdem Sadeq Ahmad sich von der Menge entfernte, stürzten die Schüler begeistert auf Suhrab ein, hoben ihn in die Luft und schrien fröhlich: »Wir haben gesiegt, wir haben es geschafft!«

Gegen zwei Uhr, als der Streik zu Ende ging und die Schüler ihren Weg nach Hause antraten, kam der alte Hausmeister der Schule und übergab Suhrab, unbemerkt von den Anderen, einen kleinen Zettel.

Suhrab ging sofort zur Seite und öffnete ihn, auf dem Zettel waren nur zwei Sätze zu lesen: »Pass auf, Suhrab! Nicht jedes Mal wird Sadeq Ahmad Chef der Untersuchungskommission sein!«

Auf dem Weg nach Hause war Suhrab sehr glücklich, sogar die Tatsache, dass er auf seinen Vater nicht gehört und dessen Willen nicht respektiert hatte, schien jetzt in den Hintergrund gerückt zu sein. Er hatte gesiegt und das war das Wichtigste im Moment. Er stellte sich Schabo vor. Wie gern hätte er ihr jetzt von allem erzählt! Sie würde ihren Ohren nicht glauben können! Sie würde ihn tausend Mal begeistert küssen und sagen: »Ich bin stolz auf dich, mein Suhrab!«

Vor dem Abend kehrte Nawas Khan aus dem Distriktzentrum Farahrod zurück. Die Rückfahrt dauerte zwar wie gewöhnlich etwa anderthalb Stunden, dennoch wirkte sie dieses Mal strapaziöser und bedrückender als üblich. Er war frühmorgens mit ein paar anderen Ältesten dorthin gefahren, um über den Streik zu sprechen. Der Polizeichef war verärgert, er warnte und bat sie, ihrerseits etwas gegen solche Stimmung bei ihren Kindern und Jugendlichen zu unternehmen!

In der Nähe der Moschee erschien plötzlich auf seinem Weg Akbar, Suhrabs Schulkamerad. Nach einer kurzen Begrüßung, bemerkte Nawas Khan, dass er ihm etwas mitteilen wollte.

»Ist alles bei dir in Ordnung, Akbar Jan? Du siehst etwas zerstreut und durcheinander aus!«, fragte er ihn.

»Ich weiß nicht, Onkel, wie ich anfangen soll! Du weißt ja, Suhrab ist mein bester Freund! Ich will ihn nicht verpetzen, aber ich kann es auch nicht verschweigen! Ich sage es Ihnen, weil ich mir Sorgen um ihn mache. Ich wünsche ihm doch nichts Schlechtes ...«

»Komm zur Sache, Akbar Jan! Ich sage Suhrab nichts! Keine Angst!«, unterbrach ihn Nawas Khan.

Akbar blickte schnell nach rechts und links und berichtete: »Onkel! Heute hat Suhrab wieder alle Schüler zum Streik angestiftet! Direktor Saheb hat mehr als genug Holz für uns bereitgestellt, Suhrab hat aber auf mich nicht gehört, er und ein paar Andere haben alles Holz demonstrativ weggeworfen. Onkel! Er hat noch die Rolle des Anführers gespielt und die Inspekteure haben ihn zum Büro bestellt. Ihr Chef hat am Ende gesagt, die Schule sei kein Platz für Unruhestifter! Onkel! Jeder hat verstanden, dass er Suhrab gemeint hat! Ich dachte, vielleicht ...«

»Ich habe dich verstanden, Akbar Jan! Das war richtig, dass du mich informiert hast. Ich danke dir«, unterbrach ihn wieder Nawas Khan und ging fort von ihm.

Sobald Nawas Khan seinen Hof betreten hatte, eilte er direkt zu Suhrabs Zimmer und betrat es ohne Vorwarnung.

Suhrab sprang erschreckt auf. Er erwartete zwar ein Gespräch mit seinem Vater, aber ihn persönlich in seinem Zimmer zu sehen, das hatte er sich nicht vorgestellt!

Das Gesicht seines Vaters verriet nichts Gutes, Suhrab wollte als Erster sprechen, sein Verhalten irgendwie erklären und um Verzeihung bitten, aber sein Vater hinderte ihn mit einer Handbewegung.

»Stopp! Ich will kein Wort von dir hören! Du wolltest dich selbst und die Gesellschaft ändern! Der Anfang ist schon da, mein Sohn! Du hast deinem Vater nicht gehorcht und seinen Willen mit den Füßen getreten und damit wirklich unsere Sitten und Gebräuchen gebrochen! Dafür hättest du es verdient, dass ich dich so lange schlage, bis alle deine Knochen gebrochen sind! Aber auch ich verletze heute unsere Regeln und Prinzipien und bestrafe dich nicht!«

Er drehte sich zur Tür um und verließ das Zimmer.

Nachdem Nawas Khan weg war, setzte sich Suhrab wieder hin, nahm seinen Kopf in beide Hände, richtete den Blick zum Boden und versank in Gedanken.

Ein paar Minuten später betrat Fatima sein Zimmer und setzte sich neben ihn. Suhrab war in schlechter Verfassung, seine Augen waren rot und traurig. Fatima legte ihre Hand auf seine Schulter und versuchte ihn zu beruhigen: »Ich habe zwar keine Ahnung von eurem Streik, aber ich bin sicher, du hast es gut gemeint. Er ist jetzt wütend, aber mit der Zeit wird sein Herz wieder weich, du wirst es sehen!«

Die Beziehung zwischen Vater und Sohn blieb auch am Tag danach gespannt. Nawas Khan wechselte auch während des Abendessens kaum ein Wort mit ihm. Suhrab fühlte sich sehr bedrückt, er brauchte jemanden, mit dem er über alles sprechen, seine Ansicht erläutern und seine Handlung rechtfertigen konnte. Sein Vater wollte nichts von ihm hören, Salim war nicht hier, er hätte Suhrab vielleicht für sein ungehorsames Verhalten ihrem Vater gegenüber kritisiert, aber er hätte bestimmt auch sein Ziel für richtig gehalten und dafür Verständnis gehabt, dass er seine Kameraden nicht in Stich gelassen hatte.

Fatima versuchte, ihn zu beruhigen, aber für ein ernstes Gespräch über solche Themen war sie nicht die Richtige. Er wünschte sich jetzt, nur mit Schabo zu sprechen und ihr sein Herz zu öffnen. Dafür musste er aber bis zum nächsten Freitag warten und bis dahin standen ihm noch ein paar langweilige Tage und schlaflose Nächte bevor.

Auch Schabo zählte die Zeit bis zu ihrem nächsten Treffen mit Suhrab in der *Bala Chana*. Sie machte sich große Sorgen um ihn! Als sie zufällig ein Gespräch zwischen Fatima und Nawas Khan hörte, bekam sie mit, dass Suhrab von einer realen Gefahr bedroht worden war und dass Nawas Khan wegen Suhrabs Verhalten sehr verärgert schien. Schabo wagte nicht,

Fatima über die Einzelheiten zu befragen, sie betete und wartete ungeduldig auf den Moment, zu dem sie endlich alles von Suhrab erfahren konnte.

In der Nacht wälzte Suhrab sich lange von einer Seite zur anderen, durch seinen Kopf schossen allerlei Gedanken. Aber als er endlich einschlief, sah er seine Mutter im Traum. Sie legte ihre Hand auf seinen Kopf und sagte: »Sei nicht traurig, mein Sohn, du bist nicht allein! Komm zu mir und wir unterhalten uns!«

Als Suhrab erwachte, entschied er sich sofort, morgen nach der Schule zum Friedhof zu gehen. Er hatte schon seit Langem von ihr und seinem Schwesterchen nicht geträumt. Manchmal betete er vor dem Einschlafen und wünschte sich sehr, seiner Mutter und Amina im Traum zu begegnen, aber das passierte nicht in der letzten Zeit.

Am nächsten Tag nach dem Mittagsessen besuchte Suhrab tatsächlich den Friedhof, setzte sich neben die Gräber von seiner Mutter und Amina, betete für sie und fing dann an, der Mutter sein Herz auszuschütten.

»Ich will mich heute bei dir beschweren, Moor! Mein Vater hat sich sehr verändert! Er wirft mir vor, die Sitten und Gebräuche nicht zu beachten! Aber Moor! Du warst auch gegen viele Sitten und Gebräuche bei uns. Du hast nie zwischen den Leuten wegen ihrer Herkunft und ihrem Reichtum einen Unterschied gemacht! Du hast Darwisch unter die Arme gegriffen und ihn vor den Augen aller als einen würdigen Menschen behandelt, du hast Seeba demonstrativ deine

Schwester genannt und du hast Schabo aufgenommen und immer unterstützt. Du brauchtest aber nicht mit einem Streik gegen etwas anzutreten! Du hast alles auf andere Weise verändert! Du hast nicht befohlen, mach es so. Viele taten es aber dennoch so, wie du es gewollt hast! Die Leute sahen zu dir auf, nahmen dich als Vorbild und versuchten dich nachzuahmen. Niemand konnte sich deiner Liebe und Herzlichkeit widersetzen und dir auf dem Weg Hindernisse bauen! Wenn du bei mir wärst, dann hätte auch mein Leben eine andere Farbe und einen anderen Inhalt gehabt! Wenn du am Leben wärst, dann hätte mein Vater anders mit mir gesprochen! Allein dein Blick hätte gereicht, um seine Haltung zu ändern. Gott hat aber dich zu sich genommen, er hat mir deine Liebe und Schutz nicht mehr gegönnt. Denk aber bitte nicht, Moor, dass ich schwach bin und meinen Mut verloren habe. Nein, das bin ich nicht! Sonst hätte ich für meine Werte nicht geradegestanden. Erinnerst du dich, Moor? Du hast mir beim Abschied gesagt: Du wirst es sehen, ich werde immer bei euch sein und mich bei jedem eurer Erfolge freuen! Ich habe schon einen kleinen Erfolg, Moor! Mein Vater ist aber wütend auf mich, er meint, ich habe mich geweigert, ihm gehorsam zu sein, aber ich habe doch von ihm gelernt, dass es keinen Platz für Verrat in unserer Familie gibt und dass der Tod besser ist als seine Werte zu verkaufen. Wenn es nur um mich gegangen wäre, dann hätte ich auch meinen Kopf vor seine Füße gelegt! Aber hier ist es auch um meine Freunde gegangen! Wenn ich meine Kameraden im Stich gelassen hätte, wie könnte ich dann mit so einer Schande weiterleben?«

Suhrab blieb noch lange am Grab seiner Mutter und kehrte erst gegen Abend nach Hause.

Der Streik blieb auch nach seinem Ende ein heißes Gesprächsthema im Weißen Dorf. Manche sagten, der Distriktverwalter wolle die Polizei zur Schule schicken und die Anstifter in Handschellen zu ihm bringen lassen, die Anderen behaupteten, ohne die Garantie der Ältesten hätte die Schulbehörde schon einige Jungs aus der Schule rausgeworfen! Manche freuten sich, dass es doch noch alles gut gegangen war, die Anderen äußerten sich besorgt über die möglichen Konsequenzen für die Schüler nach dem Streik. Nur der Rote Mullah war absolut unzufrieden mit dem Erfolg des Streikes, er war wütend, dass die Behörden mit den Schülern so glimpflich umgegangen waren!

»Oh, meine Muslimbrüder! Erinnert euch an meine Worte! Eines Tages werden diese Jungs auch gegen Moschee und Mullah aufstehen und sagen, wir wollen unseren Glauben und Religion ändern!«, betonte er nach dem Abendgebet in der Moschee.

Endlich kam die Nacht zum Freitag und Schabo und Suhrab konnten sich wieder in der *Bala Chana* treffen. Suhrab ging im Zimmer hin und her und erzählte begeistert vom Streik, von seinem Auftritt gegen den Direktor, von Akbar, von Sadeq Ahmad, seinem ehemaligen Lehrer, und von Holzscheiten, die in die Luft geflogen waren.

Schabo saß auf dem Teppich in der Wandnische, hörte ihm

aufmerksam zu und unterbrach ihn nicht. Als Suhrab mit seiner Erzählung fertig war, stand sie auf, kam auf ihn zu und umarmte ihn. Statt aber ihn zu küssen und zu sagen, sie sei stolz auf ihn, blickte sie ihn mit unzufriedener Miene an und äußerte: »Wenn du von mir erwartest, dass ich dich und deinen Streik lobe, dann irrst du dich! In der Schule kämpfst du mit dem Direktor, zu Hause streitest du dich mit deinem Vater! Hast du auch an mich gedacht? Was, wenn die Polizei dich geschlagen und in Handschellen abgeführt hätte? Oh, Gott, ich wäre dann an der Stelle gestorben!«

Suhrab schlang seinen Arm um sie, küsste sie flüchtig auf die Stirn, Nasenspitze und Lippen und sagte lächelnd: »Ich habe heute auf eine Belohnung gehofft, es scheint aber so, dass ich von dir eine Strafe bekomme! Findest du das nicht ungerecht?«

Schabo lehnte ihren Kopf gegen seine Brust und erwiderte seufzend: »Die Veränderung, von der du sprichst, ist nur unser Traum, ein unrealisierbarer Wunsch! Du hast versucht, heute etwas in der Schule zu ändern – und wie viele Feinde hast du bekommen: den Direktor, den Distriktverwalter, die Polizei, den Mullah Saheb. Und sogar dein eigener Vater ist zornig auf dich! Morgen, wenn du versuchst, die alten Sitten und Lebensregeln anzutasten, dann wirst du das ganze Dorf gegen dich aufbringen! Dann wirst du alle als deine Feinde haben!«

»Ich weiß, welche Schwierigkeiten uns gegenüberstehen! Ehrlich gesagt, ich habe auch nicht gedacht, dass unser Streik Erfolg haben wird! Ich erwartete das Eingreifen der Polizei.

Wenn Sadeq Ahmad nicht der Chef der Untersuchungskommission gewesen wäre, Gott weiß, wie unser Streik dann geendet hätte! Die Versetzung des Direktors und das Ende seiner brutalen Methoden ist der Anfang! Wir wollen, genauso wie die Schüler in den Großstädten, Schulkonzerte und Konferenzen organisieren, Theaterstücke vorführen und die Leute aus den Dörfern zu uns einladen. Wir werden die alten und nicht der Zeit entsprechenden Traditionen und Rituale, ungerechte und diskriminierende Gesetze und Regeln verspotten, wir werden über die Freiheit und Gleichheit reden, den Leuten ihre Augen öffnen und ihnen zeigen, wie Leute in der modernen Welt leben!«

Schabo drückte Suhrabs Nasenspitze leicht und meinte lächelnd: »Du, mein großer Träumer! Jetzt aber sei nett und komm von deinem Traumhimmel auf die reale, sündige Erde herunter!«

Suhrab umarmte sie, hob sie vom Boden in die Luft und sagte scherzhaft: »Ach, du denkst, dass ich nur träume?«

»Lass mich runter! Ich bin schwer, du verletzt deinen Rücken!«, schrie Schabo lachend.

»Wenn du glaubst, dass man die alte Gesellschaft nicht reformieren kann und die schlechten Sitten und Traditionen sowieso unveränderbar sind, warum stellst du dich selbst gegen sie? Du bist doch nicht wie die anderen Mädchen im Dorf! Du hast dich doch selber auch verändert!«

So fragte er, nachdem er sie wieder runtergelassen hatte.

»Das ist das Problem, mein Suhrab! Weißt du, ich habe viel darüber nachgedacht! Alte Regeln und Traditionen sind bei uns unantastbare Muster. Leute vergleichen alles Neue und Fremde mit ihnen. Wenn etwas zu ihren Mustern nicht passt, dann werden sie es eher wegwerfen, als ihre Mustern zu ändern. Weißt du, Suhrab Jan, manchmal denke ich, es wäre besser, wenn ich gar nicht in Masar-e Scharif gewesen wäre, wenn Tahmina Dada mich nicht so behandelt hätte! Wenn ich in meiner Umgebung mit meinen Cousins und Cousinen aufgewachsen wäre, dann hätte ich eine andere Erziehung, eine andere Lebensweise gar nicht kennengelernt! Und was ist nun aus mir geworden? Ich passe zu keiner Seite, nicht zu den Khancheel und nicht zu den Wulas! Ich bin überall fremd. Weißt du, wie das wehtut, wenn man fremd in der eigenen Umgebung, in der eigenen Familie ist? Ich frage manchmal, oh, großer Gott! Was hab ich nur getan? Für welche Sünde bestrafst du mich? Warum stößt mich jeder mit dem Ellenbogen? Wenn ich lesen und schreiben kann, warum soll das gegen etwas oder jemanden sein? Ich will doch nicht Traditionen und Gesetze meines Dorfes brechen. Wenn ich etwas anders angezogen bin, warum soll das jemanden stören? Ich kenne doch seit Jahren keine andere Kleidung! Wenn mein Verhalten jemandem anders erscheint, dann bin nicht ich schuld, denn ich bin so erzogen worden, anders kann ich nicht! Weißt du, wenn Leute schon jetzt denken, dass ich zu weit gegangen bin, was werden sie erst machen, wenn sie erfahren, dass ich gewagt habe, meine Hand auf Khans Sohn zu legen! Es wird bestimmt ein furchtbares Erdbeben geben und der Himmel auf die Erde stürzen! Manchmal gebe ich selbst ihnen recht! Wo stehe ich und wo du! Ich darf mir nicht wünschen, das zu haben, was mir vom Schicksal nicht bestimmt ist ...«

Suhrab legte seine Hand auf ihren Mund und bedeutete ihr, nicht mehr zu sprechen.

»Bitte sag nicht so was! Du hast mich vergessen, Schabo! Ich bin hier! Ich werde immer für dich da sein! Du bist meine Seele. Und solange ich lebe, kann niemand dich von mir trennen. Und was das Schicksal angeht, wir müssen es nicht für alles verantwortlich machen! Sonst müssten wir uns ruhig hinsetzen und nichts unternehmen! Wenn alles von oben verteilt, gegeben und vorbestimmt wäre, dann hätte Gott uns Menschen nicht den freien Willen gegeben! Du sagst, dass alle dir feindlich gesinnt sind. Nicht alle, Schabo! Erinnere dich an meine Mutter! Denk mal an Tante Fatima und letztendlich vergiss mich nicht! Du täuschst dich, wenn du sagst, du gehst nicht gegen die alten Traditionen vor! Oh doch! Deine innere Welt, deine Ansichten und Werte und deine äußere Erscheinung sind bereits ein Aufstand gegen die Alten! Ich bewundere deinen Willen, die Kraft deines Schweigens und deinen Stolz, du bist immer die Quelle meiner Inspiration.«

Schabo wollte das Wort ergreifen, aber Suhrab gab ihr diese Möglichkeit nicht.

»Noch einen Moment, Schabo! Du hast gesagt, wenn die Leute von unserer Liebe erfahren, dann wird die Welt untergehen. Für mich ist die Liebe ein Weg, steinig und voller Gefahr. Auf diesem Weg gibt es kein Zurück, kein Hin und Her mehr. Wenn man liebt, dann ist man auch auf alles gefasst, man kann nicht abwägen, was einem nützlich oder schädlich ist, wo Gewinn und wo Verlust entsteht!«

Schabo zog ihn schnell zu sich, küsste ihn hastig mehrmals auf die Lippen und sagte: »Ich bin in der Liebe für alles bereit! In meinem Herzen gibt es keinen Hauch von Zweifel oder Angst. Nur ein kleiner Moment in deinen Armen ist besser als 100 Jahre Leben ohne Liebe! Der größte Wunsch meines Lebens ist schon erfüllt, mein Suhrab! Wenn ich sterbe, dann sterbe ich glücklich! Ich bin 1000 Mal Gott dankbar, dass er mein Leben mit deiner Liebe beglückt hat! Ich mache mir nur Sorgen um dich! Ich gehöre zu einer Umgebung, wo Elend, Schmerz und Leid zum Leben dazugehören. Ich frage mich, warum du auch wegen mir leiden musst? Du, mein verwöhnter Suhrab! Du bist für ein anderes, sorgloses Leben bestimmt! Warum lässt du deine Zukunft wegen mir vom Wind verwehen? Warum wirfst auch du dein glückliches Leben ins Feuer, in dem nur ich verbrennen muss?«

Suhrab drückte sie sanft an sich und erklärte ihr lächelnd: »Warum denkst du, ich bin verwöhnt? Glaubst du, ich bin aus Papier und verbrenne schon, bevor das Feuer richtig entflammt ist? Sei sicher, meine Liebe, ich bin aus Stahl, das Feuer kann mich nur härten, aber nicht verbrennen!«

Schabo brach in Lachen aus, sie nahm Suhrabs rechte Hand, streichelte seine Finger und sagte: »Siehe dir mal deine Finger an! Sie sind viel weicher als die Finger eines Mädchens!«

»Jetzt gehst du aber viel zu weit mit deinem Vergleich!«

»Oh, entschuldige! Ich habe ungewollt deinen männlichen Stolz berührt!«, lachte sie amüsiert.

Er drückte ihre Hand in seiner.

»Okay! Wenn meine Finger weich sind, dann sind deine aus

Blumenblüten gemacht, ich hätte sie gern in meiner Hand gehalten und nie losgelassen!«

Schabo zog ihre Hand zurück und sagte nun lachend: »Jetzt gehst aber du zu weit!« Sie bewegte sich zum Fenster und stand dort mit dem Rücken zu Suhrab. Er kam zu ihr, umarmte sie von hinten und legte sein Kinn auf ihre Schulter. Beide schauten schweigsam in den Himmel. Die Milchstraße war in all ihrer Hoheit über ihnen ausgebreitet, unzählige große und kleine Sterne zwinkerten ihnen, draußen war es gespenstisch still, nicht einmal Hundebellen war zu hören.

Schabo seufzte: »Oh, großer Gott! Warum muss Liebe so schwer, verbunden mit so viel Leid sein? Warum kann nicht alles einfach sein, überall nur Liebe, Freundschaft und Glück? Warum musstest du Liebe durch Hass, Glück durch Unglück, Fröhlichkeit durch Trauer und Lachen durch Weinen verderben? Es steht doch alles in deiner Macht! Du kannst in einem Augenblick jeden Herzenswunsch erfüllen und alle Menschen glücklich machen! Warum brauchst du so eine leiderfüllte Welt, oh Allmächtiger?«

Suhrab küsste ihren Hals und sagte: »Das ist nicht allein unsere Frage! Seit die Menschheit existiert, haben die Menschen immer wieder solche Fragen gestellt. Und sie werden es auch nach uns tun! Eine allüberzeugende Antwort darauf gibt es nicht. Vielleicht steckt der Sinn des Lebens in so einer Welt. Vielleicht braucht jeder Wert sein Gegenteil, um erkannt zu werden, um seinen Platz und seinen Sinn bestimmen zu können. Hätte man alles so leicht im Leben, dann könnte man vielleicht die Frucht seiner Bemühung nicht richtig genießen.«

Suhrab drehte sie zu sich, küsste ihre Lippen und fragte scherzend: »Zum Beispiel, wenn ich frei wäre, überall und jederzeit deine Lippen zu küssen, wären sie dann immer noch so süß wie jetzt?«

Schabo trat zur Seite, verzog spielerisch ihr Gesicht und sagte: »Okay! Ab jetzt sind meine Lippen bitter und scharf!«

Suhrab lachte und zog sie wieder zu sich. Sie küssten sich, Suhrab flüsterte ihr zu: »Sie werden immer genauso süß bleiben wie jetzt, ich hätte sie mein ganzes Leben ununterbrochen küssen können!«

Khaleds Hochzeit

Die Familien von Nawas Khan und Kamal Khan bereiteten sich auf Hochtouren vor, denn der Hochzeitstag rückte immer näher. Bald sollten auch Khaled und Salim nach Hause kommen.

Nawas Khan stand vor einem Berg von Arbeit, es mussten tausende kleine und große Sachen für die Hochzeit gekauft und für hunderte von Gästen Essen und Trinken, Musik und Verkehrsmittel organisiert werden. Auch Suhrab war aktiv dabei und half seinem Vater, wo er konnte.

Der Frauenbereich lag völlig in Fatimas Verantwortung. Sie musste schon im Voraus alles für die Hennanacht, die Hochzeitsnacht und die Thronzeremonie am dritten Tag nach der Hochzeit fertigstellen. Ihre Listen waren immer lang und vielfältig, und als es schien, es sei schon alles gekauft, fand sie etwas Neues und zwang Nawas Khan, es zu besorgen. Auch an dem Tag, als Khaled und Salim nach Hause kamen, musste er dringend für etwas in die Stadt fahren.

In diesem Jahr hatte Salim sein Studium beendet und eigentlich sollte die Aufmerksamkeit von allen auf ihn gerichtet sein, zu seinen Ehren Empfänge gegeben und sein Erfolg richtig gefeiert werden, aber Khaleds Hochzeit drängte alles andere in den Hintergrund.

Im Weißen Dorf und in Jamran wurde schon seit Tagen an jeder Ecke nur noch über die bevorstehende, traumhafte Hochzeit gesprochen. Jung und Alt, Frauen und Männer, alle hatten sich schon auf die großen Feierlichkeiten eingestellt.

Am Tag nach ihrer Ankunft besuchten Khaled und Salim mit Suhrab den Friedhof und verbrachten den ganzen Nachmittag bei den Gräbern ihrer Mutter und Schwester. Sie beteten, reinigten das Territorium und überprüften die Rinnen, die das Regenwasser von den Gräbern wegleiten sollten. Suhrab sprach in Gedanken mit seiner Mutter: »Freue dich, liebe Moor! Deine Träume gehen in Erfüllung. Salim hat sein Studium beendet und bald ist Khaleds Hochzeit! Du hast gesagt, wir müssen uns bei jedem fröhlichen Anlass an dich erinnern! Heute ist genau so ein Tag. Wir denken an dich, Moor! Du bist in unseren Herzen immer dabei!«

Auf dem Rückweg wandte sich Salim mitten in einem Gespräch plötzlich an Suhrab: »Ach so! Du hast uns nicht erzählt, wie habt ihr euren Direktor rausgeschmissen? Als gestern Abend Baba davon gesprochen hat, haben wir unseren Ohren nicht geglaubt!«

Suhrabs Gesicht errötete, er lächelte und sagte: »Baba hat

sich bestimmt über mich beschwert!«

»Das auch, aber wir wollen alles ausführlich von dir hören!«

Suhrab schilderte alles, wie es war. Er erzählte sowohl über den Streik als auch über den Ärger mit seinem Vater. Mit großer Freude sprach er aber über ihre erste Schülerkonferenz und seine Rolle eines Bauern in einem Theaterstück, das sie vor einer Woche in der Schule aufgeführt hatten.

»Das Interessanteste war aber, dass ich jedes Mal, wenn mein armer, alter, kranker Vater vor Schmerzen geschrien hat, auch wirklich geweint habe! Meine Tränen waren echt! Das hat mich selbst sehr überrascht!«, sagte er amüsiert.

Salim wandte sich lachend an Khaled und sagte: »Na! Wer hätte schon gedacht, dass unser Suhrab eines Tages einen Streik organisiert und in einem Theaterstück spielen wird? Ich habe mich geirrt, als ich dachte, das sei eine Dorfschule! Ja! Die Welt hat sich verändert! In unseren Zeiten hatte niemand auch nur einen blassen Schimmer von Streik gehabt!«

»Wir haben auch keine Ahnung vom Theaterstück gehabt. Aber seit zwei Monaten haben wir einen neuen Lehrer in der Schule! Er hat die Texte geschrieben. Darin ging es um einen kranken Bauern, seinen ausgehungerten Sohn und einen Khan, der nicht bereit war, ihnen zu helfen. Unser Lehrer hat uns auch gezeigt, wie man einen großen Bauch simuliert oder einen langen weißen Bart fertigt und am Gesicht befestigt, und die Rolle des alten Vaters hat er auch selbst übernommen!«, erklärte Suhrab!

Salim berührte Khaled mit dem Ellbogen und fragte lächelnd: »Was ist los, Herr Leutnant? Warum schweigst du?

Hast du Suhrab nichts zu sagen?«

»Ich bin ein Soldat! Ich verstehe wenig von Streiks, Konferenzen und Theater, aber, dass er auf Vater nicht gehört hat, das finde ich nicht in Ordnung! In diesem Fall ist sein Verhalten nicht zu rechtfertigen!«, antwortete Khaled kalt, ohne Suhrab direkt anzublicken.

Salim klopfte Suhrab auf die Schulter und sagte im Scherz: »Du hast Glück, mein Bruder! Khaled hat im Moment andere Sorgen. Sonst hättest du von ihm eine Militärstrafe bekommen! Auch ich bin vor der Hochzeit in guter Stimmung und kann zu dir nicht streng sein. Dennoch musst du ein paar Ratschläge von mir anhören. Ich bewundere natürlich deine Lebenseinstellung, deine Gefühle und Ansichten, aber, dass du mit allem im Leben so streng bist, das finde ich übertrieben! Eine gerade Linie ist der kürzeste Weg zwischen zwei Punkten, das haben wir in Mathe gelernt, aber im Leben ist der kurze Weg nicht immer der richtige Weg! Erinnerst du dich an die Geschichten von Baschar, dem Erzähler? Dort kommt es oft vor, dass der Weg zum Ziel irgendwann sich gabelt und der Held auf einem Stein oder Schild liest: Der Weg nach rechts ist kurz, aber voller Gefahr, der Weg nach links ist lang, aber sicher. Der Held nimmt immer den kürzesten, jedoch gefahrvollen Weg. Weißt du, warum? Weil er auf dem Weg Dämonen, Drachen oder was auch immer bekämpfen muss, sonst wäre die Geschichte nicht spannend, nicht interessant! Im Leben muss man aber manchmal den längeren Umweg nehmen. Sonst kann es sein, dass man sein Ziel gar nicht erreicht. Also mein Bruder! Du sollst lernen, diplomatisch zu sein, mal hart, mal biegsam! Du musst richtig entscheiden können, wann es besser ist, vorwärtszugehen, und wo es Sinn macht, anzuhalten oder sich sogar zurückzuziehen. Wenn du zwei Schritte nach vorne machst und dann einen rückwärts machen musst, dann ist das immer noch ein Fortschritt. Na, was sagst du dazu?«

Suhrab schüttelte lächelnd den Kopf, er verzichtete in diesem Moment auf eine Diskussion mit ihm.

Eines Tages zeigte Fatima auf einen Koffer in ihrem Zimmer und bat Schabo, ihn zu öffnen! Der Koffer war voller Stoffreste verschiedenster Farben und Größen, die im Laufe der Zeit von ihrer Arbeit übrig geblieben waren.

»Wähle dir von diesen Sachen etwas und versuche, eine Kleidung für dich zu basteln! Das sind zwar unterschiedliche Streifen, aber man kann mit einiger Fantasie daraus etwas machen!«

Als Schabo sie verwirrt anlächelte, fuhr Fatima fort: »Ja, Ja! Du hast richtig gehört! Du kannst doch nicht bei der Hochzeit in deiner alten Kleidung herumlaufen!«

Schabo dachte nicht lange nach, sie wählte schnell ein feines, weißes Stoffstück für die hintere, ein grünes für die vordere Seite und zwei dünne grüne Streifen für die Ärmel des Hemdes, dazu noch einen roten Streifen für die Kopfbedeckung. Fatima beobachtete das alles skeptisch, sagte aber nichts.

Schabo griff begeistert zur Schere und begann sofort mit der Arbeit. Es ging alles schnell und ein paar Tage später stickte sie schon ein paar Blumenmuster am Brustbereich und nähte zwei knallgrüne Bänder an den Ärmel und das Hemdunterteil.

Als alles fertig war, zeigte sie es stolz Fatima. Diese musterte das Kleidungsstück eine Weile neugierig und sagte dann mit einem leichten Lächeln: »Hm! Nicht übel!«

Die Hochzeitsfeierlichkeiten fingen mit der Hennanacht an. Einen Tag vor der Hochzeit machten sich Fatima und ein Dutzend andere Khancheel-Frauen auf den Weg nach Jamran. Dort hatten sich schon Kamal Khans Familie und Verwandte versammelt und warteten auf die Gäste.

Am Abend malten ein paar erfahrenere Frauen verschiedene Muster auf Hände und Füße der Braut und eine Gruppe von Frauen begleitete diese Prozedur mit Gesang und Tänzen. Die Brautfreundinnen und Gleichaltrige, denen noch dieser glückliche Moment im Leben bevorstand, beobachten das alles mit Aufregung, sie scherzten miteinander und kicherten.

Die große Hochzeitsfeier fand in Jamran statt, dorthin waren aber nur die Khan-Familien eingeladen, für die anderen Bewohner war eine kleine Feier im Hof von Nawas Khan organisiert, sodass man auch hier ein Festmahl bekommen, singen und tanzen konnte.

Am Mittag des Hochzeitstages versammelten sich die Männer in der Moschee und die Frauen im Hof von Nawas Khan. Schabo lief im Haus hin und her und bereitete alles zum Mitnehmen vor. Fatima überprüfte alles mehrfach, hatte dennoch Angst, etwas Wichtiges vergessen zu können.

Am Nachmittag war schon alles so weit, Fatima erinnerte

Schabo ein letztes Mal daran, sie sei ihre rechte Hand und solle immer neben ihr bereit sein.

Salim und Suhrab waren verantwortlich auf der Männerseite. Sie sorgten für alles auf dem großen Platz vor dem Dorf, wo schon Dutzende Pferde und Kamele für die eingeladenen Gäste bereitstanden.

Zuerst trafen die Männer auf dem großen Platz ein, sie mussten aber noch auf den Bräutigam und die Frauen warten. Irgendwann wurden die Rahmentrommeln laut, die Frauengesänge kamen immer näher – und das bedeutete, dass auch die Frauen sich auf den Weg machten. Die Hochzeitsgäste und Schaulustigen auf dem großen Platz kamen in Bewegung und richteten ihre Augen auf das Ende der Straße.

Als Erstes erschien Khaleds weißes Pferd. Er hatte die traditionelle weiße Kleidung an, trug einen blauen Turban auf dem Kopf und einen ebenfalls blauen Pattu auf den Schultern. Daneben hielt Nawas Khans schwarzes Pferd Schritt. Sie waren begleitet von Wra, einer speziellen Gruppe von Frauen, die trommelten und sangen, und ihnen folgten dann alle anderen Frauen und Kinder.

Vor dem Sonnenuntergang näherte sich endlich der Hochzeitzug Jamran. Auf den Dächern der Häuser standen schon Leute und beobachteten den Weg zu ihrem Dorf. Vor der Einfahrt zur Hauptstraße hatten sich schon Dutzende von Frauen versammelt. Ihre Aufgabe war ihrerseits, die Wra mit Gesängen und Trommeln herauszufordern.

Als die beiden Frauengruppen sich gegenüber positionierten, fing das Gesangsduell zwischen ihnen an. Die Bräutigamseite lobte Khaleds Erziehung, seinen Mut, sein Wissen und seinen Reichtum, die Brautseite brachte Gulalais Schönheit, Klugheit und Fingerkunst hervor. Beide Gruppen benutzten bissige Ausdrücke und lustige Vergleiche und versuchten damit, ihre Seite besser als die Gegenseite darzustellen.

Irgendwann ging das Duell als unentschieden zu Ende, die Brautseite gab den Weg frei und der Bräutigam und seine Begleiter betraten das Dorf.

Auf beiden Seiten der Straße standen Dutzende Frauen in der Reihe. Sie spritzten Wasser in Richtung des Bräutigams und verstreuten getrocknete Rosenblüten und Bonbons. Nawas Khan und Khaled hielten in den Händen jeweils ein Bündel von Geldscheinen, die sie links und rechts den Frauen zuwarfen.

Vor Kamal Khans Haustor warteten schon seine Familienmitglieder, die die Gäste empfingen und mit Blumen und Süßigkeiten bestreuten. Die Frauen aus beiden Dörfern trommelten, sangen und tanzten jetzt zusammen. Sie standen aber nicht lange vor dem Haustor, die Frauen wurden zum Innenhof von Kamal Khan geführt und die Männer zu dem Nachbarhaus begleitet.

Bald kam das Hochzeitsfest in beiden Häusern voll in Gang, im Männerhaus spielten die Musiker Sorna und Dhol, die Sänger sangen die traditionellen »Atan«- Lieder und die Leute tanzten in großen Kreisen um sie herum. Salim und Suhrab waren auch aktiv dabei, mal tanzten sie mit, mal halfen sie bei der Versorgung von Gästen mit Tee und Süßigkeiten.

Auf der Frauenseite kümmerten Fatima und die Mutter der Braut, Makay, sich um alles, sie achteten darauf, dass kein

Gast ohne Aufmerksamkeit blieb. Auch hier tanzten junge Frauen ihre traditionellen Tänze im Duett oder in Gruppen und sangen.

Schabo war überall präsent, fragte die Gäste, ob sie sich etwas wünschten, kümmerte sich um die Kinder und brachte ihnen Süßigkeiten und Trinkwasser. Mit ihrem fremden Aussehen und ihrem selbstbewussten Auftritt geriet sie schnell in den Mittelpunkt mancher Frauen aus Jamran. Sie war nicht auffällig geschminkt, ihre Frisur war anders als die der Dorffrauen und ihre aus verschiedenen Stoffen genähte Kleidung konnte nur die Arbeit einer städtischen Schneiderei sein, dachten sie.

Die eine fragte ihre Nachbarin aus dem Weißen Dorf: »Woher kommt diese junge Frau und in welchem Verhältnis steht sie zum Bräutigam?«

Als sie erfuhr, dies sei die Tochter ihres Tischlers und arbeite als Dienstmädchen im Hause des Bräutigams, konnte sie ihren Ohren nicht glauben! Es dauerte nicht lange, dass die Frauen hier und da untereinander flüsterten und mit den Augen auf Schabo zeigten. Die einen machten große Augen, die anderen erstaunte Gesichter und die dritten kicherten amüsiert.

Nach dem Abendessen wurden nur die nahestehenden Angehörigen beider Familien zu einem großen Saal in Kamal Khans Haus eingeladen. Hier sollten die zahlreichen Hochzeitszeremonien stattfinden.

Der Saal war bis zum letzten Platz gefüllt. Die Kinder, Frauen und Männer drängten sich vor, alle wollten die Ankunft der Braut und des Bräutigams von einem besseren Standpunkt aus sehen.

Nach langem Warten erschienen endlich in der Tür Khaled und Gulalai, geführt von Fatima auf der einen und von Gulalais Mutter auf der anderen Seite. Eine Gruppe von Frauen fing an, das berühmte Hochzeitslied »Verlangsame deinen Schritt, oh schöne Braut!« zu singen. Das Brautpaar ging durch den Saal, die Leute verstreuten in ihre Richtung Blumen und Bonbons, bis sie ihre Plätze auf einem Podium am Ende des Saals erreichten.

Die Braut und Bräutigam standen noch eine Weile mit den Gesichtern zum Saal und warteten. Alle schrien: »Setzt euch bitte hin!«, die beiden weigerten sich aber, es als Erste zu tun. Nach der Tradition hatte derjenige, der als letztes saß und die Knie auf den Oberschenkel des anderen legte, auch gute Chancen, die Oberhand in ihrem zukünftigen Familienleben zu haben. Besonders die Männer hatten Angst, sich als Erste hinzusetzen und damit in eine peinliche Situation zu geraten. Freunde und Angehörige könnten lachen und sagen: »Dich wird deine Frau herumkommandieren!«

Die Anwesenden beobachteten genau, wer als Erstes, wenn auch für einen Bruchteil der Sekunde, saß. Salim kam nach vorne und schlug vor, er werde bis drei zählen und die beiden könnten sich dann gleichzeitig hinsetzen. Als sie es taten, rückte Salim plötzlich seinen Körper so vor sie, dass die Gäste im Saal nicht genau gesehen hatten, wer sich nun als Erster hinsetzte. Der Saal buhte unzufrieden. Die Nachbarn im Saal stritten danach miteinander, einige behaupteten, die

Braut hätte es als Erste getan, andere betonten den umgekehrten Fall.

In dieser Nacht hatten Salim und Suhrab noch eine wichtige Aufgabe! Sie mussten aufpassen, dass ein paar freche junge Frauen aus Jamran nicht heimlich von hinten die Kleidung von Khaled an die Sitzmatratze annähen konnten! Es war immer peinlich, wenn der Bräutigam versuchte aufzustehen und dann wieder hinfiel.

Salim machte seine Aufgabe gut, er hatte beide Augen auf alle verdächtigen Mädchen, die sich um Braut und Bräutigam scharrten. Suhrab stand dagegen unkonzentriert da, seine Augen suchten stets Schabo, die immer zwischen dem Saal und draußen unterwegs war. Er konnte den Blick von ihr nicht abwenden, sie sah heute besonders hübsch und natürlich aus.

Auch Schabo beobachtete Suhrab und seine Umgebung aus dem Augenwinkel. Sie hatte das Gefühl, dass einige Mädchen im Saal ihn nicht ohne Interesse ansahen. Für sie war es selbstverständlich, dass schöne Mädchen mit ihrer teuren Kleidung sowie dem Gold- und Silberschmuck seine Aufmerksamkeit auf sich zu lenken wünschten! Denn, wer konnte bei so einem attraktiven jungen Mann, hochgewachsen, schlank, mit großen schönen Augen und langen Haaren gleichgültig bleiben?

Schabo war zum ersten Mal im Leben richtig auf die jungen Frauen aus reichen Familien eifersüchtig. Sie sah zu ihnen hin und dachte, meine Güte, jede von ihnen kann sich meinen Suhrab als ihren Verlobten vorstellen! Warum auch nicht? Zwischen ihnen und Suhrab steht keine Herkunftswand! Eines Tages wird Suhrabs Vater eine von ihnen für seinen Sohn auswählen, es wird eine königliche Hochzeit geben wie heute Nacht, die Braut wird mit Gold- und Edelsteinschmuck glänzen und alle werden seufzend sagen, ach, was für ein hübsches, glückliches Paar. Und sie, Schabo, wird vielleicht wieder wie heute zwischen den Gästen hin und her laufen und versuchen sie zufriedenzustellen.

»Oh, Gott! Bloß nicht das! Es ist besser, wenn ich vorher sterbe!«, sagte sie in Gedanken.

Im Laufe der Nacht wurden weitere Zeremonien abgehalten, zum Beispiel sich gegenseitig im Spiegel anzuschauen oder einander mit süßem Brei zu füttern.

Trotz Salims Bemühung, alles unter Kontrolle zu haben, gelang es ein paar Mädchen, Khaleds Pattu an der Sitzmatratze festzunähen. Solange er noch saß, war das auch kein Problem gewesen, aber irgendwann kam die Zeit für die Zeremonie, bei der Nawas Khan und Kamal Khan jeweils die Taillen der Braut und des Bräutigams mit einem dünnen Schal umwickeln mussten. Als Khaled versuchte aufzustehen, spürte er sofort, dass jemand oder etwas ihn von hinten festhielt. Er konnte sich zwar trotzdem aufrichten, aber sein Pattu flog von seinen Schultern weg, er wurde rot im Gesicht und die Anwesenden brachen in schallendes Gelächter aus. Die Mädchen aus Jamran genossen ihren Sieg.

Salim lief sofort zu ihm, machte seinen Pattu frei und wickelte diesen wieder auf Khaleds Schulter.

Die Feierlichkeiten dauerten die ganze Nacht über. Erst im Morgengrauen wurde es in beiden Häusern etwas ruhiger, die Älteren und Kinder legten sich für ein, zwei Stunden hin, die Jugendlichen versammelten sich um das Feuer im Hof und feierten weiter.

Nach dem Sonnenaufgang wurde der Platz vor Kamal Khans Haustor mit Teppichen bedeckt, die Gäste aus beiden Dörfern versammelten sich dort und warteten neugierig darauf, was Kamal Khan seiner Enkelin als Mitgift geben wird! Wenn die Bräutigamseite Ansehen aus der Tatsache gewinnen konnte, wie viele Schafe geschlachtet und wie viele Säcke Reis gekocht wurden, hing das Ansehen der Brautseite davon ab, was die Braut aus ihrem Elternhaus in ihr neues Zuhause mitnahm.

Aus Kamal Khans Haus kam alles nach draußen, was in einem Zuhause erwünscht war: Teppiche, Matratzen, Kissen, Koffer und Taschen, Geschirr und andere Haushaltssachen. Es lief alles tadellos, wie es sein musste. Danach fand die Verabschiedung statt und Braut und Bräutigam machten sich in Begleitung von Gesängen und Trommellauten auf den Weg nach Hause.

Am Mittag erreichte der Hochzeitszug schon sein Ziel. Das Pferd, auf dem das Brautpaar saß, betrat langsam die Hauptstraße, ihm folgten die anderen Reiter und diejenigen, die zu Fuß unterwegs waren. Nawas Khans Verwandte schossen mit Gewehren in die Luft und die Frauen, Männer und Kinder verstreuten Blumen und Bonbons. Gewehrschüsse, Trommel- und Sornalaute, Frauengesänge, Kinderschreie, Pferdewiehern und Hundebellen mischten sich und schafften eine einmalige Atmosphäre im Dorf.

Als der Hochzeitszug vor Nawas Khans Haustor anhielt,

stieg Khaled ab und hob seine Braut behutsam vom Pferd. Aus der Menge rief jemand: Die Braut will nicht so einfach durch das Tor gehen, es soll etwas geopfert werden! Ein Anderer schrie: Wo ist der Bruder des Bräutigams?

Salim wusste, dass er ein Schaf opfern und es vor den Füßen der Braut schlachten musste. Das Schaf stand schon bereit hinter dem Tor im Hof, ein Bauer mit einem Messer in der Hand hielt es fest. Salim wollte aber es auf keinen Fall selbst tun, er lief zur Braut und flehte sie an: »Bitte, bitte! Befrei mich heute von dieser Pflicht, morgen werde ich jeden deiner Wünsche erfüllen!« Er wartete aber ihre Antwort nicht ab und schrie der Menge laut zu: »Es ist alles in Ordnung! Wir haben es anders geregelt!« Aus der Menge wurde zurückgeschrien: »Du bist ein Schummler, Salim!«

Braut und Bräutigam betraten das Tor, sie wurden von der Menge bejubelt, die Musik wurde wieder laut und Singen und Tanzen sind im Hof mit neuer Energie fortgesetzt worden. Nawas Khans Bauer zog das Schaf in eine entfernte Ecke des Hofes und schlachtete es dort.

Nach der Tradition beteiligte die Braut sich drei Tage lang an keiner Arbeit, sie saß auf einem erhöhten Platz, dem sogenannten Brautthron, und genoss die Aufmerksamkeit und Zuneigung aller Familienmitglieder.

Am dritten Tag nach der Hochzeit fand die letzte Hochzeitszeremonie statt. An diesem Tag kamen nur Frauen aus der nächsten Verwandtschaft von Braut und Bräutigam, um die Braut vom Thron in den Alltag zu begleiten. Das war auch der Tag, als sie von Verwandten ihres Mannes Geschenke bekam, dabei wurde Musik gespielt, gesungen und getanzt.

Am vierten Tag durften dann Nawas Khans Verwandte und Freunde das frische Paar zu sich zu einladen, um Bekanntschaft mit Braut und Bräutigam zu machen. So bekamen die beiden »freien Fuß« zu den Häusern der Gastgeber. Und das hieß, den beiden war von nun an erlaubt, jedes Haus frei und ohne Einladung zu besuchen.

Während dieser Empfänge bekam die Braut auch Geschenke, dieses Mal aber von den Herren des Hauses, für das sogenannte Gesichtzeigen. Traditionsgemäß bedeutete das, dass die Gastgeber für die Braut nicht mehr fremd waren und sie ihr Gesicht vor ihnen nicht verbergen musste.

Das Geständnis

Khaleds Urlaub stand schon vor dem Ende, er und Gulalai sollten in ihr neues Zuhause in der Stadt Khost, im Osten Afghanistans, fahren. Salim hingegen sollte seinen neuen Job bei der Universität in Kabul antreten.

Einen Tag vor ihrer Abreise erschien Salim in der Tür von Suhrabs Zimmer.

»Was hältst du davon, wenn wir einen Spaziergang machen? Das Wetter ist gut, ich will heute ein letztes Mal den Sonnenuntergang in meinem Dorf genießen«, schlug er vor.

Suhrab legte sein Buch mit geöffneten Seiten neben sich und richtete sich lustlos auf.

»Lass bitte das arme Buch für ein paar Stunden in Ruhe, okay! Morgen, nachdem ich weggefahren bin, dann kannst du meinetwegen darauf schlafen!«, verschärfte Salim spielerisch seinen Ton. Suhrab lächelte und stand ohne weiteres auf.

Als sie ihr Elternhaus verließen, lief schon Spinkai vor ihnen, er wusste genau, wo der Weg langgeht. Salim nahm ihn jeden Tag vor dem Abend zu den freien Feldern hinter ihrem Garten mit und spielte mit ihm, bis es dunkel wurde, die Ausnahme stellten nur die Tage dar, an denen es regnete oder Siabad, der schwarze Wind, es verhinderte. Heute wäre es aber eine Sünde, sich über das Wetter zu beklagen! Es war ziemlich warm, die Sonne schien den ganzen Tag über und es bewegte sich kein Zweig auf den Bäumen.

Salim und Suhrab gingen entlang der nördlichen Mauer ihres Gartens, wandten sich am Ende nach rechts und erreichten schon bald ihr Ziel. Salim stand mitten im Feld, hielt die Hand über die Augen und schaute zur Sonne. Sie schien wie eine große glühende Scheibe, die dabei war, langsam von der Erde verschluckt zu werden.

»Der Sonnenuntergang ist hier einfach magisch! Ich werde diese herrliche Szene in Kabul vermissen«, sagte Salim seufzend.

»Du hast doch gesagt, in Kabul gibt es so viele interessante Sachen, dass man sein Dorf sowieso vergisst!«, bemerkte Suhrab lachend.

»Das ist das Problem, Bruder! In Kabul bekomme ich Sehnsucht nach meinem Dorf, hier vermisse ich nach einiger Zeit schon wieder Kabul!«

Er lächelte geheimnisvoll und klopfte auf Suhrabs Schultern: »Wenn du ein paar Monate in Kabul verbringst, dann wirst du die Anziehungskraft dieser Stadt zu spüren bekommen! Sie ist eine Stadt der Mode, Bräute und Liebe! Es wird nicht lange dauern, bis du dich total veränderst, dazu noch verliebst du dich in ein schönes Mädchen! Na, habe ich dir Kabul schmackhaft gemacht?«

Suhrab reagierte nicht auf seine Frage und Salim sprach weiter: »Ach so, um es nicht zu vergessen! Erinnerst du dich an unser Gespräch vor einem Jahr? Es ist schon Zeit, dass du die Schule wechselst und nach Kabul kommst! Es muss alles bis zu Nowros unter Dach und Fach sein, sonst bist du verloren! Ich habe für dich die Ghazi High School gewählt, die Schule hat einen guten Ruf und ihre Lage ist auch perfekt!«

Salim zeichnete mit seiner Schuhspitze auf dem Boden vier Rechtecke und erklärte die Position der Schule: »Hier, geradeaus befindet sich die Frauen-Highschool, links ist der Zoo und hier etwas weiter rechts - die Kabul-Universität.«

Suhrab hörte ihm mit getrübter Miene zu, sagte aber weder Ja noch Nein.

»Ich habe auch schon mit Vater gesprochen. Ich habe ihm versprochen, dass ich auf dich gut aufpassen werde. Ich habe ihm versichert, dass ich meinen Bruder vor dem Einfluss jeglicher Untergrundorganisationen bewahren werde. Und ich werde dafür sorgen, dass keine Kabulerin ihm den Kopf verdreht und ihn vom rechten Weg abbringt. Nur zur Schule und zurück nach Hause! Unser Vater hat nichts dagegen!«, fuhr Salim triumphierend fort. Suhrab stand aber weiterhin schweigend da.

Nach einer langen Weile des Wartens griff Salim nach seiner Hand, sah ihm direkt in die Augen und sagte: »Du hast etwas in deinem Herzen versteckt, willst es aber auch vor mir geheim halten. Sieh mal! Ich bin nicht nur dein älterer Bruder, sondern auch dein Freund! Mir kannst du alles anvertrauen!«

Suhrab richtete seinen Blick zur Seite und schwieg nachdenklich weiter.

»Okay! Wenn du mir nichts sagen willst oder kannst, dann versuche ich mir alles selbst zu erklären! Du bist in ein junges Mädchen verknallt! Ich kann sogar vermuten, wer sie sein könnte! Du hast in der Hochzeitsnacht jemanden so verliebt angeschaut, dass nur ein Blinder nicht ahnen konnte, was da los war. Nun: Willst du mir ihren Namen selbst verraten oder muss ich den Namen nennen?«

Suhrabs Gesicht wurde rot, jetzt musste er sprechen, jetzt war ihm alles egal.

»Ja! Ich liebe sie und ich habe keine Angst, ihren Namen zu nennen. Die Frage ist, ob du ihren Namen ertragen kannst? Sie ist Schabo, die Tochter des Erzählers! Schockiert?«

Salim ergriff mit beiden Händen seinen Kopf und versank in Gedanken. Nach einer langen, bedrückenden Stille ließ er seinen Kopf los, fuhr sich mit den Händen über das Gesicht und erwiderte: »Vor ein paar Minuten dachte ich noch, das ist nur meine Einbildung! Ich hoffte, dass du alles dementierst und sagst, es ist nichts Ernstes, lieber Bruder!«

Suhrab wollte dazwischen etwas sagen, aber er kam nicht zu Wort.

»Nein, Nein! Für mich ist das kein Problem, ich denke an

die Anderen! Unsere Sitten und Traditionen sind viel mächtiger, als du denkst. Deine Beziehung zu Schabo ist für keinen akzeptabel, das muss dir klar wie Quellwasser sein!«, sprach Salim weiter.

»Ich habe keine Angst vor Dorfsitten und Gebräuchen, sie sind alt, sinnlos und ungerecht. Mag sein, dass sie so mächtig wie der Berg Larkuh auf meinem Weg stehen. Trotzdem werde ich sie bekämpfen, so wie Farhad, der für seine Liebe allein einen Tunnel durch den Berg gegraben hatte.«

Salim senkte den Kopf zu Boden und schwieg wieder nachdenklich. Kurz danach hob er aber den Blick zu ihm und sagte: »Weißt du, mich beunruhigt noch etwas! Nimm es nicht übel, aber ich muss dich fragen. Bist du ganz sicher, dass dies Liebe ist? Ist das nicht so, dass Schabo, unabsichtlich natürlich, nur ein Mittel für dich ist? Willst du dich nicht auf diese Weise von den Anderen unterscheiden? Die Anderen vertreten die alte, reaktionäre Welt, ich repräsentiere die Zukunft? Vielleicht willst du damit beweisen, dass du für deine Werte zu Opfern bereit bist! Vielleicht steckt hinter deinen Gefühlen der Wunsch, einen Meilenstein zu setzen, ein Beispiel, ein Vorbild zu sein!«

Suhrab schüttelte die ganze Zeit den Kopf.

»Lass mich bitte zu Ende reden!«, hob Salim seine Hand und fuhr fort: »Ich weiß, Bruder! Du hast ein sensibles Herz, du nimmst Ungerechtigkeit persönlich. Ich habe Angst, dass dies vielleicht nicht Liebe, sondern Mitleid Schabo gegenüber ist! Du siehst, sie ist anders, ihre Veränderung passt nicht zu unseren Traditionen, du bewunderst sie und sie tut dir leid, du willst ihr Schutz geben. Ich kann dir von meinem eigenen Leben erzählen, es liegt sieben Jahre zurück! Ich erinnere mich gut an diesen Tag! Ich war damals im Internat. Es war kurz nach neun, ich habe vor dem Spiegel gestanden und mich rasiert, mein Radio war an, es wurde die berühmte Sendung ›Familienleben‹ ausgestrahlt. Irgendwann hat die Moderatorin angefangen, einen Brief vorzulesen. Er war so traurig, dass ich aufgehört habe, mich weiter zu rasieren, ich habe einfach vor dem Spiegel gestanden und nur dem Brief zugehört. Die junge Frau hat geschrieben, dass sie 21 Jahre alt ist, Gott hat ihr kein schönes Gesicht beschert, die Heiratsstifter kommen und gehen, sie bitten aber um die Hand ihrer kleinen Schwester, um ihre hat noch niemand gefragt. Ihre Mutter beleidigt und erniedrigt sie ständig und sagt, sie ist eine Schande für die Familie, sie wird im Elternhaus alt. Die junge Frau hat weiter geschrieben, dass ihre kleine Schwester von der ganzen Familie verwöhnt wird, sie bekommt neue Kleidung und ihre Mutter nimmt sie überallhin mit. Sie aber muss zu Hause bleiben und sich von allen Seiten bissige Sprüche anhören. Ihr Brief war lang und am Ende hat sie geschrieben, die Gefühle in ihrem Herzen seien rein und unschuldig, äußerlich sei sie vielleicht hässlich, aber ihre innere Welt wäre schön.

Als ich diesen Brief gehört habe, war ich sofort in sie verliebt! Ich war bereit, sie mit geschlossenen Augen zu heiraten. Ich wollte ihrer Mutter sagen, es gibt auf dieser Welt Leute, für die die innere Schönheit und die inneren Werte viel wichtiger sind als äußere Schönheit! Wozu braucht man jemanden, der das Gesicht eines Engels und das Herz des Teufels hat? Welche Schuld hat Ihre unschuldige Tochter an ihrem Äußeren? Das sagte ich der Mutter in Gedanken. Wenn ich auch jünger als Ihre Tochter bin, will ich sie trotzdem heiraten, ich mache sie glücklicher als die hübscheste Frau der Welt! Lasst niemanden mehr ihr wegen ihres Gesichtes Vorwürfe machen.

Ja, mein Bruder! Wenn ich jetzt darüber nachdenke, dann kann ich mein Lachen nicht unterdrücken. Jetzt weiß ich, dass dies die naiven und unschuldigen Gefühle eines Jungen waren, nicht aber Liebe! Damals konnte ich aber zwischen dem Mitleid und der Liebe nicht richtig unterscheiden.«

»Lala! Ich liebe und respektiere dich sehr!«, erwiderte Suhrab, als er endlich ans Wort kam. »Du bist mein erster Lehrer! Von dir habe ich meine Weltanschauung! Ich habe immer deinen Humor, deine Gelassenheit und Weltoffenheit bewundert und dir habe ich als Erstes mein Geheimnis anvertraut. Dein Verdacht ist nicht berechtigt, Lala! Ich versichere dir! Mit meiner Liebe zu Schabo will ich kein Zeichen setzen! Vielleicht breche ich die Tradition, weil sie unseren Liebesweg versperrt. Manchmal denke ich, Lala, ich bin mit der Liebe zu ihr auf die Welt gekommen! Ich habe sie als Kind geliebt. Ich bin sicher, auch wenn sie in einer Khan-Familie geboren wäre, hätte ich sie genauso geliebt. Es wäre mir egal, ob sie sesshaft oder Nomadin, Moslem oder Hindu wäre. Ja, du hast recht! Ich bewundere sie, ihren Mut, ihren Stolz und ihre Lebenseinstellung. Ja, ich werde zu ihr stehen und sie mit meinem Leben beschützen! Aber nicht aus Mitleid, sondern weil wir die gleichen Werte haben, weil wir Gleichgesinnte im Geiste sind.«

Salim umarmte ihn und sagte seufzend: »Ach, du schrecklicher Idealist! Du hast mich so durcheinandergebracht! Was wird nun jetzt passieren? Ich mache mir große Sorgen um dich! Jetzt weiß ich, warum du von hier nicht weggehen willst. Aber du musst, mein Bruder! Du musst weiter lernen! Du weißt doch, dass nach dem mittleren Schulabschluss eine staatliche Kommission dich als Klassenbesten für eine Internatsschule in Kandahar oder Masar-e Scharif empfehlen wird. Vater wird dich zweifellos hinschicken. Bevor das passiert, müssen wir handeln. Wir wechseln deine Schule und du kommst jeden Winter für drei Monate nach Hause. Die Zeit vergeht sehr schnell, du wirst es auch nicht merken, wie schon die Ferien vor der Tür stehen.«

»Ja! Ich verstehe, dass ich weiter lernen muss! Aber wie kann ich Schabo allein lassen? Wie kann ich so lange ohne sie aushalten?«

»Du gehst doch nicht für immer weg! Deine Ferien verbringst du hier im Dorf. Einen anderen Weg gibt es nicht! Und vergiss nicht, mein Bruder! Ausgerechnet du musst weiterlernen, um eines Tages auf eigene Beine zu kommen, nur dann hast du vielleicht eine Chance, dein Ziel im Leben zu erreichen. Sonst kannst du schon jetzt deine Schabo vergessen!«

Salim, Khaled und seine Frau Gulalai machten sich auf den Weg nach Kabul, und danach bekamen auch Schabo und Suhrab die Möglichkeit, ihre geheimen Treffen wieder zu beleben. Seit mehr als einem Monat hatten sie ihren

Liebespalast nicht betreten. Schuld daran waren einerseits Khaleds Hochzeitssorgen und anderseits die Tatsache, dass Khaled und Salim sehr spät ins Bett gingen und Suhrab Angst hatte, von einem der beiden gesehen zu werden.

Das Glück lächelte ihnen noch einmal zu, Schabo und Suhrab trafen sich wie gewöhnlich in der Nacht zum Freitag vor Schabos Haustür und erreichten ihre *Bala Chana* ohne Zwischenfälle. Sobald sie das Zimmer betraten, warfen sie sich sofort einander in die Arme und fingen an, sich gegenseitig lange und gierig zu küssen. Seit einem Monat sehnte sich Suhrab nach der Wärme ihres Körpers, dem Duft ihres Haares und dem Genuss ihrer Lippen. Auch Schabo vermisste es sehr, von ihm geküsst und gestreichelt zu werden, in seiner Umarmung vergaß sie alles in der Welt, nur hier fühlte sie sich glücklich und geborgen.

Irgendwie war aber Suhrab nicht er selbst in dieser Nacht, das hatte Schabo von Anfang an gespürt! Er erzählte zwar, lachte und amüsierte Schabo, aber seine Augen sagten etwas ganz Anderes. Sie waren von Sorgen und Angst gezeichnet. Schabo hielt es nicht aus, sie nahm seine beiden Hände in ihre, sah ihn liebevoll an und fragte: »Was ist los, Suhrab? Warum bist du so zerstreut? Sag mir die Wahrheit, egal was immer es auch sein mag! Ich kann es ertragen!«

Suhrab versuchte, sich ruhig zu zeigen, er küsste sie zart auf die Stirn und antwortete: »Ich habe nichts von dir zu verheimlichen! Es geht um meine Schule! Salim hat mit mir gesprochen und hat mich gedrängt, in die Schule nach Kabul zu wechseln, noch bevor das Schuljahr zu Ende geht und eine Kommission mich in irgendeine Stadt fortschickt. Ich will aber nicht! Wenn ich dich einen Tag lang nicht sehe, dann bricht für mich die Welt zusammen! Wie kann ich dort ohne dich ganze neun Monate verbringen? So eine lange Trennung von dir ist unerträglich für mich! Ich werde jede Sekunde an dich denken müssen, du wirst mir ständig vor Augen stehen. Ich werde mir Sorgen machen: Wo ist meine Schabo, was macht sie, hat jemand sie verärgert?«

Schabos Augen wurden tränennass, ein dicker Kloß entstand in ihrer Kehle. Sie wusste schon, dass auch Suhrab eines Tages, wie seine älteren Brüder, nach Kabul gehen würde, das ließ sich nicht vermeiden.

Sie hatte sich schon eine solche Szene vorgestellt, mit Suhrab gesprochen, ihn getröstet und versichert, sie werde tapfer sein und die Trennung gut überstehen. Aber das hätte irgendwann, in der fernen Zukunft passieren sollen, sie dachte, sie würde irgendwie damit leben können. Jetzt aber traf allein diese Erwähnung sie wie ein Blitz aus heiterem Himmel. Allein von der Vorstellung, dass dieser Tag bald bevorstehen könne, blutete ihr Herz.

Sie trat zum Fenster und versuchte, ihre Tränen zu unterdrücken. Suhrab bereute sofort, dass er das Thema berührt hatte, das konnte noch auf sich warten! Er näherte sich ihr und wollte sich entschuldigen.

Sie brach aber plötzlich in Lachen aus und sagte: »Ach, du hast mich verwirrt! Ich dachte, es ist etwas Schlimmes passiert, vielleicht hat eine Schönheit in Jamran das Herz meines

Suhrab gestohlen! Ich habe genau gesehen, wer dich so verführerisch anstarrte!«

»Ach wirklich! Ich habe aber während der ganzen Nacht über nur eine Schönheit gesehen und die steht gerade vor mir, mehr war es nicht!«

»Das ist zwar eine reine Lüge von dir, dennoch gefällt sie mir!«, versuchte Schabo zu scherzen.

Sie fuhr fort: »Und jetzt, während du über Kabul sprichst, habe ich wieder eine Sorge, nämlich die schönen Mädchen in Kabul! Ob du ihren Verführungskünsten widerstehen kannst?«

Suhrab ergriff ihre Schultern, blickte sie liebevoll an und sagte: »Sieh mich an, Schabo! Kann ich dich mit jemandem vergleichen? Die Schönheit aller Feen des Berges Kuh-e Kaf und aller Jungfrauen des Paradieses sind nicht mal eines deiner Lächeln, einen deiner Blicke, eines deiner Haare wert! Im Garten blühen viele schöne Blumen, ich rieche aber nur eine und ich lebe, um nur diese eine zu lieben!«

Suhrabs Stimme zitterte schon, er sprach weiter: »Du bist meine Lebensblume, Schabo! Du bist mein ein und alles, du bist mein Glück, meine Seele und Freude! Ob ich im Dorf oder in der Stadt, wach oder im Schlaf, froh oder traurig bin, du bist immer bei mir. Ich werde ungeduldig auf den Tag warten, bis ich dich wieder in meine Arme nehme, in deinen Blicken versinke und dein Gesicht mit Küssen bedecke. Wenn ich an Kabul denke, dann bekomme ich nur eine Sorge, ich lasse dich allein hier. Wie soll ich mir verzeihen, wenn dir etwas passiert?«

Schabo wischte schnell mit den beiden Händen ihre Tränen weg, und versuchte zu lächeln.

»So schwach und wehrlos bin ich nun auch nicht! Mir wird nichts passieren, du kannst in Ruhe deine Schule fortsetzen, ich werde auf dich warten, jeden Tag, jede Stunde! Außerdem sind das doch keine Jahre, die Zeit läuft, du kommst wieder zu mir.«

Suhrab umarmte sie und drückte sie fest an sich. Eine Weile standen sie so schweigsam da, dann zeigte Schabo auf die Wandnische und sagte: »Komm, wir setzen uns!«

Schabo nahm seine Hand, zog ihn dorthin. Sie nahm Platz, er setzte sich auf dem Boden vor ihr und legte seinen Kopf in ihren Schoß.

»Weißt du, was ich denke? Wir nehmen voneinander keinen Abschied!«, verkündete sie.

Suhrab hob seinen Kopf und sah sie verwirrt an.

Sie fuhr fort: »Ich will nicht, dass an diesem Tag auch Steine mit uns weinen! Wir stellen uns vor, dass wir gar nicht voneinander getrennt sind, jeden Freitag um Mitternacht erinnern wir uns aneinander, wir besuchen auch weiter unseren Palast in Gedanken. Wir treffen uns hier, du erzählst mir alles über dein Leben in Kabul, was du gesehen und gegessen hast, und ich erzähle dir, was in der letzten Woche bei uns neu war.«

»Wag es aber nicht, allein hierherzukommen, nicht mal in Gedanken! Warte auf mich, ich hole dich und bringe dich auf meinen Armen zu unserem Palast«, erwiderte Suhrab.

Schabo berührte seine Nasenspitze und sagte lächelnd: »Der Weg ist lang! Hast du auch darüber nachgedacht?«

»Dann nehme ich dich den halben Weg auf die Arme und den restlichen Weg auf meinen Rücken!« Beide brachen in Lachen aus.

Suhrab stand auf, nahm ihre Hand und sagte: »Oh, Gott! Wir sind doch noch zusammen, aber ich vermisse dich schon jetzt, als wären wir schon jahrelang voneinander getrennt! Du hast recht, wir können uns nicht verabschieden! Wenn ich am Abschiedstag deine tränenerfüllten Augen sehe, dann werde ich sicher nicht nach Kabul fahren!«

»Dann sprechen wir über keine Trennung, keinen Abschied mehr! Bis zu deiner Abreise bleiben noch viele Tage, warum sollten wir uns jetzt quälen?«

Schabo und Suhrab gingen Hand in Hand zum Fenster und schauten nach draußen.

»Weißt du, Schabo! Ich habe mich gerade an ein Zitat erinnert, ich weiß nicht, von wem das stammt, aber es lautet ungefähr so: ›Nimm vom Tag alles, was zu nehmen ist, bevor die Nacht kommt.‹ Für uns stimmt aber genau das Umgekehrte: Wir müssen in unserem Palast alles von der Nacht nehmen, bevor der Tag kommt! Weißt du, das Leben ist nur ein kurzer Moment, er vergeht und kehrt nicht zurück! Auch diese Nacht, auch jetzt, während wir nebeneinanderstehen und den Himmel und seine Sterne anschauen, wird sich nicht mehr wiederholen. Wir wissen nicht, was uns im nächsten Moment erwartet, welches Spiel hat das Schicksal für uns vorbereitet? Mir ist gerade ein Gedicht eingefallen, seine Botschaft ist ungefähr: Ich habe dich heute, warum mache ich mir Sorgen, um das, was vielleicht morgen kommt.«

»Es ist schön gesagt! Manchmal fühle ich mich so glücklich, dass ich wünschte, der Moment würde für alle Ewigkeit so erstarren! Jetzt weiß ich warum. Weil ich Angst habe, das Schicksal würde mir im nächsten Moment mein Glück wegnehmen! Weißt du, ich mag dieses Lied, wo gesungen wird: Die Zeit ist nicht immer vom Glück begleitet. Wenn sie uns auch einen Moment des Glückes schenkt, dann dürfen wir ihn nicht verpassen!«

Suhrab zog sie zu sich und sagte mit einem geheimnisvollen Lächeln: »Dann sollten wir heute unseren Moment nicht verpassen!« Und er fing an, sie zu küssen.

Schabo sah aus den Augenwinkeln zum Fenster und erwiderte: »Ich glaube, den haben wir schon verpasst! Jetzt müssen wir uns nach Hause beeilen, sonst erleben wir ganz andere Momente!«

Suhrab blickte auch zum Fenster und sagte enttäuscht: »Oh Gott, es ist schon fast Morgen!«, und sie liefen beide in Eile nach draußen.

Die Enthüllung

Es war tief in der Nacht, als Nawas Khan schweißgebadet aufwachte, er fühlte sich nicht wohl. Im Zimmer war es heiß und stickig, die dicken Maulbeerholzstücke brannten immer noch im Ofen. Eine Weile noch wälzte er sich in seinem Bett, konnte aber nicht wieder einschlafen, er musste nach draußen. Mühsam stand er auf, kam zum Hof raus, atmete tief ein und sah zum Himmel auf. Als er ein paar Tröpfchen des Nieselregens auf seinem Gesicht spürte, verbesserte sich sofort seine Stimmung. Er freute sich immer über einen leichten, anhaltenden Regen und meinte, so nehme der Boden das Regenwasser besser auf und fülle die unterirdischen Quellen, dagegen spülten kurze, heftige Regenfälle nur die Erdoberfläche weg und seien für die Landwirtschaft nicht von Nutzen.

Nawas Khan spazierte einige Male im Hof hin und her. Als er sich das letzte Mal dem Haustor näherte, merkte er plötzlich, dass die Kette des Schlosses herunterhing. Anfangs dachte er, sie hätten vergessen, es am Abend zu schließen, er wollte die Kette sogar wieder vor das Schloss ziehen, dann aber schrillte bei ihm auf einmal die Alarmglocke, er bekam ein schlechtes Gefühl. Sein Verdacht fiel sofort auf Suhrab, vielleicht ist er in der Nacht nach draußen gegangen oder hat heimlich jemanden zu sich ins Haus geholt, in diesem Alter sollte man von ihm jede Dummheit befürchten, dachte er.

Er ließ das Tor, wie es war, ging zu Suhrabs Zimmer und öffnete die Tür langsam. Im Zimmer war es still und dunkel, er näherte sich Suhrabs Bett, rief ein paar Male nach ihm, hörte aber nichts von ihm. Er zündete ein Streichholz an und sah sich um, Suhrabs Bett war leer, es war niemand im Zimmer. Er setzte sich auf die Bettkante und versank in Gedanken, der Schlaf entfloh aus seinen Augen, durch seinen Kopf schossen verschiedene, ungute Gedanken. Er zog zwar alle möglichen Fälle in Betracht, verdächtigte alle in der Umgebung, kam aber wieder und wieder auf ein und dieselbe Person! Mehrmals nahm er sie aus dem Kreis der Verdächtigen heraus, aber je öfter er diesen Namen aus der Reihe strich, desto häufiger tauchte genau der wieder auf und verdichtete seinen Verdacht.

Er blickte in die Vergangenheit und ließ alle möglichen Szenen, wo Schabo und sein Sohn beide im Haus anwesend waren, vor seinen Augen ablaufen, er ging sogar zurück zu ihrer Kindheit, auch damals hatte sie einen schlechten Einfluss auf seinen Sohn, zum Glück hatte sein Bruder sie für viele Jahre nach Masar-e Scharif mitgenommen. Er war auch dann ihr gegenüber misstrauisch gewesen, als sie ins Dorf zurückkehrte. Das war Tahmina, seine Frau, die Schabo mochte. Sie hatte sie an der Stelle ihrer älteren Schwester Seeba eingestellt und hatte noch dazu ihn, ihren Mann, ausdrücklich gebeten, zu ihr nett zu sein.

In der Gegenwart der beiden merkte er aber nichts Verdächtiges, er dachte, sein Sohn habe die Kindheit überwunden und habe schon andere Sachen im Kopf, er sei von naiven Ideen besessen, wie die Geschichte mit dem Streik, wolle einen Helden spielen und die Welt um ihn herum verbessern.

Nawas Khan war so lange mit seinen Gedanken beschäftigt, bis er irgendwann im Sitzen eingeschlafen war.

Vor dem Morgengrauen quietschte die Tür leise und Suhrab betrat sein Zimmer. Nawas Khan öffnete die Augen, suchte nach der Streichholzbox neben sich, fand sie und zündete ein Streichholz. Suhrabs Herz sprang bis zum Hals, allein die Tatsache, dass jemand in seinem Zimmer war, erschreckte ihn zu Tode, aber als er dann auch noch niemand Anderen als seinen Vater auf seinem Bett erblickte, fiel er beinahe zu Boden. Wie angewurzelt stand er da und starrte ihn mit schockiertem Gesicht an.

Er wusste zwar, dass eines Tages sein Vater hinter sein Geheimnis kommen würde, und hatte an alle möglichen Szenarien gedacht, aber nicht an so was! Dass eines Nachts sein Vater in seinem Zimmer auf ihn lauern würde, das hätte er sich auch in einem bösen Traum nicht vorstellen können!

Suhrab war in seiner Liebe für alles bereit! Beleidigung, Beschimpfung, Prügel und sogar Tod konnten ihn nicht abschrecken! Aber warum zitterten jetzt, wo der Moment der Wahrheit gekommen war, seine Beine? Nach dem ersten Schock stieg in ihm Wut auf sich selbst hoch, er fing an, sich für seine Schwäche und Feigheit zu hassen.

In der Zwischenzeit zündete Nawas Khan die Öllampe an und sprach mit einer gedämpften Stimme: »Gut gemacht, mein Sohn! Tief in der Nacht hinter der Tochter des Erzählers herzulaufen, nicht mehr und nicht weniger! Vielleicht sind für dich auch Anstand und Gewissen bereits alte Begriffe und du bist stolz, sich von ihnen befreit zu haben? Gesetze des Staates hast du bereits missachtet, den Willen deines Vaters hast du schon mit den Füßen getreten, ich habe nichts dagegen unternommen, ich dachte, das sind Jugendabenteuer, mit der Zeit wird alles anders sein. Ich dachte, du wirst Halt machen, zur Vernunft kommen, aber nein! Du bist immer weiter gegangen und jetzt bist du zu dem Punkt gekommen, wo für dich selbst mein Name und meine Ehre von keiner Bedeutung sind! Hast du darüber auch nachgedacht, was die Leute sagen werden? Nawas Khans Sohn hat sich auf eine Affäre mit der Tochter des Erzählers eingelassen! Willst du, dass alle, also unser Stamm, Freunde und Feinde, Eigene und Fremde mit dem Finger auf mich zeigen? Warum bestraft mich Gott? Ich habe doch keinem etwas getan!«

»Baba ...!«

Nawas Khan sprach ungeachtet Suhrabs Einspruch weiter: »Nein, nein! Ich weiß, ich bin selbst schuld an allem! Nicht umsonst hatten unsere Vorfahren gesagt, du erntest das, was du gesät hast. Ich habe während deiner Kindheit nicht auf dich aufgepasst! Du warst mein letzter Sohn, das einzige Kind im Haus! Du wurdest von allen verwöhnt, jeder hat gesagt, Suhrab ist etwas Besonderes, er ist talentiert, aus ihm wird eines Tages eine Berühmtheit werden! Du hast in der zweiten Klasse schon jedes Buch gelesen, die Leute haben dich als Vorbild vor ihren Kindern genannt, deine Mutter hat gesagt, unser Stamm wird irgendwann auf meinen Sohn stolz sein. Das Lob von allen Seiten hat dich verdorben. Du hast dir eingebildet, du bist wirklich etwas Besonderes – und da du nicht wie alle Anderen bist, musst du auch etwas Besonderes anstellen, das machen, was die Anderen nicht gemacht haben, und das haben, was die Anderen nicht haben können ...!«

»Baba! Ich liebe sie ...!«, schrie Suhrab mit weinender Stimme. Ihm saß ein Kloß im Hals, mehr konnte er nicht herausbringen.

»Was? Das nennst du Liebe?«, erwiderte sein Vater im verärgerten Ton. »Weißt du, wer du bist und wer sie ist? Hast du auch eine Ahnung, wo deine Liebe endet? Ich sage es dir, das Ende ist eine ungeheure Schande für deine Familie und ein sicheres Todesurteil für euch beide! Nawas Khans Sohn und die Tochter des Erzählers! So was kann man noch nicht einmal in den Mund nehmen! Oder willst du sie vielleicht einfach ausnutzen und dich mit ihr für ein paar Tage amüsieren?«

Seines Vaters letzter Satz verletzte Suhrabs Gefühle aufs Tiefste, jetzt spürte er keine Angst mehr, ganz entschlossen unterbrach er seinen Vater: »Baba! Hör bitte mir auch einmal zu!«

Sein Ton überraschte Nawas Khan, er musste nachgeben, Suhrab sprach weiter: »Ich stehe jetzt vor dir, Baba, und vor meinem Gott! Ich schwöre auf seinen Namen, ich schwöre an die Liebe, die du deinem Sohn gegeben hast, meine Gefühle für sie sind tief wie ein See und rein wie ein Kristall. Ich weiß nicht, Baba, wann, wie und warum! Ich weiß nur, dass Gott mir diese Liebe geschenkt hat, ich habe sie nicht mit Absicht oder für irgendwelche Zwecke gewählt, ich habe sie nicht gesucht und es steht auch nicht in meiner Macht, sie aus meinem Herzen zu vertreiben!«

Suhrab wurde immer emotionaler, seine Kehle fühlte sich nicht mehr trocken an, er sprach sicher und zwanglos: »Für mich hat es keine Bedeutung, Baba, wessen Tochter Schabo ist und wer ihre Vorfahren waren. Liebe unterscheidet nicht nach Herkunft oder Religion, Reichtum oder Armut, sie kennt keine Fremden oder Feinde. Erinnerst du dich, Baba? Wir haben zu Hause die Geschichten von Arsalan und Faruch-Laqa, Leila und Madschnun, Scherin und Farhad gelesen, jeder hatte seine eigene Meinung dazu, du bist aber immer auf der Seite der Liebenden gewesen, du hast Freude gezeigt, wenn sie Glück hatten, und warst traurig, wenn sie sich trennen mussten. Was ist passiert, Baba? Warum betrachtest du jetzt die Liebe als Schande?«

»Warum vergleichst du um Himmels Willen ein Märchen mit dem Leben, einen Traum mit der Realität? Wenn ich sogar meine Augen verschließen und alles annehmen könnte, würden das unsere Verwandten, unsere Stammesangehörigen und die Dorfbewohner niemals akzeptieren und verzeihen. Es gibt Dinge, die seit Generationen als Tabu gelten, die darf man nicht brechen. Niemand ist in der Lage, auch ich nicht, sich gegen unsere Lebensregeln und Stammesgesetze zu stellen. Baschar, der Erzähler, ist auch ein Mensch, ich habe nichts gegen ihn, er ist mir sogar sympathisch, aber wenn es um Heirat und Familiengründung geht, dann suche ich den Partner unter meinesgleichen und er unter seinesgleichen! Das war schon so, als unsere Väter gelebt hatten, und so wird es auch weiterhin bleiben! Sieh mal! Ich bin schon weit über 50, mein Leben habe ich mit Stolz und Ehre verbracht, beschmutze nicht meinen Namen, meine Reputation im Alter, ich bitte dich!«

»Wie lange müssen wir noch auf das Getuschel der Anderen hören, Baba? Wie lange müssen wir Schwarz als Weiß ausgeben, nur weil andere es so wollen? Warum versuchen wir, die Sonne mit zwei Fingern zu verdecken? Warum sollten Wünsche und Träume vieler junger Leute brutalen Traditionen und falschen Regeln der Mullahs zum Opfer fallen? Es muss doch jemand aufstehen und sagen können: Hey, Leute! Wacht auf! Seht euch die Welt an! Wo stehen sie und wo wir?«

»Und dieser Jemand muss ausgerechnet du sein, der Sohn von Nawas Khan?«, unterbrach er seinerseits Suhrab. Er richtete sich auf und fuhr fort: »Sieh dir mal deine Brüder an! Warum habe ich kein Problem mit ihnen? Du bist noch in der Schule, sie haben aber schon ein Studium hinter sich. Sowohl ihr Wissen als auch ihre Erfahrung sind wesentlich größer als deine, sie haben doch ein paar mehr Hemden als du ausgetragen! Warum stehen sie nicht gegen unsere Traditionen und Regeln der Scharia? Sieh mal zu Khaled! Das ganze Dorf bewundert ihn! Er hat mein Wort nicht mit Füßen getrampelt! Als deine Mutter und ich beide für ihn ein Mädchen gewählt haben, sagte er kein zweites Wort! Und wir haben für ihn eine Frau gewählt, deren Eltern uns von der Herkunft gleich waren, eine Familie mit gutem Ruf, deren Tochter tadellose Erziehung bekommen hat. Und was für eine traumhafte Hochzeit haben sie gehabt! Freund und Feind, alle staunten, die Leute im ganzen Distrikt redeten darüber. Sie werden noch lange diesen Tag in Erinnerung haben. Auch für Salim und dich werde ich Bräute aus noblen Familien wählen und genauso grandiose Hochzeitfeste organisieren.«

»Du kannst mir eine noble Familie aussuchen, Baba! Du kannst für mich auch eine Khan-Tochter wählen! Dir wird es auch nicht schwerfallen, eine große Hochzeit zu organisieren, aber Glück, Baba ... das kannst du mir nicht geben! Ohne Liebe wird mein Leben die Hölle sein, Baba, und mit mir wird auch ein anderer Mensch leiden! Ich will nichts von so einem Leben! Ich brauche keinen Namen, keinen Titel, kein Geld, kein Gold! Ich will nur der Mensch sein, dem das Recht auf Liebe gewährleistet ist. Wenn du mir dieses Recht wegnimmst, dann nimmst du meine Seele und Gefühle auch mit. Einem seelenlosen Körper sind alle Schätze der Welt nicht von Nutzen!«

Nawas Khans Geduld ging langsam zu Ende. Er sprach nun schon laut und wütend: »Entweder bin ich nicht mehr von Sinnen oder du willst mich absichtlich nicht verstehen! Was hast du dir um Gottes willen gedacht? Du lebst doch nicht im Dschungel! Alles, was du tust, geht nicht nur allein dich etwas an! Kapierst du nicht, dass von deinen Unsinnigkeiten auch deine Familie, Verwandte und das ganze Dorf betroffen sind?«

Er schwieg eine kleine Weile, fuhr dann schon etwas ruhiger fort: »Ich will dir eines klar machen, mein Sohn! Wenn du denkst, dass du unsere Traditionen missachten und gegen den Willen deines Vaters dieses Mädchen aus den Wulas heiraten kannst, dann streich solche Gedanken sofort aus deinem Kopf. Ich sage dir nur einmal, sie wird niemals deine Frau sein! Kein Mullah wird eure Heirat beschließen! Lass das arme Mädchen in Ruhe, es ist noch nicht zu spät! Das ist meine endgültige Entscheidung! Und noch etwas! Wenn du trotzdem weitermachst und meine Entscheidung ignorierst, dann bleibt mir nichts Anderes, als zu anderen Mitteln zu greifen!«

Nawas Khans Einreden und Drohungen konnten aber Suhrabs Entschlossenheit in keiner Weise ins Schwanken bringen.

»Liebe ist wie ein Gebet zu Gott für mich, ich kann es meinem Gott nicht verweigern ...«

Suhrabs letzter Satz brachte Nawas Khans Blut zum Kochen, er sprang wuterfüllt vom Platz und verpasste Suhrab eine heftige Ohrfeige. In Suhrabs Ohren klingelte es, in den ersten paar Sekunden nahm er sogar nichts mehr richtig wahr, irgendwie aus der Ferne hörte er seines Vaters Worte: »Dein Vater ist nichts, aber dein sündiges Verhalten ist ein Gebet zu Gott! Du hast deinen Verstand verloren!«

Suhrab fühlte weder Schmerz noch Erniedrigung, er war nicht böse auf seinen Vater, sein Gesicht zeigte sogar ein trauriges Lächeln.

»Schlage mich weiter, Baba! Wenn Liebe Sünde ist, dann ist jedes Teilchen meines Körpers sündig! Dann ist auch die allergrößte Strafe winzig gegen meine Sünde.«

»Um Gottes willen! Weg von meinen Augen!«, sagte Nawas Khan und ging an ihm vorbei zur Tür.

Nach dem Gespräch mit seinem Vater verbrachte Suhrab den ganzen Freitag im Garten, es war nicht kalt, die Sonne schien, er setzte sich auf einen Baumstamm neben der Gartenmauer und versank in Gedanken. Mal schlief er im Sitzen, mal stand er auf und ging im Garten hin und her. Er war tieftraurig und machte sich große Sorgen. Er wusste nicht, was sein Vater als Nächstes unternehmen wird und wie er es Schabo sagen sollte, dass sein Vater schon über alles Bescheid wusste. Zudem hatte er Schuldgefühle. Er wollte nicht seinem Vater Ärger bereiten, aber wie konnte er anders vorgehen? Eines Tages, ob heute oder ob zehn Jahre später, hatte es zu diesem Gespräch kommen müssen!

Suhrab sah keine andere Wahl, als dem Vater zu sagen, dass er sie liebt und auf seine Liebe nicht verzichten wird. Das stand nicht in seiner Macht. Ihm fiel es leichter, den Tod anzunehmen als Schabo aufzugeben!

Auch Nawas Khan hatte den ganzen Tag schlechte Laune. Er wusste, dass die Affäre zwischen seinem Sohn und der Tochter des Erzählers nicht lange geheim bleiben würde. Bald gäbe es in jeder Ecke dummes Geschwätz, es würde spekuliert und man hätte Gerüchte verbreitet. Allein die Vorstellung, böse Andeutungen von einigen im Dorf hören zu müssen, machte ihn wütend.

Nawas Khans Herz tat weh, als er dachte, dass sein kleiner Sohn seinem Wort nicht mal den Wert einer bitteren Zwiebel schenkte. Vor seinen Augen stand Suhrabs Kindheit! Ein ruhiger, artiger und liebevoller Junge! Jeder betonte, unter seinen Füßen würden nicht mal Ameisen zu Schaden kommen. Seine Mutter nahm ihn überallhin mit. Er, sein Vater, bat ihn, Geschichten und Märchen für die Gäste vorzulesen. Jeder fand es unglaublich, dass so ein kleiner Junge schon fließend lesen konnte. Er, Nawas Khan, war stolz auf ihn, hoffte, dass eines Tages sein Sohn erwachsen sei und ihm unter die Arme greifen werde. Jetzt aber, wo er noch jung ist, macht er gegen ihn, gegen die Lebensweise seiner Vorfahren Rebellion, will alles auf den Kopf stellen, ändern und kaputt machen.

Manchmal sprach Nawas Khan in Gedanken auch mit seiner verstorbenen Frau und machte nicht nur sich selbst, sondern auch ihr Vorwürfe: »Nein, Khaleds Mutter! Wir beide sind an allem schuld. Ich habe mein ganzes Leben Baschar, den Erzähler, verwöhnt, ihm erlaubt, mit uns auf einem Dastarchan zu essen. Die Leute sagten, Nawas Khan macht einen Fehler, er macht es Leuten wie Baschar möglich, ihre Grenzen zu überschreiten, ich habe aber auf ihre Kritik keinen Wert gelegt und habe gesagt, das macht nichts, der Erzähler ist auch ein Kind von Adam.

Und du, Khaleds Mutter! Du bist noch schlimmer als ich gewesen! Du hast mit deinem Verhalten alles im Dorf in Chaos versetzt, du hast den alten Darwisch deinen Bruder genannt, du hast Seeba so behandelt, dass ein Fremder hätte denken können, sie sei deine Tochter oder kleine Schwester. Du warst auch zu Schabo übertrieben nett, du hast dich für sie eingesetzt und ich musste sie deinetwegen ins Haus lassen. Du hast sie wie ein Mitglied der Familie behandelt, langsam hat sie auch selbst vergessen, dass sie ein Dienstmädchen des Hauses ist. Suhrab hat das alles gesehen, unser Verhalten hat ihn durcheinandergebracht, er konnte die Trennlinie zwischen uns und unseren Dienern nicht mehr wahrnehmen. Wenn wir zu diesen Leuten so nett waren, sie nicht gemäß ihrer Herkunft und Status behandelt haben, warum sollte bei unserem Sohn alles anders sein? Und am Ende haben wir das im Topf, was wir hineingeworfen hatten! Unser Sohn hat sich in Schabo verliebt! Kannst du dir so etwas vorstellen?«

Nawas Khan überlegte sich die ganze Zeit eine Lösung, einen Ausweg aus der Situation. Mal entschied er sich für härtere Maßnahmen gegen Suhrab, dann musste er aber an die Konsequenzen denken, jeder laute Konflikt mit seinem Sohn, jeder Lärm, Skandal oder jedes Ärgernis im Haus schadete in erster Linie dem Ansehen der Familie! Auf so was konnte er nicht eingehen. Ein anderes Mal dachte er über ein weiteres Gespräch mit seinem Sohn nach, aber auch einen solchen Schritt befand er letztendlich als aussichtslos, Suhrab war stur, seine Vernunft war getrübt, er würde sich auf keinen Fall von seinem Weg abbringen lassen.

Nach allen Überlegungen und Abwägungen kam Nawas Khan zum Schluss, sich statt auf seinen Sohn auf Schabo zu konzentrieren. Sie blieb die einzige Möglichkeit, wodurch die Situation noch einigermaßen zu retten schien. In seinem Kopf nahm langsam ein Plan Form an, er musste mit ihr allein sprechen.

Am Samstagmorgen, als Schabo wie jeden Tag zur Arbeit kam, bemerkte sie eine ungewöhnliche Ruhe im Haus, im Hof war niemand zu sehen, auch von Gutai war nichts zu hören. Schabo kam zu Fatimas Zimmer und traf sie im Türrahmen. Auch ihr Gesichtsausdruck sagte nichts Gutes, normalerweise plauderten sie ein bisschen miteinander, bevor sie ihre Arbeit aufnahm, aber heute erwiderte sie ihre Begrüßung kühl und kam sofort zur Sache.

»Nimm das Tablett aus der Küche und bring ihm Tee!«, sagte Fatima und zeigte in Richtung von Nawas Khans Zimmer.

Schabos Herz klopfte laut, sie ahnte sofort, dass es um sie und Suhrab gehen würde. Jetzt verstand sie, warum Suhrab sich gestern den ganzen Tag nicht gezeigt hatte! Unwillig ging sie zur Küche, nahm das Tablett und mit rasendem Herzen ging sie zu Nawas Khans Zimmer. Das Erste, was ihr in den Sinn kam, war Nawas Khans wuterfülltes Gesicht! Ich werde das Zimmer betreten, er wird aufstehen und mich zu seinen Füßen niederwerfen und solange beschimpfen und verprügeln, bis ich meinen Geist aufgebe, dachte Schabo.

Sie trat vorsichtig durch die Tür, aber im Gegensatz zu ihrer Befürchtung, bemerkte sie in Nawas Khans Gesicht keine Anzeichen für Ärger oder Wut. Er zeigte mit der Hand, sie sollte das Tablett vor ihm auf dem Teppich stellen. Schabo beugte sich mit zitternden Knien und stellte behutsam das Tablett auf den Boden. In anderen Tagen hätte sie sich umgedreht und ruhig sein Zimmer verlassen, aber dieses Mal hielt sie unwillkürlich an, als hätte Nawas Khan ihr geflüstert, bleib hier, ich muss mit dir reden! In der Tat, Nawas Khan bat sie, zu bleiben, und fing an, ohne Vorrede zu sprechen.

»Ich weiß, was zwischen dir und Suhrab läuft. Gib dir nicht die Mühe, es zu bestreiten! Hab keine Angst! Ich werde dich nicht beschimpfen oder verprügeln. Du bist ein kluges Mädchen, ich habe nur ein paar klare Worte für dich!«

Nach ein paar für Schabo peinlichen Sekunden, sprach er weiter: »Du bist in unserem Haus aufgewachsen, hast unser Brot und Salz gegessen, meine Frau, Gott schenke ihr das Paradies, war nett zu dir, auch ich habe dich menschlich behandelt. Immer wenn dein Vater in Not geraten war, habe ich ihm geholfen. Dir ist doch bewusst, dass du diesem Haus vieles schuldig bist, oder?«

Schabos Gesicht war rot wie ein Granatapfel, ihre Lippen zitterten und in ihren Augen standen Tränen, sie konnte nur mit gesenktem Kopf nicken.

Nawas Khan fuhr fort: »Wenn das so wäre, dann hätte dir auch der Name und das Ansehen des Hauses heilig sein müssen! Die Realität spricht aber leider vom Gegenteil. Dein Verhältnis mit Suhrab ist beschämend und respektlos, es ist gegen Gottes Gesetz, gegen die Scharia und gegen zivile Gesetze! Ich weiß, wir sind selbst auch Schuld daran, dass du dich in deiner eigenen Familie nicht wohl fühlst und dich die Khan-Familie anzieht. Du hast viele Jahre bei der Familie meines Bruders verbracht, dann hat Suhrabs Mutter dich übermäßig verwöhnt, und irgendwann hast du den Bezug zur Realität verloren. Aber du bist nicht mehr ein Kind und musst wissen, wer du bist und wie du dich benehmen sollst. Wenn du hoffst, dass Suhrab dich eines Tages heiraten wird, dann sage ich dir, so eine kranke Fantasie wird nie real werden! Eure Beziehung bringt euch beiden nur eins: Unheil, Katastrophe, Niedergang. Heute weiß nur ich von eurem Geheimnis, morgen wird es jeder Freund und Feind im Dorf wissen. Suhrab ist noch jung, hat keine Erfahrung, die Gefühle der Jugend haben seine Vernunft verschleiert, er kann sich die Konsequenzen seiner Tat nicht vorstellen. Er ist mein Sohn, ein Stück meines Herzens, kein Vater will seinem Sohn etwas Böses, aber die Familienehre ist höher als der Wunsch, das Glück oder sogar das Leben eines einzigen Mitgliedes der Familie. Ich werde ihm nie erlauben, den Namen unserer Familie zu beschmutzen! Wenn er mir keine andere Wahl lässt, dann kann ich auch auf so einen Sohn verzichten.«

Nawas Khans letzter Satz schlug wie ein Blitz in Schabo

ein, sie warf sich schnell auf die Knie und bat mit tränenerstickter Stimme: »Ich senke meinen Kopf zu deinen Füßen, Onkel Khan! Ich flehe dich an! Sag bitte Suhrab nichts, er trägt keine Schuld, ich bin die Einzige, die bestraft werden muss!«

Nawas Khan richtete sich auf und sagte mit etwas milderem Ton: »Reiß dich bitte zusammen! Mit Tränen kann man keinem helfen! Wenn ich dir etwas sage, dann lege ich zuerst meine Hand auf mein Herz! Es ist nicht aus Stein, wie du vielleicht denkst! Ich weiß, wie unbedacht man in der Jugend sein kann. Ich war selbst jung und verstehe, dass man in diesem Alter leicht die Orientierung im Leben verliert! Hier sind wir, die Älteren, verpflichtet, unserer Jugend den richtigen Weg zu zeigen.«

»Du bist wie ein Vater für mich, Onkel Khan! Du und Tahmina Dada waren immer nett zu mir, ich bin euch unendlich dankbar! Deine Worte sind Gesetz für mich! Ich bin bereit, mein Schicksal zu akzeptieren, verschone aber bitte Suhrab, er ist ein Engel, er trägt doch keine Schuld!«, erwiderte sie mit Tränen in den Augen.

Nawas Khan starrte sie einen Moment genau an und fragte dann plötzlich: »Liebst du ihn wirklich?«

»Über alles, mehr als mein Leben, Onkel Khan!«, folgte ihre Antwort entschlossen.

»Bist du bereit, für ihn Opfer zu bringen?«

»Ja, Onkel Khan! Für jedes seiner Haare gebe ich mein Leben!«

»Wenn es so ist, wenn du ihn wirklich liebst und wenn du seine Zukunft retten willst, dann musst du dich von ihm trennen!«

Wie ein Messer trafen seine Worte Schabos Herz, sie sah ihn schockiert an und konnte keinen Laut mehr herausbringen.

Ungeachtet ihrer Reaktion sprach Nawas Khan weiter.

»Hör mal, in deinem Alter verliebt jeder sich wahnsinnig und denkt, wenn es im Leben etwas gibt, dann ist es nur diese eine Liebe. Mit der Zeit wird man aber immer vernünftiger, irgendwann blickt man zurück und lacht sich selbst aus! Bald fährt Suhrab nach Kabul und fängt dort ein neues Leben an! Es wird nicht lange dauern, bis er neue Leute kennenlernt und alle Sorgen seines Dorfes vergisst. Auch du wirst vielleicht eine Zeit lang leiden, ein paar Nächte nicht schlafen, dann aber wird alles wieder ins Lot kommen. Ich versichere es dir!«

»Ich gehe für ihn durch die Hölle, Onkel Khan! Ich kann mich von ihm trennen, ich kann mir Schmerz und Leid antun, aber wie kann ich sein Herz brechen? Wie kann ich ihn so enttäuschen und verletzen?«, sagte Schabo mit weinender Stimme.

»Es gibt keine andere Wahl, Schabo! Er ist stur, du musst ihm die Augen öffnen und sagen, dass eure Liebe ein Irrtum ist, dass du nicht mehr mit Feuer spielen willst, dass durch eure Beziehung deine Familie zu Schaden kommt. Wenn du nur ein paar Tage hart bleibst und dich nicht umstimmen lässt, dann wird alles gut sein. Glaub mir, das ist auch nicht so schwer, wie du jetzt vielleicht denkst. Und wenn du das schaffst, dann hast du all deine Pflichten unserer Familie gegenüber getan. Ich verspreche dir, es wird für dich persönlich im Haus alles so bleiben wie bisher und ich werde auch weiterhin deine Familie unterstützen.«

»Okay, Onkel Khan! Ich versuche es. Gott ist Zeuge, ich mache das nur für ihn, für sein Leben und für seine Zukunft. Ich werde ihn nicht treffen und mit ihm nicht sprechen und deswegen komme ich ab morgen nicht mehr zu eurem Haus …«

Nawas Khan schüttelte entschieden den Kopf und fiel ihr sofort ins Wort: »Untersteh dich, so was zu tun! Das wird nicht unbemerkt bleiben, die Leute werden spekulieren, warum Nawas Khan die Tochter des Erzählers aus seinem Haus verbannt hat. Alles muss lautlos geschehen! Du kommst wie immer zu deiner Arbeit, etwas später, wenn Suhrab zur Schule geht, und am Nachmittag gehst du früher nach Hause. Fatima wird sich darum kümmern.«

Schabo verließ sein Zimmer völlig zerstreut, sie bewegte sich wie ein geistloser Körper. Als sie die Küche betrat, stand dort Fatima und wartete auf sie. Schabo begann, wie ein Roboter das Geschirr zu waschen, sich hin und her zu bewegen, ohne Fatimas Anwesenheit wahrzunehmen, ohne zu verstehen, was sie tat. Fatima näherte sich ihr und legte vorsichtig ihre Hand auf Schabos Schulter. Plötzlich zuckte Schabo, lehnte ihren Kopf gegen Fatimas Brust und heulte.

Fatima zog sie an sich, strich mit der Hand über ihre Haare und sagte seufzend: »So ist unser Schicksal! Der Allmächtige hat Frauen zum Leiden erschaffen!«

Suhrab hatte schon seit drei Tagen Schabo nicht gesehen, jeden Tag, wenn er von der Schule nach Hause kam, suchten seine Augen fieberhaft nach ihr, sie war aber nirgendwo zu finden. Er machte sich langsam ernsthafte Sorgen um sie. Nach seinem letzten Gespräch mit ihm könnte sein Vater auch Schabo zur Rede gestellt haben! Fatima wollte er aber nicht nach Schabo fragen, denn das hätte nur ihre neugierigen Blicke und unangenehme Anmerkungen zur Folge gehabt.

Am vierten Tag hielt er es nicht mehr aus, bat seinen Lehrer um frühere Entlassung, angeblich fühle er sich nicht wohl, und eilte von der Schule nach Hause. Gerade vor dem Tor seines Elternhauses traf er auf Schabo, die ihre Arbeitsstelle verlassen wollte. Als er sie anblickte, ging eine Schockwelle durch seinen Körper, Schabo war nicht mehr dieselbe, die er vor drei Tagen gesehen hatte! Ihre tief eingesunkenen Augen waren voller Leid und Schmerzen und die dunklen Augenringe waren nicht zu übersehen. Ihr Gesicht sah so aus, als hätte sie eine lange Krankheit hinter sich gebracht! Suhrab wollte ihr etwas sagen, aber sie zog schnell ein Papierstück aus der Tasche, drückte es ihm in die Hand und lief davon.

Suhrab starrte eine Weile verwirrt hinter ihr her, dann ging er direkt zu seinem Zimmer, warf seine Schultasche auf das Bett, öffnete mit zitternden Fingern das Papierstück und las den Zettel, Schabos Stimme klang in seinen Ohren.

»Jeder Traum hat sein Ende, Suhrab Jan! Meiner war von kurzer Dauer, aber bunt und schön, sodass ich die süße Erinnerung daran bis zum Ende meiner Tage nicht vergessen werde. Man kann sich nicht ewig in Illusionen wiegen, mein Suhrab! Die bittere Realität des Lebens öffnet einem irgendwann die Augen. Auch du wirst irgendwann, genauso wie ich, erwachen und die Welt mit anderen Augen sehen.

Ich weiß, was in deinem Herzen im Moment vorgeht! Du schüttelst den Kopf, bist nicht mit mir einverstanden. Du machst mir Vorwürfe, bezeichnest mich als Feigling, als eine Frau also, die bereits den ersten Schicksalsschlag nicht ausgehalten und unseren Palast der Liebe ohne Widerstand aufgegeben hat.

Ich schwöre auf unsere Liebe, die uns so heilig ist: Wenn es nur um mein Leben gegangen wäre, dann hätte ich den Tod gegenüber einem Leben ohne Liebe bevorzugt, aber wir sind nicht allein, mein Suhrab! Unsere Beziehung wird eines Tages eine derartige Flut verursachen, dass mit uns auch uns nahestehende Menschen untergehen werden. Ich kann aber nicht hinnehmen, dass meinetwegen auch meine Familie zu Schaden kommt.

Wir haben eine Liebe und zwei Lebenswege, so hat es unser Schicksal entschieden, mit Willkür oder Gefühlen können wir daran nichts ändern. Uns war tief im Herzen bewusst, dass unsere Liebe nicht glücklich sein kann und der Trennungstag bevorsteht. Wir dachten, wenn wir die Trennung vergessen, vergisst auch sie uns. Das war aber Selbsttäuschung. Nun ist dieser Tag gekommen, Suhrab Jan! Unser Traum vom Glück ist ausgeträumt. Von nun an wird jeder von uns seinen eigenen Weg gehen, so ist es besser für uns alle. Ich habe nur eine Bitte an dich! Versuch nicht, mich umzustimmen. Wenn du willst, dass ich nicht noch mehr leide, dann lass mich in Ruhe. Wir werden beide den Mut finden, Schmerz und Leid der Trennung zu überwinden, davon bin ich fest überzeugt.

Sei sicher, mein Suhrab! Ich werde immer für deine Herzenswärme, für deine Liebe, Aufmerksamkeit und menschliche Behandlung dankbar sein. Wo auch immer du bist, denk daran, dass es in dieser Welt ein sündiges Geschöpf gibt, das dich über alles liebt, sie betet für dich und sagt: Oh Allmächtiger! Ich übergebe dir meinen Liebsten, bewahre ihn vor Bösem, gönne ihm Glück und Gesundheit. Ihm steht sein Lächeln sehr, mach es so, dass er im Leben immer lächeln wird!«

Suhrab las den Brief, schüttelte ständig den Kopf und ihm liefen die Tränen über die Wangen. Er las ihn einmal, schnell und oberflächlich, las ihn ein zweites und drittes Mal. Er konnte es einfach nicht glauben! Er erwartete alles, nicht aber ein Schlussmachen von ihrer Seite!

Er steckte den Brief in die Tasche und versank in Gedanken, ihm wurde sofort klar, dass Schabo so was nicht aus eigenem Willen geschrieben hatte, jemand zwang sie zu diesem Schritt und dieser jemand konnte nur sein Vater sein! »Du kennst deinen Sohn nicht, Vater! Wenn du denkst, dass du uns so einfach trennen kannst, dann täuschst du dich! Es gibt keine Macht in der Welt, die mich von meiner Liebe abbringen kann, das werde ich dir bald beweisen!«, schwor er vor sich.

Suhrab stand auf, ging mehrmals im Zimmer hin und her, er musste etwas unternehmen. Ein Krach mit seinem Vater würde alles nur schlimmer machen und dadurch würden vor allem Schabo und ihre Familie leiden. Das einzige Vernünftige, das ihm blieb, war, eine Gesprächsmöglichkeit mit Schabo zu suchen und herauszufinden, was tatsächlich passiert war.

Am nächsten Tag schwänzte er wieder die letzten Unterrichtsstunden und kam früher nach Hause. Zu seinem Glück fehlten sowohl sein Vater als auch Gutai, die ständig hinter Schabo und ihm herspionierte. Schabo hörte sofort mit der Arbeit in der Küche auf, verabschiedete sich von Fatima und ging in Eile Richtung Haustor.

Suhrab lief hinter ihr her und erreichte sie am Tor: »Schabo, bitte! Wir müssen miteinander reden! In der Nacht zum Freitag gegen 24 Uhr warte ich auf dich vor eurer Haustür!«

»Um Gotteswillen, tu das nicht, mach nicht alles noch schlimmer! Ich werde sowieso nicht rauskommen!«, erwiderte sie, während sie noch schneller von ihm weglief.

»Ich werde trotzdem auf dich warten, hörst du?«, rief Suhrab hinter ihr her.

Am Donnerstag, als er von der Schule nach Hause kam, teilte ihm Fatima mit, sein Vater sei in die Stadt gefahren, um ein paar wichtige Sachen zu erledigen, und bleibe dort vielleicht für ein paar Tage bei seinen Freunden. Suhrab war erstmals im Leben froh, dass sein Vater zum Abend nicht nach Hause kam. Nun konnte er ohne Angst, von ihm erwischt zu werden, sein Haus verlassen und Schabo treffen.

Suhrab zählte den ganzen Tag über die Minuten, je näher zum Abend, desto mehr verlangsamte sich die Zeit, als ob Mitternacht nie kommen würde. Er hielt kaum bis Mitternacht aus, stand früher als üblich auf und machte sich auf den Weg zu Schabo.

Als er ihre Haustür erreichte, blickte er auf seine Uhr, sie zeigte zehn vor zwölf. Es war schon kalt, Suhrab wickelte seinen Pattu um die Schultern und lehnte sich gegen die Wand. Seine

Gedanken waren gemischt, einerseits war er optimistisch, dass sie kommen wird, beide würden zu ihrem Liebespalast gehen, miteinander reden und alles wird wieder gut sein, anderseits erinnerte er sich an sein letztes flüchtiges Gespräch mit ihr und in ihm kamen Zweifel und Enttäuschung hoch.

Auch Schabo konnte in dieser Nacht nicht die Augen schließen, ständig griff sie nach Suhrabs Uhr unter dem Kissen und schaute darauf, sie wusste, dass Suhrab in der Kälte vor ihrer Haustür stand und auf sie wartete. Ihr Kissen war schon von Tränen nass.

In einem Moment wurde alles zu viel für sie, sie setzte sich entschieden im Bett auf, wollte zur Tür laufen und sich in seine Arme werfen, dann aber klangen Nawas Khans Worte in ihren Ohren, er werde für seine Ehre vor nichts Halt machen und auch seinen Sohn zum Opfer bringen! Sie warf sich wieder auf den Kissen und brach in bitteres Weinen aus.

Suhrab stand lange unbewegt da und hörte auf jedes Geräusch hinter der Tür, in der Hoffnung, die Tür werde sich langsam öffnen, Schabos beängstigtes aber überglückliches Gesicht werde erscheinen, man würde einander fest in die Arme nehmen und alles in der Welt vergessen. Das geschah aber nicht. Irgendwann fühlte er stechende Kälte in seinem Rücken und seinen Schultern, er fing an, von einem Fuß auf den anderen zu treten, seine Beine taten weh. Er hätte sich gern kurz hingesetzt, aber da war nirgendwo Platz zum Sitzen.

Das letzte Mal, als er auf seine Uhr schaute, war es kurz nach drei, er seufzte, gab endgültig die Hoffnung auf, dass sie zum ihm rauskäme. Unwillig und enttäuscht trat er den Rückweg nach Hause an. Noch ein letztes Mal, bevor er in die Straße abbog, schaute er zu Schabos Haustür, es war aber nichts in der Dunkelheit zu sehen.

Suhrab ging geistesabwesend die Straße entlang, er war nicht traurig, nicht wütend, ihn umhüllte nur die Dunkelheit, alles um ihn war unbedeutend, farb- und wertlos. Eigentlich wollte er nach Hause, aber seine Beine brachten ihn unbewusst zur *Bala Chana*. Er merkte es erst dann, als er schon ihren Liebespalast allein betreten hatte.

Suhrab machte seine Taschenlampe an, warf einige Holzstücke aus seinem und Schabos verstecktem Vorrat in den Kamin und zündete sie an. Seine Zähne knirschten, obwohl er die Kälte gar nicht spürte. Er setzte sich vor dem Feuer, bedeckte sein Gesicht mit den Händen und senkte den Kopf zu Boden. Die *Bala Chana* wurde langsam warm, Suhrab spürte, wie die Hitze seine Stirn und sein Gesicht streichelte.

Auf einem großen Platz hatten sich hunderte Dschinnen versammelt, in der Mitte des Platzes war ein Scheiterhaufen aufgebaut, um ihn herum tanzten Dutzende von kleinen, großen, alten und jungen Dschinnen.

Suhrabs Mund war mit einem Tuch verbunden, zwei mächtige Dschinnen zogen ihn vor den Thron des Häuptlings. Plötzlich bemerkte er, dass auf dem Thron kein Anderer als der alte Darwisch saß! Er hatte eine Krone aus verschiedenfarbigen Stoffen auf dem Kopf, war nackt, sein ganzer Körper war von langen Haaren bedeckt, sein Mund reichte von einem

Ohr zum anderen.

Anfangs zweifelte Suhrab noch, ob dies wirklich Darwisch war. Aber als er die Hand hob und mit dem Finger in die Mitte des Platzes zeigte, sah Suhrab schnell zu seiner Hand, da fehlten zwei Finger! Darwisch hatte immer erzählt, dass er selbst einmal von den Dschinnen der *Bala Chana* zu ihrer Hochzeit entführt worden war und diese seine Mittel- und Ringfinger abgeschnitten und jeweils der Braut und dem Bräutigam als Geschenke überreicht hatten.

Außerdem waren sein knochiges Gesicht und die besonderen Augen unverkennbar. Suhrab versuchte zu schreien und zu sagen: Hey! Ich bin's, Suhrab! Aber sein Mund war verbunden und niemand kümmerte sich darum, was er mit seinem Kopfschütteln und seinen Augenbewegungen andeuten wollte.

Die zwei Dschinnen rechts und links von ihm schleppten ihn zum Scheiterhaufen, hängten ihn darüber auf und zündeten die Hölzer an. Suhrab versuchte sich zu befreien, er bewegte sich mit aller Kraft hin und her in der Luft und hoffte, er würde runterfallen, aber vergeblich!

Die Dschinnen tanzten um ihn immer schneller und berauschender, bald fühlte er die Hitze auf seinem Gesicht, es wurde immer heißer und heißer, Suhrab schrie, er war wütend auf Darwisch, der gar nicht auf ihn achtete.

Die Flamme erreichte ihn fast schon und fing an, an seinen Händen und an seinem Gesicht zu lecken, er dachte, das ist sein Ende, er würde nie wieder Schabo sehen. Warum auch die Dschinnen zu seinen Feinden wurden, das verstand er nicht, ihn tröstete nur eins, dass Schabo nicht dabei war, sie musste nicht mit ihm bei lebendigem Leib verbrennen!

In diesem Moment wachte er mit Schrecken auf. Als er zu sich kam, spürte er, dass sein Gesicht und Hände von der Hitze des Kamins glühten. Suhrab schaute zum Fenster hoch, der Himmel sah zwar immer noch dunkel aus, aber die Hahnenschreie waren aus der Nähe und Ferne zu hören.

Die Flut

Dieses Jahr fiel besonders geizig aus, was die Regenmenge betraf. Der Winter ging langsam zu Ende, aber ein richtiger, andauernder Regen, der den Bodendurst stillte und die Bauern zufriedenstellte, ließ immer noch auf sich warten. Es drohte eine Dürre und der Rote Mullah bezeichnete die Lage als Gottesstrafe für ihre Sünden. Er rief schon seit Tagen die Dorfbewohner zu extra Gebeten und einer Almosenverteilung.

Eines Tages zogen aber plötzlich dunkle Wolken über den Himmel und es begann, tropfenweise zu regnen. Suhrab, der den ganzen Tag auf seinem Bett mit dem Blick zur Decke lag, bekam vom Nieselregen gar nichts mit. Es war Freitag, also ein schulfreier Tag, Schabo erschien aber in ihrem Haus überhaupt nicht, es war nicht schwer, zu verstehen, dass sie eine Begegnung mit ihm vermeiden wollte, und das tat ihm besonders weh.

Er ging erst kurz vor dem Anbruch der Dämmerung zum Hof hinaus, der Nieselregen, die frische Luft und der Geruch der nassen Erde brachten ihm eine gewisse Erleichterung. Er stand in der Mitte des Hofes und schloss seine Augen. Die Regentropfen fielen auf seinen Kopf und flossen weiter zu seinem Gesicht, sie nahmen ein Teil von seiner Trauer und von seinem Schmerz mit.

Im Laufe der Nacht regnete es weiterhin leicht und pausenlos, genau wie die Bauern es sich erwünscht hatten. Aber am Morgen änderte sich langsam die Wetterlage, der Regen wurde immer heftiger und die Windböen immer stärker.

Als Suhrab am Samstagmorgen aus seinem Zimmer rauskam, wehte schon der Wind stürmisch und der Regen goss wie aus Eimern, er beobachtete eine Weile das Unwetter und entschied sich, heute zu Hause zu bleiben. Später kam ein Bauer zum Haus und teilte mit, dass alle Dorfbewohner draußen sind und versuchen, die Straßen vor Überflutung zu schützen.

Suhrab frühstückte schnell und ging ebenfalls zur Straße hinaus. Die Leute befestigten hastig die Ufer der Bäche mit Erde, auch Suhrab fing an, mit anzupacken.

Stunden später ließ der Regen etwas nach und zum Mittag schien schon die akute Überschwemmungsgefahr beseitigt zu sein. Was aber noch keiner wusste, war, dass die großen Wassermengen aus den Bergen bereits einen der Deiche in der Steppe durchbrochen und Kurs Richtung Dorf genommen hatten.

Suhrab kehrte zufrieden nach Hause, es war schon alles getan, aber gerade, als er sein Mittagessen aß, hörte er laute Rufe von der Straße, die warnten: Flut, die Flut kommt, verlasst eure Häuser!

Suhrab ging zum Dach hoch und schaute Richtung der Berge. Er konnte einfach seinen Augen nicht trauen, die Steppe verwandelte sich in einen reißenden Fluss; so weit das Auge reichte, waren furchterregende Wassermaßen zu sehen, die auf das Dorf rollten. Zum Glück lag davor noch ein breiter Streifen von Feldern sowie zahlreichen kleinen Bächen und Deichen, die das Wasser etwas aufhalten konnten. Suhrab sah kurz Richtung Norden, zum Fluss, auch er floss schon stürmisch und grollend.

Suhrab kam schnell runter zur Küche und sagte aufgeregt: »Die Flut kommt wirklich, wir müssen sofort das Haus verlassen!«

»Welche Flut, Suhrab? Willst du uns erschrecken, oder was?«, erwiderte Fatima lachend. Sie glaubte, er scherzte einfach.

»Nein, Tante Fatima, das ist kein Scherz, die Flut kommt ausgerechnet aus den Bergen, wo wir einmal Patroki und Blumen gesammelt haben!«

Schabo war in einer Ecke beschäftigt, sie hörte allem zu, beteiligte sich aber nicht am Gespräch. Sie hatte nicht gewusst, dass er heute zu Hause war, sonst wäre sie gar nicht hierhergekommen. Ihr Herz blutete, ihr war bewusst, was Suhrab mit Blumensammeln in den Bergen meinte.

»Und was machen wir?«, fragte Fatima.

»Wir schließen einfach die Türen und gehen weg!«, antwortete Suhrab.

»Dada, wenn du mich nicht brauchst, dann gehe ich nach Hause!«, schaltete sich Schabo ein.

»Ja, ja! Du kannst gehen, deine Eltern werden sich Sorgen machen, wir nehmen ein paar wichtige Sachen mit und gehen fort«, antwortete Fatima, dabei immer noch nicht sicher, was zu tun war.

Fatima und Suhrab schlossen das Haustor hinter sich ab und machten sich auf den Weg Richtung des Schreins, wo die Frauen jedes Jahr Zucker- und Opferfest feierten. Sie konnten dort bei den Schwiegereltern von Suhrabs Onkel Sultan Khan übernachten. Auch andere Dorfbewohner machten sich auf den Weg Richtung Nordosten, um die hochgelegene Gegend entlang des Flusses zu erreichen.

Als Fatima und Suhrab den letzten großen Bach des Dorfes erreichten, sahen sie, dass das Wasser schon bis zu den Fußgelenken über die Brücke floss und Frauen und Kinder bei der Überquerung Hilfe brauchten. Suhrab nahm Fatimas Hand und führte sie über die Brücke, dann sagte er zu ihr: »Du kannst gehen, Tante Fatima, den Weg dorthin kennst du gut, ich bleibe ein bisschen und helfe den Kindern hier.«

Fatima nickte und ging mit ein paar anderen Familien von ihm weg. Kurz danach hörte aber Suhrab Fatimas Stimme hinter sich, sie rief nach ihm: »Ich habe Schabos Eltern und die Familie ihres Onkels aus der Ferne gesehen, sie war aber nicht dabei! Vielleicht denken sie, sie sei bei uns«, sagte Fatima, als Suhrab sich ihr wieder näherte.

Suhrab war kurz verwirrt, er verstand nicht, was das zu bedeuten hatte, dann aber erinnerte er sich.

»Sie hat Angst vor schnellem Wasser!«, brachte er unwillkürlich hervor. Fatima sah ihn fragend an, er gab ihr aber nicht die Zeit, etwas zu sagen.

»Ich gehe nach ihr suchen, Tante Fatima! Mach dir nur keine Sorgen, mir wird nichts passieren, ich finde sie und bringe sie in Sicherheit.« Bevor aber er weglief, drehte er sich noch zu ihr und bat: »Zu niemandem ein Wort darüber, wohin ich gegangen bin, okay?!«

Suhrab fing an, zu laufen, vor ihm war alles schon vom Wasser bedeckt, er achtete aber nicht, was auf seinem Weg lag: ein Bach, ein Zaun oder Grube. Suhrab stolperte, fiel zu Boden, stand auf, lief mit aller Kraft weiter und betete im Herzen, er möge Schabo rechtzeitig erreichen. Zu dieser Zeit regnete es wieder stark, es wurde stürmisch und kalt, die Regentropfen trafen sein Gesicht, als wären sie nicht aus Wasser, sondern aus Sandkörnern.

Als Schabo Nawas Khans Haus verließ, war die Straße noch in Ordnung und die Bäche waren noch nicht übergelaufen. Sie erreichte zwar ungehindert ihr Haus, fand es aber leer, ihre Familie hatte es schon zuvor fluchtartig verlassen. Die Flut war so schnell und unerwartet gekommen, dass sie alles zurücklassen mussten und nur sich selbst retten konnten. Ihre Angehörigen konnten nicht ahnen, dass Schabo zu ihrem Haus zurückkommen würde, sie waren sich sicher, dass sie sich zusammen mit Nawas Khans Familie in Sicherheit bringen würde.

Schabo kehrte in Eile zurück zur Straße und wollte wieder zu Nawas Khans Haus, in der Hoffnung, sich noch Fatima und Suhrab anschließen zu können, aber da war die Straße schon überschwemmt. Plötzlich geriet sie in Panik. Sie fand sich von Bergen von Wasser umschlossen und schrie um Hilfe. Weit und breit war aber keine lebende Seele zu sehen. Das Dorf war schrecklich leer, als wären alle auf einmal vom Wasser verschluckt. Sie floh wieder ins Hausinnere und suchte Schutz auf den Decken und Matratzen in der Ecke ihres Zimmers. Windböen, Fluttosen und das Prasseln des Regens jagten ihr panische Angst ein. Sie dachte, die Welt bricht zusammen. Sie hockte sich auf die Bettwäsche und bedeckte ihr Gesicht mit den Händen.

Als Suhrab an der Moschee vorbeiging, erreichte das Wasser schon seine Oberschenkel, die ganze Straße verwandelte sich in einen Bach. Suhrab sah, wie hier und da die Wände ins Wasser stürzten. Er schreckte aber vor nichts zurück, Nässe und Kälte machte ihm nichts aus, Müdigkeit fühlte er nicht, er hatte nur eins im Kopf, schnell Schabo finden! Sein sechster Sinn sagte ihm, dass sie immer noch in ihrem Haus eingeschlossen war.

Suhrab bedankte sich bei Gott, als er sich von der Straße zu ihrem Haus wandte und merkte, dass Schabos Haus noch heil dastand.

Suhrab betrat ihr Haus und rief mehrmals nach ihr. Als er immer noch keinen Laut hörte, bekam er richtige Angst. Er eilte zu den Zimmern, es war schwer, schnell voranzukommen, im Haus stand das Wasser ebenfalls kniehoch, die Erde war weich und seine Füße blieben bei jedem Schritt stecken. Suhrab schleppte sich zur ersten Tür, öffnete sie und sah hinein, das Zimmer war leer. Er ging zu zweiten Tür hinüber und, als er sie öffnete, entdeckte er sofort Schabo auf den Matratzen mit dem Gesicht nach unten. Er schrie laut: »Schabo!« Sie drehte sich zur Seite, öffnete die Augen, sah ihn für eine Weile wie einen Geist an. Sie konnte nicht glauben, dass Suhrab real vor ihr stand, danach aber brach sie in bitteres Weinen aus, streckte ihm beide Hände entgegen und jammerte: »Warum bist du so spät?«

Suhrab umarmte sie fest und versuchte, sie zu beruhigen.

Der Boden des Zimmers stand schon unter Wasser, er suchte zwischen Matratzen und Bettwäschen eine alte Decke, wickelte sie schnell um ihre Schultern, um sie einigermaßen vor dem Regen und Kälte zu schützen. Er musste sich beeilen, es bestand die Gefahr, dass die Lehmwände zusammenstürzten.

»Keine Angst, meine Liebe! Ich bin bei dir, halte nur meine Hand!«, sagte er ihr, als die beiden das Zimmer verließen.

Auf der Straße war das Wasser noch höher gestiegen als davor, es staute sich vor den eingestürzten Wänden und so stieg der Pegel. Suhrab half ihr, nicht zu stolpern, und schleppte sie an manchen Stellen auf seinem Rücken.

Den Bach vor der Moschee erreichten sie ohne große Schwierigkeiten, aber als Suhrab die Brücke über dem Bach sah, geriet er selbst beinahe in Panik, eine Seite der Brücke war von den Wassermaßen zerstört und der Rest stand unter Wasser. Jetzt wurde es ernst für sie beide, aber sie mussten die Brücke überqueren, einen anderen Weg gab es nicht. Er betete im Herzen, trat einen Schritt nach vorne und bat Schabo: »Schaue bitte nur geradeaus, zu mir! Siehe auf keinen Fall runter auf den Bach, okay?«

Suhrab ging langsam, prüfte mit jedem Schritt den Boden, hielt Schabos Hand fest und zog sie hinter sich. Endlich schafften sie es auf die andere Seite des Baches. Aber als Suhrab die Mauer der Moschee sah, vergaß er die Brücke und den Bach, die Mauer drohte einzustürzen, es schien, als ob sie über dem Wasser hin- und herpendeln würde. Die beiden mussten aber etwa 30 Meter entlang der Mauer gehen, um die Gefahrenzone zu verlassen. »Oh Gott! Was machen wir jetzt?«, war das Erste, das ihm in den Kopf kam. Er musste aber schnell handeln, Zögern wäre tödlich für sie beide.

»Hier müssen wir laufen, Schabo! Schaffst du das?«, fragte er. Sie nickte beängstigt. Suhrab ergriff ihre Hand und sie liefen mit aller Kraft nach vorne. Es war aber leichter gesagt, als tatsächlich im kniehohen Wasser zu laufen.

Gerade, als sie die Mauer hinter sich gelassen hatten, hörten sie einen ungeheuren Krach. Der Boden unter ihren Füßen bebte, eine große Wasserwelle stieß sie weit nach vorne, das Wasser stand ihnen bis zum Hals.

»Es ist nichts passiert, Schabo! Die Mauer ist eingestürzt, wir sind aber Gott sei Dank außer Gefahr«, sagte Suhrab, während er sie fest in die Arme nahm.

Suhrab wusste, dass sie nicht mehr in der Lage waren, aus dem Dorf rauszugehen. Der einzige verbliebene Fluchtort für sie war die *Bala Chana*, ihr Liebespalast! Der hatte schon alle möglichen Katastrophen im Laufe der Zeit überlebt, würde auch diese Flut überstehen, dachte Suhrab.

Endlich gelang es ihnen, unversehrt das Gelände der *Bala Chana* zu erreichen, auch hier in den Ruinen stand Wasser, aber wesentlich niedriger als in der Umgebung. Sie stiegen hoch und betraten ihren Palast. Ihre Kleider waren absolut durchnässt, Schabos Zähne knirschten, Suhrab fühlte aber noch gar nichts, seine Gedanken waren sämtlich bei Schabo. Er setzte sie in die Nische in der Wand, warf schnell einige Holzstücke in den Kamin und zündete sie an. Dann brachte er den kleinen Teppich nach vorne, breitete ihn vor dem Kamin aus, wandte sich zu Schabo, nahm ihre Hand und führte sie dorthin.

Nachdem er noch ein paar Holzstücke in den Kamin geworfen hatte, nahm er neben ihr Platz und schlug seine Arme um sie. Sie legte ihren Kopf auf seine Brust, ihr liefen die Tränen über die Wangen, sie schluchzte leise. Suhrab strich mit seiner Hand über ihre Schulter und sagte beruhigend: »Es wird alles gut, meine Liebe!«

Die Holzstücke knisterten im Feuer, die *Bala Chana* wurde langsam warm, Schabo zitterte nicht mehr, sie hörte auf zu schluchzen und schmiegte sich an Suhrabs Brust.

»Wer hätte das gedacht? Früher kamen wir hierher heimlich in der Nacht, heute sind wir hier am Tag, ohne uns vor jemandem zu fürchten! Das ganze Dorf gehört uns!«, bemerkte Suhrab.

»Bist du nicht böse auf mich, dass ich nicht zu dir rausgekommen bin?«, fragte plötzlich Schabo.

Sie wartete aber seine Antwort nicht ab und sprach weiter.

»Ich schwöre es, mein Suhrab! Ich werde dich nie mehr traurig machen! Sollten mir die Füße gefesselt sein, dann werde ich auf den Händen zu dir kommen, sollten auch meine Hände gefesselt sein, dann werde ich zu dir kriechen!«

»Du brauchst nichts zu beweisen, ich weiß das!«, erwiderte er, während er sie sanft an sich drückte.

Sie schwiegen eine Weile, dann sprach wieder Schabo.

»Weißt du, ich habe in den letzten Tagen viel nachgedacht, ich konnte zum ersten Mal im Leben den wahren Wert des Glücks schätzen! Ich habe unsere gemeinsame Zeit hier so vermisst! Manchmal fragte ich mich, ob das wirklich die Realität gewesen war, ob das alles nicht ein süßer, einmaliger Traum war? Erinnerst du dich, einmal standen wir hier vor dem Fenster und schauten zu dem klaren Himmel. Du hast gesagt, das Glück ist nur einen Moment lang mit uns, es ruft uns zu: Hey, Leute! Nehmt von mir alles, was ich euch anbiete, einen nächsten Moment kann ich nicht mehr da sein!«

»Ich erinnere mich genau! Du hast noch ein Lied erwähnt, in dem gesungen wird, die Zeit ist nicht immer mit dem Glück befreundet oder so ähnlich.«

»Das habe ich in den vergangenen Tagen am eigenen Leib und in meiner Seele gespürt, mich quälte eine unbeschreibliche Sehnsucht nach unseren Glücksmomenten, Momente, in denen ich mich in deinen Armen versteckt vor dem Morgen und geschützt vor den Leuten und ihren Gesetzen fühlte! Nur in diesen Momenten habe ich wirklich gelebt, in allen anderen habe ich lediglich geatmet und existiert.«

Schabo schwieg kurz, dann fuhr sie fort: »Und heute auf den Matratzen! Ich dachte, das sind die letzten Momente meines

Lebens, ich werde nie mehr deine liebevollen Augen sehen!«

Suhrab küsste ihre Haare und sagte lächelnd: »Aber alles ist doch gut gegangen! Wir müssen uns auf unseren jetzigen Moment konzentrieren! Das ist unsere Nacht, wir haben so eine Chance nie gehabt. Wir sind frei, es liegt nur an uns, ob wir die ganze Nacht reden, singen oder schreien! Keine Gesetze, Regeln oder Sitten stehen uns im Weg!«

»Ich will auch nicht zurückblicken, auch eine solche Nacht wird es nie mehr geben, die Flut kommt nicht jeden Tag, um uns eine freie Nacht zu ermöglichen! Ich weiß, ich werde nie deine Braut sein, kein Mullah wird unsere Ehe schließen, warum sollten wir denn nicht vom Leben das haben, was uns geboten wird, warum nicht diese einzige Nacht ...«

Schabo ließ ihren Satz unvollendet, als Suhrab aufstand und ihr seine Hand entgegenstreckte: »Wenn die Eheschließung ein Monopolrecht des Mullahs ist, dann müssen wir es brechen. Siehe mal, wir stehen heute allein vor unserem Gott, er hat uns diese Liebe gegeben, er ist allmächtig und barmherzig, er hat gesagt, dass eine Ehe die Zustimmung zweier Erwachsener ist, er hat uns das Recht gegeben, unsere Lebenspartner frei zu wählen. Warum sollten wir dann alles den falschen Gesetzen und Traditionen überlassen, die uns unsere Rechte verbieten?«

Suhrab hielt die Hände zum Gebet vor sich, Schabo schloss die Augen und folgte ihm.

»Oh großer Gott! Man kann vor deinen Geschöpfen vieles verheimlichen, aber vor dir lässt sich doch nichts verbergen! Du weißt alles über uns! Unsere Absichten sind rein, wir wollen keinem etwas Böses, wir lieben uns nur, wir wollen für alle Ewigkeit zusammen sein. Aber die Umgebung akzeptiert unsere Ehe nicht, die Leute sind uns feindlich gestimmt, die Regeln des Mullahs und die Traditionen im Dorf lehnen unsere Gefühle ab. Uns bleibt keine andere Wahl, als heute vor dir unsere Ehe zu schließen! Oh, Allmächtiger! Hilf uns, gib uns Mut und Kraft, schütze unsere Liebe vor dem Bösen, Amen.«

Schabo wiederholte es und beide zogen ihre Hände über ihre Gesichter. Danach stand Suhrab direkt vor ihr, nahm ihre Hände in seine und fragte in einem offiziellen Tonfall: »Du, Schabo, die Tochter von Baschar, der mit diesem Namen keine andere Tochter hat, erwachsen und bei Sinnen, freiwillig und aus Liebe, willst du Suhrab, den Sohn von Nawas Khan, heiraten?«

Schabo sah ihn liebevoll an und sagte mit aufgeregter Stimme und Augen voller Tränen: »Ja, ich will.«

Suhrab fragte sie noch zwei Mal und Schabo antwortete jedes Mal mit Ja. Danach war er an der Reihe und während er auch sich selbst genauso offiziell drei Mal fragte, musste Schabo leise vor sich hinlachen.

Sie standen noch einen langen Moment Hand in Hand und schauten einander mit sehnsuchtsvollen Blicken an, als wollten sie diese verführerischen Momente verlangsamen, um sie vollständig und für immer in ihren Erinnerungen zu speichern. Langsam näherten sie sich, während sie immer noch die Blicke voneinander nicht abwandten, bis ihre Lippen sich berührten. Sie küssten einander gierig und leidenschaftlich und flüsterten, sie würden einander lieben und vergöttern, ihre Hände berührten und erforschten den Körper des Anderen lustvoll. Irgendwann gelang Suhrab an die zwei Knöpfe ihres Kleides auf dem Rücken. Aufgeregt und ungeschickt versuchte er, sie zu öffnen. Als er es endlich geschafft hatte, griff er nach ihrem Kleid und versuchte es, ihr über den Kopf zu ziehen, was aber nicht leicht zu schaffen war, das Kleid war ganz nass und lag an ihrem Körper wie eine zweite Haut.

Nach einer Weile des mühevollen Hin- und Herziehens standen die beiden endlich nackt wie Neugeborene einander gegenüber. Suhrab umarmte Schabo, sein Körper kam erstmals mit ihrem weichen, warmen Bauch und ihren runden, festen Brüsten in Berührung. Suhrab war außer sich vor Erregung und Verlangen. Als Junge hatte er sich früher manchmal solche Szenen in seinen Fantasien und Träumen vorgestellt, aber der Genuss ihres nacktes Körpers weckte in ihm einen Sturm noch nie da gewesener Gelüste und Begehrlichkeiten.

Die Herzen der beiden rasten, der Verstand steuerte nicht mehr ihre Handlungen, die Sehnsucht, einander zu lieben, explodierte, längeres Warten war unmöglich, nichts mehr konnte sie aufhalten.

Suhrab hob sie plötzlich auf die Arme und brachte sie zu dem Teppich vor dem Kamin und legte sie vorsichtig hin. Er fing an, sie leidenschaftlich zu küssen, streichelte zart ihren Körper, küsste ihr Gesicht, ihre Lippen, ihren Hals, ihre Brüste und ihren Bauch und brachte sie in den siebten Himmel der Ekstase und Erregtheit. Irgendwann verschwamm die Trennlinie zwischen dem Bewussten und Unbewussten, der

Abstand zwischen den beiden verschwand und die äußere Welt erlosch. Beide Körper fingen an, verschlungen ineinander, in den Wolken der Wonne und des Genusses zu schwelgen.

Suhrab und Schabo lagen ein paar Minuten schweigend nebeneinander, er hörte, wie sie ruhig atmete, und dachte, sie schläft schon. Suhrab hob den Kopf, stützte sich auf den Ellbogen und schaute auf sie, ihre Augen waren auch wirklich geschlossen. Im Kamin brannten noch die Holzscheite hell und erleuchteten ihren nackten Körper. Sein Blick glitt von ihrem Gesicht hinunter auf ihre Gestalt. Sie war umwerfend schön! Suhrab beobachtete sie wie ein Gemälde, als würde er versuchen, in ihren Details ihren besonderen weiblichen Reiz zu erkennen und im Gesamtbild das Geheimnis ihrer bezaubernden Lieblichkeit zu verstehen. Er hätte nie gedacht, dass menschliche Schönheit so entzückend, unschuldig, rein und heil sein kann.

Suhrab betrachtete noch ihren Körper mit bewundernden Blicken, als Schabo die Augen öffnete. Sie merkte sofort, worauf seine Augen gerichtet waren.

Ihr Gesicht wurde rot, sie lächelte beschämt und sagte: »Siehe mich bitte nicht so an! Dein Blick dringt wie ein Pfeil durch meinen Körper.«

Als Suhrab auch weiterhin den Blick von ihr nicht abwandte, zog sie ihn zu sich und sagte: »So ist es besser!«

Er legte sich wieder neben ihr hin, sie ließ ihren Kopf auf seiner Brust ruhen, suchte nach seiner Hand und fing an, mit seinen Fingern zu spielen.

»Weißt du, ich habe vorgestern einen merkwürdigen Traum gehabt. Seitdem sind meine Gedanken ständig damit beschäftigt, ich komme nicht von ihm los«, unterbrach sie das Schweigen.

Suhrab berührte ihr Gesicht mit seiner Hand, schob ein paar Strähnen auf ihrer Stirn zur Seite und sagte: »Komisch! Auch ich habe vorgestern einen seltsamen Traum gehabt.«

»Ach, wirklich!«, rief sie erstaunt.

»Ich gebe den Träumen normalerweise keine Bedeutung und kann mich am Tag danach nicht mehr erinnern, wovon ich geträumt habe. Dieser war aber ganz anders. Als ich erwachte, hatte ich das Gefühl, ich hätte ihn nicht bis zum Ende geträumt. Tagsüber dachte ich immer wieder daran, und gestern Nacht, als ich ins Bett ging, wünschte ich mir, denselben Traum wieder zu träumen.«

Schabo wurde neugierig, sie hob den Kopf und sagte: »Aha! Dann erzähl mal, wovon hast du geträumt?«

Er schüttelte den Kopf und erwiderte scherzhaft:»Du hast als Erste von deinem Traum gesprochen, also musst du auch als Erste anfangen!«

»Oh, bitte! Ich sterbe vor Neugier, ich kann nicht so lange warten!«

Suhrab zögerte ein Weilchen, aber als Schabo ihn weiter mit flehenden Blicken anstarrte, sagte er: »Okay! Wenn du mich zwingst, dann habe ich keine andere Wahl!«

Sie lächelte, küsste ihn flüchtig auf die Lippen und sprach in einem zärtlichen, verführerischen Tonfall, als würde sie sich bei einem Prinz bedanken: »Saheb, Ihr seid sehr freundlich!«

Suhrab zwickte sanft ihre Nasenspitze und fing an zu erzählen.

»Ich habe geträumt, dass ich mich auf einem großen Platz neben einer in den Himmel ragenden Treppe befinde. Auf dem Platz stehen paarweise Jugendliche und Erwachsene. Es scheint ein Fest oder eine feierliche Veranstaltung zu sein. Die Frauen sind in glänzende bunte Kleider gekleidet. Jede steht dicht bei ihrem Partner, manche flüstern miteinander und bringen sich gegenseitig zum Lachen, die Anderen sehen ständig zur Treppe, alle warten. Die Treppe ist bogenförmig, sie geht mit vielen Wendungen nach oben und verschwindet irgendwo in den weißen Wolken. Ich stehe äußerlich ruhig da, aber in meinen Innern kocht alles, ich warte ungeduldig und schaue ebenfalls gelegentlich nach oben. In diesem Moment erscheinst du plötzlich aus den Wolken ...«

Schabo schrie vor Staunen auf: »Ich?«

»Ja, du! Hör bitte weiter zu.«

»Ich bin still wie ein Fisch!«, sagte sie lächelnd, während sie ihren Zeigefinger auf die Lippen legte.

»Die Menge auf dem Platz richtet ihre Blicke auf einmal zu dir und das Geflüster hört auf. Aufmerksam verfolgten sie jeden deiner Schritte, als wäre es für sie vom großen Interesse, wie du von einer Stufe zu anderen heruntersteigst. Du trägst ein langes bis zu Füßen reichendes weißes Kleid, deine lockigen dattelfarbigen Haare liegen auf deinen Schultern. Elegant und langsam kommst du herunter. Du spürst genau die Aufmerksamkeit der Menge, dein Gesicht ist gerötet und dein Lächeln ist süß und schamhaft. Mein Herz springt vor

Freude, ich bin stolz auf dich, ich merke, wie alle mit neidvollen Blicken zu dir schauen. Als du die letzte Stufe der Treppe betrittst, strecke ich dir meine Hand entgegen, du stellst den einen Fuß vorsichtig auf den Boden und, sobald dein zweiter Fuß den Boden berührt, nehme ich dich sofort in meine Arme. Irgendwo erklingt die Musik, wir fangen an, langsam zu tanzen, die anderen Paare folgen uns. Irgendwann rutscht mir spontan heraus: Küss mich! Du siehst mich fragend an, ich wiederhole meine Bitte. Du lachst, guckst links und rechts zu den Tanzenden und sagst: Ich schäme mich, alle sehen uns doch! Ich sage, wenn du zögerst, dann werde ich dich laut darum bitten, sodass alle es hören können. Du bist nicht sicher, fragst mich: Warum jetzt? Warum wartest du nicht, bis die Leute weg sind? Ich sage: Ich kann nicht warten, ich will wissen, ob ich wach bin oder träume! Du lachst wieder und fragst: Warum das denn? Ich antworte dir: Küss mich! Wenn deine feurigen Lippen mich verbrennen, dann bin ich wach, wenn nicht, dann ist das nur ein süßer Traum. Du lachst glücklich, guckst einmal in Eile zu den Menschenmassen rüber, dann berührst du mit deinen Lippen flüchtig meine Wange. Ich schreie: Oh Gott, es brennt! Du legst schnell deine Hand auf meinen Mund, die anderen Paare drehen ihre Köpfe unzufrieden zu uns, ich ergreife deine Hand und wir laufen davon. Als wir allein und weit weg von der Menge sind, lachen wir lange, ich umarme dich und frage: Wollen wir weitermachen? Du legst deine Arme um meinen Hals und sagst mit einem verführerischen Lächeln: Hast du keine Angst, dass deine Lippen verbrennen? Ich sage: Denk nicht an meine Lippen, kümmere dich um mein Herz, dort brennt es schon lange! Wir küssen uns lange, irgendwann hebe ich dich hoch, stoße mich mit meinen Füßen vom Boden ab und einen Moment später sind wir hoch in den Wolken. Alles ist so leicht, wir bewegen uns frei wie Fische im Wasser, spielen, tanzen, fliegen hoch und runter. Irgendwann zeigst du mit der Hand auf einen Berg, dessen Gipfel aus den Wolken ragt, wir fliegen dorthin, der Gipfel ist von schönen kleinen roten, gelben und lila Blumen bedeckt. Wir setzen uns in völliger Umarmung auf einen Felsen. Überall, wohin der Blick auch reicht, sind weiße Wolken zu sehen, sie bilden eine bizarre, hüglige Landschaft. Wir legen uns hin und küssen uns. Auf einmal rollen wir beide, so umarmt, herunter. Bald erreichen wir die Wolken, wir rollen weiter, mal du oben, ich unten, mal umgekehrt. Irgendwann mitten in den Wolken verliere ich dich. Als ich auf dem Rücken lande, merke ich plötzlich eine kleine Puppe in meinen Armen. Sie ist weich und kuschelig, ihre Augen sind geschlossen, aber meine Hände spüren genau, wie sie atmet. Als ich ihr Gesicht sehe, kann ich meinen Augen nicht trauen, sie hat dein Gesicht! Ich versuche mich schneller zu rollen, ich will dich finden und dir die schöne Puppe zeigen, aber bevor ich dich erreiche, werde ich wach. Seitdem steht diese Puppe immer vor meinen Augen, sie war süß und eigenartig. Ich wäre gern wieder eingeschlafen, um das Ende des Traumes zu sehen und herauszufinden, wer sie in meine Arme gegeben hat und warum.«

Schabo und Suhrab schwiegen eine Weile, sie versanken jeweils in ihre Gedanken, bis irgendwann Schabo seufzend sprach: »Dein Traum ist auch wirklich ungewöhnlich! Du hättest ihn Fatima Dada erzählen sollen, sie versteht sich aufs Traumdeuten besser als jeder Andere.«

»Ich glaube nicht an Träume, seit Ewigkeiten zerbrechen sich Leute ihre Köpfe, um zu verstehen, was in Wirklichkeit ein Traum ist. Das liegt aber immer noch im Dunkeln.«

»Ich glaube aber wohl an Träume. Sie werden immer wahr! Man muss sie nur richtig interpretieren!«

»Okay! Jetzt bist du dran, wovon hast du geträumt?«

»Ach, lassen wir es! Mir ist die Lust vergangen, nachdem du deinen Traum erzählt hast. Meiner ist nicht so interessant, und außerdem kann ich ihn nicht so süß und spannend erzählen wie du.«

Suhrab hob den Kopf und sagte im Scherz: »Derartige Ausreden kenne ich. Mir kannst du nicht ausweichen!«

Er fing, an sie zu kitzeln und immer wieder zu fragen: »Wirst du wohl oder nicht?«

Nach einem kurzen Widerstand gab sie auf und schrie lachend: »Okay! Hör auf! Ich erzähl's!«

»Na, geht doch!«

Als Schabo zur Ruhe kam, begann sie, ihren Traum zu erzählen.

»Ich habe geträumt, dass du und ich in eurem Garten allein sind. Wir spielen unter den Bäumen Verstecken. Als du an der Reihe bist, schließe ich meine Augen und fange an zu zählen. Bei zehn öffne ich meine Augen und mache mich auf die Suche nach dir. Ich gehe nach vorne und sehe hinter jedem Busch und Baum. Ich gehe weiter und weiter, kann aber nicht das Ende des Gartens erreichen. Irgendwann merke ich, dass ich mich in einem Wald befinde, ich weiß schon, dass ich mich verlaufen habe. Ich sehe mich um, es ist dunkel und von allen Seiten kommen mysteriöse Laute und Geräusche, ich erschrecke mich zu Tode, ich weiß nicht, wohin ich gehen soll. Plötzlich erscheint hinter einem Baum ein ungeheuer großer Drache, er hat den Kopf eines Menschen, seine großen Augen sind blutig rot und furchterregend. Seinen heißen Atem spüre ich auf meinem Gesicht. Ich versuche, zu schreien und nach dir zu rufen, aber meine Kehle ist wie zugeschnürt, ich kann keinen Laut von mir geben. Plötzlich höre ich seine bebende Stimme: Du bist weit gegangen, du hast die Grenze überschritten, meine Ruhe zerstört und mein Gesetz gebrochen. Weißt du, was für eine Strafe dich erwartet?

Ich sehe automatisch zu seinem Maul, ich stelle mir vor, wie seine großen, scharfen Zähne meine Brust und meinen Bauch durchbohren und sein Maul sich voller Blut füllt. Ich drehe mich um und fange an, zu laufen. Ich spüre hinter mir einen mächtigen Sturm, Donner und Blitz rasen, vor Angst kann ich gar nicht zurückgucken. Ich laufe mit aller Kraft nach vorne, trotzdem spüre ich, dass er dicht hinter mir ist, ich höre, wie die Erde bebt und wie die Zweige der Bäume brechen. Irgendwann bleibt in meinen Beinen keine Kraft mehr, ich bekomme keine Luft zum Atmen. Plötzlich komme ich aus dem Wald zu einem großen Fluss heraus. Ich halte am Ufer an, gucke runter zum Wasser und gerate in einen Schock. Gewaltige, trübe Wassermaßen wirbeln in seinem Becken! Direkt vor mir bemerke ich einen schwindelerregenden Strudel, allein der Blick herunter verursacht mir Übelkeit. Ich trete einen Schritt zurück und muss mich schnell entscheiden, entweder Drachenzähne oder Wasserstrudel. Der Drache ist ganz nah, jeden Moment kann er mit seinem Maul nach meinem Kopf schnappen! Letztendlich entscheide ich mich trotz der Angst für den Strudel. So ein Tod scheint mir weniger qualvoll als zwischen den Zähnen des Menschendrachens zerquetscht zu werden. Ich schließe meine Augen und stürze mich herunter ins Wasser. Mit Schrecken warte ich auf den Moment, als ich die Wasseroberfläche erreiche und der Strudel mich runterzieht, aber ich falle und falle, erreiche das Wasser jedoch nie. In diesem schrecklichen Moment wache ich schweißgebadet auf.«

Suhrab strich mit seiner Hand über ihre Haare und kommentierte die Erzählung so: »Mach dir keine Gedanken! Man sagt, dass der Traum einer Frau immer sein Gegenteil bedeutet. Wenn man gut nachdenkt, dann kommt auch aus deinem Traum etwas ganz Lustiges heraus.«

»Wie das denn?«, fragte Schabo mit zusammengekniffenen Augen.

»Ganz einfach! Stell dir das Umgekehrte von deinem Traum vor! Du läufst hinter einem Drachen mit Menschengesicht her! Er fleht dich an, ihn zu verschonen, du lässt ihn aber nicht los, dem Armen bleibt nichts Anderes übrig, als aus Angst vor deinen Zähnen sich in den Strudel zu werfen.«

Schabo brach in schallendes Lachen aus, sie lachte und lachte. Jedes Mal, wenn sie zu lachen aufhörte, brach sie wieder in Lachen aus. Suhrab schaute zu ihr und genoss, wie sie aus vollem Herzen lachte. Er hatte Schabo so nur aus der Kindheit in Erinnerung. Immer wenn sie in einem Spiel siegte, lachte sie so natürlich und freudeerfüllt.

Als Schabo endlich zu Ruhe kam, sagte sie: »Du solltest ein Büro in Kabul öffnen und Frauenträume interpretieren, sie werden bestimmt in langen Schlangen vor deinem Büro stehen!«

Suhrabs Gesicht wurde plötzlich traurig, er erinnerte sich, dass er schon bald nach Kabul fahren musste.

Schabo merkte es, sie wollte nicht, dass die bevorstehende Trennung ihre momentane Freude überschattete, deswegen sagte sie: »Wir haben doch vereinbart, dass eine Trennung von so kurzer Zeit uns nichts ausmachen wird. Wir nehmen voneinander sogar bewusst keinen Abschied!«

Suhrab drückte sie an sich und versuchte zu lächeln.

»Du hast recht, wir verderben unsere Nacht nicht mit den Sorgen von Morgen.«

Schabo und Suhrab lösten sich die ganze Nacht über nicht voneinander. Sie umarmten, küssten, erzählten, scherzten und liebten einander. Und je mehr sie sich liebten, desto stärker wurde ihr Durst zueinander, desto genussvoller wurde der Rausch ihrer Liebesspiele.

Die Flut, die Schabo und Suhrab zueinander brachte, riss Familien auseinander, niemand wusste mehr, wer wo einen Platz fand, es war schon dunkel und kalt, die Leute waren nass und die Kinder hungrig. In so einem Durcheinander merkte keiner, dass Schabo und Suhrab fehlten. Fatima machte sich zwar Sorgen um Suhrab, aber sie erzählte niemandem davon, wohin er gegangen war. Schabos Eltern hatten keinen Grund, besorgt zu sein. Sie glaubten, ihre Tochter sei irgendwo mit der Familie von Nawas Khan zusammen.

Am nächsten Tag, als Nawas Khan aus der Stadt nach Hause kam, sah er, dass überall die Leute dabei waren, die Folgen der Flut zu beseitigen, die Arbeit ging auf Hochtouren. Fast alle Häuser waren mehr oder weniger vom Hochwasser betroffen, manche waren komplett zerstört, andere teilweise, und die, die äußerlich verschont zu sein schienen, trugen auch Schäden davon. Nawas Khans Haus war eines von denen, wo es dem Wasser gelungen war, das Hausinnere, wenn auch nur leicht, zu überfluten. In den meisten Zimmern standen mindestens ein paar Zentimeter Wasser, alles musste getrocknet und renoviert werden.

Kabul

Am Tag, als Suhrab sein Dorf verlassen und nach Kabul fahren musste, kam niemand zur Straße raus, um ihn zu verabschieden. An der Haltestelle stand nur ihr Bauer, Tahir, der seinen Koffer auf dem Esel dorthin transportiert hatte. Die Dorfbewohner versammelten sich an diesem Tag in der Moschee und diskutierten darüber, wie sie am besten die Straßen, Bäche und Kanäle reinigen und die beschädigten und zerstörten Häuser wiederaufbauen konnten.

Suhrab trat von einem Fuß auf den anderen, das Warten auf das Fahrzeug wurde für ihn langsam unerträglich, mal sah er zur Straße nach Westen, mal drehte er seinen Kopf zum Dorf hinüber. In den letzten Tagen hatte er Schabo nicht treffen können, seine Familie wohnte noch immer als Gast bei den Schwiegereltern seines Onkels, ihr Haus war noch nicht für den Wiedereinzug bereit.

Suhrab hatte zwar äußerlich akzeptiert, dass er und Schabo sich voneinander nicht verabschieden würden, bereute es jetzt aber zutiefst. Er hätte sich gern noch ein letztes Mal mit ihr getroffen, sie noch einmal in die Arme genommen und ihr versichert, dass er jede Sekunde in Kabul an sie denken würde.

Gegen zehn Uhr erschien endlich aus der Ferne das alte Linienfahrzeug Kala Fil. Tahir hob Suhrabs Koffer ein paar Mal vom Boden ab und stellte ihn wieder hin, anscheinend konnte er kaum abwarten, ihn loszuwerden. Langes Warten hatte auch ihn nervös gemacht.

Als das Fahrzeug losfuhr, blickte Suhrab noch lange zurück auf sein Dorf, er war noch nicht weit vom Dorf entfernt, als er bereits Heimweh verspürte.

An der Haltestelle im Distriktzentrum Farahrod wartete Suhrab nicht lange, bald hielten schon zwei Linienbusse nach Herat und nach Kandahar nacheinander vor ihm. Suhrab stieg in einen Bus mit dem Schild »Freunde Bus Transport« ein. Zu seinem Glück gab es im Bus genug leere Plätze. Suhrab saß am Fenster, die Reisenden beteten zusammen für eine gefahrfreie Reise und der Bus fuhr weiter Richtung Kandahar.

Unterwegs schaute Suhrab zu den Steppen und Bergen links und rechts der Straße. Mit Staunen stellte er fest, dass ihre Berge Larkuh, Ablakai und Loo Tschak an der östlichen

Seite ganz anders aussahen. Er erinnerte sich an den Tag, als Schabo und er auf dem Berg Loo Tschak gestanden und zu dem schneebedeckten Gipfel des Nachbarbergs Larkuh, zum Fluss und zu den an ihm liegenden Dörfern geschaut hatten. Er hatte seine Liebe zu ihr mit lauten Schreien verkündet und sein Echo war im ganzen Tal ertönt. Suhrab wurde traurig.

Der Bus hielt zum Mittagessen in dem kleinen Städtchen Delaram, was Ruhe des Herzens bedeutete, an. Suhrab war dieser Name aus der berühmten Liebesgeschichte »Schadi und Bibo« gut bekannt. Er hatte von Kindheit an diesen Namen gemocht und wünschte, sein Dorf hätte so geheißen.

Suhrab war schnell mit seinem Kebab fertig, verzichtete aufs Teetrinken und wollte um jeden Preis die Gräber dieses jungen Paares besuchen. Dem Buch nach sollten sie hinter dem Basar sein. Um sicher zu sein, fragte er noch, während er sein Essen beim Ausgang bezahlte. Der Mann hinter der Theke zeigte ihm mit der Hand, wo er langgehen sollte.

Die Gräber von Schadi und Bibo waren unverkennbar, sie waren von einer niedrigen Mauer aus Lehm umschlossen. Die Ortsbeschreibung im Buch war erstaunlich genau.

Die zwei jungen Verliebten stammten aus dieser Gegend und sie starben für ihre Liebe hier. Um die Gräber herum und auf den Mauern waren unzählige Holzpflöcke eingeschlagen. Suhrab wusste, dass viele Pilger hierher kamen. Sie schlugen einen Pflock in den Boden oder auf die Mauer und glaubten, dass ihr Herzenswunsch in Erfüllung gehen würde.

Suhrab suchte zwei Holzstücke, schlug auf sie mit einem

Stein ein und setzte sie so in den Boden zwischen den zwei Gräbern fest. Dann betete er für die Seelen dieser unglücklich Verliebten und lief wieder zu seinem Bus.

Vor dem Abend erreichte Suhrabs Bus die Stadt Kandahar, die erste große Stadt, die er im Leben zu sehen bekam. Der Eindruck von den breiten Straßen, Märkten, Häusern, historischen Gebäuden, unzähligen Autos und Kutschen war überwältigend.

Als er aus dem Bus stieg, wurde er von einem Dutzend Leuten angesprochen. Sie warben für ihre Hotels und Gasthäuser. Suhrab wusste von vornherein, wohin er gehen sollte. Salim hatte ihm vor Langem erklärt, was zu tun war. Deswegen ließ er sich von diesen Leuten nicht beeinflussen, er ging geradeaus weiter. Unterwegs tastete er noch einmal nach seinem Geld, das er in seiner Hemdtasche versteckt hatte. Sein Vater hatte ihm vor seiner Abreise, trotz ihrer angespannten Beziehung, eine solide Anzahl von Geldscheinen bei Fatima hinterlassen. Sie hatte dann eine Extratasche in Suhrabs Hemd genäht, damit kein Taschendieb an sein Geld herankommen konnte. Die Großstädte wimmelten von solchen Halunken, das wisse sie aus eigener Erfahrung aus Herat, hatte sie gesagt.

Nach etwa fünfzig Metern erreichte Suhrab die Kreuzung und bemerkte sofort ein hellgrünes Gebäude direkt vor sich. Auf einem großen Schild, das auf der Eingangsseite des Gebäudes befestigt war, las er: »Maiwand Hotel«. Es war genau das Hotel, das Salim ihm empfohlen hatte. Noch ein weiteres Schild, das unter einem Fenster des Hotels hing, lenkte seine Aufmerksamkeit auf sich. Darauf war mit grüner Farbe geschrieben: »Massawat«, was Gleichheit bedeutete. Suhrab kannte diese Zeitung gut, Salim hatte ihm schon einige Exemplare von ihr mitgebracht.

Nachdem er ein Zimmer gemietet und die Bustickets nach Kabul gekauft hatte, machte er sich auf die Suche nach dem Zimmer mit dem Schild, worauf der Name der Zeitung stand. Suhrab las gern neben den verbotenen Zeitungen und Zeitschriften auch ein paar seltene, unabhängige Medien wie »Massawat«, die noch von der Zensur geduldet waren.

Suhrab betrat die zweite Etage. Der ganze Korridor war vom Geruch der gebratenen Kartoffeln erfüllt. Irgendwo vom Ende des Korridors kam das Geräusch des Ölherdes. Suhrab ging entlang des Korridors, bis er eine geöffnete Tür erreichte, worauf ebenfalls ein kleines Schild mit dem Namen der Zeitung zu sehen war. Im Zimmer saß ein magerer Mann über fünfzig mit runder Brille auf den Augen und rührte in einem Topf mit dem Löffel. Suhrab verstand, dass dies gleichzeitig sein Büro und Wohnung war.

Er begrüßte ihn und sagte: »Entschuldigung, dass ich Sie beim Kochen störe! Ich bin Gast, und zwar für eine Nacht hier. Ich hätte gern etwas von ihrer Zeitungsauflage der letzten Wochen gehabt, natürlich nur, wenn so etwas noch möglich ist.«

Der Mann reinigte zuerst seine Brille mit dem Saum seines Hemdes, dann sah er verblüfft zu Suhrab hoch. Als er sicher war, dass der junge Mann vor ihm nicht scherzte, sagte er: »Ehrlich gesagt, wir können nicht mal alle unsere neuen Zeitungsausgaben verkaufen, du willst aber die alten.«

Der Mann verschwand hinter einen Vorhang und kehrte mit einem Dutzend Zeitungen in der Hand zurück.

»Ich hätte kein Geld von dir verlangt, aber ich muss die unverkauften Zeitungen wieder in unserer Zentrale abgeben«, stellte er fest.

»Ich hätte Sie sowieso dazu gezwungen, das Geld von mir anzunehmen«, erwiderte Suhrab.

Um acht Uhr morgens fuhr Suhrabs Bus nach Kabul. Die Steppen außerhalb der Stadt sahen schon grünlich aus, der Frühling war da. Dieses Mal machte der Bus keine Zwischenstopps bis Kabul. Suhrab war froh, dass er noch vor dem Feierabend die Stadt erreichte und Salim bei der Arbeit erwischen konnte.

Gegen eins ließ der Bus die historische Stadt Ghazni hinter sich und jetzt brauchte man bis Kabul nur noch die Hand auszustrecken.

Je mehr sich der Bus Kabul näherte, desto kälter wurde es. Anfangs war der Schnee nur auf den Bergen zu sehen, dann kam er immer weiter runter auf die Hänge und Hügel und irgendwann waren auch die ganzen Steppen vom Schnee bedeckt.

Salims Freude kannte keine Grenzen, er konnte seinen Mund nicht zumachen, ununterbrochen redete er über die Stadt, Suhrabs zukünftige Schule, über Parks, Kinos und alle Picknickorte innerhalb und außerhalb der Stadt. Er sprang von einem Thema zum anderen, gab Suhrab keine Chance, etwas zu fragen.

Irgendwann hielt das Taxi vor einer Haustür nicht weit von einer der größten Straßen der Stadt namens Darul-Aman. Die Straße führte zu dem berühmten gleichnamigen Palast, der in den Zwanzigerjahren während der Reformen des Königs Amannula Khan von dem deutschen Architekten Walter Harten gebaut worden war.

Eine alte Frau öffnete die Tür, begrüßte sie und verschwand wieder in einem Zimmer neben der Tür. Suhrab betrat mit seinem Koffer den Hof hinter Salim. Er stand und versuchte sich ein Bild von dem kleinen, zweistöckigen Haus zu machen, aber Salim ließ ihm nicht die Zeit, seine Augen nach allen Seiten zu drehen, er ergriff seine Hand und sprach wieder, während er ihn ins Hausinnere zog: »Das Haus gehört einem Freund von mir. Er wurde vor Kurzem nach Herat versetzt und musste mit seiner Familie dorthin umziehen. Sie haben ihr Haus mir überlassen und ein Jahr Frist gesetzt, entweder muss ich binnen dieser Zeit heiraten oder ihr Haus verlassen.«

Er lächelte geheimnisvoll und fügte hinzu: »Aber bis dahin haben wir genug Zeit!«

Als Salim ihn auf die Treppe zur zweiten Etage führte, sprach er weiter: »In manchen Zimmern sind ihre Sachen verstaut. Zum Glück stehen uns zwei Zimmer hier oben zur Verfügung und die Küche unten.«

Als Suhrab anhielt und aus dem Fenster des Korridors fragend zu dem Zimmer neben dem Hauseingang blickte, erklärte ihm Salim: »Ach, ja! Dort wohnt die Frau, die uns die Tür geöffnet hat. Die Arme hat niemanden, mein Freund und seine Frau haben sie Nana Subaida genannt, so nenne auch ich sie. Sie putzt, kümmert sich um die Blumen, bringt Brot aus der Bäckerei, hilft überall, wo sie darum gebeten wird.«

Salim öffnete die Tür eines Zimmers und sagte: »Das ist dein Zimmer, du hast eine halbe Stunde Zeit, um deine Sachen auszupacken und dich zu duschen, die Dusche ist am Ende des Korridors, ich kümmere mich ums Essen und um Tee.«

Suhrab lächelte ihn schweigsam an und begann, seinen Koffer zu öffnen. Als er zur Küche herunterkam, stellte Salim schon die Teller auf den Tisch.

»Leider kann ich dir nicht die Leckereien von Fatima Dada mit Tanurbrot anbieten. Du wirst nun alles hier mit unserem Dorf vergleichen und vielleicht einiges nicht verstehen, aber das macht nichts. Sich an das Leben in Kabul zu gewöhnen, braucht Zeit«, bemerkte Salim.

»Dieser Prozess wird nicht von langer Dauer sein, Lala! Denn du bist bei mir«, erwiderte Suhrab.

»Wenn das so ist, dann erkläre ich dir unseren Plan für Morgen, bevor wir uns mit dem Essen beschäftigen. Du wartest doch ungeduldig darauf, oder?«

»Ja, das stimmt! Aber ich bitte dich, erzähl die Hauptsachen jetzt und die Einzelheiten nach dem Essen. Ich habe Hunger.«

»Ach, ja! Wie konnte ich das vergessen, du hast Hunger und du bist müde! Okay! In Kürze: Wir besuchen Morgen ein paar Läden im Stadtzentrum und kaufen dir Schulsachen. Am Abend gehen wir ins Kino und schauen uns einen guten indischen Film an. Über die Pläne für die nächsten Tage reden wir dann zu angemessener Zeit.«

Salims Vorschlag für einen Kinobesuch kam bei Suhrab gut an, mit fröhlicher Stimme sagte er: »In Ordnung, Lala! Wer kann denn zu einem indischen Film Nein sagen? – Aber deine Arbeit?«, fragte Suhrab sofort nach.

»Mach dir keine Sorgen, morgen ist Freitag und zwei weitere Tage habe ich freigenommen«, antwortete Salim beruhigend.

An diesem Abend schickte Salim ihn früher ins Bett, damit er morgen ausgeschlafen und munter aufstehen könne. Aber trotz der Müdigkeit konnte Suhrab lange nicht schlafen. Das war doch die Nacht zum Freitag, Schabo und er hatten sich gegenseitig versprochen, Punkt Mitternacht aneinander zu denken und in Gedanken zu ihrem Liebespalast zu gehen. Suhrab wollte ihr alles über seine Reise erzählen. Er fand es schade, dass Schabo nicht dabei gewesen war, als er zwei Holzstücke, für sie und sich selbst, zwischen den Gräbern von »Schadi und Bibo« in den Boden eingeschlagen hatte. Suhrab entschied sich, ein Tagebuch zu führen, alles Wichtige aus seinem Leben in Kabul da hineinzuschreiben und es in den Ferien Schabo zu schenken. Sie würden es dann zusammen in ihrem Liebespalast lesen und sich amüsieren.

Am Morgen, als Salim und Suhrab zu der Darul-Aman-Straße gingen, zeigte Salim auf eine Nebenstraße und sagte: »Von da bis zu deiner Highschool sind es 15 Minuten Fußmarsch. Du gehst geradeaus, dann wendest du dich nach rechts, gehst an der Mädchen-Highschool vorbei, schaust dir die Schönheiten der Stadt an und etwa hundert Meter weiter siehst du schon deine Schule.«

Suhrab Gesicht wurde plötzlich ernst.

»Ich habe nicht vor, jemanden anzuschauen, Lala! Ich interessiere mich« nicht für die Schönheiten hier!«, verkündete er.

Salim schubste ihn leicht mit der Schulter und sagte: »Ich weiß, du hast woanders dein Herz versprochen.«

Als Suhrab ihn unzufrieden ansah, fügte er hinzu: »Okay, wir reden über alles später, wenn wir mit unseren wichtigen Aufgaben fertig sind.«

In diesem Moment hielt ein Linienbus vor ihnen, sie stiegen ein, kauften die Fahrkarten beim Schaffner und fuhren Richtung Stadtzentrum. Unterwegs machte Salim ihn auf ein paar Sehenswürdigkeiten der Stadt, wie den Zoo, das gefürchtete Gefängnis Dehmasang, die Asmai- und Scher-Darwasa-Berge und die historische Schutzmauer hoch auf den Bergen aufmerksam. Suhrab sah neugierig nach links und rechts, er erinnerte sich an Akbar, den Angeber, mit seinem Lieblingssatz: »Ich habe keine Angst, selbst wenn ich in Dehmasang verrecke!«

Jetzt wusste Suhrab, wie Dehmasang wirklich aussah.

Salim und Suhrab stiegen vor dem Mausoleum des Königs Timur Schah aus. Sie gingen ein bisschen in der Innenstadt spazieren, Salim zeigte ihm den Königspalast, das Denkmal zu Ehren der Schlacht von Maiwand und die Ruine der historischen Altstadt, die als Letztes von Engländern zerstört worden war. Suhrab sah das alles mit großem Interesse. Kabul schien ihm unheimlich groß zu sein, wohin auch immer sie gingen, trafen sie auf neue Straßen und Kreuzungen. Seine

Provinzstadt Farah war im Vergleich zu Kabul ein kleines Dorf.

Salim und Suhrab bummelten noch in den Läden und Märkten und kauften alles, was Suhrab für die Schule brauchte: Kleider, Schuhe, Hefte und anderen Schulkram. Als alles schon erledigt war und sie sich auf dem Rückweg nach Hause machten, kündigte Salim an, eine Stadtrundfahrt organisieren zu wollen. Er hielt ein Taxi an, verhandelte lange mit dem Fahrer über die Route und den Preis, bis die beiden sich auf eine Summe einigten.

Als sie durch das Wasir-Akbar-Khan-Viertel fuhren, machte Salim ihn auf die luxuriösen Häuser aufmerksam und sagte: »Dieser Teil der Stadt gehört den Superreichen und hochrangigen Staatsbeamten. Hier fehlt es an nichts. Das ist das schicke Gesicht der Stadt. Nur ein paar Kilometer von hier hat Kabul ein anderes Gesicht, ein Gesicht des Elends und der Armut. Zwei so verschiedene Welten und beide existieren so dicht beieinander!«

Suhrab verglich diesen Ortsteil mit dem Stadtzentrum. Er hatte dort alte Leute gesehen, die schwere Karren hinter sich herzogen, Kinder, die mit zerrissenen Kleidern Obst und Gemüse verkauften, arme Frauen, die ihre Wäsche direkt im Fluss wuschen. Auf manchen Straßen hatten sich Hügel von Müll angesammelt, das Abwasser floss aus den Häusern und es roch übel. Aber hier, wo sie fuhren, war eine andere Welt: ruhig, schön und sauber. Also, gab es auch in Kabul zwei Welten, wie in ihrem Dorf. »Hoffentlich spielt hier die Herkunft und Stammesangehörigkeit keine große Rolle und der Rote Mullah hängt nicht sein Scharia-Schwert über die Köpfe von jungen Leuten«, dachte er.

Salim klopfte auf seinen Oberschenkel und riss ihn aus seinen Gedanken: »Diese Stadt wird eines Tages explodieren, daran habe ich keine Zweifel! Der Appetit der herrschenden Klasse ist unersättlich. Sie wollen alles allein für sich. Die Verteilung des Reichtums ist vielleicht auch in den hoch entwickelten Ländern nicht gerecht. Aber die einfachen Leute dort haben wenigstens das Allernötigste zum Leben. Ihre Reichen erwürgen sie nicht derart, dass sie keine Luft mehr zum Atmen bekommen.«

Auf einmal schaltete sich auch der Fahrer, der bis jetzt schweigsam sein Auto fuhr, in das Gespräch ein. Er streichelte mit der linken Hand über seinen weißen Bart und sagte: »Saheb! Mein ganzes Leben arbeite ich, um meiner Familie etwas zum Essen zu besorgen. Es war in keiner Zeit leicht, aber so ein Elend hat es früher noch nie gegeben. Wenn ich etwas falsch sage, dann können Sie mich korrigieren. Nehmen wir unsere Mullahs als Beispiel! Was machen sie? Statt den Leuten den wahren Gottesweg zu zeigen, kümmern sie sich zuerst um ihre Privilegien. Womit sind die Polizei und die Justiz beschäftigt? Sie füllen ihre endlos großen Taschen, statt dem Volk zu dienen. Und unsere Gebildeten, Dichter und Wissenschaftler? Die loben die Herrschenden und Reichen, statt den Bürgern ihre Augen zu öffnen. Ich gebe aber nicht allein ihnen die Schuld! Auch wir kleinen Leute haben den Anstand verloren. Barmherzigkeit und Brüderlichkeit haben unsere Herzen verlassen. Jetzt ist die Situation in unserem Land so: Die Regierenden denken nur daran, wie sie ihr Volk am besten berauben können, und die Bürger, wie sie ihrerseits die Machthaber geschickt täuschen und beklauen können.«

Der Fahrer sah einmal, während er fuhr, in Richtung Himmel und sagte: »Wir sind zu Recht in seine Ungnade gefallen.«

Irgendwann bemerkte Suhrab plötzlich ein Schild an einem Gebäude auf der linken Seite der Straße. Darauf stand: »Ghazi High School«. Suhrab zuckte, drehte sich nach links, um das Schulgebäude besser sehen zu können.

Salim legte die Hand auf seine Schulter und sagte lächelnd: »Du brauchst nicht deinen Hals auszurenken! Morgen kommen wir hierher und du wirst dich an allem sattsehen.«

Suhrab lächelte und lehnte sich wieder zurück.

Es war gegen sieben Uhr Abend, als Salim und Suhrab das »Park Cinema« erreichten. Sie stiegen aus dem Taxi und gingen direkt zur Ticketverkaufsstelle.

»Wir müssen zuerst die Tickets besorgen und dann uns um das Abendessen kümmern!«, bemerkte Salim.

Zu seinem Staunen waren die zwei kleinen Fensterchen der Verkaufsstelle geöffnet, aber die Leute standen nicht scharenweise vor ihnen und bedrängten sich nicht gegenseitig, wie das oft der Fall war. Es waren auch keine Leute zu sehen, die Schwarzmarkt betrieben und ein Ticket fünfmal teurer verkauften.

»Wir haben Glück! Der Film ist zwar nicht schlecht, trotzdem gibt es keinen großen Andrang der Zuschauer. Bei einem neuen Film stürmen normalerweise die Fans die Kasse. Sie versuchen sich mit aller Kraft durchzuquetschen, um das gewünschte Ticket zu bekommen. Manchmal reißen dabei ihre Hemden oder Hosen, trotzdem geht der eine oder andere leer aus. Hinzu kommen noch Taschendiebe, die nur auf die richtige Gelegenheit warten.«

Nachdem sie die Tickets gekauft hatten, standen sie noch eine Weile vor dem Poster des heutigen Films.

»Bei den indischen Filmen ist es wichtig zu wissen, wer Held und Heldin ist, wer den Bösewicht darstellt und wie viele Lieder gesungen werden. Man kann fast alles hier auf dem Poster nachlesen.«

Unterwegs zu dem Restaurant auf der gegenüberliegenden Seite der Straße sagte Salim noch: »Weißt du, die meisten Kinos in Kabul zeigen indische Filme, die Mehrheit der Bürger und die Leute aus der Provinz mögen sie. Aber es gibt zwei, drei Kinos, darunter auch das Park Cinema, die hauptsächlich amerikanische Filme zeigen. Die werden vor allem von Reichen und der Eliteschicht der Stadt besucht.«

»Na, dann! Auch unter den Kinobesuchern eine Art Trennlinie!«, dachte sich Suhrab.

Der Zuständige im Kinosaal führte Salim und Suhrab zu ihren Plätzen, die roten Vorhänge glitten zur Seite, das Licht ging aus und bald erschienen die ersten Bilder auf der großen weißen Leinwand. Das Kino hier war ganz anders als das Wanderkino, das er einmal in seiner Schule auf dem kleinen weißen Vorhang gesehen hatte.

Suhrab konzentrierte sich vollständig auf den Film. Als er erstmals die Hauptdarstellerin Mumtaz auf der Leinwand erblickte, fühlte er sich von ihr sofort angezogen, sie hatte etwas von seiner Schabo. Er hatte einmal Schabo scherzhaft gesagt, er werde eine Heldin in den Filmen suchen, die ihn an sie erinnert. Überraschenderweise fand er eine solche bei seinem ersten Kinobesuch. Er konnte nicht feststellen, was genau an ihr Schabo ähnelte, vielleicht war das ihr bezaubernder Charme oder ihr süßes Lächeln oder noch was.

Nach dem Film fragte ihn Salim: »Na, wie war der Film?«

Suhrab dachte einen kleinen Moment nach, aber bevor er anfangen konnte, seine Meinung zu sagen, sprach Salim weiter: »Ich sage es! Dir hat Mumtaz gefallen, sie erinnert dich an jemanden, habe ich recht?«

Suhrab sah ihn überrascht an. Salim schlug seinen Arm um ihn und fuhr fort: »Du solltest es wissen, sie gefällt mir auch. Und überhaupt, es gibt viele Leute, die von ihrer Schönheit und ihrem schauspielerischen Talent gefesselt sind. Sie verkörpert das Maß für den weiblichen Liebreiz und die Vollkommenheit. Jeder sieht in ihr ein bisschen von seiner geliebten Person oder seinem Idealtyp.«

»Wenn sie dir ebenfalls gefällt, dann werden wir keinen neuen Film mit ihr verpassen!«, antwortete Suhrab lächelnd.

»Ich befürchte aber, dass, sobald du dich in der Stadt gut auskennst, du mich dann vergisst und heimlich ihre Filme besuchen wirst!«

Sie lachten beide. In diesem Moment hielt ein Taxi vor ihnen und Salim fing an, wieder lange mit dem Fahrer über den Preis zu verhandeln.

Die Ghazi High School

Am nächsten Morgen gegen acht Uhr verließen Salim und Suhrab ihr Wohnhaus. Suhrab zog zuvor seine neue Kleidung an, er fühlte sich seltsam in seinen neuen Schuhen mit hohen Absätzen und einer Hose, die oben sehr eng und unten ungewöhnlich breit war.

Sie gingen zu Fuß Richtung der Ghazi High School. Überall waren Schüler und Schülerinnen, Studenten und Studentinnen, Beamte, Arbeiter und Militärangehörige unterwegs. Salim zeigte mit der Hand auf einen übervollen Linienbus und die drängelnde Menschenmenge vor seinen Türen.

Er sagte: »Du sollst froh sein, dass du nicht mit dem Bus zu deiner Schule fahren musst. Sonst hättest du jeden Morgen dasselbe erlebt. Erstens hättest du kaum eine Chance, überhaupt rechtzeitig in einen Bus einzusteigen, und zweitens sollte es dir sogar gelingen, dann würden so viele Leute auf deine Füße treten, dass du nach dem Aussteigen deine glänzenden schwarzen Schuhe nicht mehr erkennen könntest!«

»Warum wartet man nicht auf den nächsten Bus? Ich meine, es fährt doch nicht nur ein einziger Bus hier!«

Salim erklärte lachend: »Zunächst weißt man nicht, wann der nächste Bus kommt, und es gibt auch keine Garantie, dass der nächste überhaupt hier anhalten wird. Es kann nämlich sein, dass er schon überfüllt ist.«

Salim und Suhrab gingen entlang einer Naturstein-Fabrik und wandten sich dann nach rechts Richtung der Mädchen-Highschool »Rabia Balkhi«. Vor dem Eingang der Highschool waren Dutzende von jungen Mädchen unterwegs. Suhrab merkte, wie selbstbewusst und souverän sie sich verhielten! Ihm gefiel ihre Uniform: schwarzes Kleid, schwarze Strümpfe und ein dünner weißer Schal um den Hals oder über den Kopf. Er erinnerte sich an Schabo und die anderen Mädchen seines Dorfes. Sie taten ihm sehr leid. Auch sie sollten zur Schule gehen und am gesellschaftlichen Leben aktiv teilnehmen.

Salim und Suhrab gingen noch ein paar Minuten geradeaus, bis sie die Ghazi High School erreichten.

Die Atmosphäre in der neuen Schule beeindruckte Suhrab, es war alles anders als in seiner Schule im Dorf: die Umgebung, das Gebäude, die Schüler. Je mehr sie sich dem Büro des Direktors im zweiten Stock näherten, desto höher stieg die Anspannung bei Suhrab.

Hinter einem großen schwarzen Tisch saß ein kleiner, dicker Mann, dessen Backenbart bis zu den Mundwinkeln reichte. Er stand höflich auf, streckte Salim und Suhrab die Hand entgegen und verhielt sich so, als hätte er sie schon lange gekannt. Suhrabs Aufregung ließ langsam nach, sein Herz kam zur Ruhe. Der Direktor sah Suhrabs Papiere, unterschrieb sie, ohne zu meckern oder zu zögern, legte sie zur Seite und erklärte ihm, wo er morgen seine Klasse fände.

Als sie das Büro verließen, umarmte Salim ihn leicht und sagte: »Viel Erfolg mit dem neuen Anfang, Bruder!«

Am nächsten Tag kam Suhrab Punkt acht Uhr zur Schule. Als er seine Klasse betrat, fehlte nur noch der Lehrer. Im Gegensatz zu seiner Erwartung, alle würden einander verwirrt ansehen und wissen wollen, woher dieser Neuling kam, schenkte ihm keiner besondere Beachtung. Zumindest starrte ihn niemand wie einen Fremden an.

Suhrab sah sich flüchtig um, bemerkte einen leeren Platz am Fenster und ging rüber. Er wollte den Jungen, der da allein saß, mit Anstand fragen, ob der Platz frei war, aber bevor er das tun konnte, klopfte der Junge ein paar Mal auf den leeren Platz neben sich und sagte: »Setz dich! Einen besseren Platz findest du nicht!«

Als Suhrab Platz nahm, streckte sein Nachbar ihm die Hand entgegen und meinte: »Ich bin Kabir. Hast du von den Nachmittagsklassen gewechselt oder kommst du aus einer anderen Schule?«

»Mein Name ist Suhrab, ich komme aus der Provinz Farah.«

»Aus Farah? Oh, Gott! Das ist doch das Ende der Welt! Warum hast du das gemacht? Dort könntest du doch in Ruhe deine Schule besuchen, hier haben wir einen Tag Unterricht und den anderen Tag Streik oder Demo.«

»Streik und Demo sind auch in Farah keine unbekannten Wörter. Wir haben auch die eine oder andere Erfahrung damit.«

»Oh, Allmächtiger! Diese Krankheit hat schon alle Ecken des Landes infiziert!«, nahm Kabir seinen Kopf zwischen die Hände und zog eine gespielte Grimasse.

»Sag aber bitte nicht, dass du Mitglied irgendeiner politischen Bewegung bist, ich suche mein ganzes Leben nach einem parteilosen Kameraden«, äußerte Kabir für Suhrab unerwartet.

»Stell dir vor, du hast ihn gefunden!«, antwortete ihm Suhrab lächelnd.

Kabir hob beide Hände zum Himmel und sagte: »Ich danke dir, lieber Gott!«

Kabir war klein von Statur, fröhlich und lebendig. Er war zwar, wie Suhrab, schon 16, aber auf seinem Gesicht war noch kein Anzeichen von einem Bart zu sehen, deswegen schien er viel jünger als sein neuer Sitznachbar. Suhrab fand schnell eine gemeinsame Sprache mit ihm. In den Pausen gingen beide zusammen auf den Schulhof, kauften gesalzene Bohnen oder Nudeltaschen in der Kantine und setzen sich auf ein paar Steinbrocken. Kabir versorgte ihn mit vertrauten Informationen und lüftete Schulgeheimnisse, Dinge, von denen zwar alle wussten, aber niemand offen sprach. So erfuhr Suhrab schon in kürzester Zeit, wer in seiner Klasse zu welchem politischen Lager gehörte, wessen Vater eine hohe Position in der Regierung besaß, welchen Spitznamen der eine oder andere Lehrer trug, wer beliebt und wer allen verhasst war und so weiter. Suhrab fand es nicht gut, dass die Schüler ihren Lehrern solche Spitznamen wie Verrückt, Wachtel, Bock oder Fettsteiß gaben, Kabir lachte aber bloß darüber und sagte: »Niemand weiß, wer sich diese Namen ausgedacht hat oder wann. Sogar wenn ein Lehrer die Schule wechselt, kann er seinen Spitznamen nicht loswerden. Es dauert nicht lange, bis er auch in der neuen Schule so genannt wird.«

Eines Morgens verspätete sich Suhrab ein bisschen. Als er seine Schule betrat, merkte er sofort, dass es nicht nach einem normalen Schultag aussah. Auf dem Hof hatten sich hunderte von Schülern in verschiedenen großen und kleinen Gruppen versammelt. Zuspätkommer wie Suhrab schlossen sich entweder einer der Gruppen an – oder den Schaulustigen auf der Seite. Suhrab suchte mit den Augen nach Kabir, fand ihn aber nicht in der Nähe. Ihm blieb nichts Anderes übrig, als einen Nachbarn zu fragen, was heute los sei.

»Kundgebungen und Umzüge der Linken und Islamisten in der Universität! Ihre Anhänger versammeln sich hier und gehen dann dorthin, um mitzumarschieren«, antwortete er und zeigte auf die in Gruppen stehenden Schüler.

Suhrab kam das alles komisch vor, noch gestern hatte niemand darüber etwas in der Klasse gesagt, auch Kabir hatte nichts davon gewusst. »Vielleicht ist das eine spontane Aktion! Kabir ist anscheinend schon nach Hause gegangen, er reagiert doch allergisch auf Demonstrationen«, dachte Suhrab.

Zu dieser Zeit setzte sich eine große Menge von Schülern in Bewegung. Suhrab entschied sich, dicht hinter ihnen zur Universität zu gehen, er brannte vor Neugier, zu wissen, wie eine große Studentenkundgebung stattfindet und worüber sie reden. Sobald Suhrab durch die Schultür ging, sah er, dass viele Polizeifahrzeuge blitzschnell die Straße vor der Schule sperrten und die Menge noch vor der Schultür umstellten. Bis die Schüler überlegen konnten, was zu tun war, sprangen schon Dutzende von der Spezialeinheit der Polizei mit weißen Helmen und Schlagstöcken in den Händen aus den Fahrzeugen. Jemand rief: »Quwa-e Sarba!«

Die Polizisten fingen an, wahllos auf die Schüler zu schlagen. Unter der Menge brach Panik aus. Einer kleinen Anzahl von denen gelang es zu flüchten, aber die Mehrheit strömte zurück zur Schultür und versuchte, in die Schule hinein zu entkommen. Alle drängten sich durch die schmale Tür. Das große Tor daneben war wie üblich für die Fußgänger geschlossen, die Schulwache öffnete es, wenn ein Auto rein- oder rausfuhr. Suhrab blieb mitten in der Tür mit Anderen stecken. Die Polizisten schlugen weiter, der Druck des Andrangs wuchs, Suhrab fühlte unerträgliche Schmerzen in der Brust und im Rippenbereich, er bekam kaum Luft zum Atmen. Angstgefühle überkamen ihn. Vor seinen Augen stand plötzlich die Szene, als er im Fluss keine Kraft mehr zum Schwimmen hatte, die Strömung führte ihn zum Strudel hin, und in so einem Moment erblickte er Schabos Silhouette auf dem Ufer. Sie rief ihm zu: »Na, komm! Beweg dich.«

Sekunden später schubste der Druck der Menge ihn und die Anderen vor ihm heftig nach vorne, Suhrab fiel beinahe zu Boden, nur im letzten Moment gelang es ihm, sich gerade noch auf den Beinen zu halten. Aber der nächste heftige Stoß der nachströmenden Menge schleuderte ihn und ein Dutzend Andere zur Seite. Sie landeten alle in einem Wassergraben übereinander. Dieser diente zur Bewässerung von Bäumen und Blumenanlagen auf dem Schulgelände, lag im Moment aber trocken. Zu ihrem Glück hatte die Polizei nicht vor, die Schule zu betreten.

Suhrab kam mit einigen blauen Flecken und schmerzenden

Knochen nach Hause. Er erzählte Salim alles.

»Du solltest dich bei Gott bedanken, dass du nicht Anderen unter die Füße geraten bist. Es hätte alles viel schlimmer sein können!«, sagte ihm Salim. Als er ihm eine Dose Schmerzcreme überreichte, fügte er hinzu: »Na, Bruder! Jetzt hast du auch einen Geschmack von der polizeilichen Gewalt bekommen.«

Suhrab gewöhnte sich langsam an das Leben in Kabul, sein Bekanntenkreis wuchs in der Schule, verschiedene politische Strömungen von Marxisten bis zu Maoisten, Nationalisten, Patrioten und Religiösen versuchten, ihn auf ihre Seite zu ziehen, sie konnten ihn aber nicht zu hundert Prozent überzeugen.

Um sich in seinem Kummer nach Schabo nicht ganz zu begraben, versank er in der Bücherwelt. Zumindest ging einer seiner Wünsche, einen unbegrenzten Zugang zu Büchern zu haben, in Erfüllung. Er verbrachte viel Zeit in der öffentlichen Zentralbibliothek im Stadtzentrum, bummelte in den Buchhandlungen, kaufte das eine oder andere Buch, las unabhängige Zeitungen und Zeitschriften. Manchmal gelang es ihm auch, durch seine Kameraden in der Schule etwas von der verbotenen Literatur zu bekommen.

An freien Tagen und an Feiertagen dachten Salim und er sich etwas Gemeinsames aus, besuchten Picknickorte, Parks und Gärten der Stadt oder gingen ins Kino. Manchmal unternahmen er und Kabir etwas zusammen, besuchten einander zu Hause oder gingen in der Stadt spazieren.

Eines Tages, als er lange an der Haltestelle im Stadtzentrum stand und auf den Linienbus wartete, lenkten die Straßenbuchhändler daneben seine Aufmerksamkeit auf sich. Suhrab ging ihre Reihen entlang, die sich direkt auf den Fußgängerwegen befanden. Zu seinem Staunen gab es auch hier alle möglichen alten und neuen Bücher, die man für die Hälfte ihres wahren Preises kaufen konnte. Er lächelte nostalgisch, als ihm sogar sein Kindheitslieblingsbuch »Amir Arsalan-e Namdar« ins Auge fiel.

Als er die letzte Reihe der Buchhändler entlangging, erblickte er plötzlich ein altes Buch mit dem Titelbild von Abdul Ghaffahr Khan. Er wusste schon, dass dieser einer der bedeutendsten Führer für die indischen Freiheit, später großer Kämpfer für die Rechte der Paschtunen und Belutschen in Pakistan und neben Gandhi ein Architekt des gewaltlosen Widerstandes war. Sein Name war berühmt, aber viel Konkretes über seine Ansichten und seinen Lebensweg wusste Suhrab nicht.

Als er den Händler nach dem Preis fragte, machte dieser so ein überraschtes Gesicht, als hätte außer Suhrab noch keiner nach diesem Buch gefragt. Der Händler wischte den Staub vom Buch ab, übergab es Suhrab und nannte unsicher seinen Preis. Suhrab bekam den Eindruck, er wollte dieses Buch einfach nur loswerden.

Suhrab las das Buch die ganze Woche und konnte es nicht aus der Hand legen. Jeder Abschnitt des Lebens von Abdul Ghaffahr Khan und jede Etappe seines Kampfes erweckten Respekt und Bewunderung bei Suhrab.

Eines Abends kam Salim zu seinem Zimmer und fragte: »Was liest du da pausenlos?«

Suhrab setzte sich auf und fragte seinerseits: »Kennst du Abdul Ghaffar Khan?«

Salim sah ihn verwundert an.

»Patscha Khan? Wer kennt ihn denn nicht? Warum?«

»Ich dachte auch, dass ich ihn kenne!«

Er zeigte auf das Buch und fügte hinzu: »Aber nachdem ich dieses Buch gelesen habe, weiß ich, dass ich nur seinen Namen gekannt habe.«

»Und was hast du so Interessantes dort entdeckt?«

»Ich habe von seiner Philosophie der Gewaltlosigkeit etwas gehört, aber jetzt, wo ich die verschiedenen Aspekte seines Lebens und Kampfes kenne, habe ich auch ein ganz anderes Bild von ihm und seinen Prinzipien. Siehe mal, Lala! Er war der Sohn eines Khans, hätte in der britischen Kolonialzeit eine hohe Stellung bekommen können, aber er hat den Kampf für die Freiheit gegenüber dem privaten Wohlstand bevorzugt, viele Jahre saß er in gefürchteten Gefängnissen, erlitt Folter und Erniedrigungen. Er hat sich für die Schule und die Bildung eingesetzt, ist gegen die alten und rückständigen Sitten und Gebräuche aufgestanden. Er war gegen die altmodischen Regeln, gegen die Macht der Mullahs, gegen jede Art von Diskriminierung. Er hat als Erster die Muslime aufgerufen, gewaltlos gegen die koloniale Gewalt vorzugehen. Seine Religion war es, durch die Liebe zu den Menschen Gott zu dienen. Ist das nicht großartig? Ich verstehe nicht, warum er nicht den Friedensnobelpreis bekommen hat? Warum verbreitet unsere

Regierung unter der Bevölkerung seine Idee der Gewaltlosigkeit und seine Ansichten für Gleichheit der Menschen nicht? Warum findet sein Lebensweg keinen Platz in unseren Schulbüchern?«

Salim lächelte und sagte: »Die Antwort ist ganz einfach! Hier haben die Regierenden kein Interesse an einem echten Wandel in der Gesellschaft. Die alten, reaktionären Regeln, die unter den Namen Tradition oder Scharia verkauft werden, dienen ihrem Zweck. Und auch die Mächtigen in der Welt machen oft für ihre Interessen von der Gewalt Gebrauch. Warum sollten sie die Ansichten und Philosophie von Abdul Ghaffar Khan für eine gewaltfreie Welt loben und ihm sogar den Nobelpreis verleihen?«

Salim sah auf seine Armbanduhr und fügte hinzu: »Und jetzt Schluss mit deinem Buch, wir gehen spazieren.«

»Lala! Du musst unbedingt dieses Buch lesen!«

»Du lobst dieses Buch wie Baschar der Erzähler ein schönes Mädchen gelobt hatte! Mir bleibt nichts Anderes, als es zu lesen!«, sagte Salim lachend.

Das andere Gesicht des Lebens

Die Bewohner des Weißen Dorfes kämpften noch lange mit den Folgen der Flut. Sie kehrten langsam in ihre zerstörten oder beschädigten Häusern zurück und bauten sie allmählich wieder auf. Auch in Nawas Khans Haus kehrten bald alle zu ihrem Alltag zurück, außer Schabo, für die nichts mehr so war wie früher. Sie trat zwar wieder ihre Arbeit an, kam jeden

Morgen wie gewöhnlich zu Fatima und ging vor dem Abend nach Hause, aber die Welt um sie war nicht mehr dieselbe wie vor der Flut.

Sie konnte nach Suhrabs Abreise keine Ruhe finden, fühlte sich schlecht, eilte nicht wie früher zur Arbeit und Nawas Khans Haus schien ihr leer ohne Suhrab. Dennoch kam sie jeden Tag zu diesem Haus, um dort zu arbeiten. Jeder Zentimeter des Hofes erinnerte sie an ihn, hier waren sein Zimmer und seine Bibliothek und hier roch es immer noch nach ihm. Wie gern hätte sie alle seine Bücher, eines nach dem anderen, mitgenommen, gelesen, sie fest an sich gedrückt und mit ihnen sogar geschlafen! Aber sie wagte es nicht, daran auch nur zu denken.

Ihre Gedanken waren immer mit Suhrab beschäftigt, egal was sie gerade machte. Manchmal, wenn sie in der Küche war und Schritte von jemand hinter sich hörte, zuckte sie zusammen und ihr Herz sprang auf und ab. Sie drehte sich sofort um, als würde Suhrab hinter ihr stehen und sie liebevoll beobachten. Als Suhrab noch hier gewesen war, hatte sie sein Lächeln erwidert und sie hatten sich beide unendlich glücklich gefühlt.

Auf der Straße schaute sie sehnsüchtig zu ihrem Liebespalast, vor ihren Augen standen all diese glücklichen Momente, als sie zusammen waren. Als sie sich erinnerte, wie er am Fluttag ihre Hand genommen und sie hinter sich entlang der wackligen Mauer der Moschee zum Laufen gezwungen hatte, liefen ihr Tränen aus den Augen.

Schabo betete jeden Abend für Suhrab, tröstete sich und redete sich ein: »Hab Geduld, Schabo! Gott belohnt früher oder später den Geduldigen! Es wird wieder der Tag kommen, an dem wir beide zusammen zu unserem Liebespalast laufen und einander fest in die Arme nehmen!«

Etwa einen Monat nach Suhrabs Abreise spürte Schabo, dass mit ihr etwas nicht stimmte. Eines Morgens, als sie aufwachte, wurde ihr plötzlich schlecht. Am Anfang dachte sie, dass sie etwas Schlechtes gegessen hatte, langsam aber häuften sich ihre Übelkeitsanfälle, bis sie sich schon einige Male am Tag übergeben musste. Trotzdem hatte sie keinerlei Verdacht und war sicher, dass ihr Zustand sich heute oder morgen verbessern würde.

Eines Tages wurde ihr in der Küche, in Fatimas Anwesenheit, so übel, dass sie zur Toilette laufen und sich dort übergeben musste. Als sie zurückkehrte, brachte Fatima sie zu ihrem Zimmer, überprüfte ihren Puls und gab ihr ein pflanzliches Mittel in Pulverform. Schabo war es sehr peinlich, dass ihr ausgerechnet beim Kochen und dazu noch direkt vor Fatima so heftig schlecht wurde.

Fatima saß eine Weile nachdenklich da, dann fragte sie ruhig: »Was hast du heute Morgen gegessen?«

»Verzeih mir, Dada! Das war unanständig von mir! Das hätte mir nicht passieren können!«, antwortete sie mit einem verlegenen Lächeln.

»Es geht nicht um den Anstand, Mädchen! Wir sind alle Menschen, jeder von uns kann krank werden, ich will nur wissen, was der Grund für deine Übelkeit sein kann!«

»Ehrlich gesagt, schon seit einigen Tagen wird mir von Zeit zu Zeit schlecht. Mein Magen tut nicht weh, Durchfall habe ich auch nicht! Warum mir schlecht wird, ist ein Rätsel für mich.«

»Das ist schon merkwürdig! Du hast keine Magenbeschwerden und dir wird übel. Aber egal! Nimm jeden Morgen einen Löffel von diesem Pulver, wir werden in paar Tagen sehen, vielleicht ist das doch ein harmloses Magenproblem«, erklärte ihr Fatima.

Am nächsten Tag, als Fatima und Schabo zusammen das Mittagessen kochten, wurde Schabo plötzlich wieder schlecht, sie legte sich die Hand über den Mund und lief nach draußen.

Dieses Mal wurde Fatima ernsthaft misstrauisch. Als sie zurückkam, setzte Fatima sich vor sie hin und fragte: »Dir wird übel vom Ölgeruch, stimmt's?«

»Ja, Dada! Sobald ich den Geruch von erhitztem Öl rieche, kommt alles in mir sofort hoch.«

»Was ist mit deinem Menstruationszyklus? Wann hast du das letzte Mal deine Regelblutung gehabt?«

»In diesem Monat habe ich keine Regelblutung gehabt, sie verspätet sich wahrscheinlich. Warum?«

Schabo war noch nicht sicher, worauf Fatima hinauswollte.

»Sei mir nicht böse, Mädchen! Es wäre gut, wenn meine Vermutung falsch wäre, aber, ich bin sicher, dass du schwanger bist. Alles weist darauf hin, dass das leider so ist!«, sagte Fatima mit gerunzelter Stirn.

Schabo war wie vom Blitz getroffen, ihr Gesicht wurde auf einmal blass, sie starrte Fatima mit offenem Mund und großen Augen an und schüttelte nur den Kopf.

Fatima ergriff ihre Hand und sagte schon in etwas freundlichem Ton: »Sieh mal, du bist für mich wie eine Tochter, ich will dir nichts Böses; wenn du etwas angestellt hast, dann es ist besser, wenn du es mir jetzt sagst, bevor alles zu spät ist, solche Sachen bleiben nicht geheim!«

Schabo brach plötzlich in bitteres Weinen aus, sie weinte und weinte und schüttelte ständig ihren Kopf. Fatima ging auf sie zu, zog ihren Kopf an sich und sagte: »Ich will dir nur helfen, du kannst mir ruhig alles anvertrauen, ich werde keinem davon etwas erzählen, versprochen!«

Fatima versuchte umsonst, sie zu beruhigen, Schabo weinte und weinte, ohne etwas zu sagen.

Irgendwann ließ Fatima sie los, trat einen Schritt zurück und sagte: »Wenn man mit Weinen etwas ändern könnte, dann hätten wir Frauen keine Sorgen im Leben. – Wir machen es so, Schabo, du beruhigst dich jetzt und gehst nach Hause. Morgen, wenn du dich entschieden hast, mir etwas zu erzählen, sprechen wir.«

Schabo weinte bis tief in die Nacht in ihrem Bett zu Hause. Die Welt hatte sich auf einmal verändert, in einem Augenblick brachen ihre Träume und Hoffnungen zusammen. Sie konnte auch nicht ahnen, dass alles so schnell gehen könne. Mal wünschte sie sich, Suhrab wäre hier, er konnte bestimmt eine Lösung finden; andererseits fand sie es aber umgekehrt gut, dass er nicht hier war, sonst könnte sein Vater ihm etwas antun.

Schabo stellte sich Nawas Khans zorniges Gesicht vor, wie der schrie: »Habe ich dich nicht gewarnt, du schamloses Mädchen? Du musst bei lebendigem Leibe verbrannt werden, damit dein Fall für die Anderen eine Lehre wird!« Schabo kam ihre kranke Mutter in die Gedanken, die unter Tränen und Schluchzen sagte: »Habe ich dich für so einen Tag gestillt, meine Tochter? Warum hast du uns so eine Schande gebracht?« Vor Schabos Augen standen ihr Vater, ihr Onkel und ihre Tante, die sich von ihr abgewandt hatten, sie sah den Mullah und die ganzen Dorfbewohner, die ihre Finger bedrohlich auf sie gerichtet hielten und sie verfluchten.

Schabo bereute aber ihre Nacht mit Suhrab nicht, sie hatte ihn vor Gott zu ihrem Mann genommen, ihr Gewissen war rein, sie hatte keine Schuld- oder Schamgefühle. Was die Leute betraf, hatte sie doch das Schlimmste in Kauf genommen, sie wusste genau, dass sie mit dem Feuer spielte. Sie ahnte gut, welche Folgen ihre Liebe haben und welches Unheil ihr Leben bedrohen konnte. Aber stand es etwa in ihrer Macht, ihr Schicksal zu ändern? War sie in der Lage, auf ihre Liebe zu verzichten, sie aufzugeben? Ihre Liebe war größer als die Angst, beschimpft, verachtet und gefoltert zu werden oder gar sterben zu müssen. Ihre Liebe war sogar mächtiger als die Gefahr, dass ihr weißhaariger Vater und ihre kranke Mutter ihretwegen leiden könnten. Das Einzige, was sie sich überhaupt nicht vorgestellt hatte, war so eine rasche Schwangerschaft. Das war wirklich eine böse Überraschung und ein großer Schock für sie.

Am Tag darauf erschien Schabo ganz ruhig vor Fatima, ihre

Augen waren zwar verquollen, aber ihr Gesicht zeigte keine Anzeichen von ihrer gestrigen Reaktion. Sie wartete nicht auf Fatimas Frage und fing an, als Erste zu sprechen.

»Du weißt, Dada, dass meine Mutter krank ist und meine Tante mich nicht mag. Nach Tahmina Dada warst du zu mir immer nett. Außer dir habe ich niemanden, mit dem ich sprechen oder die ich um einen Rat bitten könnte.«

Fatima gab ihr zuerst mit der Hand das Zeichen, Platz zu nehmen, und dann sagte sie: »Sei absolut sicher, es wird alles unter uns bleiben. Ich weiß! Solche unschuldigen, unerfahrenen Mädchen wie du können leicht Opfer der Schmeicheleien und Versprechungen irgendwelcher Jungen werden.«

»Es hat mich niemand verführt oder getäuscht, Dada! Suhrab und ich, wir lieben uns ...«

Fatima zuckte auf einmal zusammen, sie sah Schabo verwirrt an und sagte laut: »Suhrab?« Sie stand schnell auf, ging zur Tür hinaus und blickte nach draußen, um sicher zu sein, dass niemand ihr Gespräch belauschte. Dann kam sie zurück und äußerte leise: »Hast du den Verstand verloren? Was redest du da? Du und Suhrab? Ich glaube dir nicht, wenn du auch tausend Mal so einen Unsinn wiederholst!«

Fatima schwieg, dachte eine Weile nach und sprach dann mit besorgtem Gesicht weiter: »Ich weiß, wann das passiert ist! In der Flutnacht! Ich hatte auch früher Verdacht, dass zwischen euch etwas läuft. Das hatte ich an Nowros, als du und Suhrab hoch auf dem Berg waren, gemerkt. Aber ich habe es nicht ernst genommen, ich dachte, ihr beide seid jung, vielleicht auch verliebt, aber dass ihr weiter gehen könntet, das habe ich von euch nie erwartet. Und du hast doch Khan Lala versprochen, mit Suhrab Schluss zu machen! Oh großer Gott! Noch heute Morgen war ich sicher, dass das alles nach der Abreise von Suhrab passiert ist!«

»Denkst du, Dada, ich habe nicht versucht, mich von ihm zu trennen? Seine Liebe war aber viel mächtiger als meine Bemühungen und meine Tränen! Was ich soll machen, wenn das Schicksal mir die Wahl gestellt hat, entweder Liebe oder Leben? Was soll ich wählen, wenn ich beide nicht haben kann?«

Schabo liefen die Tränen über die Wangen, ihre Lippen zitterten, ihr fiel es schwer, zu sprechen.

»Glaub mir, Dada! Es überstieg meine Macht, ihn von mir fernzuhalten!«, sprach sie mit großer Mühe weiter.

»Du armes, unglückliches Wesen! Hast du nicht genug Schlimmes im Leben erlebt, dass du auch so etwas auf dich kommen lässt? Reicht es dir nicht, dass jeder schon jetzt seinen Schnabel an dir wetzt?«, sagte Fatima und schüttelte ihren Kopf traurig.

Nach einer Weile des Schweigens sprach sie weiter: »Ich bin eine Frau, die alles im Leben verloren hat, Schabo! Ich kann deinen Schmerz verstehen. Wenn ich dir harte Worte sage, bedeutet das, dass du mir nicht egal bist. Ich hatte schon immer mit dir Mitgefühl, seit ich dich kenne. Die Lebensumstände haben dich leider aus deinen Wurzeln entrissen, jetzt will keiner dich so akzeptieren, wie du bist. Ach, Mädchen! Du wirst es sehr schwer im Leben haben.«

»Wahrscheinlich war das mein Schicksal, Dada! Ich beschwere mich nicht. Ich mache mir nur Sorgen um Suhrab.

Ich werde seinen Namen nie verraten! Ich will nicht, dass er leidet. Ich bete nur zu Gott, dass er ihn schützen möge.«

Fatima lächelte traurig und sagte: »Was für eine naive Seele du bist, Schabo! Hör bitte jetzt genau zu, was ich dir sage! In einigen Monaten wird dein Bauch groß genug, um alles zu verraten! Das, was du Liebe nennst, ist für den Mullah und die Leute große Sünde und Schande. Deine Behauptung, du hast Suhrab als Mann angenommen, rettet dich und Suhrab nicht vor der Scharia und vor den Sitten. Du kannst sogar nicht erahnen, was passieren wird, wenn alles bekannt wird. Es wird eine Katastrophe geben, die Leute werden dich so lange schlagen, bis du zugibst, mit wem du geschlafen hast, verstehst du das?«

Fatima ging noch mal zur Tür und überprüfte, ob sie richtig verschlossen war, dann fuhr sie fort: »Du bist noch jung, hast unter der Hitze und Kälte des Lebens nicht gelitten, allein mit Gefühlen kann man nichts erzielen. Ich sehe hier nur eine einzige Rettungsmöglichkeit, bevor alles auffliegt. Ich muss mit Khan Lala sprechen!«

Schabo sah sie verängstigt an und schrie fast: »Onkel Khan?«

»Keine Panik, Schabo! Khan Lala sieht äußerlich vielleicht streng aus, aber im Herzen ist er ein guter und gerechter Mensch, und das ist eine Sache der Ehre. Außerdem wird er früher oder später sowieso alles erfahren. Das Schlimmste wäre, wenn er davon aus dem Mund der Anderen erfährt. Vertrau mir! Ich spreche mit ihm, er wird anfangs wütend sein, wird auch mich anschreien, aber später muss er eine

Lösung suchen, es geht um seinen Sohn und seinen Familiennamen. Wenn du möchtest, dass Suhrab geschützt und fern von der Sache bleibt, dann muss sein Vater in das Geheimnis eingeweiht sein! Er hat keine andere Wahl, als wenigstens für seinen Sohn alles zu tun.«

Als Nawas Khans Bote, Tahir, zu Baschar dem Erzähler kam und ihm mitteilte, der Khan wünsche sich morgen Abend mit ihm zu treffen, war der ziemlich überrascht. Die Zeit der Geschichtenerzählerei war vorbei, im Frühling erinnerte sich Nawas Khan so gut wie nie an ihn. Dann aber dachte er, vielleicht hat Khan einen besonderen Gast und will ihn amüsieren.

Sein Bruder Hunar fand das aber gar nicht ungewöhnlich für einen Khan. Sobald der Bauer weg war, sagte er mit einem giftigen Lächeln in den Mundwinkeln: »Nawas Khan hat anscheinend gute Laune. Lass Baschar mich und meine Gäste morgen Abend amüsieren! Warum nicht? Mir ist doch egal, was er macht, fühlt, will oder nicht will!« Hunar versuchte Nawas Khan nachzuahmen.

»Und du nennst ihn noch den Barmherzigsten unter den Reichen!«, fügte er sarkastisch hinzu. Baschar machte seine Arbeit weiter und antwortete ihm nicht.

Als Baschar das Gastzimmer betrat, verstand er sofort, dass der Khan schlechte Laune hatte. Von Gästen war keine Spur zu sehen, er saß ganz allein. Nach einer kalten Begrüßung gab ihm Nawas Khan mit der Hand das Zeichen, Platz zu nehmen. Es wurde für eine lange Weile still. Nawas Khan rieb ständig seine Stirn mit der Hand und dachte nach. Baschar vermutete schon ein unangenehmes Gespräch. Er dachte, sein Bruder Hunar hätte bestimmt etwas über Nawas Khan gequatscht, jemand Anderes hatte es gehört und ihn verpetzt. Nawas Khans plötzliche Ansprache riss ihn aus seinen Gedanken.

»Heute ist leider keine Nacht fürs Geschichtenerzählen, Baschar! Der Grund, warum ich dich zu mir gebeten habe, ist nicht erfreulich. Ich denke nach und weiß nicht, wie ich es in Worte fassen soll! Das ist eine Schande, eine Katastrophe für uns beide, Baschar! Es geht um unsere Kinder! Der Teufel hat meinen Sohn und deine Tochter verführt, von Gottes Weg abgebracht! Sie haben eine Affäre begonnen und jetzt ist deine Tochter anscheinend schwanger, Baschar!«

Das Zimmer fing an, sich um Baschar zu drehen, er schloss die Augen und lehnte seinen Kopf gegen die Wand.

»Ich weiß, Baschar, was in deinem Herzen vorgeht! Als ich selbst davon erfahren habe, ist mir das Herz beinahe stehen geblieben! Gestern Abend konnte ich gar nicht die Augen zumachen.«

Baschar aber öffnete die Augen, seufzte und sagte mit zitternder Stimme: »Ich habe dein Brot und Salz gegessen, Khan! Du hast mir immer unter die Arme gegriffen, ich kann deine Güte nie im Leben vergessen. Glaub mir, Khan, ich bin schockiert! Hätte jemand Anderes so etwas behauptet, dann hätte ich ihm nie im Leben geglaubt. Meine Tochter ein Fleck auf deiner Ehre und deinem Familiennamen! Das ist ja unfassbar! Ich kann einfach meinen Ohren nicht glauben. Mein Leben,

Khan, war sowieso eine Gottesstrafe, aber dass ich noch am Ende meiner Jahre von meinem eigenen Kind so geschändet werde, das habe ich nicht verdient. Nun liegt die Entscheidung bei dir, Khan! Dein Messer und meine Kehle! Was du für richtig hältst, das wird auch mir recht sein!«

»Hier geht es um alles für uns beide, Baschar! Ich habe die ganze Nacht nachgedacht, konnte aber keine leichte Lösung finden! Das Einzige, was uns in dieser Situation retten könnte, ist, dass du deine Tochter verheiratest, und zwar so schnell wie möglich. Die Zeit drängt, bald werden alle hinter diese Schande kommen! Die Sitten und Gebräuche sind dir gut bekannt, ich brauche dir nicht zu erzählen, was da passieren wird!«

»Du hast recht, Khan! Aber wie kann ich sie so schnell verheiraten? Woher find' ich jemanden, der sie heiraten will? Ich kann doch nicht auf die Straße laufen und laut schreien: Wer will meine Tochter!«

Nawas Khan lehnte sich gegen die Kissen und sagte: »Ich weiß, Baschar! Darüber habe ich auch nachgedacht. Der Sohn unseres Schmiedes. Was denkst du dazu?«

Baschar richtete sich auf und fragte verwirrt: »Wer? Der Hammer? Er ist doch nicht klar im Kopf, er versteht doch gar nichts von Ehe und Frau!«

»Für deine Tochter ist im Moment ein zurückgebliebener Dummkopf besser als ein normaler Junge! Ich arrangiere alles so, dass sie für ihn nur eine Scheinfrau sein wird, er wird sie gar nicht berühren. So wird deine Tochter ihre Ruhe haben und unsere Ehre wird auch gerettet. Verlass dich auf mich,

ich habe doch mein Wort nie gebrochen! Es wird alles gemäß unserer Traditionen geschehen, der Schmied wird, wie es sich gehört, um deine Tochter werben, du wirst Brautgeld bekommen und die Hochzeit wird auch nicht schlechter sein als die von ihrer älteren Schwester Seeba.«

Baschar war noch ein paar Minuten unentschlossen, endlich gab er aber nach: »Was soll ich sagen, Khan? Wenn du meinst, dass das alles möglich ist, und versprichst, alles auf dich zu nehmen, dann bleibt mir nichts Anderes, als dir zuzustimmen. Ich muss aber zuerst mit meiner Tochter reden!«

»Ja, du sollst mit ihr allein reden und sie dazu bringen, sich nicht zu widersetzen. Alles muss äußerst geheim bleiben, keine Seele außer uns Zweien und dem Schmied darf davon etwas mitbekommen, auch deine Frau nicht! Ach, ja! Sei besonders vorsichtig mit deinem Bruder! Er ist hitzköpfig, kann alles zunichte machen, verstanden?«

Schabo sah zum ersten Mal ihres Vaters Tränen, die über seinen weißen Bart liefen. Sie hatte ihren Vater immer ruhig in Erinnerung, er begegnete allen Problemen des Lebens beherrscht. Seine Geduld war wie der Larkuhberg unerschütterlich, keiner konnte ihn richtig provozieren und wütend machen. Schabo sah ihren Vater an und ihr blutete das Herz. Für sie wäre es besser, wenn er sie beschimpft und geschlagen hätte, aber Baschar weinte nur und sagte mit zitternder Stimme wiederholt: »Warum? Warum mein Kind?«

Schabo setzte sich vor ihm hin, legte ihren Kopf auf seine Knie und sagte traurig: »Verzeih mir, Vater, ich wollte dich nicht traurig machen, du bist der beste Vater in der Welt. Ich bin aber deine undankbare Tochter. Statt deinem Leben ein kleines bisschen Freude zu bringen, bereite ich dir Sorge und Ärgernis.«

Schabo seufzte und sprach weiter: »Ich wusste, dass ich gegen mein Schicksal kämpfe. Mir war klar, dass der Sohn eines Khans und ich zu zwei verschiedenen Welten gehören. Trotzdem waren meine Gefühle zu ihm stärker als meine Vernunft. Ich konnte nichts anders, Baba! Ich konnte es nicht.«

»Sag nicht so etwas, meine Tochter! Ich bin schuld an allem. Ich hätte nicht zulassen sollen, dass du so viel Zeit mit den Khancheel verbringst. Ich dachte, mein ganzes Leben habe ich in Elend und Armut verbracht, lass wenigstens eine meiner Töchter ein besseres Leben sehen, etwas lernen und davon im eigenen Leben Gebrauch machen. Das war aber mein unverzeihlicher Fehler, ich habe dein Leben ruiniert. Wenn du mit uns im Haus aufgewachsen wärst, dann hättest du nie über den Sohn eines Khans nachgedacht.«

»Du hast hier keine Schuld, Baba! Nicht ich bin es, die sich verändert hat. Er ist es, der anders ist. Er ist Khans Sohn, aber er ist etwas Besonderes, großherzig und ohne Vorurteile. Für ihn sind menschliche Werte wichtig, nicht aber Herkunft oder Reichtum. Ich bereue meine Liebe zu ihm nicht. Ich bin bereit, alles seinetwegen durchzumachen. Ich will nur eins, dass du und meine Familie nicht leiden.«

Baschar wurde etwas ruhiger, er strich mit seiner Hand über ihren Kopf und sagte: »Ach, Kind, Kind! Was soll ich mit dir machen? Kein Vater will seiner Tochter etwas Schlechtes antun. Aber was soll ich wählen, wenn vor mir ein Abgrund ist und hinter mir ein Tiger steht?«

»Sag mir nur, Baba, was Onkel Khan als Strafe für mich ausgedacht hat?«

Baschar senkte den Blick zu Boden und antwortete: »Ich muss dich jemandem zur Frau geben!«

Schabo hob den Kopf, sah ihren Vater unverständlich an und sagte: »Jemanden zur Frau? Aber ich hab doch einen Mann! Ich kann keinen Anderen heiraten! Er kann mich aus dem Dorf vertreiben, bestrafen, töten, aber so was kann er mir doch nicht antun?«

Baschar schüttelte den Kopf und stellte mit weinender Stimme fest: »Ach, meine Tochter! Wer wird dir zuhören? Wenn du auch bis morgen schreist und sagst, er sei dein Mann, alle werden dich nur auslachen!«

Baschar schwieg eine Weile, dann aber hob er seinen Turban vom Kopf, hielt ihn vor Schabo und sagte weinend: »Siehe, meine Tochter, ich senke mein Kopf vor dir, ich flehe dich an, nimm Khans Vorschlag an, hab Mitleid mit dir selbst und mit uns allen!«

Schabo nahm seinen Turban an, küsste ihn und legte ihn wieder auf den Kopf ihres Vaters: »Gib mir ein bisschen Zeit, Baba! Wenn ich einmal selbst mit Onkel Khan gesprochen habe, dann weiß ich, was zu tun ist«, sagte sie entschlossen.

Nachdem Fatima lange auf Nawas Khan eingeredet hatte, ihn bat und anflehte, zeigte er sich bereit, mit Schabo zu sprechen. Als Schabo sein Zimmer betrat, bemerkte sie überrascht, dass sie keine Angst mehr vor ihm fühlte. Auch Nawas Khan versuchte, sich ruhig und unbeeindruckt zu zeigen.

Schabo stand eine Weile schweigend, dann kniete sie sich hin und sagte flehend: »Wenn ich auch tausend Mal zerstückelt werde, Onkel Khan, verrate ich Suhrabs Namen nicht! Sei bitte absolut beruhigt. Ich flehe dich aber an, barmherzig zu mir zu sein. Zwinge mich nicht, einen Anderen zu heiraten. Schlage, töte mich – aber nicht so eine Strafe!«

Nawas Khan legte seine Teetasse wieder auf die Untertasse und sagte: »Das alles ist wegen deiner Dummheit passiert. Wenn du auf mich gehört hättest, dann wären wir jetzt nicht in so einer beschämenden Situation!«

Er schwieg eine kleine Weile, dann aber richtete er sich auf und schrie wütend: »Außereheliches, sündiges Verhältnis! Ein Kind im Bauch! Habt ihr den Verstand verloren? Was habt ihr euch dabei gedacht? Das, was ihr beide unverschämt angestellt habt, heißt vor der Scharia Sina, verstehst du, Sina! Und in unseren Sitten gibt es dafür nur eine Strafe: Steinigung, für beide!«

Nawas Khan lehnte sich wieder zurück und sagte schon etwas ruhiger: »Du sagst, du wirst Suhrab nicht verraten und alles auf dich nehmen! Dann er ist noch dümmer als du! Er wird sich bei der Steinigung vor dich stellen! Liebe ist das oder Verrücktheit, sie hat euren Geist verfinstert!«

Er richtete den Zeigefinger bedrohlich in Richtung Schabo und fügte hinzu: »Hör mir gut zu! Wenn die Sache auffliegt und vor den Dorfältesten und Mullah Saheb kommt, dann kann ich weder dich noch deinen Suhrab vor dem Scharia-Urteil retten!«

»Vor den Leuten bin ich vielleicht schuldig, Onkel Khan! Aber vor meinem Gewissen und meinem Gott bin ich rein. Wir haben unsere Ehe vor dem allmächtigen Gott geschlossen, Suhrab ist mein Mann und im Bauch trage ich sein Kind!«

Nawas Khan lachte gereizt und sagte: »Ich sehe, du kommst von deinem Esel nicht herunter! Und das beweist nur eins, du hast keine Ahnung, was eine Eheschließung ist. Sie muss von einem Mullah beschlossen sein, zwei Männer oder ein Mann und zwei Frauen müssen es bezeugen, die Eltern müssen dabei anwesend sein! Eheschließung ist doch kein Spielchen für solche Naiven wie dich und Suhrab!«

Er goss sich wieder Tee aus der Kanne in die Tasse und fuhr fort: »Versteh endlich, ich bin nicht dein Feind! Ich war auch einmal jung, ich weiß, was Jugendgefühle bedeuten. Man ist in deinem Alter taub und blind, man selbst sieht den Weg nicht und hört auch auf den Rat Anderer nicht. Pass mal genau auf, was ich dir jetzt sage! Wenn deine Gefühle tatsächlich große Liebe sind, wenn du Suhrabs Leben wirklich retten willst, wenn dir das Wohl deiner Familie wichtig ist, dann musst du den Sohn des Schmiedes, jenen ›Hammer‹, heiraten. Das ist die einzige Lösung für alle: für dich und deine Familie und für deinen Suhrab und unsere Familienehre auch! Mit so einem Opfer musst du doch einverstanden sein! Von meiner Seite verspreche ich, alles zu organisieren, du sollst nur Ja sagen! Ich verspreche auch, dass ich immer auf dich Rücksicht nehmen und deiner Familie zur Seite stehen werde. Du wirst wie immer hierherkommen und es wird sich für dich nichts ändern. Ich werde auch dafür sorgen, dass dein Kind zur Schule geht und etwas lernt.«

Als Schabo den Namen des Schmiedes hörte, erschien ein bitteres Lächeln auf ihren Mundwinkeln. Sein Vorschlag wunderte sie nicht, sie schrie und protestierte nicht. Ihr war es egal, wen er für sie ausgesucht hatte. Sie hörte ruhig zu, bis Nawas Khan mit seiner Einrede fertig war, dann sagte sie selber etwas.

»Ich danke dir für deine Großzügigkeit, Onkel Khan! Aber ich will nicht, dass mein Kind das Schicksal seiner Mutter wiederholt. Sonst kann es sein, dass es sich genauso mit seiner Herkunft nicht abfindet und ebenfalls das will, was nur den Reichen und Noblen zusteht. Du hast angedeutet, dass ich Opfer bringen muss, als Beweis für meine Liebe. Ja! Ich bin bereit, auch mein Leben für ihn zu opfern. Und sei sicher, Onkel Khan, ich werde es tun, aber nicht so, wie du es von mir verlangst. Ich werde es so machen, dass Suhrabs Leben gerettet, deine Ehre unangetastet und auch ein zweiter Ehemann für mich nicht nötig ist!«

Schabo stand schnell auf und lief zur Tür. Statt aber zu Fatima zu gehen und ihr alles zu erzählen, lief sie zum Haustor hinaus. Fatima, die die ganze Zeit vor der Tür ihres Zimmer auf sie gewartet hatte, ging hinter ihr her, sie wollte nach ihr rufen und sie stoppen, aber als sie zur Straße hinaussah, merkte sie überrascht, dass Schabo nicht in Richtung ihres Elternhauses, sondern in die entgegengesetzte Richtung zum Fluss lief. Fatima rief einige Male hinter ihr her, aber sie war schon weit weg von ihr.

Die Sonne ging unter. Der Fluss floss noch immer majestätisch, reißend und voller Wasser, aber in seinen Wellen fehlte die Wut der winterlichen Stürme. Auch der Strudel kreiste etwas müder und langsamer. Am Ufer herrschte eine gespenstische Ruhe, nur die Wellen, die rhythmisch gegen die Felsen schlugen, ließen ihre Melodie hören.

Schabo hatte noch nie im Leben so nahe am Strudel gestanden, sie sprach mit ihm: »Mein ganzes Leben hatte ich Angst vor dir, konnte nicht in deine Nähe kommen, jetzt stehe ich aber hier, direkt vor dir und du erschreckst mich nicht mehr!«

Schabo schloss die Augen, ihr gesamtes Leben fing an, vor ihren Augen abzulaufen. Sie erinnerte sich an die Zeiten, als Suhrab und sie zusammen waren. Die Bilder folgten einander wie im Kino, ihre Kindheitsspiele im Hof, Wiedersehen im Garten, erster Kuss, Nowros, die Berge, ihr Liebespalast, die Flutnacht und ihr Liebesgenuss. Alles war frisch wie gestern in Erinnerung, sie spürte Suhrabs Hände, seine Berührung, die Wärme seiner Umarmung, die heißen Küsse und seine leidenschaftliche Rede. Ihr kamen Suhrabs Worte ins Gedächtnis, wie er sagte, das Glück sei nur ein Moment für sie beide; und ihr liefen die Tränen über die Wangen.

Schabo schritt mit geschlossenen Augen langsam auf das steile Ufer zu, als sie plötzlich ein Geräusch hinter sich hörte. Sie spürte, dass jemand auf sie zulief. Auf einmal standen die Szenen aus ihrem Traum vor ihren Augen. Der Drache mit menschlichem Antlitz versuchte, sie zu schnappen, und sie musste sich zwischen seinen Zähnen und dem Strudel entscheiden.

Schabo wählte zum zweiten Mal, dieses Mal im Wachen und in vollem Bewusstsein, den Strudel. Als sie noch einen Schritt in Richtung des Wassers tat, griff jemand plötzlich nach ihrem Kleid am Rücken. Schabo schrie panisch vor Schreck, sie dachte, der Drache hatte sie, bevor sie sich in den Strudel werfen konnte, erwischt.

Als Schabo wieder zu sich kam und die Augen öffnete, merkte sie, dass sie in Fatimas Armen lag, und diese dabei war, einen heiligen Vers zu sprechen. Schabo brach in bitteres Weinen aus.

Fatima schüttelte sie und sagte zornig: »Bist du komplett von Sinnen? Willst du dein Leben beenden?«

»Lass mich sterben, Fatima Dada! Ich will nicht mehr. Mein Leben ist zur Hölle geworden. Ich bringe allen Schande, Schmerz und Leid! So werden alle von mir ihre Ruhe haben!«, sagte sie unter Tränen.

»Gott gibt uns das Leben und nur in seiner Befugnis steht es, es wieder zu nehmen. Weißt du, was für eine große Sünde Selbstmord ist? Sieh mal auf deinen Bauch, dort lebt noch ein Mensch! Willst du auch ihn töten? Welche Schuld hat er denn an euren Unsinnigkeiten? Wenn Suhrab erfährt, dass du sein Kind getötet hast, dann wird er dir auch im anderen, ewigen Leben nicht verzeihen!«

»Was soll ich machen, Dada? Welche Wahl habe ich denn noch?«

»Sei Gott in jeder Situation dankbar! Akzeptiere dein Schicksal, wie es gekommen ist. Sieh mich an! Ich bin auch vom Leben hart bestraft worden. Ich habe alles verloren: Meine Liebe, meinen Mann und meine Tochter! Mein Mann hat mir aus dem Gefängnis geschrieben, ich sei nicht mehr seine Frau. Ich war allein, habe in einer trostlosen Wüste gestanden. Was hätte ich in meinem Zustand tun sollen? Selbstmord begehen oder was? Du siehst ja, ich lebe immer noch und warte auf einen besseren Morgen! Die guten Erinnerungen und Hoffnung auf die Zukunft geben meinem Leben Sinn. Du unsinniges Mädchen, du bist doch nicht allein! Ab jetzt lebst du für dein Kind! Du musst seinetwegen alles über dich ergehen lassen. Es ist doch die süße Frucht eurer Liebe! Du wirst dich noch an meine Worte erinnern! Warte mal, bis dein Kind geboren ist, bis das Baby dich zum ersten Mal anlächelt, dann wirst du alle Schmerzen und Leiden des Lebens vergessen. Und mach dir keine Sorgen um den Sohn des Schmiedes. Er wird dich nicht anfassen, Khan Lala hat das alles schon mit seinem Vater geregelt, außerdem hat der Schmied gesagt, dass sein Sohn sowieso kein Interesse an einer Frau hat. Du kannst nach wie vor auf mich zählen, ich werde immer für dich da sein. Tagsüber bist du sowieso bei mir, wir werden etwas nähen, sticken und gleichzeitig unsere Herzensangelegenheiten besprechen. Ich weiß, du denkst ständig an Suhrab. Glaub mir, ihm wird es am Anfang schlecht gehen, er wird eine Zeit lang leiden, aber Gott gibt auch ihm Kraft und Geduld, alles zu überstehen. Ihr beide seid noch sehr jung, euer ganzes Leben steht euch bevor, es wird noch vieles Glückliches passieren und von der alten Wunde wird nur noch eine Narbe bleiben.«

Die Hochzeit von Schabo wurde genauso wie auch alle anderen Hochzeiten in den Wulas gefeiert. Es gab also keine großen Feierlichkeiten mit zahlreichen Gästen, reichlich Essen und lauter Musik.

Noch ein paar Tage nach der Hochzeit plauderten die Frauen hier und da über Schabos Hochzeit. Manche äußerten ihr Mitleid mit ihr und sagten, das arme Mädchen verdiene so einen Narr nicht; die Anderen empfanden Genugtuung darüber und sagten, das sei ihr zu Recht geschehen, sie solle sich nicht wie die Städtischen benehmen und wissen, wo ihr Platz sei. Solches Gerede war aber nicht von Dauer, schon bald wurde das Thema langweilig und die klatschsüchtigen Frauen suchten sich etwas Neues.

Um den Schein zu wahren, musste Schabo noch eine Weile im Haus des Schmiedes übernachten. Danach kam sie nach der Arbeit immer öfter zum Haus ihres Vaters zurück und irgendwann zeigte sie sich so gut wie gar nicht beim Schmied. Das interessierte aber den Schmied und seine Familie in keiner Weise.

Seit dem Tag, als Schabos Kind in ihrem Bauch erste Lebenszeichen zeigte, änderten sich auch ihre Gefühle und Gedanken. In ihr Leben kehrte wieder ein kleiner Schimmer von Ruhe und Freude. Schabo glitt mit der Hand über ihren Bauch, stellte sich ihr Baby vor, wie sie es in die Arme nehmen und stillen würde, wie sie es in die Wiege legen und ihm Wiegenlieder singen wird. Sie stellte sich ihr Kind vor, sein Gesicht, seine Augen, Nase und seinen Mund, und wünschte sich, dass es im Falle eines Jungen Suhrab und im Falle eines

Mädchens Tahmina ähnlich wäre.

Jeden Tag, sobald sie zur Arbeit kam, fragte Fatima als Erstes nach ihrem Baby, wie sie die Bewegung des Kleinen im Bauch fühle und ob sie selbst gesund sei. Fatima ließ sie nicht schwere Sache heben, beriet sie und sorgte um sie. Sie wurde Schabos Vertrauensperson, nur ihr konnte sie ihr Herz öffnen und nur mit ihr fühlte sie sich abgelenkt und lebendig.

Die Zeit schritt unaufhaltsam voran, Tage, Wochen und Monate folgten einander schnell, einerseits näherte sich der Termin der Geburt des Kindes und anderseits verblieben nur wenige Tage bis zu Suhrabs Winterferien.

Schabos Ängste und Sorgen wuchsen von Tag zu Tag. Sie wusste, dass die Nachricht über ihre Hochzeit Suhrabs Seele erschüttern wird. Sie rätselte darüber, von wem er es als Erster erfahren wird. Wie wird er darauf reagieren? Wie kann sie ihn ansehen? Jedes Mal, wenn sie sich ihn in Gedanken vorstellte, sagte er mit wuterfülltem Gesicht: »Du hast doch gesagt, dass nur der Tod uns trennen kann! Warum bist du nicht gestorben, bevor du einen Anderen geheiratet hast? Du hast deine Versprechen nicht gehalten und unsere Liebe verraten!«

Schabo liefen die Tränen übers Gesicht, sie schüttelte den Kopf und antwortete ihm in Gedanken.

»Nein, mein Suhrab! Ich habe die Liebe nicht verraten, die Leute, ihre Gesetze und Sitten haben mich nur körperlich von dir getrennt. Mein Herz, meine Seele und meine Gefühle gehören ewig dir. Wenn ich zum Schein und nur für die Leute jemandes Frau bin, bist nur du im Herzen und vor Gott mein

Mann. Du fragst, warum ich nicht gestorben bin, bevor ich ein Leben ohne Liebe akzeptiert habe! Ja, hier bin ich schuld, ich habe mein Wort nicht halten können, aber du musst auch den Grund dafür wissen. Damals, als wir uns geschworen haben, uns nie voneinander zu trennen, war ich allein, ich verfügte über mein Leben. Aber das Schicksal hat anders gespielt, es hat mein Leben mit dem Leben eines Anderen verbunden. Das Schicksal hat mir dein Kind anvertraut. Es ist die Frucht unserer Liebe, es gehört uns beiden, ich muss unser Baby bewahren, auf sein Leben habe ich kein Recht, ich lebe nur, weil es leben muss.«

Eines Morgens, als Schabo aufstand, fühlte sie plötzlich Rückenschmerzen. Sie war zwar ein bisschen besorgt, dachte aber trotzdem nicht, dass dies die Vorwehen sein könnten. Wie Fatima und sie es ausgerechnet hatten, blieb bis zur Geburt noch ein bisschen Zeit. Im Laufe des Vormittags bekam Schabo auch Bauchschmerzen, sie wurden mal stärker, mal aber kaum spürbar. Fatima fand anfangs auch, es sei normal, zu dieser Zeit der Schwangerschaft Schmerzen zu haben, aber als die Schmerzen am Nachmittag andauerten und noch stärker wurden, sagte sie zu Schabo: »Es sieht so aus, dass die Zeit gekommen ist. Du gehst jetzt nach Hause, ich schicke dir Saira und Durcho, sie werden dir bei der Geburt helfen. Und keine Angst, sie kennen ihre Arbeit gut! Auch ich werde mich über den Lauf der Dinge informieren, okay?«

Schabo nickte verängstigt und machte sich auf den Weg nach Hause.

Die Geburtsschmerzen dauerten die ganze Nacht an. »Ich habe eine leichte Hand, du wirst es sehen, es wird alles gut sein!«, versicherte ihr mehrmals Saira.

Am frühen Morgen kam endlich das Baby zur Welt. Als Schabo dessen ersten Schrei hörte, waren ihre Schmerzen auf einmal vergessen und sie lächelte leicht.

»Herzlichen Glückwunsch! Du hast eine Tochter bekommen«, sagten ihr Saira und Durcho.

Beim Sonnenaufgang klopfte jemand heftig an Nawas Khans Haustor. Fatima kam und öffnete es. Vor dem Tor stand Durcho, sie brachte ihr die fröhliche Nachricht. Fatima war erleichtert und versprach ihr eine dicke Belohnung. Sie wäre gern selbst dorthin gegangen und hätte gern gesehen, wie Schabo und ihr Baby sich fühlten, aber das stand nicht in ihrer Macht. Nawas Khan hätte so etwas nie geduldet.

Zum Mittag kam unerwartet wieder Durcho, dieses Mal mit schlechten Nachrichten: »Die Blutung hört nicht auf! Schabos Zustand verschlechtert sich rapide und Saira ist komplett durcheinander«, teilte sie mit. Nach ein paar Sekunden fügte sie hinzu: »Gott sei ihr barmherzig! Was wird mit dem Kind, wenn ihr etwas ...«

»Halt den Mund, du alte Hexe! Du und Saira! Ihr habt doch euer ganzes Leben die Geburten angenommen, ihr müsst eine Lösung finden! Geh und sag ihr, ihr beide bekommt die doppelte Belohnung für eure Bemühungen. Helft ihr! Wenn ihr etwas braucht, dann kommt sofort zu mir!«

Trotz dieser schlechten Wende hoffte Fatima immer noch, dass Saira Schabo helfen könne. Sie sah die ganze Zeit zum

Tor rüber und wartete auf gute Neuigkeiten von da. Vor dem Abend klopfte es wieder an das Tor, dieses Mal stand aber überraschend statt Durcho Baschar vor dem Haustor. Fatimas Herz sprang ihr bis zum Hals. Baschar kam sehr selten zu ihnen, nur wenn etwas Ernstes passierte oder Nawas Khan ihn für eine Geschichtenerzählung einlud.

»Was ist passiert, Baschar? Wie fühlt sich Schabo?«, fragte sie mit schlechten Vorahnungen.

»Meine Arme liegt im Sterben. Sie will dich ein letztes Mal sehen!«

Baschars Stimme zitterte, in seinen Augen waren die tiefe Trauer und Müdigkeit nicht zu verbergen. Bevor Fatima etwas sagen konnte, drehte er sich um und ging langsam fort.

Fatima stand eine Weile verwirrt da, kam dann aber schnell zu sich und ging zu Nawas Khans Zimmer. Aber vor der Tür hielt sie kurz an. Sie wusste nicht, wie sie Nawas Khan um Erlaubnis bitten könnte. So ein Besuch wäre ein ernster Bruch der Sitten. Trotz ihrer Zweifel betrat sie sein Zimmer. Nawas Khan hörte ihr überraschend ruhig zu. Als Fatima aufhörte, schwieg er immer noch, er senkte in Gedanken den Kopf und rieb ständig seine Stirn.

Fatima bemerkte seine Unentschlossenheit und sprach selbst, bevor er eine Entscheidung fassen konnte: »Heute geht es um Leben und Tod! Wenn du es mir verbietest und ich sie nicht am Leben sehen kann, dann würde ich es mir nie im Leben verzeihen! Wirst du mir das nur wegen unserer unsinnigen Sitten und Gebräuche antun?«

Als Fatima das Zimmer betrat, wo Schabo lag, standen Saira und Durcho neben ihrem Bett. Sie machten Platz für Fatima. Fatima sah als Erstes Saira fragend an. Die schüttelte den Kopf und gab ihr zu verstehen, es gibt keine Verbesserung. Am Fuß des Bettes saß Schabos Mutter, Nurija, sie hielt ihren Kopf in den Händen und wiegte sich vor und zurück, anscheinend bemerkte sie gar nicht, wer da reingekommen war. Fatima stand dicht an ihrem Bett, Schabo war ungewöhnlich blass im Gesicht, ihre geschlossenen Augen waren von dunklen Ringen umgeben.

»Öffne die Augen, meine Tochter, und sieh mal, wer zu uns gekommen ist!«, rief Baschar mit weinender Stimme.

Schabo öffnete langsam die Augen; als sie Fatima ansah, bewegten sich ihre Mundwinkel leicht. Fatima verstand, dass sie zu lächeln versuchte. Sie setzte sich an die Bettkante und nahm ihre Hand. Schabo schloss wieder die Augen. Aus einem ihrer Augenwinkel lief eine klare Träne über die Wange.

Kurz danach öffnete sie wieder die Augen, aber nur halb, und sprach mit einer schwachen Stimme: »Ich habe meine Tochter Tahmina genannt, ich überlasse sie zuerst dem Gott und dann dir, Fatima Dada! Ich bitte dich, sie zu dir zu nehmen!«

Fatima standen Tränen in den Augen, ihr wuchs ein Kloß in der Kehle, sie sprach mit großer Mühe: »Warum sprichst du von so traurigen Dingen, Mädchen? Gott ist groß, du wirst wieder gesund und deine Tochter …«, Fatima bemerkte plötzlich, dass Schabos Augen starr und halbgeöffnet blieben. Saira trat nach vorne und schloss ihr die Lider. Durcho lief nach draußen, im Hause Baschars wurde Klagegeschrei laut.

Schabo wurde auf dem gemeinsamen Friedhof der Khancheel und Wulas an den Hängen des südlichen Hügels begraben, dort, wo es zwischen den Begrabenen keinen Herkunftsunterschied mehr gab. Wo es gleichgültig war, wer im Leben arm und wer reich gewesen war, wo keine Paläste und Hütten existierten, wo niemand von der Pracht und dem Prunk seines Lebens etwas hatte, wo jeder sein ewiges Zuhause nur in einem weißen Leichentuch gefunden hatte.

Suhrab hatte seit fast neun Monaten nichts von zu Hause gehört. In dieser Zeit war niemand aus seinem Dorf nach Kabul gereist, der ihm eine Nachricht mitgebracht oder seinen Brief zurück nach Hause mitgenommen hätte. Per Post konnte er nichts nach Hause schicken, da es keine Poststelle und auch keinen Postboten im Weißen Dorf gab. Natürlich war es möglich, ein Telegramm ins Distriktzentrum zu verschicken. Die Beamten vor Ort hätten dann die Familie benachrichtigt. Dafür mussten aber wichtige Gründe vorliegen.

Die letzten Tage des Schuljahres vergingen unerträglich langsam. Suhrab konnte den Tag nicht abwarten, an dem er die letzte Prüfung ablegen und endlich für die Winterferien nach Hause fahren durfte.

Bei den Internat- und Militärschülern organisierten und bezahlten ihre Schulverwaltungen die Reise und sie mussten zusammen nach Hause fahren. Suhrab dagegen besuchte eine normale Highschool genauso wie alle anderen städtischen Schüler, er entschied selbst, wo und wie er seine Ferien verbrachte. Deswegen wusste auch niemand zu Hause im Dorf, wann genau er ankommen würde und deshalb hieß ihn auch niemand an der Haltestelle willkommen.

Die Ironie des Schicksals! Akbar war der Erste, dem Suhrab vor dem Weißen Dorf begegnete. Suhrab hatte sein Dorf so vermisst, dass er bereit war, jeden seiner Bewohner in die Arme zu nehmen. Sein Herz war so voller Liebe, dass für andere Gefühle kein Platz mehr geblieben war. Suhrab umarmte Akbar herzlich. Während der Begrüßung aber merkte Suhrab, dass dieser sich merkwürdig verhielt, er lächelte mysteriös und sah ihn komisch an. Suhrab wollte Akbar über die Neuigkeiten im Dorf ausfragen, aber Akbar ergriff als Erster das Wort. Er schaute Suhrab einmal von Kopf bis Fuß an und sagte: »Wa wa, Suhrab! Du siehst ja so frisch und fit aus! Anscheinend hat dir der Aufenthalt in Kabul sehr gutgetan!«

»Lass uns nicht über mich reden, Akbar! Sag lieber, was gibt es Neues und Altes im Dorf?«

Akbar zog eine scheintraurige Grimasse und sagte: »Was kann bei uns Neues sein? Es gibt immer noch denselben alten Mullah und seine alten Gebete. Ach so, um es nicht zu vergessen! Schabo, das Dienstmädchen in eurem Haus«, Akbar machte eine Pause und sah Suhrab forschend an.

»Ja, was ist mit ihr?«, fragte Suhrab beunruhigt.

»Ihr Vater hat die Arme diesem zurückgebliebenen Nassir, ich meine den Hammer, zur Frau gegeben.«

Akbar hielt erneut inne, um Suhrabs schockiertes Gesicht

zu genießen. Dann fuhr er mit aller Genugtuung fort: »Aber das ist leider nicht alles! Sie ist bei der Geburt ihres Kindes gestorben und dort oben auf dem Friedhof begraben.« Er zeigte mit der Hand Richtung des Hügels und fügte scheintraurig hinzu: »Ja, so ist leider das Leben!«

Suhrabs Knien wurden weich, seine Beine hielten ihn nicht länger, die Erde drehte sich um ihn und vor seinen Augen wurde es schwarz.

Er war dabei, zu Boden zu fallen, als Akbar seinen Arm ergriff und sagte: »Ist mit dir alles in Ordnung? Vielleicht bringe ich dich besser zu deinem Haus?«

Suhrab kam schnell zu sich, schubste Akbars Hand beiseite und trat an ihm vorbei. Ein paar Meter weiter rief Akbar noch hinter ihm: »Wenn ich wüsste, dass du so reagieren wirst, dann hätte ich dir gar nichts gesagt, Mann!« Suhrab antwortete ihm nicht und ging weiter.

Als Suhrab unerwartet sein Elternhaus betrat und Fatima ihn anblickte, verstand sie sofort, dass jemand ihm bereits die schlechte Nachricht mitgeteilt hatte.

Fatima war allein zu Hause, Nawas Khan war schon am frühen Morgen in die Stadt gefahren. Sie umarmte Suhrab und fing an zu weinen.

Seit Tagen stellte sich Fatima diese Szene vor und versuchte, sich darauf einzustellen. Sie hatte in Gedanken nach Wörtern und Sätzen gesucht, die ihn trösten und ihm etwas von der Last seiner Trauer abnehmen könnten. Aber jetzt, als er vor ihr stand und sie sein Gesicht erblickte, verstand sie, dass der Schmerz seiner Trauer viel größer war, als dass ihm mit ein paar üblichen, allbekannten Trostwörtern zu helfen war.

Suhrabs Augen waren blutig rot. Sein Blick war auf die Zimmerwand fixiert, er weinte nicht und reagierte auf Fatimas Worte nicht. Er saß da, so als hätte ihn sein Geist verlassen.

Fatima bekam wegen seines Zustandes ernste Angst, sie erkannte klar, dass Suhrab einen schweren Schock erlitten hatte.

Plötzlich änderte sich aber Suhrabs Verhalten, er stand auf und gab ruhig von sich: »Ich ziehe mich um und gehe dann zu Schabo.«

Fatima sah ihn verwirrt an, sie hatte Zweifel, dass er mit klarem Kopf redete. Sie stand ebenfalls auf und sagte mit Nachdruck: »Warte mal! Ich gehe mit und zeige dir ihr Grab!«

»Es ist nicht nötig, ich finde es selbst, sie wartet auf mich!«

Ein paar Minuten später kam er aus seinem Zimmer heraus, Fatima stand im Empfangsraum und beobachtete ihn mit Sorgen; er ging aber unerwartet zum Zimmer seines Vaters statt zum Haustor.

»Dein Vater ist in die Stadt gefahren, morgen oder übermorgen kommt er wieder«, rief Fatima laut hinter ihm. Suhrab beachtete aber nicht, was sie gesagt hatte, und betrat seines Vaters Zimmer. Er brauchte nicht viel Zeit dort, ergriff das Gewehr seines Vaters, das an der Zimmerwand hing, holte es runter, nahm aus einem Holzkasten zwei Patronen und steckte sie in seine Tasche, dann hängte er das Gewehr über die Schulter, wickelte den Pattu um sich samt Gewehr und ging raus.

Fatima wollte ihm sagen: »Du bist doch müde, Suhrab! Warte ein bisschen, trinke eine Tasse Tee und dann ...«, aber sie wagte nicht, es auszusprechen, und sah schweigend, wie Suhrab den Hof verließ.

Fatima setze sich auf den Boden, hob die Hände hoch zum Himmel und betete. Suhrab tat ihr sehr leid, aber sie konnte nichts für ihn tun. Sie traute sich auch nicht, ihm die ganze Wahrheit zu sagen. Einerseits hatte sie Angst vor Nawas Khan und anderseits war sie sicher, dass Suhrab, hätte er gewusst, was wirklich geschehen war, bestimmt etwas Schreckliches anstellen würde.

Fatima war noch mit ihren Gedanken beschäftigt, als plötzlich ihr Herz von einem schlechten Gefühl erfüllt wurde, vor ihren Augen stand auf einmal die Szene, als Suhrab seines Vaters Zimmer betrat! Sie stand sofort auf und lief zu Nawas Khans Zimmer, als sie es betrat, merkte sie sofort, dass die Stelle, wo das Gewehr sonst hing, leer war. Ihr lief eine schaurige Welle über den Rücken.

In diesem Moment betrat Tahirs Frau den Hof, Fatima bat sie, auf die kleine Tahmina aufzupassen, die in ihrem Zimmer schlief. Dann nahm sie schnell ihre große Kopfbedeckung und ging hinter dem Haus entlang der Gartenmauer Richtung Friedhof.

Suhrab stand neben dem frischen Grab von Schabo. Zum ersten Mal, seit er von Akbar von ihrem Tod erfahren hatte, liefen ihm die Tränen aus den Augen. Er stand eine Weile unbewegt da, dann warf er sich auf ihr Grab und fing an, laut zu weinen. Er legte seine Arme um den Grabhügel und heulte minutenlang.

Irgendwann hob er den Kopf, glitt mit den Händen über die Kieselsteine auf dem Grab und sprach zu ihr: »Steh auf, meine Schabo! Warum nimmst du mich nicht in deine Arme?! Ich bin's, dein Suhrab! Willst du nicht dein Geschenk sehen? Sieh mal, was ich dir aus Kabul mitgebracht habe. Du wolltest, dass ich dir alles über mein Leben in Kabul erzähle. Ich habe für dich ein ganzes Heft voller Geschichten geschrieben! Ich weiß, du willst nicht mit mir reden, du bist böse auf mich! Ich bin fortgegangen und habe dich allein dem Menschendrachen überlassen. Ich habe dir versprochen, immer, solange ich lebe, bis ich atme, für dich da zu sein. Aber ich habe mein Versprechen nicht gehalten, ich habe dich nicht beschützt. Warum wurden mir meine Beine nicht gebrochen, bevor ich nach Kabul aufgebrochen bin? Wenn ich hier gewesen wäre, dann hätte ich nicht zugelassen, dass das Böse dir etwas antut. Wenigstens wäre ich zuvor gestorben und hätte dann nicht gewusst, wie diese brutale Welt mit dir umgegangen ist.«

Suhrab hob die Hände nach oben und sprach den Himmel an: »Oh Gott! Wo warst du denn? Warum hast du meine Schabo nicht beschützt? Ich habe mich doch auf dich verlassen! Hast du nicht gesehen, was deine herzlosen Kreaturen einem unschuldigen Mädchen angetan haben? Warum existiert deine hässliche Welt noch? Warum ist sie nicht untergegangen?«

Suhrab stieß mehrmals mit seinem Kopf gegen den Grabhügel und sprach wieder zu Schabo: »Nichts und niemand kann uns trennen, Schabo, auch Gott nicht. Ich komme zu dir! Warte nur noch ein bisschen!«

Suhrab stand entschlossen auf, sah zum Himmel hinauf und sagte: »Sag mir bloß nicht, dass Selbstmord eine Sünde ist! Nenne mir einen einzigen Grund, warum ich weiterleben soll. Nein, nein! Die größte Sünde ist jetzt, wenn ich ohne Schabo weiterlebe.«

Suhrab steckte die Patronen ins Magazin, legte den Lauf des Gewehrs unter sein Kinn und hielt den Finger auf den Abzug. Gerade als er schon abdrücken wollte, hörte er plötzlich Fatimas Schrei hinter sich: »Warte! Um Gottes Willen, warte Suhrab! Lass deine Tochter nicht ohne ihren Vater!«

Suhrab war wie vom Blitz getroffen, verwirrt stand er da und starrte mit ungläubiger Miene Fatima an, er konnte sie gar nicht verstehen.

Fatima fuhr weinend fort: »Ich kann nicht mehr schweigen! Du hast eine Tochter, Suhrab, ich schwöre es bei Gott! Ihre Mutter hat Gott zu sich genommen, lass du sie nur aber nicht ohne Vater aufwachsen! Schabo hat sie zu Ehren ihrer Großmutter, deiner Mutter, Tahmina genannt. Du hast die Pflicht, wenigstens ihretwegen zu leben.«

Die Welt um Suhrab herum fing an, sich zu drehen. Seine Knie gaben nach und er sank langsam zu Boden. Fatima lief zu ihm, ließ sich neben ihm auf den Boden fallen und schlug den Arm um ihn.

Suhrab saß lange reglos da und starrte vor sich hin. Es schien, als würde er Fatima gar nicht mehr wahrnehmen.

»Er hat sie getötet«, brachte Suhrab auf einmal heraus. Fatima sah ihn erschreckt an, es schien ihr, als hätte er mit dem Blick Richtung Himmel gezeigt.

»Der Khan! Ich weiß es, er hat meine Schabo auf dem Gewissen«, fügte er hinzu und drehte den Kopf plötzlich zu ihr.

»Um Gottes Willen! Was sagst du, Suhrab? Niemand hat sie getötet! Sie ist vor meinen Augen bei der Geburt deiner Tochter gestorben«, erwiderte Fatima schnell.

Suhrab schwieg wieder eine Weile, sein Blick war in die Ferne gerichtet, dann sagte er: »Sie ist nicht jetzt gestorben, Tante Fatima! Sie ist schon damals gestorben, als er sie gezwungen hatte, einen Anderen zu heiraten, und das hat er, ich habe keinen Zweifel daran.«

»Suhrab!«, rief Fatima dazwischen.

Er war aber nicht mehr zu stoppen.

»Er hat von unserem Kind erfahren und alles daran gesetzt, sie für immer aus meinem Leben zu verbannen. Er hat schon einmal versucht Schabo von mir zu trennen«, fuhr er fort, ohne auf Fatimas Ausruf zu reagieren.

»Hör mir bitte zu, Suhrab! Ich bitte dich«, flehte Fatima.

Suhrab schaute sie zwar an, sprach aber weiter: »Sag mal, hat er sie gequält, geschlagen? Womit hat er sie bedroht? So leicht hätte Schabo doch nicht aufgeben.«

»Mein Gott, komm zu Sinnen, Suhrab! Dein Vater ist doch kein Ungeheuer«, schrie Fatima fast.

Suhrab ignorierte sie, legte den Kopf wieder auf die Kieselsteine des Grabhügels und brach in bitteres Weinen aus: »Sag, meine Liebste, was hat er dir angetan? Sag es mir!«, wiederholte er immer wieder.

Irgendwann hob er den Kopf und wischte die Tränen ab.

»Komm, Suhrab! Bitte! Deine Tochter ...«

Fatima wollte sagen, seine Tochter warte auf ihn, Suhrab fiel ihr aber sofort ins Wort: »Was ist mit meiner Tochter? Wo ist sie?«, fragte er voller Ungeduld.

»Mit ihr ist alles in Ordnung. Sie ist bei mir. Das war Schabos letzter Wunsch. Komm, wir verabschieden uns von Schabo und gehen langsam nach Hause. Du wirst deine Tochter sehen und ich werde dir alles erzählen«, versuchte sie ihn zu beruhigen.

Sein Herz raste, seine Hände zitterten, er stand eine lange Weile neben der Wiege, wo die kleine Tahmina fest schlief, und beobachtete sie. Er senkte den Kopf und küsste sie ganz vorsichtig auf die Wange, ihr Gesicht zuckte für ein Weilchen und sie schlief weiter. Suhrab schaute sie fasziniert an, er erinnerte sich an seinen Traum, jetzt wusste er, dass die Puppe seine Tochter war und Schabo sie ihm in die Arme gelegt hatte. Suhrab lächelte, er fühlte sich wieder lebendig, als würde eine neue Seele in seinem Körper wohnen.

Bis Mitternacht saß Suhrab neben der Wiege seiner kleinen Tahmina. Fatima gab ihr Milch, als sie aufwachte und schrie, wickelte die Kleine, ließ Suhrab sie kurz auf seinen Schoß nehmen und legte sie wieder in die Wiege. Dazwischen berichtete sie ihm über die letzten Lebensmonate von Schabo. Als Fatima erzählte, wie Schabo sich nach seiner Abreise plötzlich schlecht gefühlt hatte, wie sie, Fatima, von ihrer Schwangerschaft erfahren hatte und wie lange Schabo es nicht glauben und zugeben wollte, hielt Suhrab es nicht aus und sagte unter Tränen: »Oh, Gott! Das alles ist meine Schuld! Ich werde mir das nie verzeihen.«

Irgendwann musste Fatima auch erzählen, wie es zur Schabos Hochzeit gekommen war. An diesem Punkt führte nun kein Weg vorbei. Sie berührte das Thema ganz vorsichtig, versuchte, das Verhalten seines Vaters zu erklären und ihn irgendwie in Schutz zu nehmen. Sie wies dabei ständig auf die aussichtslose Lage, in die alle, auch sein Vater, geraten waren.

Suhrab wollte aber nichts davon wissen, er bestand weiter darauf, zu erfahren, was genau sein Vater Schabo gesagt hatte, wie er sie und ihren Vater Baschar erpresst und unter Druck gesetzt hatte, denn Suhrab war überzeugt, dass dies passiert sein musste und zwar herzlos und auf brutaler Weise, bevor Schabo nachgegeben und einer ungeheuren Abmachung zugestimmt hatte.

Fatimas Beteuerung, sie wisse von dem Inhalt ihrer Gespräche nichts, fand Suhrab unglaubwürdig, er hatte Zweifel daran, dass sie die ganze Wahrheit sagte. Obwohl er ihr versprach, dass alles nur unter ihnen bleiben und sein Vater nie davon erfahren würde, hörte er nichts Neues mehr von ihr.

Als Suhrab sie dennoch nicht losließ, wurde Fatima ungehalten und sagte: »Hör mal, Suhrab! Ich war nicht dabei, ich schwöre es bei Gott! Dein Vater sprach allein mit Baschar und danach auch mit Schabo. Weder dein Vater noch Schabo haben mich in die Einzelheiten ihrer Gespräche eingeweiht. Ich weiß nur von der Abmachung, wie es weitergehen sollte. Das habe ich dir bereits alles erzählt. Und überhaupt, warum beharrst du darauf? Willst du mit deinem Vater Krach anfangen? Okay, und was wirst du damit erzielen? Du gibst ihm allein die Schuld. In Wahrheit sind wir alle schuldig: ich, du, unsere Sitten, Regeln und Gesetze.«

Fatima machte eine kleine Pause und sah ihn direkt an: »Was passiert ist, Suhrab, kannst du jetzt nicht mehr rückgängig machen. Stell dir Schabo vor. Hätte sie es gewollt, dass du nach dem Bart deines Vaters greifst und alles noch schlimmer machst? Denk an deine Tochter, ich meine, du hast einen kleinen Engel, ihr Wohl muss für dich am allerwichtigsten sein.«

Suhrab saß noch einige Zeit schweigend da, dann sagte er entschlossen: »Du hast recht, Tante Fatima! Ich habe eine Tochter und ich darf nur an sie denken. Schabo hat sich für mich und für unsere Tochter geopfert, das ist mir sowieso klar. Jetzt muss ich für unser Kind sorgen. Deswegen nehme ich meine Tochter nach Kabul mit, und zwar sofort. Vom Khan und seinem Haus will ich nichts mehr hören.«

Fatima fiel auf, dass Suhrab seinen Vater wiederholt nicht »Baba«, sondern »der Khan« nannte, als wäre er ein Fremder. Sie sprach es aber nicht an, denn es war nutzlos, mit ihm darüber zu diskutieren. An seiner Haltung dem Vater gegenüber würde sich jetzt sowieso nichts ändern. Sie fand es sogar gut, dass Suhrab zurück nach Kabul reisen wollte, ohne mit seinem Vater gesprochen zu haben. Mit der Zeit würde sein Zorn nachlassen, und irgendwann könnten die beiden vielleicht normal miteinander reden und sich sogar versöhnen.

Im Moment musste Fatima ihn aber von seiner wahnsinnigen Idee, die Kleine mitnehmen zu wollen, abbringen, daher widersprach sie ihm sofort: »Sei nicht verrückt, Suhrab! Wo willst du mit ihr hin? Sie braucht Pflege, Milch, Essen, Wickeln und Waschen. Kinder werden oft krank, hier ist manchmal auch eine erfahrene Frau überfordert! Kinder aufzuziehen ist nicht Männersache. Gehe und lerne in Ruhe weiter! Nachdem du dein Studium beendet und dein eigenes Zuhause aufgebaut hast, dann sprechen wir. Solange bleibt sie bei mir! Ich habe sie als mein Kind adoptiert, das bin ich Schabo schuldig«.

Suhrab blieb lange stur und widersetzte sich ihren Ratschlägen und Argumenten. Fatima redete aber solange auf ihn ein, bis er letztendlich nachgab.

Am frühen Morgen verabschiedete sich Suhrab von Fatima, küsste seine schlafende Tochter und kam zum Hof hinaus. Fatima begleitete ihn mit tränenvollen Augen. Vor dem Tor zog er plötzlich einen Zettel aus der Tasche und überreichte ihn Fatima. »Für den Khan!«, sagte er ruhig.

Fatima nahm den Zettel zögerlich aus seiner Hand und sah ihn fragend an.

»Keine Sorge, Tante Fatima! Ich habe ihm nur erklärt, warum ich in Eile wieder nach Kabul zurückkehren muss«, versicherte ihr Suhrab.

Auf dem Zettel standen nur zwei Sätze: »Du hast als Khan gewonnen, nicht aber als Vater, denn du hast deinen Sohn verloren.«

Der Wandel

Es vergingen vier lange Jahre. In all diesen Jahren verbrachte Suhrab seine Ferien in Kabul. Er hatte geschworen, nur dann in sein Dorf zurückzukehren, wenn er in der Lage wäre, seine Tochter nach Kabul zu holen – und das würde auch das letzte Mal sein, dass er nach Hause käme. Danach wollte er mit seinem Vater und seinen Dorfleuten überhaupt nichts mehr zu tun haben.

Den Verlust seiner Schabo hatte er immer noch nicht verarbeitet, sie war in Gedanken immer bei ihm. Egal, womit er beschäftigt war, ob er auf der Klassenbank oder im Bus saß, las oder aß, Schabo war immer bei ihm. Er fühlte ihre Anwesenheit, sie lachte, scherzte, kritisierte und lobte ihn. Er sprach mit ihr oft über ihre gemeinsame Tochter, sie ermutigte ihn, mit seinem Studium weiterzumachen und die Hoffnung nicht aufzugeben, dass der Tag kommen werde, an dem er ihre kleine Tahmina zu sich holen konnte. Dies war nun sein einziger Traum, es gab seinem Leben einen Sinn und das hinderte ihn daran, unter der Last des Schmerzes und der Trauer zusammenzubrechen.

Salim spürte, was in seinem Bruder vorging, er dachte sich alle möglichen Anlässe aus, um ihn abzulenken und sein Leben zu erleichtern. Oft sagte er ihm im Scherz: »Geduld, Bruder! Sobald ich meine Traumfrau finde und heirate, schicke ich dich sofort, also schon am zweiten Tag meiner Hochzeit, ins Dorf, um meine Nichte Tahmina zu holen.«

Eines Tages, als Salim von der Arbeit nach Hause kam, ging

er direkt zu Suhrabs Zimmer und fing sofort und ohne Umschweife an zu sprechen: »Weißt du, Bruder! Ich nehme dich morgen mit. Es ist Zeit, dir meine Traumfrau zu zeigen. Siehe sie mit den Augen eines Käufers. Falls sie dir nicht gefällt, dann kannst du leise meinen Arm drücken, okay?«

»Ich wette, sie ist deine Kollegin, ist hübsch, lebendig, nett und fröhlich, genau wie du selbst!«, sagte Suhrab lächelnd.

Salim legte den Arm um ihn und bemerkte: »Und ich sage, du hast im Voraus die Hälfte der Wette verloren. Sie ist meine Kollegin, das stimmt, wir kennen uns schon seit zwei Jahren. Aber, wenn sie so einen Charakter wie ich selbst gehabt hätte, dann hätte ich ihr schon längst bye-bye gesagt. Mir gefallen ruhige und ernste Leute wie Suhrab.«

»Wenn du darauf bestehst, dass ich dir unbedingt glaube, dann tu ich es deinetwegen«, erinnerte Suhrab ihn an seine eigenen Wörter. Beide lachten.

Fariba war auch wirklich eine ruhige und schüchterne Frau. Sie war zwar nicht auffällig hübsch, aber ihr Gesicht hatte eine besondere, anziehende Strahlung. Jedes Mal, wenn sie Suhrab anblickte, lächelte sie und wandte errötend den Blick ab.

Salim sprach unendlich und sprang von einem Thema zum anderen, Fariba und Suhrab dagegen standen schweigsam da und hörten ihm nur zu.

Irgendwann sah Salim abwechselnd zu den beiden und sagte: »Wenn man mit dem Schweigen Geld verdienen könnte, dann wärt ihr beide schon Millionäre! Habt ihr absolut nichts zu sagen?«

Fariba lächelte, drehte den Kopf zu Suhrab und erklärte: »Ich habe viel über dich gehört, Suhrab! Salim lobt dich immer. Ich freue mich, dass ich dich endlich kennengelernt habe.«

Suhrab lächelte und versuchte, ihr etwas zu erwidern, aber Salim ergriff sofort das Wort: »Suhrab ist auch wirklich lobenswert, er ist der Beste, nicht nur was Lernen und Wissen betrifft, sondern ist auch vorbildlich in allen anderen Bereichen des Lebens!«

Suhrab geriet in Verlegenheit, er drückte Salims Arm leicht, damit er aufhörte, so über ihn zu sprechen.

»Was für eine Katastrophe! Dir gefällt das nicht …!«, sagte Salim leise vor sich hin. Aber er brachte seinen Satz nicht zu Ende, als Suhrab ihm ins Wort fiel. Letzterer bemerkte seinen Fehler und versuchte, sich zu korrigieren.

»Nein, nein! Mir gefällt das …! Ich habe das als Lob aufgefasst.«

Salim sah Fariba an und sagte: »Siehst, du! Ihm gefällt es, wenn ich ihn lobe!«

»Oh, Gott! Ich habe das nicht so gemeint!«, bemerkte Suhrab schon ganz durcheinander.

»Ich verstehe leider eure geheime Sprache nicht. Auf jeden Fall müssen wir uns irgendwohin setzen, meine Beine protestieren schon lange«, bat Fariba und holte damit Suhrab aus seiner peinlichen Situation heraus.

Nach diesem Tag trafen sich alle drei sehr oft gemeinsam, gingen spazieren, besuchten Kinos, organisierten Picknicks. Fariba und Suhrab kannten einander schon besser und zwischen den beiden entwickelte sich langsam eine gute Freundschaft.

Nach ein paar Monaten machte Salim Fariba den Heiratsantrag und sie verständigten sich auf eine baldige Hochzeit. Sein Vater verweigerte ihm seine Zustimmung überraschenderweise nicht, obwohl er selbst nicht nach Kabul kam, um an der Hochzeit teilzunehmen, und Khaled als ältesten Sohn bat, ihn in allen Fragen zu vertreten.

Nawas Khan fühlte sich in letzter Zeit seelisch und körperlich nicht wohl. Er war einsam und verlassen; außer Fatima, die sich noch um ihn kümmerte, blieb ihm niemand aus der Familie. Seine geliebte Frau war gestorben, seine kleine Amina war nicht mehr da, Khaled und Salim waren weg von Zuhause und Suhrab hatte alle Beziehungen zu ihm abgebrochen.

An dem Tag, vor vier Jahren, als er aus der Stadt nach Hause gekommen war, Suhrabs Zettel gelesen und von Fatima erfahren hatte, dass sein Sohn am nächsten Tag wieder nach Kabul gefahren war, hatte er einen stechenden Schmerz im Herzen gespürt. Er wusste, dass Suhrab ihm wegen Schabos Heirat mit dem Schmied nicht verzeihen würde. Tief im Herzen spürte er auch selbst, dass etwas nicht richtig gelaufen war. Sein Pflichtgefühl ihren Sitten gegenüber sagte ihm zwar, dass alles so geschehen musste, es gab keine andere Wahl, aber als er sich seine Frau vorstellte, die ihm böse war, als er Fatima in die Augen schaute, als er Schabos flehendes Gesicht vor seinen Augen sah, als er über den Zustand seines Sohnes nachdachte, bekam er ein schlechtes Gewissen.

Jetzt, als Salim heiraten wollte, fiel es ihm überraschenderweise nicht allzu schwer, seine Zustimmung zu geben, obwohl auch dieses Mal nicht alles gemäß der Sitten und Gebräuche geschah: Er hatte die künftige Frau seines Sohnes nicht ausgewählt, sie war nicht die Tochter eines Khans und ihre Hochzeit in Kabul war auch nicht traditionsgemäß geplant, wie er es sich erwünscht hätte. Vielleicht hatte er Angst, dass er mit einem Nein auch seinen zweiten Sohn verlieren könnte. Vielleicht half ihm dieses Mal die Tatsache, dass die Hochzeit im weiten Kabul stattfand, niemand von seinen Verwandten oder Freunden die Familie seiner künftigen Schwiegertochter kannte. Trotz der Zustimmung war er nicht bereit, selbst nach Kabul zu fahren und an der Hochzeit teilzunehmen, aber seine Abwesenheit konnte er immerhin mit seinem schlechten Gesundheitszustand rechtfertigen.

Salim und Faribas Hochzeit war bescheiden, ohne traditionellen Glanz, ohne zahlreiche Gäste und ohne viel Geldverschwendung. Es gab kein Brautgeld und keine Brautausstattung. Die beiden bestanden auf so einer Hochzeit und die Familie von Fariba gab ihrem Wunsch nach. Solche bescheidenen Hochzeiten galten damals als ein Zeichen der Modernität und eine Demonstration des Protestes gegen die alten Sitten und Gebräuche.

Kurz nach der Hochzeit sprachen Fariba und Salim mit Suhrab bereits über seine Tochter. Sie ermutigten ihn, ins Dorf zu fahren und sein Töchterchen nach Kabul zu holen. Vor allem Fariba versuchte, ihn zu überzeugen, dass jetzt die richtige Zeit dafür sei und er damit nicht zögern solle.

»Ein Kind in diesem Alter muss unter den Flügeln seines Vaters aufwachsen, es soll die Liebe und Aufmerksamkeit bekommen, die ihm von Natur und Gott zustehen, sonst wird das Kind diese Lücke auch als Erwachsener spüren und darunter leiden«, betonte sie.

Suhrab, der immer von so einem Moment geträumt hatte, war sich jetzt aber nicht sicher. Er war noch Student und selbst eine Last für Fariba und Salim, sie hatten gerade geheiratet und sollten ihre Zeit genießen, sein Kind brauchte aber viel Zeit und Nerven, ihre Beziehung konnte, ob sie wollten oder nicht, darunter leiden, befürchtete Suhrab.

Das letzte Mal, als Fariba wieder das Thema erwähnt hatte, sagte ihm Salim: »Widersetz dich ihr nicht! Sie hat Psychologie studiert! Nimm mit geschlossenen Augen alles an, was sie dir empfiehlt. Die Fragen ›wenn, wie und was‹ verstärken nur deine Unentschiedenheit.«

»Dein Bruder hat recht, Suhrab! Wenn du denkst, deine Kleine wird uns stören, dann irrst du dich! Ich versichere dir, wir alle werden sie lieben. Tagsüber wird Nana Subaida auf sie aufpassen, ich habe schon mit ihr geredet, sie macht das mit Vergnügen, sie ist allein und dein Kind wird auch in ihr Leben Freude bringen, und außerdem werden wir sie angemessen bezahlen. Du entschuldigst mich, wenn ich mit meiner Einrede deine Herzenswunden wieder auffrische. Du bist noch sehr jung, Suhrab. Es kommen bestimmt in dein Leben wieder Liebe, Farbe und Freude. Du wirst bestimmt jemanden finden, mit dem du deine Freude und Trauer teilen kannst. Du wirst doch nicht dein ganzes Leben allein bleiben! Du solltest einen neuen Anfang machen. Das bedeutet natürlich nicht, dass du die Vergangenheit vergisst. Die Gegenwart wird nicht deine Vergangenheit ersetzen, sondern sie vervollständigen. Deine Erinnerungen bleiben immer ein Bestandteil deines Lebens. Deinen geliebten Menschen kann niemand ersetzen, aber es wird zweifellos auch eine andere Person geben, die dein Herz für sich gewinnt. Jede wird dabei ihren eigenen Platz in deinem Leben haben. Also musst du tief einatmen und entschlossen sagen: Steh auf und blick nach vorne, Suhrab!«, sagte sie lächelnd.

Suhrab saß schweigend da und in Gedanken versunken, er war gerührt und hatte keine Kraft, Fariba etwas zu erwidern.

Je näher das alte Kala Fil, mit dem Suhrab fuhr, zum Weißen Dorf kam, desto höher stieg seine Aufregung. Einerseits hatte er Angst vor einer Begegnung mit seinem Vater. Andererseits machte er sich Sorgen um seine Tochter, wie wird sie auf ihn reagieren und wird sie ihn überhaupt akzeptieren? Obwohl Fariba und Salim ihm verschiedene Puppen und Spielzeuge für die kleine Tahmina mitgegeben hatten, würde dennoch viel Zeit nötig sein, um sie an ihn zu gewöhnen, und das beunruhigte ihn. Wenn Tante Fatima bereit wäre, ihn und seine Tochter nach Kabul zu begleiten und dort eine Zeit lang mit Tahmina zu bleiben, dann wäre das Problem einigermaßen gelöst! Aber ob sein Vater ihr so etwas erlauben würde? Er brauchte Fatima und konnte schon lange nicht ohne sie. Suhrab hielt es sogar schon seit Jahren für möglich, dass sein Vater sie eines Tages heiraten wird.

Suhrab stieg nicht an der Haltestelle vor seinem Dorf aus, sondern fuhr weiter bis zum Nachbardorf, wo seine Tante und sein Onkel lebten. Suhrab überraschte sie mit seinem Besuch, ließ seine Sachen dort, aß und trank Tee und machte sich dann auf den Weg zum Friedhof. Er blieb bis zwei Uhr nachmittags bei den Gräbern von Amina, seiner Mutter und Schabo. In diesen über vier Jahren hatte sich vieles in seinem Herzen gesammelt, worüber er mit ihnen sprechen wollte.

Suhrab wusste, dass sein Vater stets am Nachmittag schlief. Ausgerechnet zu dieser Zeit wollte er sein Haus betreten, mit Fatima reden, die Lage erkunden und sich dann entscheiden, was zu tun war.

Suhrab kam nicht über die Hauptstraße ins Dorf, sondern ging mitten durch die Felder, entlang der Gartenmauer, und betrat sein Haus leise von der hinteren Seite. Als Fatima ihn plötzlich vor ihrer Zimmertür bemerkte, lief sie zu ihm und umarmte ihn fröhlich fest. Dann nahm sie begeistert seine Hand und zog ihn Richtung des Zimmers seines Vaters. Suhrab hielt sich zurück und schüttelte den Kopf, er wollte nicht dorthin gehen, aber Fatima hob ihren Finger zum Mund und bat ihn, ihr leise zu folgen. Suhrab ging verwirrt hinter ihr her, er ahnte auch nicht, was sie vorhatte.

Als die beiden sich Nawas Khans Zimmer näherten, hörte Suhrab das Lachen eines Kindes aus dem Innern. Fatima lehnte sich gegen die Tür und schaute kurz durch einen kleinen Spalt ins Zimmer hinein, dann trat sie einen Schritt zur Seite und überließ Suhrab den Platz.

Als er vorsichtig durch die Spalte hineinschaute, entdeckte

er seinen Vater, der sich gegen die Kissen gelehnt hatte, und ein kleines, schönes Mädchen, das auf seinem Bauch saß. Er versuchte, in die Hände des Kindes zu beißen, dieses lachte amüsiert und versuchte seinerseits, seinen Bart zu ergreifen und ihn zu sich zu ziehen.

Suhrabs Knie wurden weich, er fiel beinahe zu Boden, er schritt zur Seite, lehnte seinen Kopf gegen die Wand, schloss seine mit Tränen vollen Augen und sprach seine Schabo in Gedanken an: »Du hast nicht geglaubt, dass der Wandel möglich ist. Ach, meine Schabo! Wenn du heute am Leben wärest und gesehen hättest, wie du den Wandel geschaffen hast! Du hast mit deinem Opfer das erreicht, wovon wir nur geträumt hatten! Du hast die unveränderbaren Sitten und Gebräuche verändert und die unzerbrechlichen Trennwände gebrochen. Unsere kleine Tahmina und ich werden immer auf dich stolz sein.«

Glossar

Ablakai: Der Name eines Berges im Distrikt Balabuluk in der Provinz Farah, im Westen Afghanistans.

Abu Nasr: Abu Nasr Farahi, ein bedeutender Dichter des 14. Jahrhunderts, geboren in der Stadt Farah, im Westen Afghanistans.

Afarin: Ein Lobeswort; ähnlich wie: »Gut gemacht!«

Afghani: Währungseinheit in Afghanistan.

Ahmad Schah Baba: Ahmad Schah Durani (1722-1772), Gründer eines mächtigen Reiches vom Osten Irans bis nach Nordindien, gilt auch als Gründer des modernen Afghanistans. Die Afghanen nennen ihn aus Respekt »Baba«, was Vater bedeutet.

Al-Dschuwaini: Ata al-Mulk Dschuwaini (1226-1283), ein berühmter Historiker, Autor des Werkes: »Geschichte des Welteroberers«; geboren in der heutigen Provinz Farah, im Westen Afghanistans.

Amannula Khan: (1892-1960); König Afghanistans (1919-1929); bemühte sich um die Modernisierung des Landes; seine Frau, Königin Soraya, organisierte Frauenbewegungen und hatte als erste Frau ihren Schleier auf der Straße von Kabul verbrannt. Er wurde durch die von Mullahs und einigen Stammesführern organisierte Revolte mit der Unterstützung des britischen Geheimdienstes gestürzt und starb 1960 in Exil in der Schweiz.

Amir Arsalan-e Namdar: Ein beliebtes persisches Märchen, in dem die Abenteuer von Prinz Arsalan von Ägypten und Prinzessin Faruch-Laqa von Konstantinopel erzählt werden. Eine modifizierte Variante dieser Geschichte ist auch das Hauptthema eines japanischen Romans und Animes »The Heroic Legend of Arslan«.

Anago: abgeleitet aus dem Wort »Ana«, was auf Paschto Oma bedeutet. Im Text abwertend für »alte Frau«.

Aschar: eine freiwillige Arbeit, bei der die Leute in Afghanistan zusammenkommen und jemandem helfen.

Atan: Ein traditioneller Gruppentanz, der bei jedem großen, fröhlichen Anlass wie Hochzeit, Verlobung oder bei nationalen Feiertagen aufgeführt wird. Früher wurde damit die Stimmung der Krieger vor einer Schlacht gehoben. Heute ist Atan ein nationales Symbol und ein Zeichen der Einheit in Afghanistan.

Baba: Vater, aber auch respektvoll für einen älteren Mann oder ehrenhaft für einen großen Geistlichen oder Führer.

Babu: Großvater, aber auch respektvoll für einen sehr viel älteren Mann.

Bejele: Die Sprunggelenkknochen von Schafen und Ziegen, mit denen die Kinder im Dorf spielen.

Bejel-Basi: Verschiedene Geschicklichkeitsspiele mit den Sprunggelenkknochen von Schafen und Ziegen, ähnlich wie Pentelitha und Astragaloi bei den antiken Griechen und Römern oder Schagai in der Mongolei.

Dada: Ältere Schwester, aber auch respektvoll für eine ältere Dame.

Daera: Ein traditionelles, kreisförmiges Schlaginstrument.

Dastanbol: Eine Art Mini Zuckermelone, die sehr angenehm riecht. Sie wird hauptsächlich nicht zum Essen, sondern wegen ihres Duftes angepflanzt; gilt als Symbol der Liebe.

Dastarchan: Traditionelle lange Essdecke, die auf dem Teppich ausgebreitet wird.

Dhol: Eine große Doppelfelltrommel, die als Volksmusikinstrument breite Verwendung hat. Sie wird auch heute für Aufrufe zu Versammlungen bei besonderen Anlässen in vielen Dörfern benutzt.

Dschinn: Im afghanischen Volksglauben sind Dschinnen übernatürliche, meistens böse Geisterwesen, die an verlassenen Orten, vor allem in Ruinen wohnen. Sie können von einem Menschen Besitz ergreifen und ihn auf diese Weise manipulieren.

Durand-Linie: Eine 2450 km lange Grenzlinie zwischen Afghanistan und dem britischen Indien, die den Namen des damaligen Außenministers der britischen Verwaltung in Indien, Henry Mortimer Durand, trägt. Demnach wurde ein Drittel des afghanischen Territoriums an die Briten abgegeben. Später wurde dieses Territorium zu Pakistan gezählt, Afghanistan erkennt diese Grenzlinie aber nicht an.

Eierwetten: Verschiedene Wettspiele während des Zucker- und Opferfestes. Ein Spieler hält sein gekochtes Ei mit der Spitze nach oben, während der andere Spieler mit seinem Ei daraufschlägt. Der Sieger mit dem unversehrten Ei bekommt das eingeschlagene Ei.

Farhad: Einer der Hauptfiguren des Liebesepos des persischen Dichters Nizami aus dem Jahr 1200. Farhad ist unsterblich in Schirin verliebt, aber um sie zu bekommen, muss er mit seiner Axt einen Tunnel durch einen Berg schlagen.

Faruch-laqa: Die schöne Prinzessin aus dem Märchen »Amir Arsalan-e Namdar«.

Fastenmonat: Auch Monat Ramadan genannt; der neunte Monat des islamischen Mondkalenders, in dem von Sonnenaufgang bis Sonnenuntergang nichts gegessen oder getrunken wird.

Flaschenkürbis: Eine Art Kürbis, der in getrocknetem Zustand im Inneren hohl wird und deswegen im Wasser nicht versinkt. Er wird in Dörfern als Schwimmhilfe im Fluss benutzt. Auf mehreren zusammengebundenen Kürbissen transportiert man auch Menschen oder Ware durch den Fluss.

Goorwan: Rinderhirte; jemand, der jeden Morgen im Dorf Rinder versammelt und sie zu den Steppen führt. Als Gegenleistung bekommt er am Abend aus allen Häusern etwa ein halbes Brot für seine Familie.

Hafiz: Ein großer persischer Dichter (1320-1389).

Haft Mewa: Wörtliche Bedeutung »sieben Früchte«; ein traditionelles Getränk aus sieben getrockneten Früchten, das zum Neujahrsfest Nowros vorbereitet wird. Vor dem Einweichen der Früchte im Wasser versammeln sich die Frauen um die Schüssel und denken sich einen Wunsch aus. Dem Glauben nach geht dann der Wunsch im Laufe des Jahres in Erfüllung.

Hatim Tai: Ein arabischer Dichter aus dem 6. Jahrhundert, der vor allem wegen seiner Großzügigkeit berühmt ist. Er und seine Geschichten werden auch in »Tausendundeine Nacht« erwähnt.

Imam: Im Text Vorbeter in einer Moschee. Der Titel Imam hat unterschiedliche Bedeutungen in vielen Ländern und Glaubensrichtungen – Prophet, religiöser Oberhaupt, Vorbeter einer Moschee, großer Gelehrter des Islams.

Jean Valjean: Der Protagonist im Roman »Die Elenden« von Victor Hugo.

Jo / Jan: In Paschto eine Koseform, was am Ende eines Namens Liebling bedeutet.

Kebab: Auch »Kabab«; gegrilltes oder gebratenes Fleisch in verschiedenen Formen und Variationen.

Kabbadi: Eine beliebte Sportart in den Dörfern, bei der zwei Mannschaften sich gegenüberstehen. Die eine schickt jemanden aus ihrer Reihe auf die gegnerische Seite. Dieser holt tief Luft und sagt danach ständig das Wort »Kabbadi, Kabbadi« innerhalb eines Atemzugs. Er bewegt sich auf der gegnerischen Seite so lange, wie ihm die Luft reicht, und versucht in dieser Zeit, noch jemanden aus der gegnerischen Seite anzutippen und dabei selbst sicher auf seine Seite zurückzukehren. Die gegnerische Seite versucht, ihn in dieser Zeit festzunehmen und so lange festzuhalten, bis er ein zweites Mal einatmet.

Kala Fil: Wörtlich »der Elefantenkopf«, ein alter russischer Lastwagen, der für den Transport von Leuten umgebaut worden war und täglich zwischen dem Distriktzentrum Farahrod und der Stadt Farah hin und her fuhr.

Khan: Ursprünglich ein Herrschertitel bei den altaischen Nomaden und Mongolen; heute verbreitet in Zentralasien, Afghanistan, Indien, Iran und vielen anderen Ländern mit mehreren Bedeutungen; in Afghanistan wurde der Titel »Khan« nach dem Einmarsch von Dschingis Khan bekannt und von den Machthabern, Adligen, Großgrundbesitzern und Stammesführern getragen. Heutzutage kann man aber den Titel »Khan« sowohl für den Großgrundbesitzer, Wohlhabenden oder Stammesführer als auch als Höflichkeitstitel, ähnlich wie »Herr«, für alle Bürger verwenden.

Khancheel: Wörtlich »vom Khan abstammend«; im Weißen Dorf wurden damit alle Nachkommen von Abdullah Khan bezeichnet.

Khussei: Ein Spiel zwischen zwei Mannschaften im Dorf. Die Spieler laufen auf dem linken Bein, dabei fassen sie mit der linken Hand den großen Zeh des gehobenen rechten Beins fest. Die eine Mannschaft verteidigt die Prinzessin und versucht, sie zu einem bestimmen Punkt hinter die gegnerische Stellung zu bringen. Die gegnerische Seite versucht hingegen, das zu verhindern und die Prinzessin zu erobern. Sie kämpfen und stoßen einander mit der rechten Hand. Derjenige, der sein gehobenes Bein loslässt, ist besiegt und muss den Kampfplatz verlassen.

Koor: Wörtlich »Haus« oder »Zuhause«; im Text ist damit auch die Brautausstattung gemeint.

Korma: Eine Art Gulasch mit viel gebratenen Zwiebeln.

Kuh-e Kaf: Wörtlich »der Berg Kaf«; nach persischer Mythologie ist das eine Welt, die von hohen Bergen umgeben ist und wo Simurgh, ein märchenhafter Vogel, und schöne Feen leben. Der Name »Kuh-e Kaf« hat auch bei vielen anderen Völkern in Asien eine mythologische Bedeutung.

Lala: Älterer Bruder, aber auch respektvoll für einen älteren Freund oder Bekannten.

Larkuh: Der Name des höchsten Berges im Distrikt Balabuluk, in der Provinz Farah.

Leila: Die Geliebte von Qais aus der berühmtesten klassischen Liebesgeschichte des Orients »Leila und Madschnun«; die erste bekannte Version der Geschichte stammt aus dem siebten Jahrhundert. In Europa vergleichbar mit »Romeo und Julia«.

Loo Tschak: Der Name eines Berges im Distrikt Balabuluk, in der Provinz Farah, im Westen Afghanistans.

Loo-Wala: Wörtlich »der große Bach«; der Name des Baches am Rande des Weißen Dorfes.

Lula Kebab: Eine Art Kebab aus Hackfleisch.

Madschnun: Wörtlich »unsinnig«, »besessen«. So wurde Qais, der in Leila unsterblich verliebt war, zu einem späteren Zeitpunkt der Geschichte genannt. Der Begriff steht in orientalischer Literatur als Synonym für »wahnsinnig Verliebter«.

Maiwand: Ein Ort in der Provinz Kandahar im Süden Afghanistans, wo im Juli 1880 eine große Schlacht zwischen der britischen Arme und den afghanischen Kriegern stattgefunden hatte.

Malem: Lehrer in der Schule.

Mamisch: Eine Art spätreifender Traube.

MiG: Sowjetische Kampfflugzeuge, benannt nach den Konstrukteuren Mikojan und Gurewitsch.

Moor: Mutter auf Paschto.

Mullah: Islamische Rechts- und Religionsautorität, Lehrer und Vorbeter in einer Moschee. Im Gegensatz zum Imam muss er aber nicht unbedingt Vorbeter in der Moschee sein. In Afghanistan werden die beiden Titel auch oft als Synonyme verwendet. In Teilen von Afghanistan wird der Vorbeter einer Moschee auch Mullah-Imam genannt.

Naswar: Ein grünes Pulver, das aus getrockneten Tabakblättern mit Wasser, gelöstem Kalk, Aroma und manchen anderen Zutaten hergestellt wird und dann für einige Minuten hinter die untere Lippe oder in die Innenseite der Wange gebracht wird.

Opferfest: Das große islamische Fest, das in der Zeit der jährlichen Wallfahrt nach Mekka gefeiert wird. Am ersten Tag des Festes opfert jeder Muslim, der finanziell in der Lage ist, ein Schaf oder Rind und verteilt das Fleisch unter den Armen. Damit wird an den Propheten Abraham erinnert, der bereit war, seinen Sohn für Gott zu opfern.

Paghman: Ein beliebter Ausflugsort in den gleichnamigen Bergen, etwa 20 km westlich von der Stadt Kabul entfernt.

Patroki: Eine essbare Pflanze in den Bergen mit gelben Blumen.

Patscha Khan: wörtlich »König Khan«; der Ehrenname für Abdul Ghaffar Khan (1890-1988), berühmt als »Gandhi der Grenzprovinz«; kämpfte gewaltlos für die Unabhängigkeit Indiens und später für die Selbstbestimmungsrechte der Paschtunen und Belutschen in Pakistan, verbrachte viele Jahre in britischen und pakistanischen Gefängnissen.

Pattu: Ein Teil der nationalen Kleidung; ein großer Schal, den die Männer in Afghanistan über ihre Schulter werfen.

Pilaw: Ein afghanisches Reisgericht.

Porani: Pluralform des Wortes »Poranai«; ein großes Kopftuch (im Durchschnitt etwa 2 m x 1,2 m), das von Frauen getragen wird. Es bedeckt den Kopf und hängt über den Schultern nach hinten.

Qargha: Ein Bergsee und Ausflugsort etwa 10 km von der Stadt Kabul entfernt.

Rabia Balkhi: Eine Prinzessin aus Balkh im Norden Afghanistans; gilt als erste bekannte persischsprachige Dichterin aus dem zehnten Jahrhundert; war unglücklich in einen Sklaven ihres Bruders verliebt.

Radio Ceylon: Die älteste Radiostation in Asien, gestartet auf Mittelwelle 1923 in Sri Lanka. Radio Ceylon heißt seit 1972 »Sri Lanka Broadcasting Corporation«. Gegenwärtig ist dieser Sender in Afghanistan nicht mehr so bekannt wie in den 60er und 70er Jahren. Heute sind mehr als hundert Radio- und Fernsehstationen im Land aktiv und senden unter anderem die neuesten indischen Lieder aus Bollywoodfilmen.

Rahman Baba: Ein berühmter paschtunischer Sufi-Dichter (1651-1709); Anhänger des Sufismus – einer asketisch-mystischen Richtung im Islam.

Ramadan: siehe Fastenmonat.

Saadi: Ein großer persischer Dichter (1190-1283).

Seel: Wörtlich »anschauen«; im Text ist die große feierliche Veranstaltung während des Zucker- und Opferfestes gemeint.

Saheb: Aus dem Arabischen übernommen; bedeutet »Besitzer« und wird als respektvolle Anrede benutzt, ähnlich wie »Herr«.

Samanak: Ein traditioneller süßer Brei, der aus Weizensprossen zum Neujahrsfest Nowros gekocht wird.

Samowar: Ein großer Kessel aus Kupfer, in dem Wasser für die Teezubereitung gekocht wird.

Schadi und Bibo: Eine unglückliche Liebesgeschichte von zwei Jugendlichen in der Provinz Farah, die auf einer wahren Begebenheit basiert.

Schah Mahmud: Schah Mahmud Hotaki (1697-1725), ein afghanischer Kriegsführer, der die Safawidendynastie besiegte und 1722 der Schah von Persien wurde.

Schaitan: Der Teufel.

Schal: Rechteckige Tücher, meist aus dünnem Stoff, die Frauen tragen (im Durchschnitt 1 m x 25-30 cm). Der Kopf wird dabei nur teilweise bedeckt.

Schami Kebab: Eine beliebte Kebabart mit verschiedenen Variationen, vor allem bekannt in Afghanistan, Iran, Indien und Pakistan; besteht meist aus Rinder- oder Lammfleisch mit Kichererbsen, Ei und Gewürzen.

Scherin: Die Geliebte von Farhad in der berühmten orientalischen Liebesgeschichte »Scherin und Farhad« des persischen Dichters Nizami aus dem Jahr 1200.

Schorwa: Eine beliebte afghanische Fleischsuppe mit Kartoffeln und Gemüse.

Siabad: Wörtlich »der schwarze Wind«; die kalten Windböen, die manchmal mehrere Tage lang im Weißen Dorf wehen.

Sina: Ehebruch, aber auch Geschlechtsverkehr zwischen zwei unverheirateten Menschen. Sina gilt als große Sünde, die Strafe dafür ist umstritten und reicht in den muslimischen

Ländern von Auspeitschen bis zur Steinigung.

Sorna: Eine traditionelle Doppelrohrflöte, die am meisten zusammen mit dem Dhol bei feierlichen Anlässen in Dörfern gespielt wird.

Sultan: Bezeichnung für König.

Taenni: Frittierte Fettstücke. Der Fettsteiß eines Schafes wird in kleine Stücke geschnitten und frittiert.

Tanur: Auch »Tandur«; ein aus feuerfestem Ton gemachter, zylindrischer, nach oben eng werdender Backofen mit verschiedenen Variationen: im Boden versenkt, vertikal stehend, in einem Fundament aus Lehmmörtel eingebettet, gemauert etc.

Tarawih: Ein spezielles Gebet, das jeden Abend in der Moschee im Fastenmonat Ramadan von den Sunniten gesprochen wird.

Tschascham Bandi: Wörtlich »Augenschließung«; nach dem Glauben in den Dörfern heißt so die Fähigkeit von jemandem, der andere so beeinflussen kann, dass sie unbewusst ihre Augen schließen und für kurze Zeit nichts mehr sehen und wahrnehmen können.

Tschopan Kebab: Wörtlich »Kebab des Hirten«; eine Art afghanischer Kebab aus Lammfleisch, bei dem das zarte Fleisch frisch, ohne es zu marinieren, gegrillt wird; so wie es ein Hirte in den Bergen macht, wenn sein Lamm von wilden Tieren tödlich verletzt ist und geschlachtet werden muss.

Wesir: In den alten Zeiten Helfer und Berater des Kalifen, in der Gegenwart: Minister. Im Märchen von Arsalan hatte der König von Konstantinopel zwei Wesire. Sie saßen rechts und links vom Thron und hießen jeweils »der rechte Wesir« und »der linke Wesir«. Sie waren Rivalen, der rechte Wesir war der Gute und der linke war der Böse.

Wra: Eine Gruppe von Frauen, die singend den Bräutigam zum Hochzeitsort begleitet. Sie loben in ihren Liedern den Bräutigam und seine Familie.

Wulas: Wörtlich »das Volk«. Im Weißen Dorf hatte das Wort aber eine abwertende Bedeutung. Damit wurden sowohl die armen Leute mit niederer Herkunft als auch ihr Wohngebiet bezeichnet.

Zuckerfest: Das dreitägige Fest am Ende des Fastenmonats Ramadan.

HINWEIS DES VERLAGES: Man findet *Masar-e Scharif* auch in anderen Schreibweisen, zum Beispiel als *Mazar-e Scharif* oder auch als *Masar-i Scharif* oder sogar mit 2 Bindestrichen als *Masar-i-Scharif*. Die Schreibweisen sind selbst in offiziellen deutschen Texten wie solchen von der Deutschen Botschaft oder dem „Ministerium für wirtschaftliche Zusammenarbeit und Entwicklung" (BMZ) oder der „Deutschen Gesellschaft für Internationale Zusammenarbeit" (GIZ) oder der Bundeswehr oder des „Deutschen Akademischen Austauschdienstes" (DAAD) et al. nicht einheitlich.

WEITERE BÜCHER AUS DEM KUUUK VERLAG MIT 3 U

Myung-Hwa Cho
Blaue Jade
Roman
496 Seiten
ISBN 978-3-939832-40-9

Evelin Niemeyer-Wrede
In der Flucht
Roman
425 Seiten
ISBN 978-3-939832-55-3

Manfred Haferburg
Wohn-Haft
Roman
524 Seiten
ISBN 978-3-939832-59-1

Alissa Carpentier
Stark-Sturm
Roman
402 Seiten
ISBN 978-3-939832-88-1